POUL ANDERSON

# Die längste Reise

THE BEST OF POUL ANDERSON

Science Fiction Stories

Deutsche
Erstveröffentlichung



Wilhelm Goldmann Verlag

Aus dem Amerikanischen übertragen von
Tony Westermayr
Herausgegeben von Dr. Herbert W. Franke

Made in Germany · 8/79 · 1. Auflage · 1112

Umschlagentwurf: Atelier Adolf & Angelika Bachmann, München
Umschlagillustration: Jürgen F. Rogner, München
Gesamtherstellung: Mohndruck Reinhard Mohn GmbH, Gütersloh
Verlagsnummer 23315
Lektorat: Helmut Putz/Melanie Berens
Herstellung: Lothar Hofmann
ISBN 3-442-23315-1

Inhalt

# Vorwort

Die Aufforderung, eine Auswahl aus seinen besten Geschichten zu treffen, ist eine Ehre, gleichermaßen erfreulich wie gefährlich. Das Kompliment wird mit tiefer Dankbarkeit angenommen. Aber welche sind die besten? Das Urteil schwankt von Person zu Person. Der Verfasser steht dem Werk am nächsten und hat damit den geringsten Abstand dazu.

Außerdem sieht er sich vor praktische Überlegungen gestellt. Manches ist zu lang, um aufgenommen zu werden, etwa Romane. Andere, kürzere Arbeiten sind weithin so leicht greifbar, daß noch ein Wiederabdruck dem Leser gegenüber unfair erscheint. Manches ist durch Ereignisse und Entdeckungen in der Wirklichkeit überholt worden. Und anderes hat auch nicht von fern mit Science Fiction zu tun, und um diese soll es sich beim vorliegenden Band handeln.

Trotz dieser Einschränkungen habe ich ziemlich viel Material gefunden, das der Erwägung wert schien. Ich ließ mich von meinen eigenen Meinungen ebenso leiten wie von denen anderer Leute, deren Geschmack ich respektiere. (Darunter sind nicht mehr als zwei oder drei Kritiker. Ein Schriftsteller stellt sich unter fundierter Kritik zehn Seiten eingehend begründeter Lobeshymnen vor, wie einmal jemand gesagt hat.) Und ich habe versucht, die Auswahl repräsentativ zu gestalten, nicht nur für mich selbst, sondern für Science Fiction im allgemeinen.

Der Versuch, das zweite zu leisten, mußte natürlich scheitern. Diese Art von Literatur besitzt eine erheblich größere Vielfalt, als ein einzelner abzudecken vermag – ein sehr gesunder Zustand. Ich habe jedoch versucht, dem Leser eine ziemlich breite Skala von Thematik und Handhabung zu liefern.

Man frage mich nicht, was Science Fiction sei. Es gibt ebenso viele Definitionen wie Definierer. Wir können nur vorführen, was sie leistet. Zu diesem Zweck habe ich bei jeder Geschichte einige Bemerkungen eingeflochten, manchmal analytische, manchmal anekdotische. Man kann sie überblättern, wenn man will, aber ich hoffe, die Geschichten selbst finden Anklang.

Poul Anderson

*Warum forscht der Mensch? Ohne Zweifel hat jeder einzelne, der es tut, seine eigenen Gründe, und in manchen Fällen sind sie schlicht praktischer Art oder sogar niedrig, und vermutlich in keinem Fall absolut rein. Alle großen Forscher sind in erster Linie Menschen gewesen – eingeschlossen die heutigen Astronauten und Kosmonauten, gleichgültig, was Party-Intellektuelle behaupten mögen. Menschliche Motive sind unweigerlich gemischt. Es hat aber den Anschein, als hätten die Forscher im Durchschnitt mehr Geistesadel besessen als jede andere Gruppe von Menschen. Wie immer es darum bestellt sein mag, in der folgenden Geschichte habe ich versucht, ihren Drang, über alle Horizonte hinauszustoßen, zu untersuchen. Sie erhielt einen Hugo-Preis, was ein Grund dafür ist, sie hierherzusetzen – das Urteil der Leser.*

*Ein weiterer Grund ist der Wunsch, eine Andeutung davon zu geben, wie großartig und vielfältig dieses Universum ist, das zu bewohnen wir das erfreuliche Vorrecht haben. Der Schauplatz ist kein Planet, sondern ein erdgroßer Mond einer gigantischen Welt. Es machte mir Spaß, ihn zu erfinden, seine Umlaufbahn und vieles mehr zu berechnen. Später erwies mir Hal Clement, der Meister dieser Art Science Fiction, die Ehre, damit zu spielen, was er ›Das Spiel‹ nennt, zu versuchen, genau herauszufinden, was der Verfasser beabsichtigte und wo er in die Irre gegangen sein mag.*

*Ganz neue Erkenntnisse, gewonnen durch den Vorbeiflug von Pioneer 10 am Jupiter, legen die Vermutung nahe, daß mein Satellit von tödlicher, starker Strahlung überflutet wird. Andererseits könnte sein Magnetfeld die Oberfläche schützen. Fragen wie diese sind keine trockenen technischen Einzelheiten; sie sind der Stoff, aus dem die Wunder sind.*

# Die längste Reise

Als wir das erstemal von dem Himmelsschiff hörten, befanden wir uns auf einer Insel, deren Name Yarzik ist, soweit montalirische Zungen sich um einen derart barbarischen Laut krümmen können. Das war fast ein Jahr, nachdem die ›Güldensprung‹ von Lavre abgefahren war, und wir schätzten, daß wir die halbe Welt umfahren hatten. Unsere arme Karavelle war mit Tang und Muscheln so verkrustet, daß alle Segel sie kaum durch das Meer zu ziehen vermochten. Was in den Fässern an Trinkwasser verblieb, wurde grün und faulig, der Schiffszwieback wimmelte von Würmern, und bei manchen Matrosen zeigten sich die ersten Anzeichen von Skorbut.

»Gefahr hin, Gefahr her«, verkündete Kapitän Rovic, »irgendwo müssen wir landen.« In seinen Augen tauchte ein Funkeln auf, das ich kannte. Er strich sich den roten Bart und murmelte: »Außerdem ist es lange her, seit wir nach den Goldenen Städten gefragt haben. Vielleicht hat diesmal jemand Kenntnis davon.«

Nach dem Planetenungeheuer navigierend, das täglich höherstieg, während wir nach Westen fuhren, durchquerten wir solche Leere, daß von neuem meuternde Reden geschwungen wurden. In meinem Inneren konnte ich es der Besatzung nicht übelnehmen. Bedenkt, ihr Herren, Tag für Tag sahen wir nichts als blaues Wasser, weißen Schaum, hohe Wolken an einem Tropenhimmel; hörten wir nur den Wind, das Rauschen der Wellen, das Knarren der Masten, manchmal nachts das gewaltige Schmatzen und Brausen, wenn ein Meeresungeheuer auftauchte. Dies alles war schrecklich genug für gewöhnliche Seeleute, ungebildete Männer, die noch immer glaubten, die Welt sei flach. Aber dann noch Tambur ewig über dem Bug hängen zu haben, emporsteigend, so daß wir sehen konnten, wir würden schließlich unmittelbar unter dem schwebenden Giganten durchfahren müssen . . . »Und was hält ihn oben?« murmelte die Besatzung auf dem Vorderdeck. Würde ein erzürnter Gott ihn nicht auf uns herabstürzen lassen?

Schließlich suchte eine Abordnung Kapitän Rovic auf. Sehr schüchtern und ehrerbietig waren sie, diese rauhen, starken Männer, als sie ihn baten, umzukehren. Aber ihre Kameraden drängten sich unten, mit muskulösen, sonnengeschwärzten Leibern in den zerlumpten Kilts mit Dolchen und Belegnägeln in den Gürteln. Wir

Offiziere auf dem Achterdeck hatten Degen und Pistolen, gewiß. Aber wir zählten bloß sechs Mann, einschließlich des verängstigten Jungen, der ich war, und des alten Froad, des Astrologen, dessen wallendes Gewand und weißer Bart ehrwürdig anzusehen waren, bei einem Kampf aber wenig Nutzen brachten.

Rovic stand lange Zeit stumm, nachdem der Sprecher seine Forderung vorgebracht hatte. Die Stille wuchs, bis das leere Kreischen des Windes in unseren Wanten, das leere Glitzern des Meeres bis hinaus zum Rand der Welt alles waren, was es gab. Höchst prächtig sah unser Kapitän aus, denn er hatte scharlachrote Kniehose und Schellenschuhe angelegt, als er erfahren hatte, daß die Deputation erscheinen würde, ebenso Helm und Harnisch, auf Spiegelglanz poliert. Der Federbusch wehte um den blendenden Stahlkopf, und die Diamanten an seinen Fingern funkelten vor den Rubinen an seinem Degenknauf. Aber als er sprach, tat er das nicht im geschliffenen Stil eines Ritters am Hof der Königin, sondern im breiten Anday seiner Fischerdorf-Kindheit.

»Dann wollt ihr also zurück, Jungs? Mit gutem Wind und warmer Sonn' wollt ihr lieber umwenden und halb um den Globus? Wie habt ihr euch verändert seit euren Vätern! Kennt ihr die Legende nicht, daß einstmals alles getan, was der Mensch befahl, und ein Andaymann in seiner Faulheit schuld war, daß wir jetzt werken müssen? Denn seht, 's war nicht zuviel, daß er seine Axt geheißen, ihm einen Baum zu fällen, und die Holzbündel, heimzulaufen, aber wie er sie hieß, ihn zu tragen, ergrimmte Gott und nahm die Macht zurück. Wiewohl Gott zur Entschädigung den Andaymännern See-Glück, Würfel-Glück und Liebes-Glück gegeben. Was wollt ihr noch mehr, Jungs?«

Verwirrt von dieser Antwort, rang der Sprecher die Hände, wurde rot im Gesicht, starrte auf das Deck und stammelte, sie würden elend zugrunde gehen . . . verhungern oder verdursten oder ertrinken oder unter dem gräßlichen Mond zerquetscht werden oder über den Rand der Welt segeln . . . die ›Güldensprung‹ sei weiter gekommen, als je ein Schiff seit dem Fall des Menschen, und wenn sie auf der Stelle zurückkehrte, würde ihr Ruhm ewig leben –

»Aber könnt Ihr Ruhm essen, Etien?« fragte Rovic, noch immer mild und lächelnd. »Wir hatten Kampf und Sturm, aye, und fröhliche Gelage auch; aber den Teufel eine Goldene Stadt gesehen, obschon Ihr wißt, daß sie hier draußen irgendwo liegen vollgestopft mit Beute für den ersten kühnen Haufen, der sie plündern kommt. Was würgt euch die Gedärme, Freund? Geht die Fahrt nicht leicht? Was sollten die Fremden sagen? Wie werden die arroganten Kavaliere von Sathayn, die dreckigen Händler von Wondland lachen – nicht allein über uns, sondern über ganz Montalir –, wenn wir umkehren!«

So ging er ihnen um den Bart. Nur einmal berührte er seinen Degen und zog ihn halb, wie zerstreut, als er daran erinnerte, wie wir den Orkan vor Xingu bestanden hätten. Aber sie entsannen sich der Meuterei, die darauf gefolgt war, und wie derselbe Degen drei bewaffnete Matrosen durchbohrt, die ihn gemeinsam angegriffen hatten. Sein Dialekt verriet ihnen, daß er Vergangenes ruhen lassen wollte, wenn sie es auch taten. Seine schlüpfrigen Versprechungen von Kurzweil unter noch zu entdeckenden lasziven Heidenstämmen, seine Aufzählung von Schatzlegenden, sein Appell an ihren Stolz als Seeleute und Montalirianer beruhigten Ängste. Und dann am Ende, als er sie gefügig fand, gab er die Provinzsprache auf. Er stand da auf dem Vorderdeck, im Feuerhelm und schwankend' Busch, und die Flagge von Montalir ließ ihre von der See verblaßten Farben über ihm flattern, und er sagte, wie die Ritter der Königin sagen: »Nun wißt ihr, daß ich nicht die Absicht habe, umzukehren, bis der große Globus umschifft ist und wir Ihrer Majestät jenes Geschenk bringen, das nur wir ihr überreichen können. Und selbiges ist nicht Gold oder Sklaven, noch jene Kunde von fernen Ländern, die sie und ihre erhabene Gesellschaft von Handelsabenteurern begehren. Nein, was wir an jenem Tag, da wir wieder an den langen Kais von Lavre liegen, mit unseren Händen heben, um es ihr zu überreichen, soll unsere Leistung sein: daß wir getan haben, was noch kein Mensch auf der ganzen Welt bisher gewagt hat, und dies zu ihrem Ruhm.«

Er stand noch eine Zeit, in einer Stille voll der Laute des Meeres. Dann sagte er leise: »Wegtreten«, drehte sich auf dem Absatz um und ging in seine Kabine zurück.

So fuhren wir einige Tage weiter, die Männer still, aber nicht unfröhlich, während die Offiziere sich Mühe gaben, ihre Zweifel zu verbergen. Ich fand mich beschäftigt, weniger mit den Schreibarbeiten, für die ich besoldet wurde, oder dem Studium für das Kapitänsamt, das ich anstrebte, als damit, Froad, dem Astrologen, Hilfsdienste zu leisten. In diesen linden Lüften konnte er seine Arbeit sogar an Bord des Schiffes fortsetzen. Für ihn war es kaum bedeutsam, ob wir sanken oder schwammen; er hatte schon mehr als eine gewöhnliche Spanne Leben hinter sich. Aber das Wissen über den Himmel, das man hier erlangen konnte, war eine andere Sache. Nachts, wenn er zwischen Quadrant, Astrolabium und Teleskop auf dem Vorderdeck stand, vom Glanz, der von oben kam, überflutet, glich er einem frostbärtigen Heiligen in den Fenstern des Münsters von Provien.

»Sieh da, Zhean.« Seine magere Hand wies über Wellen, die im Licht glühten und sich kräuselten, vorbei am purpurnen Himmel und den wenigen Sternen, die sich noch zu zeigen wagten, auf Tambur. Riesenhaft war er, voll um Mitternacht, ausgedehnt über sieben Grad des Himmels, ein Schild oder Wappen von sanftem Grün und Azurblau, gefleckt mit düsterem Schwarz, das man über seine Oberfläche gleiten sehen konnte. Der Glühwurm-Mond, den wir Siett getauft hatten, funkelte neben dem dunstigen Rand des Riesen. Balant, in unserem Teil der Welt selten sichtbar, und dann tief am Horizont, stand hier hoch: Eine Sichel, aber der dunkle Teil seiner Scheibe war gefärbt vom leuchtenden Tambur.

»Wie du siehst, ist kein Zweifel mehr möglich«, erklärte Froad. »Man kann *sehen*, wie der Globus um eine Achse rotiert und wie in seiner Luft Stürme emporbrodeln. Tambur ist nicht länger die dunkelste erschreckender Legenden, noch eine grauenhafte Erscheinung, die aufzusteigen schien, als wir unbekannte Gewässer erreichten; Tambur ist Wirklichkeit. Eine Welt wie unsere eigene. Unermeßlich größer, gewiß, aber doch ein Sphäroid im Raum, um das unsere eigene Welt sich bewegt, ihrem Monarchen stets dieselbe Halbkugel zuwendend. Die Mutmaßungen der Alten sind triumphal bestätigt. Nicht allein, daß unsere Welt rund ist – *pah,* das ist für jeden offenbar –, sondern daß wir uns um einen größeren Mittelpunkt bewegen, der seinerseits einen Jahresweg um die Sonne geht. Aber wie groß ist dann die Sonne?«

»Siett und Balant sind innere Satelliten von Tambur«, zählte ich auf, bemüht, zu begreifen. »Vieng, Darou und die anderen Monde, die man zu Hause gewöhnlich sieht, haben Bahnen außerhalb der unserer eigenen Welt. Ja. Aber was hält alles oben?«

»Das weiß ich nicht. Vielleicht übt die Kristallsphäre, in der die Sterne eingelassen sind, einen Druck nach innen aus. Denselben

Druck, möglicherweise, der die Menschheit zu der Zeit des Falles vom Himmel auf den Boden hinabschleuderte.«

Die Nacht war warm, aber ich fröstelte.

»Dann«, flüsterte ich, »könnten auch Menschen auf ... Siett, Balant, Vieng ... sogar auf Tambur sein?«

»Wer weiß? Wir werden viele Lebensspannen brauchen, um es zu erfahren. Und was das für Zeiten sein werden! Dank dem guten Gott, Zhean, daß du in diesem Anbruch des kommenden Zeitalters geboren bist.«

Froad beschäftigte sich wieder mit seinen Messungen. Eine langweilige Tätigkeit, wie die anderen Offiziere meinten, aber inzwischen hatte ich von den mathematischen Künsten genug gelernt, um zu begreifen, daß aus diesen endlosen Berechnungen die wahre Größe der Erde, von Tambur, von Sonne und Monden und Sternen hervorgehen mochte, die Wege, die sie durch den Raum nahmen, und die Richtung, in der das Paradies lag. So waren die Matrosen, die, wenn sie an unseren Instrumenten vorbeikamen, in die Bärte murmelten und Zeichen gegen das Böse machten, den Tatsachen näher als Rovics Offiziere, denn Froad praktizierte wahrhaftig eine höchst wirksame Schwarze Kunst.

Endlich sahen wir Tang in der See schwimmen, Vögel, hochragende Wolkenmassen, die Anzeichen von Land. Drei Tage später sichteten wir eine Insel. Sie lag sattgrün unter dem ruhigen Himmel. Brandung, noch immer heftiger als in unserer Hemisphäre, peitschte an hohe Klippen, barst in Gischtwolken und fegte brüllend wieder hinab. Wir fuhren bedachtsam die Küste entlang, die Palomer oben suchten nach einer Zufahrt, die Kanoniere standen mit brennenden Zündstöcken an unseren Geschützen. Denn nicht nur gab es unbekannte Strömungen und Untiefen – vertraute Gefahren –, sondern wir hatten früher auch schon Zusammenstöße mit kanufahrenden Kannibalen gehabt. Vor allem fürchteten wir die Verfinsterungen. Die hohen Herren können sich vorstellen, wie in dieser Hemisphäre die Sonne jeden Tag hinter Tambur verschwinden muß. In unseren Breiten geschah das mitten am Nachmittag und dauerte beinahe zehn Minuten. Ein ehrfurchterregender Anblick: Der Primärplanet – denn so nannte Froad ihn nun, einen Planeten wie Diell oder Coint, unsere eigene Welt zu einem bloßen Satelliten von ihm herabgewürdigt! – wurde an einem Himmel, der plötzlich voller Sterne war, zu einer rotumrandeten schwarzen Scheibe. Ein kalter Wind wehte über die See, und selbst die Brecher wirkten gedämpft. Aber so frech ist die menschliche Seele, daß wir weiter unseren Pflichten nachgingen und beim Verschwinden der Sonne nur für ein ganz kurzes Gebet innehielten, mehr mit dem Gedanken an Schiffbruch in der Düsternis beschäftigt als mit Gottes Majestät.

So hell ist Tambur, daß wir nachts weiter um die Insel herumfuhren. Von Sonnenuntergang bis Sonnenaufgang, zwölf vergängliche Stunden, hielten wir die ›Güldensprung‹ in langsamer Bewegung. Gegen den zweiten Mittag wurde Kapitän Rovics Beharrlichkeit belohnt. Eine Öffnung in den Klippen offenbarte einen langen Fjord. Sumpfige Ufer, überwuchert von Salzwasserbäumen, verrieten uns, daß die Flut in dieser Bucht zwar große Höhen erreichte, es sich aber um keine der von den Seeleuten so gefürchteten Boren handelte. Da wir den Wind gegen uns hatten, rollten wir die Segel zusammen und ließen die Boote zu Wasser, um unsere Karavelle mit Riemenkraft hineinzuschleppen. Dies war ein gefährlicher Augenblick, zumal da wir innerhalb des Fjords ein Dorf wahrgenommen hatten.

»Sollten wir nicht Abstand halten und sie zuerst herankommen lassen, Kapitän?« schlug ich vor.

Rovic spuckte über die Reling.

»Ich fand es stets am besten, nie Ängste zu zeigen«, sagte er. »Sollte uns eine Kanuflotte angreifen, lassen wir sie unsere Kartätschen schmecken und vertrauen darauf, ihnen den Nerv zu nehmen. Aber ich glaube, wenn wir uns von Anfang an furchtlos vor ihnen zeigen, laufen wir hernach weniger Gefahr, in einen verräterischen Hinterhalt zu geraten.«

Das erwies sich als richtig.

Im Lauf der Zeit erfuhren wir, daß wir auf das östliche Ende eines großen Archipels gestoßen waren. Die Bewohner waren große Seefahrer, wenn man bedachte, daß sie nur über Ausleger-Einbäume verfügten. Diese waren jedoch oft über hundert Fuß lang. Mit vierzig Paddeln oder mit drei Bastsegelmasten konnte ein solches Fahrzeug fast unsere größte Geschwindigkeit erreichen und war leichter zu manövrieren. Der geringe Frachtraum schränkte ihre Reichweite jedoch ein.

Obwohl die Eingeborenen in Häusern aus Holz und Rohr wohnten und nur Steinwerkzeuge besaßen, waren sie kultivierte Leute. Sie bestellten neben dem Fischen den Boden; ihre Priester hatten ein

Alphabet. Hochgewachsen und kräftig, etwas dunkelhäutiger und weniger behaart als wir, waren sie eindrucksvoll anzusehen, sowohl nackt, wie es die Regel war, als auch in voller Pracht ihres Gewandes, Feder- und Muschelschmucks. Sie hatten auf dem Archipel ein lose zusammengehaltenes Reich errichtet, überfielen Inseln, die weiter nördlich lagen, und betrieben innerhalb ihrer eigenen Grenzen schwunghaften Handel. Ihre gesamte Nation nannten sie die Hisagazi, und die Insel, die wir entdeckt hatten, hieß Yarzik.

Dies alles erfuhren wir erst mit der Zeit, als wir lernten, ihre Sprache ein wenig zu verstehen. Wir waren mehrere Wochen in dieser Ortschaft. Der Herzog der Insel, Guzan, hieß uns willkommen, versorgte uns mit Nahrung, Unterkunft und Helfern nach Bedarf. Wir unsererseits erfreuten sie mit Glaswaren, Ballen Stoff aus Wondland und anderen Handelsgütern. Trotzdem stießen wir auf viele Schwierigkeiten. Da das Ufer über der Hochwasserlinie zu sumpfig war, als daß man ein so schweres Schiff wie das unsrige hätte auf den Strand setzen können, mußten wir ein Trockendock bauen, bevor wir es kielholen konnten. Viele von uns bekamen die Ruhr, da sich aber alle bald wieder erholten, behinderte uns das nicht allzusehr.

»Trotzdem glaube ich, daß unsere Schwierigkeiten sich als Segen erweisen werden«, sagte Rovic eines Abends zu mir. Wie es seine Gewohnheit war, vertraute er mir, als er festgestellt hatte, daß ich ein verschwiegener Schreiber war, gewisse Überlegungen an. Der Kapitän ist stets ein einsamer Mann, und Rovic, Fischerjunge, Freibeuter, als Navigator Autodidakt, Sieger über die Große Flotte von Sathayn, von der Königin persönlich in den Adelsstand erhoben, mußte die Einhaltung dieser notwendigen Reserve schwerer gefallen sein als einem Edelmann von Geburt.

Ich wartete stumm in der Schilfhütte, die sie ihm gegeben hatten. Eine Specksteinlampe warf zuckendes Licht und riesige Schatten über uns; im Rohrdach raschelte etwas. Draußen fiel der feuchte Boden unter Häusern auf Pfosten und unter rauschenden Bäumen schräg ab zum Fjord. Schwach konnte ich Trommeln pochen hören, rhythmischen Gesang und das Stampfen von Füßen um ein Opferfeuer. Die kühlen Berge von Montalir schienen wahrhaftig fern.

Rovic ließ seinen muskulösen Körper zurücksinken. In dieser Hitze war er nur mit einem Seemanns-Kilt bekleidet. Er hatte sich aus dem Schiff einen Stuhl bringen lassen.

»Seht Ihr, junger Mann«, fuhr er fort, »bei anderen Gelegenheiten hätten wir gerade genug Verständigung erzielt, um nach Gold zu fragen. Nun, und vielleicht versucht, ein paar Hinweise für die Fahrt zu erhalten. Aber alles in allem würden wir wenig hören, außer der alten Geschichte – ›Gewiß, fremder Herr, es gibt ein Reich, wo sogar die Straßen mit Gold gepflastert sind . . . hundert Meilen im Westen‹ –, alles, um uns loszuwerden, hm? Aber bei diesem langen Aufenthalt habe ich den Herzog und die Götzenpriester geschickter ausgefragt. Ich war so zurückhaltend darüber, wo wir herkommen und was wir schon wissen, daß sie sich etwas haben entschlüpfen lassen, das sie sonst nicht einmal auf der Streckbank verraten hätten.«

»Die Goldenen Städte?« rief ich.

»Still! Ich will nicht, daß die Besatzung in Aufregung gerät und nicht mehr zu bändigen ist. Noch nicht.«

Sein ledernes, hakennasiges Gesicht nahm einen versonnenen Ausdruck an.

»Ich habe diese Städte immer für eine Altweibermär gehalten«, sagte er. Mein Erschrecken mußte sich seinem Blick mitgeteilt haben, denn er grinste und fuhr fort: »Eine nützliche. Wie ein Magnet an einem Stock zieht sie uns um die Welt.« Seine Heiterkeit verschwand. Wieder nahm seine Miene den sonderbaren Ausdruck an, nicht unähnlich dem Froads, wenn er den Himmel betrachtete. »Freilich will ich auch Gold, aber wenn wir auf dieser Reise keines finden, macht mir das nichts aus. Ich kapere ein paar Schiffe auf Eralia oder Sathayn, wenn wir wieder in heimischen Gewässern sind, und bezahle so für die Reise. Ich habe Gottes Wahrheit an jenem Tag auf dem Achterdeck gesprochen, Zhean, daß diese Reise ihr eigenes Ziel sei, bis ich sie Königin Odela übergeben kann, die mir einst den Adelskuß gegeben hat.«

Er schüttelte sich aus seiner Versunkenheit und sagte in lebhaftem Ton: »Da ich in Herzog Guzan den Glauben erweckt hatte, das meiste sei mir bereits bekannt, lockte ich aus ihm das Eingeständnis heraus, daß sich auf der Hauptinsel dieses Hisagazi-Reiches etwas befindet, worüber ich kaum nachzudenken wage. Ein Schiff der Götter, sagt er, und ein echter, lebendiger Gott, der damit von den Sternen gekommen ist. Soviel wird einem jeder von den Eingeborenen sagen. Das für die Vornehmen reservierte Geheimnis ist, daß es sich um keine Legende oder Mummenschanz handelt, sondern um eine nüchterne Tatsache. Jedenfalls behauptet Guzan das. Ich weiß nicht, was ich davon halten soll. Aber ... er führte mich zu einer heiligen Höhle und zeigte mir einen Gegenstand aus diesem Schiff. Es war eine Art Uhrwerk-Mechanismus, glaube ich. Was, das weiß ich nicht. Aber von einem schimmernden, silbrigen Metall, wie ich es noch nie gesehen habe. Der Priester forderte mich auf, es zu zerbrechen. Das Metall war nicht schwer, es muß dünn gewesen sein. Aber es stumpfte meinen Degen ab, zersplitterte einen Felsbrocken, mit dem ich darauf einschlug, und mein Diamantring fügte ihm keinen Kratzer zu.« Ich machte ein Zeichen, um das Böse abzuwehren. Ein kalter Hauch überwehte mich, Rücken, Haut und Kopf, bis ich am ganzen Körper ein Prickeln spürte. Denn die Trommeln murmelten in einem Dschungel, und das Wasser lag wie Quecksilber unter dem buckligen Tambur, und jeden Nachmittag verschlang dieser Planet die Sonne. Oh, die Glocken von Provien, vernommen auf den windumtosten Hügeln von Anday!

Als die ›Güldensprung‹ wieder seetüchtig war, fiel es Rovic nicht schwer, die Erlaubnis zu erhalten, den hisagazischen Herrscher auf der Hauptinsel zu besuchen. Es wäre vielmehr kaum möglich gewesen, das zu unterlassen. Inzwischen hatten die Kanus Nachricht über uns von einem Ende des Reiches zum anderen verbreitet, und die hohen Herren waren erpicht darauf, die blauäugigen Fremden zu sehen. Wieder wohlgenährt und zufrieden, lösten wir uns aus den Armen brauner Mädchen und schifften uns ein. Anker auf, Segel auf, Seemannslieder, deren Echos die Seevögel über Klippen jagten, und wir fuhren hinaus aufs offene Meer. Diesmal hatten wir Begleitung. Guzan persönlich war unser Lotse, ein großer, breitgebauter Mann in mittleren Jahren, dessen gutes Aussehen durch die fahl-grünen Tätowierungen, die sein Volk an Körper und Gesicht bevorzugte, kaum gemindert wurde. Mehrere seiner Söhne breiteten ihre Schlafdecken auf unseren Decks aus, während ein Schwarm von Kriegern neben uns herpaddelte.

Rovic befahl Etien, den Bootsmann, zu sich in die Kabine.

»Ihr seid ein Mann von Verstand«, sagte er. »Ich übertrage Euch die Verantwortung, unsere Besatzung auf dem Posten zu halten. Die Waffen müssen in Bereitschaft sein, so friedlich das Ganze auch aussehen mag.«

»Aber, Käpt'n!« Das narbige braune Gesicht erschlaffte vor Schreck. »Glaubt Ihr, die Eingeborenen planen Verrat?«

»Wer kann das wissen?« erwiderte Rovic. »Sagt aber nichts zur Mannschaft. Die Leute sind nicht geschickt, sich zu verstellen. So sich Habgier oder Furcht unter ihnen erhöben, würden die Eingeborenen das spüren und unruhig werden – was die Haltung unserer Männer im Schlechten beeinflussen müßte, bis niemand außer Gottes Tochter sagen könnte, was geschehen wird. Nur sorgt dafür, so beiläufig wie Ihr könnt, daß unsere Waffen stets griffbereit liegen und unsere Leute zusammenbleiben.«

Etien sammelte sich, machte eine Verbeugung und verließ die Kajüte. Ich erkühnte mich, danach zu fragen, was Rovic im Sinn habe.

»Noch nichts«, sagte er. »Ich habe aber in diesen Händen ein Uhrwerk gehalten, wie der Groß-Banus von Giair es sich nie erträumte, und man hat mir Garn von einem Schiff gesponnen, das vom Himmel herabflog, mit einem Gott oder einem Propheten. Guzan glaubt, ich wüßte mehr, als ich wirklich weiß, und hofft, wir wären ein neues, störendes Element im Gleichgewicht der Dinge, womit er seine privaten Ambitionen zu fördern vermag. Er hat die vielen Krieger nicht aus Zufall mitgenommen. Was mich betrifft . . . ich habe im Sinn, mehr darüber in Erfahrung zu bringen.«

Er saß eine Zeit an seinem Tisch und starrte auf einen Sonnenstrahl, der mit dem Schwanken des Schiffes am Takelwerk auf- und absichelte.

»Die Schrift sagt uns, daß der Mensch vor dem Fall hinter den Sternen gelebt hat«, meinte er schließlich. »Die Astrologen der vergangenen oder vorvergangenen Generation haben uns erklärt, die Planeten seien Himmelskörper wie diese Erde. Ein Wanderer aus dem Paradies . . .«

Ich ging, mit einem Brausen im Kopf.

Wir fuhren mühelos zwischen Dutzenden von Inseln dahin. Nach einigen Tagen sichteten wir die größte, Ulas-Erkila. Sie ist ungefähr hundert Meilen lang, an der breitesten Stelle vierzig Meilen breit, und erhebt sich steil und grün zu Zentralbergen, die von einem Vulkankegel beherrscht werden. Die Hisagazi beten zwei Arten von Göttern an, Wasser- und Feuergötter, und glauben, dieser Berg Ulas sei die Wohnung der letzteren. Als ich diesen Schneegipfel am Himmel über Smaragdgraten schweben sah, konnte ich die Gefühle der Heiden verstehen. Die heiligste Tat, die einer von ihnen ausführen kann, ist die, sich in den flammenden Krater von Ulas zu stürzen, und oft wird ein altgewordener Krieger den Berg hinaufgetragen, damit er das tun kann. Frauen dürfen die Hänge nicht betreten.

Nikum, der Sitz des Herrschers, liegt am oberen Ende eines Fjords, wie der Ort, wo wir uns aufgehalten hatten. Aber Nikum ist reich und ausgedehnt, etwa von der Größe Roanns. Viele Häuser sind nicht aus Schilf, sondern aus Holz; außerdem gibt es auf einem Felsen über der Stadt einen gewaltigen Basalttempel, dahinter Obstgärten, Dschungel und Berge. Die für Pfahlwerk verfügbaren Baumstämme sind so mächtig, daß die Hisagazi hier so weitläufige Hafenanlagen gebaut haben, wie es sie in Lavre gibt – statt Liegeplätzen und Flößen, die mit den Gezeiten sich heben und senken, wie die meisten Häfen in der ganzen Welt sie verwenden. Man bot uns einen Ehrenplatz am Hauptkai an, aber Rovic redete sich darauf hinaus, unser Schiff sei schwer zu steuern, und ließ uns am äußersten Ende vertäuen.

»In der Mitte hätten wir den Wachtturm unmittelbar über uns«, sagte er leise zu mir. »Und sie mögen hier zwar den Bogen noch nicht erfunden haben, aber ihre Speerwerfer sind gut. Überdies hätten sie leichten Zugang zu unserem Schiff und dazu noch ein Gewirr von verankerten Kanus zwischen uns und der Buchtmündung. Aber hier könnten wenige von uns den Kai halten, während die anderen eine schnelle Abfahrt vorbereiten.«

»Haben wir etwas zu befürchten, Kapitän?« fragte ich.

Er nagte an seinem Schnurrbart.

»Ich weiß es nicht. Viel hängt davon ab, was sie wirklich von ihrem Götter-Schiff glauben . . . und von der Wahrheit selbst. Aber ob Tod und Hölle gegen uns stehen, wir werden nicht ohne diese Wahrheit für Königin Odela zurückkehren.«

Trommeln wirbelten, und federgeschmückte Speerträger vollführten gewaltige Sprünge, als unsere Offiziere sich ausschifften. Ein königlicher Laufgang erstreckte sich über der Hochwassermarke. (Gewöhnliche Leute in diesem Reich schwimmen von Haus zu Haus, wenn die Flut an ihre Schwelle schwappt, oder verwenden ein Boot aus Häuten, die über ein Weidengeflecht gespannt sind, wenn sie Lasten zu befördern haben.) Auf der anderen Seite des anmutigen Bogens von Ranken und Schilfrohr lag der Palast, ein langes Gebäude aus Baumstämmen, dessen Dachsäulen zu bizarren Göttergestalten geschnitzt waren.

Iskilip, Priester-Herrscher der Hisagazi, war ein alter, dicker Mann. Ein hoch aufsteilender Kopfschmuck aus Federn, ein mit Federn besetztes langes Gewand, ein hölzernes Zepter, auf dem ein menschlicher Totenschädel steckte, seine Gesichtstätowierung, seine Regungslosigkeit, all das ließ ihn unmenschlich erscheinen. Er saß auf einem Podium, unter süßlich riechenden Fackeln. Seine Söhne saßen mit gekreuzten Beinen zu seinen Füßen, seine Höflinge seitlich neben ihm. An den langen Wänden waren seine Gardisten aufgereiht. Sie hatten nicht unsere Gewohnheit, strammzustehen, aber sie waren große, geschmeidige junge Männer mit Schilden und Harnischen aus geschupptem Meeresungeheuer-Leder, mit Feuersteinäxten und Obsidianspeeren, die so mühelos zu töten vermochten wie Eisen. Ihre Schädel waren rasiert, was sie um so wilder erscheinen ließ.

Iskilip begrüßte uns freundlich, rief nach Erfrischungen, ließ uns auf einer Bank Platz nehmen, die etwas tiefer stand als sein Podest. Er stellte viele scharfsinnige Fragen. Die Hisagazi, die weit herumkamen, kannten Inseln fern von ihrer eigenen Kette. Sie konnten sogar die Richtung zeigen und ungefähr die Entfernung eines Landes mit vielen Burgen nennen, das sie Yurakadak nannten, wenngleich noch keiner von ihnen so weit gekommen war. Was konnte es, ihrer Beschreibung aus dritter Hand nach zu schließen, anderes sein als Giair, das der Wond-Abenteurer Hanas Tolasson über Land erreicht hatte? In mir flammte die Erkenntnis auf, daß wir wahrhaftig die Welt umsegelten. Erst nachdem dieser strahlende Glanz verblaßt war, achtete ich wieder auf das Gespräch.

»Wie ich Guzan schon erklärte«, sagte Rovic gerade, »war ein Weiteres, das uns hierhergezogen hat, die Mär, daß Ihr mit einem Schiff vom Himmel gesegnet seid. Und er zeigte mir, daß das Wahrheit ist.«

Ein Raunen ging durch den Saal. Die Prinzen erstarrten, die Höflinge setzten ausdruckslose Mienen auf, die Gardisten gerieten in Bewegung und murmelten miteinander. Durch die Wände hörte ich ganz fern die rumpelnde, nahende Flut. Als Iskilip mit maskenhafter Starre sprach, klang seine Stimme geschärft: »Habt Ihr vergessen, daß diese Dinge nichts für die Augen der Uneingeweihten sind, Guzan?«

»Nein, Heiliger«, sagte der Herzog. Unter den Teufeln auf seinem Gesicht brach Schweiß hervor, wenngleich nicht Angstschweiß.

»Dieser Kapitän wußte jedoch davon. Auch seine Leute . . . soviel ich erfahren konnte . . . es fällt ihm noch immer schwer, so zu sprechen, daß ich ihn verstehen kann . . . auch seine Leute sind eingeweiht. Der Anspruch erscheint berechtigt, Heiliger. Betrachtet die Wunderdinge, die sie mitgebracht haben. Der harte, glänzende Stein-der-kein-Stein-ist, wie bei dem langen Messer, das ich bekommen habe – ist er nicht wie der Stoff, aus dem das Schiff gebaut ist? Die Röhren, die ferne Dinge ganz nah erscheinen lassen, wie er Euch eine gegeben hat, Heiliger – sind sie nicht dem Weit-Seher ähnlich, den der Bote besitzt?«

Iskilip beugte sich zu Rovic vor. Seine Zepterhand zitterte, bis die zusammengenagelten Kiefer des Totenschädels klapperten.

»Haben die Sternenleute selbst Euch gelehrt, all dies zu machen?« rief er. »Ich hätte nie gedacht . . . Der Bote hat nie von anderen gesprochen –«

Rovic hob beide Hände.

»Nicht so schnell, Heiliger, ich bitte Euch«, sagte er. »Wir sind in Eurer Sprache schlecht bewandert. Ich konnte eben jetzt kein Wort verstehen.«

Das war seine Täuschung. Seine Offiziere waren angewiesen worden, schwächere Kenntnisse der Hisagazi-Sprache vorzuspiegeln, als sie tatsächlich besaßen. (Wir hatten insgeheim miteinander geübt, um sie besser zu beherrschen.) So verfügte er über ein unangreifbares Mittel für Ausflüchte.

»Am besten sprechen wir privat miteinander, Heiliger«, schlug Guzan mit einem Blick auf die Höflinge vor. Sie funkelten ihn eifersüchtig an.

Iskilip ließ in seinem Prunkgewand die Schultern hängen. Seine Worte fielen unverblümt, aber mit der schwachen Stimme eines alten, unsicheren Mannes.

»Ich weiß nicht. Wenn diese Fremden wirklich Eingeweihte sind, können wir ihnen freilich zeigen, was wir haben. Aber im anderen Fall – wenn profane Ohren den Bericht des Boten hören –«

Guzan hob herrisch die Hand. Kühn und ehrgeizig, in seiner kleinen Provinz lange behindert, hatte er heute Feuer gefangen.

»Heiliger«, sagte er, »weshalb ist die volle Geschichte so viele Jahre zurückgehalten worden? Zum Teil, um die gemeinen Leute gehorsam zu erhalten, gewiß. Aber habt Ihr und Eure Räte nicht auch befürchtet, die ganze Welt könnte hierherströmen, gierig nach

Wissen, wenn sie davon wüßte, und wir würden überwältigt werden? Nun, wenn wir die blauäugigen Männer mit unbefriedigter Neugier nach Hause ziehen lassen, werden sie gewiß in großer Zahl zurückkommen. So haben wir nichts zu verlieren, wenn wir ihnen die Wahrheit offenbaren. Wenn sie nie einen eigenen Boten gehabt haben, wenn sie uns nicht von wirklichem Wert sein können, bleibt Zeit genug, sie zu töten. Aber wenn sie wirklich besucht wurden wie wir, was könnten wir und sie gemeinsam nicht leisten?«

Das wurde schnell und leise gesprochen, damit wir Montalirianer nichts verstehen sollten. Und unseren Herren erging es auch so. Ich erfaßte, da ich junge Ohren besaß, den Kern, und Rovic behielt ein einfältiges Lächeln von solcher Verständnislosigkeit bei, daß ich wußte, er mußte jedes Wort verstanden haben.

Am Ende beschlossen sie, unseren Anführer – und meine Wenigkeit, denn kein hisagazischer Magnat begibt sich ohne jede Begleitung irgendwohin – zum Tempel zu führen. Iskilip ging persönlich voran, gefolgt von Guzan und zwei kräftigen Prinzen. Ein Dutzend Speerträger bildete die Nachhut. Ich sagte mir, daß Rovics Klinge von geringem Nutzen sein würde, sollte es zu einer Auseinandersetzung kommen, preßte aber meine Lippen fest zusammen und zwang mich, neben ihm herzugehen. Er wirkte begierig wie ein Kind am Danktag-Morgen, die Zähne schimmerten im Spitzbart, die Kappe mit Ferderbusch saß ihm verwegen schief in der Stirn. Niemand hätte geglaubt, daß er sich irgendeiner Gefahr bewußt war.

Wir machten uns gegen Sonnenuntergang auf den Weg; in Tamburs Hemisphäre unterscheiden die Leute weniger zwischen Tag und Nacht, als wir es zu Hause tun müssen. Da ich Siett und Balant in Hochflug-Stellung beobachtet hatte, wunderte ich mich nicht, Nikum fast überschwemmt zu sehen. Aber als wir den Klippenpfad zum Tempel hinaufstiegen, glaubte ich trotzdem, nie ein fremdartigeres Bild gesehen zu haben.

Unter uns lag eine Wasserfläche, auf der die langen Rohrdächer der Stadt zu schwimmen schienen; die dichtumdrängten Kais, wo Masten und Spieren unseres Schiffes heidnische Galionsfiguren überragten; der Fjord, der sich zwischen Schluchten zu seiner Mündung schlängelte, wo die Brandung sich weiß und wild an den Schären brach. Die Höhen über uns erschienen völlig schwarz vor einem feurigen Sonnenuntergang, der fast den halben Himmel ausfüllte und das Wasser in Blut verwandelte. Blaß durch diese Wolken sah ich die breite Sichel von Tambur, gebändert in einer Heraldik, die kein Sterblicher lesen konnte. Eine Basaltsäule, in die Form eines Kopfes gehauen, ragte als Umriß schräg über den Planeten. Links und rechts des Weges wuchs Säbelzahngras, sommertrocken. Der Himmel war blaß im Zenit, von dunklem Purpur im Osten, wo die ersten vereinzelten Sterne erschienen waren. In dieser Nacht fand ich keinen Trost bei den Sternen. Wir gingen stumm dahin. Die nackten Füße der Eingeborenen waren lautlos. Meine Schuhe machten tapp-tapp, und die Glöckchen an Rovics Schuhspitzen klirrten ganz leise. Der Tempel war ein kühnes Bauwerk. In einem Viereck von Basaltmauern, bewacht von hohen Steinschädeln, standen mehrere Gebäude aus demselben Material. Nur die frisch geschnittenen Farnkrautwedel, aus denen ihre Dächer bestanden, waren lebendig. Mit Iskilip an der Spitze gingen wir vorbei an Altardienern und Priestern zu einer hölzernen Hütte hinter dem Heiligtum. Zwei Soldaten hielten an der Tür Wache. Sie knieten vor ihm nieder. Der Herrscher klopfte mit seinem sonderbaren Zepter.

Mein Mund war trocken, mein Herz hämmerte. Ich erwartete beinahe jedes vorstellbare Wesen, grauenhaft oder strahlend, unter der Tür, sobald sie geöffnet wurde. Verblüffend also, zu sehen, daß es nur ein Mann war und von keiner großen Statur. Durch das Licht einer Lampe im Inneren konnte ich seinen Wohnraum sehen, sauber, einfach, aber nicht unbehaglich; es hätte sich um eine gewöhnliche Behausung der Hisagazi handeln können. Der Mann selbst trug einen schlichten Bastrock. Die Beine darunter waren krumm und dünn, Altmännerschenkel. Sein Körper war ebenfalls mager, aber noch immer hoch aufgerichtet. Der weißhaarige Kopf war stolz gereckt. Die Haut war dunkler als die eines Montalirianers, heller als die eines Hisagazis. Die Augen waren braun und schütter der Bart. Sein Gesicht unterschied sich in Nase, Lippen und Kieferform auf subtile Weise von allen anderen Rassen, denen ich je begegnet war. Aber es war menschlich.

Nichts anderes.

Wir betraten die Hütte. Die Speerträger mußten zurückbleiben. Iskilip murmelte sich durch eine halb religiöse Vorstellungszeremonie. Guzan und die Prinzen veränderten unbeeindruckt ihre Haltung. Ihre Klasse war in diese Dinge lange eingeweiht. Rovics Miene war undurchdringlich. Er verbeugte sich mit höfischer Eleganz vor Val Nira, dem Boten des Himmels, und erklärte mit wenigen Worten unsere Anwesenheit. Aber während er sprach, trafen sich ihre Blicke, und ich sah ihn den Sternenmann einschätzen.

»Ja, das ist mein Zuhause«, sagte Val Nira. Die Gewohnheit sprach für ihn; er hatte so vielen jungen Edelleuten dieselbe Darstellung gegeben, daß sich das alles abgeschliffen hatte. Bis jetzt hatte er unsere metallenen Instrumente noch nicht bemerkt oder ihre Bedeutung für ihn nicht erkannt. »Seit ... dreiundvierzig Jahren, nicht wahr, Iskilip? Ich bin so gut behandelt worden, wie das möglich war. Wenn ich zu Zeiten vor Einsamkeit dem Schreien nahe war, ist dies das, womit ein Orakel rechnen muß.«

Der Herrscher bewegte sich unbehaglich in seiner Robe.

»Sein Dämon hat ihn verlassen«, erklärte er. »Jetzt ist er nur noch menschliches Fleisch. Das ist das wahre Geheimnis, das wir hüten. Es war nicht immer so. Ich erinnere mich an seine Ankunft. Er prophezeite gewaltige Dinge, und die Leute wehklagten und warfen sich auf die Gesichter. Aber seither ist sein Dämon zu den Sternen zurückgekehrt, und die einst mächtige Waffe, die er trug, ist ihrer Kraft ebenfalls entleert. Die Menschen würden das aber nicht glauben, so daß wir noch immer anderes vorgeben, sonst gäbe es Unruhe unter ihnen.«

»Was sich auf seine eigenen Vorrechte auswirken würde«, sagte Val Nira. Seine Stimme klang müde und sarkastisch. »Iskilip war damals jung«, fuhr er, zu Rovic gewandt, fort, »und die Thronfolge war umstritten. Ich gab ihm meinen Einfluß. Er versprach, dafür für mich gewisse Dinge zu tun.«

»Ich habe es versucht, Bote«, sagte der Monarch. »Fragt alle untergegangenen Kanus und ertrunkenen Männer, ob ich es nicht versucht habe. Aber der Wille der Götter entschied anders.«

»Offenbar.« Val Nira zuckte die Schultern. »Diese Inseln besitzen wenig Mineralien, Kapitän Rovic, und keine Person, die fähig wäre, jene zu erkennen, die ich brauchte. Für die Kanus der Hisagazi ist es zum Festland zu weit. Aber ich bestreite nicht, daß Ihr es versucht habt, Iskilip ... damals.« Er warf uns einen vielsagenden Blick zu. »Das ist das erstemal, daß Fremde tief in das herrscherliche Vertrauen gezogen werden, meine Freunde. Seid Ihr gewiß, daß Ihr lebendig wieder herauskommen könnt?«

»Aber, aber, sie sind unsere Gäste!« ereiferten sich Iskilip und Guzan beinahe gleichzeitig.

»Außerdem kannte ich den Großteil des Geheimnisses schon«,

sagte Rovic lächelnd. »Mein Land hat seine eigenen Geheimnisse dagegenzusetzen. Ja, ich glaube, wir könnten durchaus ins Geschäft kommen, Heiliger.«

»Was?« Val Nira starrte uns betäubt an. Rot und Weiß jagten einander auf seinem Gesicht. Dann setzte er sich auf die Bank und begann zu weinen. Rovic legte ihm die Hand auf die zuckende Schulter und sagte: »Ich gestehe, daß kein himmlisches Fahrzeug in Montalir angelegt hat. Aber wir haben gewisse andere Geheimnisse, vielleicht gleichermaßen wertvolle.«

Nur ich, der ich seine Stimmungen einigermaßen kannte, vermochte seine Anspannung zu erkennen. Er hielt Guzans Blick mit dem seinen fest und zwang ihn damit nieder wie ein Bändiger wilder Tiere. Und inzwischen sprach er mütterlich sanft zu Val Nira: »Ich nehme an, Freund, Euer Schiff ist an dieser Küste gescheitert, aber man könnte es wiederherstellen, wenn Ihr gewisse Stoffe hättet?«

»Ja ... ja ... hört –« Stammelnd und schluckend bei dem Gedanken, daß er vor seinem Tode seine Heimat noch einmal wiedersehen konnte, versuchte Val Nira zu erläutern.

Die Bedeutung dessen, was er sagte, für die Lehre, ist so unglaublich, sogar gefährlich, daß ich überzeugt bin, die hohen Herren wünschen nicht, ich sollte viel davon erwähnen. Ich glaube jedoch nicht, daß sie falsch sind. Wenn die Sterne wirklich Sonnen sind wie unsere eigene, jede umkreist von Planeten wie dem unsrigen, zerstört das die Theorie von der Kristallsphäre. Aber als Froad später davon erfuhr, meinte er, das sei für die wahre Religion nicht von Bedeutung. Die Schriften haben nie behauptet, das Paradies läge unmittelbar über dem Geburtsort von Gottes Tochter; das wurde während der Jahrhunderte, als man die Erde für flach hielt, nur vermutet. Weshalb sollte das Paradies nicht auf jenen Planeten ferner Sonnen zu finden sein, wo Menschen in Herrlichkeit leben, über die alten Künste verfügen und so beiläufig von Stern zu Stern huschen, wie wir von Lavre nach West Alayn reisen?

Val Nira glaubte, unsere Vorfahren seien vor mehreren tausend Jahren auf dieser Welt ausgesetzt worden. Sie müssen vor den Folgen irgendeines Verbrechens oder der Ketzerei geflohen sein, um so weit von jedem menschlichen Gebiet zu landen. Auf irgendeine Weise wurde ihr Schiff zerstört, die Überlebenden kehrten zur Barbarei zurück, und nur stufenweise haben ihre Nachkommen ein wenig Wissen wiedergewonnen. Ich kann nicht sehen, wo diese Erklärung dem Dogma vom Fall widerspricht. Vielmehr bekräftigt sie es. Der Fall war nicht das Schicksal der gesamten Menschheit, sondern nur von einigen wenigen – von unserem eigenen besudelten Blut –, während die anderen im Himmel weiterhin reich und zufrieden lebten.

Unsere Welt liegt von den Handelsrouten der Paradies-Bewohner noch immer weit entfernt. Heute haben nur noch sehr wenige von ihnen irgendein Interesse daran, neue Reiche zu suchen. Val Nira war jedoch einer von ihnen. Er war monatelang auf gut Glück unterwegs, bis er zufällig auf unsere Erde stieß. Dann ergriff auch ihn der Fluch. Irgend etwas versagte. Er landete auf Ulas-Erkila, und das Schiff wollte nicht mehr fliegen.

»Ich kenne den Schaden«, sagte er mit Leidenschaft. »Ich habe nichts vergessen. Wie könnte ich auch? In all den Jahren ist kein Tag vergangen, an dem ich mir nicht vorgesagt hätte, was getan werden muß. Eine bestimmte, scharfsinnig erdachte Maschine im Schiff benötigt Quecksilber.« (Er und Rovic mußten geraume Zeit miteinander sprechen, bevor sie zu dem Schluß kamen, daß es das sein mußte, was er mit dem Wort meinte.) »Als die Maschine versagte, landete ich so hart, daß die Tanks platzten. Alles Quecksilber, das ich in Reserve hatte, ebenso wie das verwendete, ergoß sich hinaus. In einem heißen, umschlossenen Raum hätte mich eine solche Menge vergiftet. Ich floh ins Freie und vergaß, die Tür zu schließen. Da das Deck schief stand, floß mir das Quecksilber nach. Bis ich mich von meiner blinden Panik erholt hatte, schwemmte ein Tropengewitter das meiste von dem flüssigen Metall fort. Eine Reihe unwahrscheinlicher Zufälle, ja, das war es, was mich zu lebenslangem Exil verurteilte. Es wäre wahrlich sinnvoller gewesen, auf der Stelle zugrunde zu gehen!«

Er ergriff Rovics Hand und starrte im Sitzen zu dem vor ihm stehenden Kapitän hinauf.

»Könnt Ihr wirklich Quecksilber beschaffen?« flehte er. »Ich brauche nicht mehr als das Volumen eines Männerkopfes. Nur das, und ein paar Reparaturen, die mit Werkzeugen im Schiff leicht auszuführen sind. Als dieser Kult um mich entstand, mußte ich bestimmte Dinge, die ich besaß, herausgeben, damit jeder Provinztempel eine Reliquie bekam. Aber ich achtete darauf, nie etwas Wichtiges herzugeben. Was ich auch brauche, es wartet auf mich.

Eine Gallone Quecksilber, und – o Gott, auf Terra könnte meine Frau vielleicht sogar noch am Leben sein!«

Guzan zumindest hatte zu begreifen begonnen. Er winkte den Prinzen, die ihre Äxte in den Händen wogen und ein wenig näher herantraten. Die Tür der Hütte war geschlossen. Rovic blickte von Val Nira zu Guzan, dessen Gesicht sich vor Anspannung verzerrte. Mein Kapitän legte die Hand auf den Degenknauf. Auf keine andere Weise schien er die Nähe irgendeiner Gefahr zu spüren.

»Ich nehme an, Milord«, sagte er leichthin, »daß Ihr damit einverstanden seid, das Himmelsschiff wieder flugfähig zu machen.«

Guzan war betroffen. Damit hatte er nicht gerechnet.

»Aber gewiß!« rief er. »Warum nicht?«

»Euer zahmer Gott würde Euch verlassen. Was wird dann aus Eurer Macht in Hisagazi?«

»Ich – daran hatte ich nicht gedacht«, stammelte Iskilip.

Val Niras Blicke zuckten zwischen uns hin und her, als verfolge er ein Schaufelballspiel. Sein magerer Körper bebte.

»Nein«, flüsterte er. »Das könnt ihr nicht. Ihr könnt mich nicht festhalten«

Guzan nickte.

»In einigen Jahren würdet Ihr im Todeskanu doch entschwinden«, sagte er nicht ungütig. »Wenn wir Euch bis dahin gegen Euren Willen festhielten, würdet Ihr vielleicht nicht die richtigen Orakelsprüche für uns hervorbringen. Nein, beruhigt Euch, wir beschaffen Euren fließenden Stein.« Mit einem Schlitzblick auf Rovic: »Wer soll ihn holen?«

»Meine Leute«, sagte der Ritter. »Unser Schiff kann Giair erreichen, wo es zivilisierte Nationen gibt, die gewiß Quecksilber besitzen. Wir könnten in einem Jahr wieder zurück sein, denke ich.«

»Begleitet von einer Flotte von Abenteurern, die Euch helfen, das heilige Gefährt in Eure Gewalt zu bringen?« fragte Guzan rundheraus. »Oder Ihr fahrt, wenn Ihr unsere Inseln hinter Euch habt, vielleicht gar nicht weiter nach Yurakadak. Ihr fahrt vielleicht nach Hause, unterrichtet Eure Königin und kehrt mit der ganzen Streitmacht zurück, über die sie verfügt.«

Rovic lehnte an einer Dachstütze, in Rüschen und Kniehose und scharlachrotem Umhang, ungezwungen wie eine große Sprungkatze. Seine rechte Hand blieb auf seinem Degenknauf liegen.

»Niemand außer Val Nira könnte das Schiff wieder in Betrieb

nehmen, meine ich«, sagte er gedehnt. »Kommt es darauf an, wer ihm hilft, die Reparaturen vorzunehmen? Ihr glaubt doch wohl nicht, eine unserer beiden Nationen könnte das Paradies erobern?«

»Das Schiff ist sehr leicht zu bedienen«, stieß Val Nira hervor. »In der Luft kann jeder es fliegen. Ich habe vielen Edelleuten gezeigt, welche Hebel zu betätigen sind. Das Navigieren zwischen den Sternen ist es, was größere Schwierigkeiten bereitet. Keine Nation auf dieser Welt könnte mein Volk ohne Hilfe auch nur erreichen – geschweige denn dagegen kämpfen –, aber warum solltet Ihr an Kampf denken? Ich habe Euch tausendmal gesagt, Iskilip, daß die Bewohner in der Milchstraße für niemanden gefährlich sind. Sie haben so viel Reichtum, daß es ihnen schwerfällt, das meiste davon zu nutzen. Sie würden mit Freuden hohe Beträge ausgeben, um den Bewohnern dieser Welt dabei zu helfen, wieder zivilisiert zu werden.« Mit einem ängstlichen, halb hysterischen Blick auf Rovic: »Ganz zivilisiert, meine ich. Wir lehren euch unsere Künste. Wir geben euch Maschinen, Automaten, Homunkuli, die alle schwere Arbeit verrichten, und Boote, die durch die Luft fliegen, und regelmäßigen Passagierdienst mit den Schiffen, die zwischen den Sternen verkehren –«

»Diese Dinge habt Ihr seit vierzig Jahren versprochen«, sagte Iskilip. »Wir haben nichts als Euer Wort.«

»Und endlich Aussicht, dafür Bestätigung zu finden«, entfuhr es mir.

Guzan sagte mit wohlberechneter Grimmigkeit: »So einfach liegen die Dinge nicht, Heiliger. Ich habe diese Männer von über dem Meer wochenlang beobachtet, während sie auf Yarzik lebten. Selbst bei ihrem besten Benehmen sind sie ein wilder und habgieriger Haufen. Ich traue ihnen nicht weiter, als mein Blick reicht. Erst diese Nacht erkenne ich, wie sie uns getäuscht haben. Sie verstehen unsere Sprache besser, als sie je zugegeben haben. Und sie haben uns zu dem Glauben verleitet, sie könnten etwas von einem Boten wissen. Wenn das Schiff wirklich wieder zum Fliegen gebracht werden sollte und sie es im Besitz haben, wer weiß, wozu sie sich entschließen mögen?«

Rovics Stimme wurde noch sanfter.

»Was schlagt Ihr vor, Guzan?«

»Das können wir ein andermal besprechen.«

Ich sah Fingerknöchel sich fester um Steinäxte spannen. Einen Augenblick lang war nur Val Niras unsteter Atem zu hören. Guzan stand schwerfällig im Lampenlicht, rieb sein Kinn und hatte die kleinen, schwarzen Augen nachdenklich zu Boden gerichtet. Endlich schüttelte er sich.

»Vielleicht könnte eine Besatzung, die zum größten Teil aus Hisagazi besteht, Euer Schiff führen, Rovic, und den fließenden Stein holen«, sagte er lebhaft. »Ein paar von Euren Männern könnten mitfahren, um die unsrigen zu unterweisen. Der Rest könnte als Geiseln hierbleiben.«

Mein Kapitän antwortete nicht.

»Ihr begreift nicht«, stöhnte Val Nira auf. »Ihr streitet euch um nichts. Wenn meine Leute hierherkommen, wird es keinen Krieg, keine Unterdrückung mehr geben. Sie werden euch von allen Krankheiten heilen. Sie werden Freundschaft für alle zeigen und niemanden bevorzugen. Ich flehe euch an –«

»Genug«, sagte Iskilip. Seine Worte klangen abgehackt. »Wir werden darüber schlafen. Wenn jemand nach so viel Fremdartigem zu schlafen vermag . . .«

Rovic blickte am Federschmuck des Herrschers vorbei auf Guzan.

»Bevor wir irgend etwas entscheiden . . .« Seine Finger schlossen sich fester um den Degenknauf, bis die Nägel weiß wurden. Irgendein Gedanke war plötzlich in ihm aufgetaucht. Aber seine Stimme blieb gleichmütig: »Zuerst will ich das Schiff sehen. Können wir morgen hingehen?«

Iskilip war der Heilige, aber er stand zusammengesunken in seinem Federgewand. Guzan nickte Zustimmung.

Wir verabschiedeten uns für die Nacht und machten uns unter Tambur auf den Weg. Der Planet war im Zunehmen, fast voll, und überflutete den Innenhof mit kaltem Licht, aber die Hütte stand im Schatten des Tempels. Sie blieb ein schwarzer Umriß, mit dem schmalen Lampenschein-Rechteck der Tür in der Mitte. Dort zeichnete sich der gebrechliche Körper Val Niras ab, der von den Sternen gekommen war. Er beobachtete uns, bis wir außer Sichtweite waren.

Auf dem Weg den Pfad hinunter verhandelten Guzan und Rovic miteinander. Das Schiff lag zwei Tagesmärsche landeinwärts, an den Hängen des Ulas. Wir sollten es gemeinschaftlich besichtigen, aber für die Gruppe wurden nur zwölf Montalirianer zugelassen. Danach sollte unser weiteres Vorgehen besprochen werden. Laternen glühten gelb an der Poop unserer Karavelle. Rovic und ich lehnten Iskilips Gastfreundschaft ab und kehrten dorthin für die Nacht zurück. Ein Pikenier, der an der Gangway Wache hielt, wollte wissen, was ich erfahren hätte.

»Fragt mich morgen«, sagte ich schwach. »In meinem Schädel dreht sich noch alles.«

»Kommt in meine Kabine, Zhean, auf einen Becher voll, bevor wir uns zur Ruhe legen«, lud mich der Kapitän ein.

Wein brauchte ich weiß Gott. Wir betraten den niedrigen Raum. Er war vollgestopft mit nautischen Instrumenten, Büchern und gedruckten Karten, die mir jetzt kurios vorkamen, seitdem ich ein wenig gesehen hatte von den Gegenden, wo der Kartograph Seejungfrauen und Windgeister hingezeichnet hatte. Rovic setzte sich an seinen Tisch, winkte mich zu einem Stuhl davor und goß aus einer Karaffe zwei Kelche aus Quayne-Kristall voll. Da wußte ich, daß ihn große Gedanken beschäftigten – weit mehr als das Problem, unser aller Leben zu retten.

Wir schlürften eine Weile stumm. Ich hörte kleine Wellen an unseren Rumpf schlagen, vernahm die Schritte der Wachen, das Rauschen ferner Brandung – sonst nichts. Schließlich lehnte Rovic sich zurück und starrte auf den rubinroten Wein in den Gläsern. Ich konnte seinen Ausdruck nicht ergründen.

»Nun, Zhean, was meint Ihr?« fragte er.

»Ich weiß nicht, was ich denken soll, Kapitän.«

»Ihr und Froad seid ein wenig vorbereitet auf die Vorstellung, daß die Sterne andere Sonnen sind. Ihr seid gebildet. Was mich betrifft, so habe ich zu meiner Zeit genug Unheimliches gesehen, daß dies ganz glaubhaft erscheint. Aber der Rest unserer Leute . . .«

»Eine Ironie, daß Barbaren wie Guzan schon lange mit der Vorstellung vertraut sind, nachdem der alte Mann vom Himmel es ihrer Klasse seit über vierzig Jahren täglich insgeheim gepredigt hat. Ist er wahrhaftig ein Prophet, Kapitän?«

»Er bestreitet es. Er spielt den Propheten, weil er muß, aber es ist offenkundig, daß die Herzöge und Grafen dieses Reiches dies als Trick erkennen. Iskilip ist senil, zu seinem künstlichen Glauben mehr als halb bekehrt. Er lallte etwas von Prophezeiungen, die Val Nira vor langer Zeit gemacht hat, wahre Prophezeiungen. Lächerlich! Tricks der Erinnerung und des Wunsches. Val Nira ist so menschlich und fehlbar wie ich. Wir Montalirianer sind vom selben Fleisch wie diese Hisagazi, auch wenn wir den Gebrauch von Metall vor ihnen gelernt haben. Val Niras Volk weiß wiederum mehr als wir, aber Sterbliche sind es doch, beim Himmel. Ich muß es mir einprägen.«

»Guzan prägt es sich ein.«

»Bravo, mein Junge!« Rovic zog einen Mundwinkel hoch. »Er ist schlau und kühn. Als er kam, sah er seine Chance, als kleiner Herrscher auf einer entlegenen Insel nicht mehr stagnieren zu müssen. Er wird sich ohne Kampf die Chance nicht nehmen lassen. Wie viele doppelzüngige Menschen vor ihm wirft er uns vor, insgeheim eben das zu planen, was er zu tun hofft.«

»Aber was erhofft er?«

»Ich vermute, daß er das Schiff für sich selbst haben will. Val Nira sagte, es sei leicht zu fliegen. Die Navigation zwischen den Sternen wäre für alle außer ihm zu schwierig; noch könnte jemand, der bei Verstand ist, hoffen, an der Milchstraße den Piraten zu spielen. Hingegen . . . wenn das Schiff hier bliebe, auf dieser Erde, nicht höher stiege als eine Meile über den Boden . . . der Kriegsherr, der es einsetzte, könnte größere Eroberungen machen als selbst Lame Darveth.«

Ich war entsetzt.

»Ihr meint, Guzan würde nicht einmal versuchen, das Paradies zu finden?«

Rovic starrte so finster in seinen Wein, daß ich sehen konnte, daß er allein sein wollte. Ich stahl mich zu meiner Koje in der Poop davon.

Der Kapitän war vor Tagesanbruch wach und bereitete unsere Leute vor. Offensichtlich war er zu einer Entscheidung gelangt, und zu keiner angenehmen. Sobald er sich jedoch einen Kurs setzte, wich er selten davon ab. Er besprach sich lange mit Etien, der mit erschrockener Miene aus der Kajüte kam. Wie um sich selbst Beruhigung zu verschaffen, kommandierte er die Leute barsch herum.

Unser erlaubtes Dutzend sollte aus Rovic, Froad, mir, Etien und acht Besatzungsmitgliedern bestehen. Wir bekamen Helme und Harnische, Musketen und Hiebwaffen. Da Guzan uns erklärt hatte, es gebe einen befestigten Weg zum Schiff, bauten wir auf dem Kai einen Vorratswagen zusammen. Etien überwachte die Anlandung.

Ich sah erstaunt, daß fast alles, was er trug, Fässer mit Schießpulver waren.

»Aber wir nehmen doch keine Geschütze mit«, wandte ich ein.

»Befehl vom Käpt'n«, knurrte Etien. Er drehte mir den Rücken zu. Nach einem Blick auf Rovics Gesicht unterfing sich keiner, ihn nach dem Grund zu fragen. Ich erinnerte mich, daß wir einen Berg hinaufsteigen würden. Ein Wagen voll Schießpulver mit brennender Lunte, einer feindlichen Armee entgegenrollend, mochte eine Schlacht entscheiden. Aber rechnete Rovic mit offenem Kampf?

Seine Befehle an die Männer und Offiziere, die zurückblieben, deuteten gewiß darauf hin. Sie sollten an Bord der ›Güldensprung‹ bleiben und auf schnellen Kampf oder Entweichen vorbereitet sein.

Als die Sonne aufging, sprachen wir vor Gottes Tochter unsere Morgengebete und marschierten die Kais entlang. Das Holz dröhnte hohl unter unseren Stiefeln. Über der Bucht hingen einige Nebelschwaden; Tamburs Sichel schwebte blaß darüber. Nikum lag still da, als wir hindurchzogen.

Guzan empfing uns am Tempel. Ein Sohn Iskilips führte dem Namen nach das Kommando, aber der Herzog beachtete den jungen Mann so wenig wie wir. Sie hatten hundert Soldaten dabei, in Schuppenhäuten, mit rasierten Köpfen, tätowiert mit Blitzen und Drachen. Das Licht der Morgensonne schimmerte auf Speerspitzen aus Obsidian. Man beobachtete unser Herannahen stumm. Als wir vor den ungeordneten Reihen stehenblieben, trat Guzan vor. Er war ebenfalls in Leder gekleidet und trug den Degen, den Rovic ihm auf Yarzik geschenkt hatte. Der Tau funkelte auf seinem Federumhang.

»Was habt Ihr in dem Wagen da?« fragte er scharf.

»Vorräte«, erwiderte Rovic.

»Für vier Tage?«

»Schickt bis auf zehn alle Eure Männer heim«, sagte Rovic kaltblütig, »und ich schicke diesen Wagen zurück.«

Ihre Blicke maßen einander, bis Guzan sich umdrehte und seine Befehle erteilte. Wir machten uns auf den Weg, ein paar Montalirianer, umgeben von heidnischen Kriegern. Der Dschungel lag vor uns, von tiefem, loderndem Grün, die Hänge des Ulas halb hinaufreichend. Dann wurde der Berg zu nacktem Schwarz, bis zum Schnee hinauf, der am Rand des rauchenden Kraters lag.

Val Nira ging zwischen Rovic und Guzan. Seltsam, dachte ich, daß das Werkzeug von Gottes Willen für uns so zusammengeschrumpft war. Er hätte hoch aufgerichtet und überlegen schreiten müssen, einen Stern auf der Stirn.

Untertags, nachts, als wir ein Lager aufschlugen, und erneut am nächsten Tag befragten Rovic und Froad ihn begierig nach seiner Heimat. Natürlich fand ihr Gespräch in Bruchstücken statt. Ich hörte auch nicht alles, weil ich von Zeit zu Zeit mithelfen mußte, unseren Wagen den schmalen, steilen, mühsamen Weg hinaufzuziehen. Die Hisagazi haben keine Zugtiere, weshalb sie vom Rad wenig Gebrauch machen und keine richtigen Straßen besitzen. Aber was ich hörte, hielt mich lange wach.

Ah, größere Wunderdinge, als die Poeten sich für das Elfenland haben einfallen lassen! Ganze Städte in einem einzigen Turm, der eine halbe Meile hoch ist. Der Himmel zum Leuchten gebracht, so daß es nach dem Sonnenuntergang keine echte Dunkelheit gibt. Nahrung, nicht aus der Erde gezogen, sondern hergestellt in ›alchemischen Elaboratorien‹. Der niedrigste Bauer im Besitz von zwei Dutzend Maschinen, die ihm unauffälliger und demütiger dienen, als es tausend Sklaven könnten; im Besitz eines Luftfahrzeugs, das ihn in weniger als einem Tag um seine Welt fliegen kann; im Besitz eines Kristallfensters, auf dem Theaterbilder erscheinen, um seine überreichliche Mußezeit zu verkürzen. Große Handelsschiffe zwischen Sonnen, voll der Schätze von tausend Planeten; dabei jedes Schiff unbewaffnet und unbegleitet, weil es keine Piraten gibt und dieses Reich mit den anderen sternfahrenden Nationen auf so gutem Fuß steht, daß auch der Krieg aufgehört hat. (Diese fremden Länder scheinen dem Übernatürlichen darin ähnlicher zu sein als das von Val Nira, weil die Rassen, aus denen sie sich zusammensetzen, nicht menschlich sind, obschon sie sprechen und denken können.) In diesem glücklichen Land gibt es wenige Verbrechen. Wenn eines vorkommt, wird der Täter schnell durch die Künste des Profos-Korps gefaßt; trotzdem wird er nicht gehängt oder auch nur übers Meer verschifft. Statt dessen wird sein Gemüt von dem Wunsch geheilt, gegen irgendein Gesetz verstoßen zu wollen. Er kehrt nach Hause zurück, um als ein besonders geehrter Bürger zu leben, weil die Leute wissen, daß er jetzt vollkommen vertrauenswürdig ist. Was die Regierung betrifft – aber hier verlor ich den Faden des Gespräches. Ich glaube, der Form nach ist der Staat eine Republik, in der Praxis aber eine treue, durch Examinierung ausgewählte Gemeinschaft von Menschen, die für das Wohlergehen aller anderen sorgen.

Dies war gewiß das Paradies! dachte ich.

Unsere Seeleute hörten gaffend zu. Rovics Miene blieb zurückhaltend, aber er nagte unaufhörlich an seinem Schnurrbart. Guzan, für den das alte Geschichten waren, nahm ein barsches Benehmen an. Es war deutlich zu sehen, daß ihm unser vertrauter Umgang mit Val Nira und die Leichtigkeit mißfielen, mit der wir lautgewordene Ideen auffaßten.

Aber wir entstammten schließlich einer Nation, die schon lange Naturphilosophie und Verbesserung der manuellen Künste gefördert hat. Ich selbst hatte in meiner kurzen Lebensspanne erlebt, wie das Wasserrad in Gebieten, wo es wenige Wasserläufe gibt, durch die moderne Form der Windmühle ersetzt wurde. Die Pendeluhr wurde im Jahr vor meiner Geburt erfunden. Ich hatte viele romantische Geschichten über die fliegenden Maschinen gelesen, die nicht wenige zu konstruieren versucht haben. Da wir mit einem derart schwindelerregenden Tempo des Fortschritts lebten, waren wir Montalirianer nur allzu bereit, noch gewaltigere Vorstellungen zu erfassen.

Abends, als ich mit Froad und Etien an einem Lagerfeuer saß, sprach ich mit dem Weisen darüber.

»Ah«, sagte er, »heute stand die Wahrheit entschleiert vor mir. Habt Ihr gehört, was der Sternenmann sagte? Die drei Gesetze der Planetenbewegung um eine Sonne, und das eine große Gesetz der Anziehung, das sie erklärt? Liebe Heilige, dieses Gesetz kann in einen einzigen kurzen Satz gefaßt werden, und trotzdem wird die Entwicklung die Mathematiker dreihundert Jahre lang beschäftigen.« Er blickte vorbei an den Flammen und den anderen Feuern, wo die Heiden schliefen, an Dschungeldüsterkeit und zornigem, vulkanischem Glühen am Himmel. Ich begann ihn zu befragen.

»Laßt gut sein«, knurrte Etien. »Könnt Ihr nicht erkennen, wann ein Mann verliebt ist?«

Ich rückte ein wenig näher an die schwerfällige, tröstliche Massigkeit des Bootsmannes heran.

»Was haltet Ihr davon?« fragte ich leise, denn der Dschungel wisperte und quakte auf allen Seiten.

»Ich habe vor einiger Zeit aufgehört, nachzudenken«, sagte er, »nach dem Tag auf dem Vorderdeck, als der Käpt'n uns mit Scherzen dazu bewog, mit ihm zu segeln, und wenn wir vom Rand der Welt stürzen und in Schaum zwischen den unteren Sternen dahinpurzeln ... nun, ich bin nur ein armer Seemann, und meine einzige Chance, wieder nach Hause zu gelangen, liegt darin, dem Käpt'n zu folgen.«

»Selbst über den Himmel hinaus?«

»Das birgt vielleicht weniger Gefahr, als weiter um die Welt zu segeln. Der kleine Mann hat geschworen, sein Fahrzeug sei sicher, und zwischen den Sternen bliesen keine Stürme.«

»Könnt Ihr auf sein Wort bauen?«

»O freilich. Selbst ein mitgenommener alter Palomer wie ich hat von den Menschen genug gesehen, um zu wissen, wann einer zu scheu und eifrig ist, um an einer Lüge festzuhalten. Ich fürchte die Leute im Paradies nicht, so wenig wie der Käpt'n. Nur, auf irgendeine Weise ...« Etien rieb sich das bärtige Kinn und blickte finster. »Auf irgendeine Weise, die ich nicht ganz begreifen kann, erschrekken sie Rovic. Er fürchtet nicht, daß sie mit Fackel und Schwert zu uns kommen könnten, aber es ist irgend etwas anderes an ihnen, das ihm Sorge macht.«

Ich spürte, wie der Boden kaum merklich schwankte. Ulas hatte sich geräuspert.

»Es hat wahrlich den Anschein, als versuchten wir Gottes Zorn –«

»Das ist es nicht, was den Käpt'n beunruhigt. Er war nie ein besonders frommer Mann.« Etien kratzte sich, gähnte und stand auf. »Bin froh, daß ich nicht der Käpt'n bin. Laßt ihn überdenken, was am besten zu tun sei. 's wird Zeit, daß Ihr und ich schlafen.«

Aber ich schlief in dieser Nacht wenig.

Rovic ruhte wohl, glaube ich. Doch im Lauf des nächsten Tages konnte ich an ihm eine Verstörtheit bemerken. Ich fragte mich, woran das lag. Glaubte er, die Hisagazi würden sich gegen uns wenden? Wenn dem so war, weshalb war er mitgegangen? Als der Hang steiler wurde, fiel es so schwer, den Wagen zu ziehen und zu schieben, daß meine Ängste aus Mangel an Atem eingingen.

Als wir gegen Abend auf das Schiff stießen, war meine Müdigkeit trotzdem vergessen, und nach einer verblüfften Salve von Flüchen stützten sich unsere Seeleute stumm auf ihre Piken. Die Hisagazi, nie gesprächig, kauerten sich ehrfürchtig tief nieder. Nur Guzan allein blieb aufrecht stehen. Ich konnte seinen Gesichtsausdruck sehen, als er das Wunderwerk anstarrte. Es war ein Ausdruck der Gier.

Wild war es an dieser Stelle. Wir waren über der Baumgrenze. Das Land unter uns war eine grüne See, gerändert von silbrigem Ozean. Hier standen wir zwischen wirr verstreuten schwarzen Felsblöcken, hatten Asche und schwammigen Tuff unter den Füßen. Der Berg erhob sich in steilen Abhängen und Böschungen und Schluchten hinauf zu Schnee und Rauch, der noch eine Meile mehr in einen blassen, kühlen Himmel stieg. Und hier stand das Schiff.

Und das Schiff war Schönheit.

Ich erinnere mich. In der Länge – vielmehr Höhe, denn es stand auf dem Heck – entsprach es etwa unserer Karavelle, in der Form war es nicht unähnlich einer Lanzenspitze. Die Farbe war ein schimmerndes Weiß, das nach vierzig Jahren noch unbefleckt war. Das war alles. Aber Worte sind armselig, hohe Herren. Was können sie zeigen von klaren, steilen Kurven, von Schillern auf poliertem Metall, von einem Objekt, das stolz und herrlich war und schon seiner Form nach danach bebend, davonzufegen? Wie kann ich den Zauber beschwören, der das Schiff umgab, dessen Kiel Sternenlicht durchfurcht hatte?

Wir standen dort lange Zeit. Mein Blick trübte sich. Ich wischte mir die Augen, zornig darüber, so ergriffen beobachtet zu werden, bis ich in Rovics rotem Bart eine Träne glänzen sah. Aber die Miene des Kapitäns war ausdruckslos. Als er zu sprechen begann, sagte er mit tonloser Stimme nur: »Kommt, schlagen wir das Lager auf.«

Die Hisagazi-Soldaten wagten sich einem so mächtigen Idol, wie das Schiff es geworden, nicht weiter zu nähern als bis auf jene mehrere hundert Meter. Unsere Seeleute zogen es vor, die gleiche Entfernung einzuhalten. Aber als es dunkel geworden und alles andere geordnet war, führte Val Nira Rovic, Froad, Guzan und mich zu dem Fahrzeug.

Als wir uns näherten, ging lautlos eine Doppeltür an der Seite auf, und aus ihr schob sich eine metallene Laufplanke heraus. Im Licht von Tambur und im stumpfen, geronnenen Rot, das die Rauchwolken zurückwarfen, schimmernd, war das Schiff so fremdartig, daß ich mich vor ihm zu fürchten begann. Als es mir so winkte, wie wenn ein Geist Wache stünde, wimmerte ich und flüchtete. Die Schlacke knirschte unter meinen Stiefeln; ich roch schweflige Luft.

Aber am Rand des Lagers faßte ich mich soweit, daß ich wieder hinzublicken vermochte. Der dunkle Boden saugte das Licht auf, so daß das Schiff in seiner Pracht allein stand. Nach einer Zeit ging ich zurück.

Das Innere war von Leuchttafeln erhellt, die sich kühl anfühlten. Val Nira erklärte, daß der große Motor, der es vorwärtstrieb – so, als hätte man den Troll der Sage in eine Tretmühle gestellt –, intakt sei und auf Hebeldruck Kraft abgeben würde. Soweit ich verstehen konnte, was er sagte, geschah das, indem der metallische Bestandteil von Salz in Licht verwandelt wird . . . also verstehe ich gar nichts. Das Quecksilber war erforderlich für einen Teil der Steuerung, die Kraft vom Motor in einen anderen Mechanismus lenkte, der das Schiff himmelwärts schleuderte. Wir besichtigten den beschädigten Behälter. Der Aufprall bei der Landung mußte wahrlich ungeheuer stark gewesen sein, um diese dicke Legierung so zu verbiegen und zu beschädigen. Trotzdem war Val Nira durch unsichtbare Kräfte geschützt worden, und der Rest des Schiffes hatte keine wesentlichen Schäden davongetragen. Val Nira holte Geräte, die flammten und summten und wirbelten, und führte einige Reparaturarbeiten am defekten Teil vor. Offensichtlich würde es ihm nicht schwerfallen, die Arbeit zu vollenden – dann brauchte er nur eine Gallone Quecksilber hineinzugießen, um sein Fahrzeug wieder lebendig zu machen.

Er zeigte uns in dieser Nacht noch so vieles. Ich werde nicht davon sprechen, denn ich kann mich an soviel Fremdartiges kaum erinnern, geschweige denn Worte dafür finden. Es genügt zu sagen, daß Rovic, Froad und Zhean einige Stunden im Elfenberg verbrachten.

Ebenso Guzan. Obwohl er im Rahmen seiner Einweihung zuvor schon hierhergeführt worden war, hatte man ihm bis dahin nie soviel gezeigt. Wenn ich ihn beobachtete, sah ich an ihm jedoch weniger Staunen als Habgier.

Ohne Zweifel bemerkte Rovic dasselbe. Es gab wenig, was Rovic entging. Als wir das Schiff verließen, wirkte sein Schweigen nicht betäubt wie das von Froad oder von mir. Damals dachte ich auf undeutliche Weise, daß er sich Sorgen über die Schwierigkeiten machte, die Guzan mit Gewißheit uns machen würde. Im Rückblick glaube ich, daß er traurig gestimmt war.

Jedenfalls stand er, lange nachdem wir anderen in unseren Decken lagen, ganz allein und starrte das planetenbeschienene Schiff an.

*

In früher, kalter Dännerung rüttelte mich Etien wach.

»Auf, junger Herr, wir haben Arbeit vor uns. Ladet Eure Pistols und schnallt Euren Dolch um.«

»Was? Was geht vor?« Ich zerrte an einer reifüberzogenen Decke. Die vergangene Nacht schien ein Traum gewesen zu sein.

»Der Käpt'n hat nichts gesagt, aber er rechnet offensichtlich mit einem Kampf. Meldet Euch am Wagen und helft uns, ihn in den fliegenden Turm dort zu ziehen.« Etiens breite Gestalt kauerte noch einen Augenblick länger vor mir, und er sagte langsam: »Mich deucht, Guzan hat vor, uns hier auf dem Berg zu ermorden. Ein Offizier und ein paar Matrosen kann man zwingen, die ›Güldensprung‹ zu steuern, nach Giair und zurück. Wir anderen wären ihm mit durchschnittenen Gurgeln eine geringere Last.«

Ich kroch hinaus, mit klappernden Zähnen. Nachdem ich mich bewaffnet hatte, holte ich mir aus dem gemeinsamen Vorrat schnell etwas zu essen. Die Hisagazi hatten beim Marsch getrockneten Fisch und eine Art Brot aus einer gemahlenen Pflanze bei sich. Die Heiligen allein wußten, wann ich wieder Gelegenheit finden würde, etwas zu mir zu nehmen. Ich war der letzte, der zu Rovic an den Wagen trat. Die Eingeborenen näherten sich uns mürrisch, in Ungewißheit darüber, was wir beabsichtigten.

»Dann auf, Leute«, sagte Rovic. Er erteilte seine Befehle. Vier Mann begannen den Wagen über den felsigen Weg zum Schiff zu zerren, das im Nebel glänzte. Wir anderen standen dabei, die Waffen in Bereitschaft. Guzan hastete auf uns zu, langsamer gefolgt von Val Nira.

Sein Gesicht war verdunkelt von Zorn.

»Was macht ihr?« fauchte er.

Rovic starrte ihn gelassen an.

»Nun, Milord, da wir einige Zeit hier sein werden, um die Wunderdinge im Schiff zu betrachten –«

»Was?« stieß Guzan hervor. »Was meint Ihr? Habt Ihr für einen ersten Besuch nicht genug gesehen? Wir müssen wieder nach Hause und Vorbereitungen treffen, um das fließende Gestein zu holen.«

»Geht, wenn Ihr wollt«, sagte Rovic. »Ich ziehe es vor, noch zu bleiben. Und da Ihr mir nicht traut, laßt Euch gesagt sein, mir geht es mit Euch nicht anders. Meine Leute werden im Schiff bleiben, das notfalls verteidigt werden kann.«

Guzan wütete und tobte, aber Rovic beachtete ihn nicht. Unsere

Leute fuhren fort, den Wagen über das unebene Gelände zu zerren. Guzan winkte seinen Speerträgern, die sich in einer ungeordneten, aber wachsamen Masse näherten. Etien erteilte einen Befehl. Wir stellten uns in einer Reihe auf. Piken wurden gesenkt, Musketen zielten.

Guzan trat zurück. Wir hatten ihm auf seiner Heimatinsel Feuerwaffen vorgeführt. Zweifellos konnte er uns allein mit der großen Zahl überwältigen, sollte er dazu entschlossen sein, aber nur unter hohen Verlusten.

»Kein Grund für den Kampf, nicht wahr?« sagte Rovic mild. »Ich treffe nur eine vernünftige Vorkehrung. Das Schiff ist ein höchst wertvoller Schatz. Es könnte das Paradies für alle bringen . . . oder die Herrschaft über diese Erde für wenige. Manche würden letzteres bevorzugen. Ich habe Euch nicht vorgeworfen, daß Ihr dazugehört. Aus Gründen der Vernunft behalte ich aber lieber das Schiff als Geisel und Festung, solange es mir beliebt, mich hier aufzuhalten.«

Ich glaube, in diesem Augenblick war ich von Guzans wahren Absichten überzeugt. Hätte er wirklich den Wunsch gehegt, zu den Sternen zu gelangen, wäre es seine einzige Sorge gewesen, das Schiff in Sicherheit zu wissen. Er hätte nicht hingegriffen, den kleinen Val Nira mit seinen starken Händen gepackt und den Sternenmann wie einen Schild gegen unser Feuer zurückgerissen. Nicht, daß es auf seine Absicht ankam, außer für mein eigenes Gewissen. Sein tätowiertes Gesicht war wutverzerrt. Er brüllte uns an: »Dann behalte ich auch eine Geisel! Und Euer Unterschlupf möge Euch viel nützen!«

Die Hisagazi schoben sich murrend durcheinander, umklammerten ihre Speere und Äxte fester, schienen aber nicht entschlossen zu sein, uns zu folgen. Wir ächzten den schwarzen Berghang hinauf. Die Sonne gewann an Kraft. Froad zupfte an seinem Bart.

»Du lieber Himmel, Meister Kapitän«, sagte er, »glaubt Ihr, sie werden uns belagern?«

»Ich würde keinem raten, sich allein hinauszuwagen«, erwiderte Rovic trocken.

»Aber was nützt es uns, am Schiff zu bleiben, ohne Val Nira, der uns alles erklären könnte? Am besten kehren wir um. Ich muß Mathematiktexte zu Rate ziehen. Mein Kopf wirbelt von dem Gesetz, das die kreisenden Planeten bindet. Ich muß den Mann aus dem Paradies fragen, was er weiß von –«

Rovic unterbrach ihn mit einem barschen Befehl an drei Männer, ein zwischen zwei Steine eingeklemmtes Rad herausheben zu helfen. Er war grimmiger Stimmung. Ich gestehe, daß mir sein Verhalten wahnwitzig erschien. Wenn Guzan an Verrat dachte, hatten wir wenig gewonnen, uns bewegungsunfähig im Schiff zu halten, wo er uns aushungern konnte. Besser, ihn im freien Gelände angreifen zu lassen, wo wir Aussicht hatten, uns durchzukämpfen. Und wenn Guzan nicht die Absicht verfolgte, uns im Dschungel – oder anderswo – zu überfallen, war, was wir taten, eine unvernünftige Herausforderung. Aber ich wagte keine Zweifel anzumelden.

Als wir unseren Wagen zum Schiff gebracht hatten, schob sich die Laufplanke für uns wieder heraus. Die Seeleute erschraken und fluchten. Rovic schüttelte seine Bitterkeit ab, um beruhigende Worte zu sprechen.

»Nur ruhig, Leute. Ich bin schon an Bord gewesen, ihr wißt es. Nichts darin, was Schaden anrichten kann. Jetzt müssen wir unser Pulver hinschaffen und es verstauen, wie ich es vorhabe.«

Wegen meiner schmächtigen Gestalt wurde ich nicht dazu eingeteilt, die schweren Fässer zu tragen, sondern am Fuß der Laufplanke aufgestellt, um die Hisagazi zu beobachten. Obwohl wir zu weit entfernt waren, um etwas verstehen zu können, sah ich Guzan auf einem Felsblock stehen und auf sie einschreien. Sie drohten uns mit den Waffen und lärmten. Zum Angriff wagten sie sich nicht vor. Ich fragte mich düster, was das alles zu bedeuten hatte. Wenn Rovic vorausgesehen hatte, daß wir belagert werden würden, erklärte das, weshalb er das Pulver mitgenommen hatte . . . Nein, dem war nicht so, denn es war weit mehr, als ein Dutzend Männer in Wochen mit Musketen verschießen konnten, selbst wenn wir genug Kugeln besessen hätten . . . und wir verfügten fast über keine Nahrung! Ich blickte vorbei an den giftigen Vulkanwolken zu Tambur, wo Stürme tobten, die unsere ganze Erde verschlingen konnten, und fragte mich, welche Dämonen dort lauerten, um von Menschen Besitz zu ergreifen.

Auf einen empörten Aufschrei im Inneren zuckte ich hoch. Froad! Ich wäre beinahe die Gangway hinaufgelaufen, aber dann fiel mir mein Auftrag ein. Ich hörte Rovic ihn niederbrüllen und die Besatzung anweisen, weiterzumachen. Froad und Rovic mußten danach allein in die Pilotenkabine gegangen sein, und sie unterhielten sich eine Stunde oder länger. Als der alte Mann herauskam, protestierte er nicht mehr, aber ich sah ihn die Laufplanke hinuntergehen und weinen.

Rovic folgte ihm, grimmigeren Gesichts, als ich bis dahin je eines gesehen hatte. Die Seeleute traten hinter ihm heraus, manche entsetzt, andere erleichtert. Alle hielten den Blick auf das Hisagazi-Lager gerichtet. Sie waren schlichte Seefahrer; das Schiff stellte für sie wenig mehr dar als ein unheimliches, beunruhigendes Objekt. Als letzter kam Etien heraus, rückwärts die Metallplanke herabgehend, während er eine lange Schnur abwickelte.

»Im Geviert antreten!« schrie Rovic. Die Männer stellten sich auf. »Zhean und Froad, in die Mitte!« fuhr der Kapitän fort. »Ihr könnt besser Ersatzmunition tragen als kämpfen.« Er stellte sich in den Wagen.

Ich zupfte an Froads Ärmel.

»Bitte, ich flehe Euch an, Meister, was geht vor?«

Er schluchzte zu heftig, um antworten zu können.

Etien kauerte nieder, Stahl und Feuerstein in den Händen. Er hörte mich – denn wir waren sonst totenstill – und sagte mit harter Stimme: »Wir haben Pulverfässer im ganzen Rumpf verteilt, mein Junge, und mit Pulversätzen verbunden. Hier ist die Lunte für das Ganze.«

Ich konnte nicht sprechen, vermochte nicht einmal zu denken, so ungeheuerlich war das. Wie aus unendlich weiter Ferne hörte ich Metall auf Stein klirren, hörte Etien den Funken anfachen und hinzufügen: »Ein guter Gedanke, scheint mir. Ich habe neulich abends gesagt, ich folge dem Käpt'n ohne Angst vor Gottes Fluch – aber wir wollen IHN nicht zu arg versuchen.«

»Vorwärts, marsch!« Rovics Schwert flog gleißend aus der Scheide.

Der Kies unter unseren Stiefeln knirschte laut und schrecklich, als wir im Schnellschritt davonmarschierten. Ich schaute mich nicht um. Ich war nicht fähig dazu. Ich tappte immer noch in einem Alptraum. Da Guzan uns den Weg ohnehin verlegt hätte, zogen wir schnurstracks auf seinen Haufen zu. Er trat vor, als wir am Rand des Lagers zum Stillstand kamen. Val Nira schlich fröstelnd hinter ihm her. Ich hörte die Worte nur undeutlich.

»Nun, Rovic, was jetzt? Seid Ihr bereit, heimzugehen?«

»Ja«, sagte der Kapitän. Seine Stimme klang dumpf. »Ganz nach

Hause.«

Guzan kniff in wachsendem Argwohn die Augen zusammen. »Warum habt Ihr Euren Wagen aufgegeben? Was habt Ihr zurückgelassen?«

»Vorräte. Kommt, marschieren wir.«

Val Nira starrte auf die grausamen Spitzen unserer Piken. Er mußte die Lippen ein paarmal befeuchten, bevor er mit schwankender Stimme sagen konnte: »Wovon redet Ihr? Es gibt keinen Grund, Nahrung dort zu lassen. Sie würde verderben, bis ... bis –« Er stockte, als er Rovic in die Augen sah. Das Blut wich aus seinem Gesicht.

»Was habt Ihr getan?« flüsterte er.

Plötzlich hob sich Rovics freie Hand, um sein Gesicht zu bedekken.

»Was ich mußte«, sagte er heiser. »Tochter Gottes, vergib mir.«

Der Sternenmann betrachtete uns noch einen Augenblick, dann fuhr er herum und begann zu laufen, stürzte vorbei an den erstaunten Kriegern, hinaus auf den Aschenhang, auf sein Schiff zu.

»Kommt zurück!« brüllte Rovic. »Ihr seid ein Narr, Ihr könnt nie –«

Er schluckte krampfhaft. Als er der kleinen, stolpernden, einsamen Gestalt nachsah, die über einen Feuerberg dem herrlichen Schiff entgegenstürzte, sank sein Arm mit dem Degen herab.

»Vielleicht ist es so am besten«, sagte er, als spräche er einen Segen.

Guzan hob seine eigene Waffe. Mit Schuppenumhang und wehendem Federschmuck war er eine so eindrucksvolle Gestalt wie der stahlgepanzerte Rovic.

»Sagt mir, was Ihr getan habt«, fauchte er, »oder ich töte Euch in diesem Augenblick!«

Er achtete unserer Musketen nicht. Auch er hatte Träumen nachgehangen.

Auch er sah sie enden, als das Schiff explodierte.

Selbst dieser diamantartige Rumpf konnte einer Wagenladung planmäßig verteilten Schießpulvers, im gleichen Augenblick zur Entzündung gebracht, nicht standhalten. Der Knall schleuderte mich auf die Knie, und der Rumpf barst auseinander. Weißglühende Metallstücke heulten über die Hänge. Ich sah eines davon einen Felsblock treffen und in zwei Hälften spalten. Val Nira verschwand, zu schnell ausgelöscht, um gesehen zu haben, was geschehen war; so zeigte sich ihm Gott zuletzt gnädig. Durch die Flammen, den Rauch und das Weltuntergangstoben danach sah ich das Schiff stürzen. Es rollte den Hang hinab und verstreute seine zerfetzten Eingeweide hinter sich. Dann grollte der Berg und rutschte auf der Verfolgung hinterher und begrub es, und Staub verhüllte den Himmel.

Die Hisagazi kreischten und flohen. Sie mußten geglaubt haben, die Hölle sei über die Erde gekommen. Guzan behauptete seinen Platz. Als der Staub uns einhüllte, das Grab des Schiffes und den weißen Vulkankrater verbergend, während die Sonne eine rote Färbung annahm, sprang er Rovic an. Ein Musketier hob die Waffe. Etien schlug sie mit der Hand herunter. Wir standen da und sahen die beiden Männer auf dem bebenden Aschenland miteinander kämpfen, und wir wußten in unserer privaten Dunkelheit, daß das ihr Recht war. Funken flogen, wo die Klingen aufeinanderklirrten. Endlich setzte Rovics Geschicklichkeit sich durch. Er traf seinen Gegner in der Kehle.

Wir gaben Guzan ein anständiges Begräbnis und stiegen hinunter durch den Dschungel.

In dieser Nacht sammelten die gegnerischen Soldaten ihren Mut, um uns anzugreifen. Wir hatten die Unterstützung unserer Musketen, mußten uns aber in der Hauptsache auf Degen und Pike verlassen. Wir hieben uns den Weg durch die Feinde frei, weil wir kein anderes Ziel hatten als das Meer.

Sie traten den Rückzug an, trugen die Nachricht aber voraus. Als wir Nikum erreichten, belagerten alle Streitkräfte, die Iskilip aufzubieten vermochte, die ›Güldensprung‹, und warteten darauf, Rovic den Zugang zu verwehren. Wir bildeten wieder ein Karree, und so viele Tausende sie auch haben mochten, in jedem Augenblick konnten nur immer an die zwanzig Männer zu uns vordringen. Immerhin ließen wir sechs gute Männer im rotgefärbten Schlamm jener Straße zurück. Als unsere Leute auf der Karavelle begriffen, daß Rovic zurückkam, bombardierten sie die Stadt. Das setzte die Rohrdächer in Brand und lenkte den Feind so ab, daß ein Trupp vom Schiff, der einen Ausfall machte, sich mit uns vereinigen konnte. Wir hieben uns den Weg zum Kai frei, gelangten an Bord und bemannten die Ankerwinde.

Aufgebracht und von großer Tapferkeit erfüllt, paddelten die Hisagazi mit ihren Kanus an unseren Rumpf heran, wo unsere

Geschütze nicht eingesetzt werden konnten. Sie stiegen einander auf die Schultern, um unsere Reling zu erreichen. Ein Trupp kämpfte sich an Bod, und es kam zu einem wilden Gefecht, bevor sie niedergemacht waren. Dabei wurde mir das Schlüsselbein zerschmettert, und an diesen Schmerzen leide ich heute noch.

Aber am Ende ließen wir den Fjord hinter uns. Ein frischer Ostwind wehte. Aufgetakelt waren wir schneller als der Feind. Wir zählten unsere Toten, verbanden unsere Wunden und schliefen.

In der nächsten Morgendämmerung, geweckt von den Schmerzen meiner Verletzung und dem schlimmeren innerlichen Schmerz, stieg ich aufs Achterdeck. Der Himmel war bewölkt. Der Wind war stärker geworden; kalte, grüne Schaumkronen des Meeres liefen hinaus bis zu einem wolkig grauen Horizont. Masten knarrten, das Gut dröhnte. Ich stand eine Stunde und starrte achtern in den kalten Wind, der den Schmerz betäubte.

Als ich Schritte hinter mir hörte, drehte ich mich nicht um. Ich wußte, daß es Rovic war. Er stand lange Zeit barhäuptig neben mir. Ich bemerkte, daß er anfing, grau zu werden.

Schließlich sagte er, noch immer, ohne mich anzusehen, noch immer in den Wind starrend, der uns Tränen in die Augen trieb: »Ich hatte an jenem Tag Gelegenheit, Froad zu überzeugen. Er war bekümmert, gab aber zu, daß ich recht hatte. Hat er mit Euch darüber gesprochen?«

»Nein«, sagte ich.

»Keiner von uns wird wohl je viel darüber sprechen«, sagte Rovic.

Nach einer langen Pause fuhr er fort: »Ich hatte nicht die Furcht, Guzan oder irgendein anderer könnte das Schiff an sich bringen und versuchen, sich zum Eroberer aufzuschwingen. Wir Männer von Montalir sollten durchaus fähig sein, mit solchen Schurken fertigzuwerden. Ich hatte auch vor den Paradies-Bewohnern keine Angst. Der arme, kleine Mann kann nur die Wahrheit gesagt haben. Sie hätten uns nie etwas getan . . . aus freien Stücken. Sie hätten kostbare Geschenke gebracht, uns ihre esoterischen Künste gelehrt und uns ihre Sterne besuchen lassen.«

»Weshalb dann?« stieß ich hervor.

»Eines Tages werden Froads Nachfolger die Rätsel des Universums lösen«, sagte er. »Eines Tages werden unsere Nachkommen ihr eigenes Schiff bauen und dem Schicksal entgegenstreben, das sie bevorzugen.«

Gischt umsprühte uns, bis unser Haar naß war. Ich schmeckte das Salz auf meinen Lippen.

»Inzwischen befahren wir die Meere dieser Erde und besteigen ihre Berge und vermessen und besiegen sie, lernen, die Welt zu verstehen«, sagte Rovic. »Begreift Ihr, Zhean? Das ist es, was das Schiff uns genommen hätte.«

Dann konnte ich endlich auch weinen. Er legte die Hand auf meine unverletzte Schulter und stand bei mir, während die ›Güldensprung‹, alle Segel gesetzt, weiter nach Westen fuhr.

*Gelegentlich schreibe ich eine heroische Phantasiegeschichte, deren Protagonist nicht einen Revolver, sondern ein Schwert trägt und nicht der wissenschaftlichen Technologie und außerirdischen Intelligenz gegenübersteht, sondern Magie und Elfen – oder Göttern. Manche Leser schätzen diese von meinen Arbeiten am meisten. Inzwischen gehören in diese Klasse ›The Broken Sword‹, ›Three Hearts and Three Lions‹ und ›Hrolf Kraki's Saga‹, dazu zwei im Grenzberich, ›Operation Chaos‹ und ›A Midsummer Tempest‹. Außerdem gibt es noch ein paar kürzere Geschichten, von denen aber keine hier so recht hineinpaßt, wenn man von der folgenden Parodie auf das ganze Genre absieht.*

*Seit der Erstveröffentlichung ist ein Mann namens Walter Cronkheit (berühmter Fernsehkommentator in den USA) bekannt geworden. Ich überlegte mir deshalb, ob ich den Namen meines Helden ändern sollte, entschied mich aber schließlich dagegen. Gemeint ist schließlich jene archetypische Gestalt Conan der Kimmerier. Ich bin mit Ihnen nicht immer einer Meinung, Mr. Cronkheit, aber für Ihre großartige Kommentierung der Apollo-Missionen bewundere ich Sie!*

# Der Barbar

*Seit dem Auftauchen des Howard-De Camp-Systems zur Entzifferung voreiszeitlicher Inschriften sind große Fortschritte darin erzielt worden, Geschichte, Völkerkunde und sogar das Alltagsleben der Hochkulturen aufzuklären, die in der Blüte standen, bis das Diluvium sie auslöschte und den Menschen dazu zwang, von vorne anzufangen. Wir wissen, zum Beispiel, daß Magie betrieben wurde, daß es im heutigen Zentralasien, im Nahen Osten, in Nordafrika, Südeuropa und an verschiedenen Meeren hochzivilisierte Länder gab, und daß anderswo Barbaren die Welt bewohnten, von denen die Nordeuropäer die größten, stärksten und kriegerischsten waren. Jedenfalls behaupten das die Gelehrten, und da sie nordeuropäischer Abstammung sind, müssen sie es eigentlich wissen.*

*Das Folgende ist eine Übersetzung eines Briefes, der vor kurzem in den Ruinen von Kyrene gefunden wurde. Das war eine Provinzstadt des Sarmaten-Reiches, eines großen, wenn auch dekadenten Herrschaftsbereiches im östlichen Mittelmeergebiet, dessen Hauptstadt Sarmia zu ihrer Zeit zugleich die schönste und lüsternste, verkommenste Stadt war. Die nördlichen Nachbarn der Sarmaten waren primitive Reiternomaden und/oder Zentauren, aber im Osten lag das Königreich Tschathakh, und im Süden die Herpetarchie von Serpens, die beherrscht wurde von einer Priesterkaste von Schlangenanbetern – oder möglicherweise Schlangen.*

*Der Brief ist offenkundig in Sarmia geschrieben und nach Kyrene aufgegeben worden. Das Datum dürfte etwa 175 000 v. Chr. sein.*

Maxilion Quaestos, Sub-sub-sub-Präfekt der Kaiserlichen Wasserwerke Sarmia, an seinen Neffen Thyaston, Kanzler des Amtes für Thaumaturgie, Provinz Kyrene:

Gruß zuvor!

Ich hoffe, daß dich dies bei guter Gesundheit findet und die Götter uns weiterhin gewogen sein mögen. Was mich betrifft, so geht es mir wohl, obschon ich einiges von der Gicht geplagt bin, gegen die ich es versucht habe mit *(hier folgt die Beschreibung eines Hausmittels, gleichermaßen langweilig und zur Veröffentlichung ungeeignet)*. Genützt hat dies jedoch nichts, außer meine Börse und mich zu erschöpfen.

Du mußt während deiner Atlantis-Reise wahrlich unerreichbar gewesen sein, wenn du gehalten bist, dich nach der Barbaren-Affäre zu erkundigen.Nun, da sich alles wieder beruhigt hat, kann ich, wie ich hoffe, einen angemessenen und leidenschaftslosen Bericht über die ganze unglückselige Angelegenheit erstatten. Durch die Gunst der Drillings-Göttinnen hat das heilige Sarmia die Episode überlebt, und die Dinge wenden sich zum Besseren, auch wenn wir noch immer angeschlagen sind. Wenn ich zu Zeiten von der philosophischen Gelassenheit abzuweichen scheine, die zu kultivieren ich mich stets bemüht habe, so suche die Schuld bei dem Barbaren. Ich bin nicht mehr der, der ich gewesen bin. Keiner von uns ist es.

Um also zu beginnen: Vor ungefähr drei Jahren war der Krieg mit den Tschathakhs zu Grenzscharmützeln abgeflaut. Ein gelegentlicher Streifzug der einen oder anderen Seite mochte tief in das jeweils andere Land vorstoßen, aber ohne entscheidende Wirkung. Vielmehr förderten sie das Geschäft, weil sie für beide Länder eine mehr oder weniger gleich hohe Beute erbrachten und der Sklavenhandel starken Auftrieb bekam.

Unsere Hauptsorge war die zweideutige Haltung von Serpens. Wie du weißt, haben die Herpetarchen nichts für uns übrig, und ein Hauptziel unserer Diplomatie bestand darin, zu verhindern, daß sie auf der Seite Tschathakhs in den Krieg eintraten. Wir hatten natürlich keine Aussicht, sie zu unseren Verbündeten zu machen. Solange wir jedoch eine Position der Stärke einnahmen, sprach vieles dafür, daß sie wenigstens neutral bleiben würden.

So standen die Dinge, als der Barbar nach Sarmia kam.

Wir hatten schon lange Gerüchte über ihn gehört. Er war ein umherziehender Glücksritter aus irgendeinem Reich von Schwertkämpfern und Seefahrern oben in den nördlichen Wäldern, der allein nach Süden gekommen war, auf der Suche nach Abenteuern oder vielleicht auch nur nach einem besseren Klima. Sieben Fuß hoch und entsprechend breit, war er eine einzige Masse von Muskeln, mit einer Mähne lohfarbenen Haares und mürrischen blauen Augen. Er konnte mit jeder Waffe umgehen, bevorzugte aber ein vier Fuß langes, zweischneidiges Schwert, mit welchem er auf einen Hieb Helm, Schädel, Hals und Brust spalten konnte. Es hieß ferner, er sei im Trinken und Lieben von ehrfurchterregender Leistungskraft.

Nachdem er die Zentauren ganz allein besiegt hatte, marschierte er hinunter durch unsere Nordprovinzen und stand eines Tages vor den Toren Sarmias selbst. Es war ein sonderbarer Anblick – die Mauern mit ihren Türmen, die Wachen mit Helm und Schild und Harnisch, und der gewaltige, fast nackte Riese, der vor ihnen sein Schwert schwang. Als ihre Piken sich senkten, um ihm den Weg zu versperren, rief er mit Donnerstimme: »I bin Cronkheit, da Barbar, und i will a Audienz mit eirer Königin!«

Sein Akzent war so absurd ungebildet, daß die Wache in Gelächter ausbrach. Das erzürnte ihn; sein Gesicht verfärbte sich dunkel, er riß sein Schwert heraus und kam steifen Schrittes heran. Die Wachen wichen vor ihm zurück, und der Barbar stolzierte hindurch.

Wie der Hauptmann der Wache mir später erklärte: »Da kam er, und da standen wir. Eine Speerlänge entfernt fingen wir den Geruch auf. Ihr Götter, *wann* hat er das letztemal gebadet?«

Während also die Leute bei seinem Herankommen aus den Häusern und Basaren stürzten, ging Cronkheit die Straße der Sphinxe hinunter, vorbei an den Bädern und dem Tempel Lokars, bis er den

Kaiserlichen Palast erreichte. Die Tore waren, wie gewohnt, geöffnet, und er blickte hinein auf die Gärten und die Alabastermauern dahinter und grunzte. Als die Goldene Garde sich ihm von der windabgewandten Seite näherte und nach seinem Begehr fragte, grunzte er wieder. Sie legten ihre Bogen an und hätten kurzen Prozeß mit ihm gemacht, aber ein Sklave hastete herbei und forderte sie auf, abzulassen.

Durch den Willen eines bösartigen Gottes stand nämlich die Kaiserin auf einem Balkon und sah ihn.

Wie jedermann weiß, ist unsere geliebte Kaiserin, Ihre Verführerische Majestät, die Erlauchte Dame Larra die Wollüstige, gebaut wie eine Gebirgsstraße, und sie wird allgemein für eine Inkarnation ihrer Schutzgöttin Aphrosex, der Nerzgöttin, gehalten. Sie stand auf dem Balkon, der Wind fuhr durch ihre dünne, durchsichtige Kleidung und das dichte, schwarze Haar, und plötzlich ließ Eifer ihr stolzes, schönes Gesicht aufleuchten. Das war begreiflich, denn Cronkheit trug nur einen kurzen Bärenhautrock.

Der Sklave wurde entsandt, um sich vor dem Fremden tief zu verbeugen und zu erklären: »Alleredelster Herr, die göttliche Kaiserin begehrt ein Gespräch unter vier Augen mit Euch.«

Cronkheit schmatzte mit den Lippen und stolzierte in den Palast. Der Kämmerer rang die Hände, als er diese großen, schmutzigen Füße auf unbezahlbare Teppiche treten sah, aber da war nicht zu helfen, und der Barbar wurde hinaufgeführt zum Schlafgemach der Kaiserin.

Was dort vorging, ist allen bekannt, denn bei solchen Gesprächen stellt die Kaiserin natürlich taubstumme Sklaven an geeigneten Gucklöchern auf, damit sie die Wache holen, sobald Gefahr zu drohen scheint, und die Höflinge haben diesen Taubstummen insgeheim das Schreiben beigebracht. Unsere Kaiserin war erkältet und hatte überdies Knoblauchsalat gegessen, so daß ihre aristokratisch gebogene Nase nicht beleidigt wurde. Nach einigen Formalitäten begann sie schnell zu atmen. Sie streckte langsam die Arme aus und ließ das purpurne Gewand von ihren cremeweißen Schultern und über die seidigen Schenkel gleiten.

»Komm«, flüsterte sie, »komm, herrlicher Mann!«

Cronkheit schnaubte, scharrte am Boden, stürmte vor und preßte sie an sich.

»Jauu-u!« schrie die Kaiserin, als eine Rippe brach. »Loslassen!

Hilfe!«

Die Taubstummen rannten zur Goldenen Garde, die auf der Stelle eindrang. Man schlang Stricke um den Barbaren und zerrte ihn von der armen Herrscherin weg. Wiewohl von Schmerzen gepeinigt und in hohem Maße mitgenommen, befahl sie nicht seine Hinrichtung; bei manchen Typen gilt sie als sehr geduldig.

Vielmehr lud sie, nachdem sie einen Becher Wein hinuntergestürzt hatte, um sich zu fassen, Cronkheit ein, ihr Gast zu sein. Nachdem er zu seinen Gemächern geführt worden war, ließ sie die Herzogin von Thylus kommen, ein biegsames, gewandtes kleines Ding.

»Ich habe eine Aufgabe für dich, meine Liebe«, murmelte sie. »Als treue Hofdame wirst du sie erfüllen.«

»Ja, Eure Verführerische Majestät«, sagte die Herzogin, die leicht erraten konnte, worin die Aufgabe bestand, und der Ansicht war, daß sie schon lange genug gewartet hatte. Eine ganze Woche schon. Ihr Auftrag bestand darin, dem Ungetüm des Barbaren die Spitze zu nehmen.

Sie ölte sich ein, um entgleiten zu können, sollte sie in Gefahr geraten, erdrückt zu werden, und eilte zu Cronkheits Gemächern. Ihr Moschusduft erstickte seinen Geruch, und sie schlüpfte aus ihrem Gewand und säuselte mit halbgeschlossenen Augen: »Nimm mich, edler Herr!«

»Juhu!« heulte der Barbar. »I bin Cronkheit da Starke, Cronkheit da Kühne, Cronkheit, wos allan an Mammut gschlong hat und da Schef von die Zentauren worden is, und des is mei Nacht! Kumm!«

Die Herzogin tat es, und er umschlang sie mit seinen mächtigen Armen. Einen Augenblick danach gellte wieder ein Schrei. Die Palastbediensteten genossen den Anblick einer nackten und wutentbrannten Herzogin, die durch den Jade-Korridor hetzte.

»Er hat Flöhe!« schrie sie, sich im Laufen kratzend.

So war, alles in allem genommen, Cronkheit, der Barbar, als Liebhaber kein großer Erfolg. Selbst die Frauen in der Straße der Freude pflegten sich zu verstecken, wenn sie ihn kommen sahen. Sie sagten, sie hätten schon früher mit ungeschickter Technik zu tun gehabt, aber das sei einfach zuviel.

Sein Ruhm war jedoch so groß, daß Kaiserin Larra ihm das Kommando über eine Brigade Infanterie und Kavallerie übertrug und ihn zu General Grythion an der Grenze zu Tschathakh schickte. Er legte den Weg in Rekordzeit zurück und trat brüllend in die Zeltstadt, die an unserem Hauptstützpunkt entstanden waren.

Nun ist unser guter General Grythion zugegebenermaßen ein wenig der Geck, der seinen Bart lockt und unter dem Pantoffel seiner Ehefrauen steht. Er ist aber stets ein tüchtiger Soldat gewesen, hat militärische Ehren auf der Kriegsschule erworben und Truppen viele Male in die Schlacht geführt, bevor er zu dem Posten des strategischen Planers aufstieg. Man konnte Cronkheits Unhöflichkeit bei ihrer Begegnung verstehen, aber als der General es ablehnte, an der Spitze des Heeres zu marschieren, und betonte, wieviel wertvoller er als Koordinator hinter den Linien sei, ließ sich nicht rechtfertigen, daß Cronkheit seinen vorgesetzten Offizier zu Boden schlug und einen Feigling hieß, verdammt von den Göttern. Grythion ließ ihn mit voller Berechtigung in Eisen legen, trotz der damit verbundenen Verluste. Das Schauspiel hatte unsere Truppen so demoralisiert, daß sie im folgenden Monat drei wichtige Gefechte verloren.

O weh! Die Kaiserin erfuhr davon und befahl nicht, Cronkheit den Kopf abzuschlagen. Vielmehr ließ sie den Befehl übermitteln, daß er befreit und wieder in seinen alten Rang eingesetzt werde. Vielleicht hegte sie noch immer eine Hoffnung, ihn so zivilisieren zu können, daß er ein annehmbarer Bettgenosse werden würde.

Grythion schluckte seinen Stolz hinunter und entschuldigte sich bei dem Barbaren, der nur widerwillig akzeptierte. Sein wiederhergestellter Rang machte es notwendig, daß man ihn zu Bankett und Besprechung ins Kommandozelt einlud.

Das wurde ein glatter Reinfall. Cronkheit stapfte herein und äußerte augenblicklich herabsetzende Bemerkungen über die eleganten Togen seiner Offizierskameraden. Beim Essen rülpste er und vermochte das Produkt eines Weinbergs von dem eines anderen nicht zu unterscheiden. Seine Unterhaltung bestand aus stundenlangen Monologen über seine eigenen Heldentaten. General Grythion sah die Moral der Truppe verfallen und rief hastig nach Karten und Planung.

»Nun, alleredelste Herren«, begann er, »müssen wir den Sommerfeldzug vorbereiten. Wie Ihr wißt, liegt zwischen uns und den nächsten wichtigen Positionen des Feindes die Östliche Wüste. Das läßt schwierige Fragen der Logistik und Katapult-Aufstellung entstehen.« Er wandte sich höflich an den Barbaren. »Habt Ihr irgendeinen Vorschlag, edler Herr?«

»Däh«, sagte Cronkheit.

»Ich meine«, sagte Oberst Pharaon, »wenn wir zur Oase Chunling vorstoßen und uns dort eingraben, eine Nachschubstraße bauen –«

»Da fällt ma wos ei«, sagte Cronkheit. »Amal dro'm im Norriki-Sumpf bin i auf Sumpfleit gestoß'n, und die san mit vergiftete Pfeile daherkommen –«

»Ich vermag nicht zu erkennen, was das mit unserem Problem zu tun hat«, sagte General Grythion.

»Nix«, gab Cronkheit heiter zu. »Aba untabrich mi net dauand. Wia i scho gsogt hob –« Und er verbreitete sich wieder eine endlose Stunde lang.

Am Ende der Konferenz, bei der nichts herausgekommen war, strich der General sich den Bart und sagte scharfsinnig: »Lord Cronkheit, es hat den Anschein, daß Eure Fähigkeiten mehr auf dem taktischen als auf dem strategischen Gebiet liegen.«

Der Barbar griff sofort nach seinem Schwert.

»Ich meine«, sagte Grythion schnell, »ich habe da eine Aufgabe, die nur der kühnste und stärkste Führer erfüllen kann.«

Cronkheit strahlte und hörte zur Abwechslung einmal aufmerksam zu. Er sollte eine Expedition führen und Chantsay einnehmen. Dabei handelte es sich um eine Festung in den Bergpässen vor der Östlichen Wüste, die ein bedeutendes Hindernis für unseren Vormarsch war. Trotz Grythions Schmeichelei hätte jedoch eine ganze Brigade sie mit geringer Mühe erobern müssen, denn man wußte, daß sie unterbemannt war.

Cronkheit ritt an der Spitze seiner Männer davon, schwang sein Schwert in der Luft und brüllte irgendein ungeschlachtes Kampflied. Dann hörte man sechs Wochen lang nichts mehr von ihm.

Nach Ablauf dieser Zeit wankten die zerlumpten, halb verhungerten, vom Fieber befallenen Überreste seiner Truppen in den Stützpunkt zurück und meldeten völliges Scheitern. Cronkheit, selbst bei bester Gesundheit, brachte mürrisch Ausreden vor. Er hatte nicht bedacht, daß Männer, die zwanzig Stunden am Tag marschiert waren, am Ende des Weges nicht mehr kampffähig sind – um so weniger, wenn sie ihren Proviantzug weit zurückgelassen haben.

Dem Wunsch der Kaiserin zufolge konnte General Grythion nicht das Vernünftige tun und den Barbaren kassieren. Er konnte ihn nicht einmal zum gemeinen Soldaten degradieren. Statt dessen setzte er seine wohlbekannte List ein und lud den Riesen zu einem Privatbankett.

»Offenkundig liegt die Schuld bei mir, tapferster Herr«, säuselte er. »Mir hätte klar sein müssen, daß ein Mann von Eurem Schlage für uns dekadente Südländer zuviel ist. Ihr seid ein einsamer Wolf, der am besten allein kämpft.«

»Däh«, bestätigte Cronkheit, riß ein Huhn mit den Fingern auseinander und wischte diese sich am Damast-Tischtuch ab.

Grythion zuckte zusammen. Dann überredete er ihn mühelos dazu, sich zu einem Ein-Mann-Guerilla-Unternehmen aufzumachen. Als der Barbar am nächsten Morgen abzog, gratulierte sich das Offizierskorps dazu, den Flegel für immer losgeworden zu sein.

Ich bin auch angesichts der nachfolgenden Kritik und der Forderungen nach einer Untersuchung nach wie vor der Meinung, daß Grythion das unter den gegebenen Umständen einzig Vernünftige getan hat. Wer hätte ahnen können, daß Cronkheit, der Barbar, so primitiv war, daß jede Vernunft von seiner behaarten Haut abprallte?

Alles wird man nie erfahren. Im Lauf des folgenden Jahres jedoch, während der Grenzkrieg in gewohnter Weise weiterging, zog Cronkheit ins nördliche Hochland. Dort tat er sich zusammen mit einer Bande von Reiternomaden, die so unwissend und brutal waren wie er selbst. Er trieb überdies eine Herde Mammuts zusammen und nach Tschathakh, wo er sie dem Feind entgegenjagte. Auf diese Weise gelangte er bis zur Hauptstadt, und der König bot die Kapitulation an.

Cronkheit wollte davon nichts wissen. Nicht er! Seine Vorstellung von Kriegführung bestand darin, die feindliche Nation bis auf den letzten Mann, die letzte Frau und das letzte Kind zu töten oder zu versklaven. Außerdem sollten seine Freischärler mit Beute entlohnt werden. Darüber hinaus spürte er, weil er selbst für die Nomadenmädchen zu unhygienisch war, einen gewissen Trieb.

So erstürmte er die Hauptstadt von Tschathakh und brannte sie nieder. Das kostete ihn die meisten seiner eigenen Leute. Außerdem wurden dadurch mehrere unbezahlbare Bücher und Kunstwerke zerstört, ebenso jede Tributmöglichkeit an Sarmia.

Dann besaß er den Nerv, einen Triumphzug zu organisieren und zu unserer eigenen Hauptstadt zurückzureiten.

Das war sogar der Kaiserin zuviel. Als er vor ihr stand – denn er war für die schlichte Höflichkeit des Kniebeugens zu grobschlächtig –, übertraf sie sich selbst darin, die vielen Arten von Dummköpfen, Idioten und Großtölpeln zu beschreiben, die er darstellte.

»Däh«, sagte Cronkheit. »Aba den Kriag hab' i gwonnen. I hab' fei den Kriag gwonnen. Den Kriag hab i gwonnen.«

»Ja«, fauchte Kaiserin Larra. »Du hast eine uralte und hochstehende Kultur unrettbar zerstört. Und hast du gewußt, daß die Hälfte unseres Handels im Frieden mit Tschathakh abgewickelt wurde? Es wird jetzt eine Depression geben, wie die Geschichte sie noch nicht erlebt hat.«

General Grythion, der zurückgekehrt war, fügte seine eigenen Vorwürfe hinzu.

»Weshalb, glaubt Ihr, werden Kriege geführt?« fragte er verbittert. »Krieg ist eine Fortsetzung der Diplomatie. Er ist das letzte Mittel, jemanden zu dem zu zwingen, was man von ihm fordert. Das Ziel ist *nicht*, sie allesamt umzubringen. Wie können Leichen einem gehorchen?«

Cronkheit knurrte kehlig.

»Wir hätten einen Frieden ausgehandelt, bei dem Tschathakh zu unserem Verbündeten gegen Serpens geworden wäre«, fuhr der General fort. »Dann wäre wir gegen alle Seiten gesichert gewesen. Aber Ihr – Ihr habt eine gähnende Wildnis hinterlassen, die wir mit unseren eigenen Truppen besetzen müssen, damit sie nicht den Nomaden in die Hände fällt. Eure Greuel haben uns alle zivilisierten Staaten entfremdet. Durch Euch sind wir allein und ohne Freunde. Ihr habt diesen Krieg gewonnen und den nächsten damit verloren.«

»Und zu der Depression, die bevorsteht«, sagte die Kaiserin, »kommen die Kosten der Unterhaltung dieser Garnisonen. Steuern herunter, Ausgaben hinauf – das kann den Untergang des Schatzamtes bedeuten, und was machen wir dann?«

Cronkheit spuckte auf den Boden.

»Dekadent seid's ihr, das is' es«, schrie er. »Tuat eich gut, wenn eier Reich ausanandabricht. Schickt's doch eier Stadtgschwärl naus in Woid und macht's Jäga draus, wia i einer bin. Solln's Steak essen.«

Kaiserin Larra stampfte mit einem wohlgeformten, goldbeschuhten Fuß auf den Boden.

»Glaubst du, wir hätten nichts Besseres zu tun, als den ganzen Tag zu jagen und nachts in Lehmhütten herumzusitzen und uns das Fett von den Fingern zu lecken?« rief sie. »Wozu, glaubst du, ist die Zivilisation überhaupt da?«

Cronkheit zog sein mächtiges Schwert. Es blitzte vor ihren Augen.

»Mia reicht's!« brüllte er. »I hab' gnua von eich! 's wead Zeit, daß ihr a vaschwindts von da Erdn, und i wer dafür sorg'n!«

Und nun bewies General Grythion die Qualitäten, die ihm seinen hohen Posten eingebracht hatten. Listig täuschte er zitternde Angst vor.

»O nein!« wimmerte er. »Ihr werdet doch nicht – doch nicht – auf der Seite von Serpens kämpfen?«

»Des tua i«, sagte Cronkheit. »Pfiat eich.« Das letzte, was wir von ihm sahen, war ein breiter, aufgebrachter, flohbefallener Rücken, auf dem Weg nach Süden, und die Spiegelung der Sonne auf einem Schwert.

Seither haben wir uns natürlich gut erholt, und Serpens bittet jetzt verzweifelt um Frieden. Wir sind aber entschlossen, den Krieg fortzuführen, bis sie unsere Bedingungen annehmen. Wir lassen uns ganz gewiß nicht von ihrer Hinterlist in eine Falle locken und nehmen den Barbaren zurück!

*Science Fiction-Autoren sind keine Propheten. Sie besitzen keine bessere Leitung in die Zukunft als irgendein anderer Mensch, der ein bißchen nachgedacht hat. Propheten gibt es überhaupt keine. Wie Herman Kahn bemerkt hat, ist die größte Überraschung, mit der die Zukunft aufwarten kann, die, daß sie mit keinen Überraschungen aufwartet.*

*Die Unausweichlichkeit der Überraschung ist aber gerade das Thema der folgenden Geschichte. Seltsamerweise haben manche der Möglichkeiten, die sie aufzeigt, obwohl sie vor recht langer Zeit geschrieben wurde, seither angefangen, sich hier und dort in unserem Land zur Wirklichkeit herauszubilden. Ich glaube nicht,* daß diese Strömungen sich bis zur Vollendung fortsetzen werden; nahezu alles spricht dagegen. Andere Teile der Geschichte wirken jetzt eher altmodisch. Ich mußte ein paar Absätze umschreiben, damit sie nicht hoffnungslos veraltet erschien. Die Veränderungen sind bewußt ganz geringfügig gehalten, damit Sie, wenn Sie wollen, diese Projektion aus der Vergangenheit mit der Welt ringsum vergleichen können. Dann mögen Sie sich fragen, wie groß die Aussichten sind, daß unter den vielen Karten für die kommende Zeit, die uns jetzt angeboten werden, irgendeine auch nur ein geringes Maß an Genauigkeit beanspruchen kann. Und wenn es so wäre, woher wissen wir, welche es ist?

# Die letzten der Befreier

Bis ich neun Jahre alt wurde, lebte in unserer Stadt ein Verrückter. Er war wohl fast hundert Jahre alt und hatte keine Angehörigen mehr. Damals gab es aber in jeder Stadt noch ein paar Leute, die zu keiner Familie gehörten.

Onkel Jim war harmlos, sogar nützlich. Er wollte gerne arbeiten und schusterte ein wenig. Seine Werkstatt befand sich in seinem Haus, war immer sauber, und wenn man dort, umgeben vom guten Geruch von Leder und Öl, stand, konnte man dahinter sein Wohnzimmer sehen. Er hatte nicht viele Bücher, aber Regalfach um Regalfach war gefüllt mit hohen, bunten Papierbündeln in Kunststoff – rissig und vom Alter vergilbt wie ihr Besitzer. Er nannte sie seine Magazine, und wenn wir Kinder uns gut benahmen, durften wir uns manchmal die Bilder darin ansehen. Nach seinem Tod hatte ich Gelegenheit, die Texte zu lesen. Sinn ergaben sie keinen. Niemand würde sich Sorgen um die Dinge machen, über die sich die Leute in diesen Geschichten und Artikeln so aufgeregt haben. Er hatte auch ein großes, uraltes Fernsehgerät, von dem ich allerdings nicht weiß, warum er es behielt, nachdem es nichts anderes zu empfangen gab als Verlautbarungen und die Stadt über ein Gerät verfügte, das vollkommen in Ordnung war. Nun, er ist eben verrückt gewesen.

Jeden Morgen machte er einen Spaziergang die Main Street entlang. Die Bäume dort waren zumeist Ulmen, hochgewachsen, im Sommer alles überschattend. Onkel Jim hüllte seinen langen, steifen Körper stets in uralte Kleidung, gleichgültig, wie heiß es war, und in Ohio kann es sehr heiß werden; ohne Zweifel war also der Schatten der Grund dafür, daß er diesen Weg nahm. Er trug zerfranste weiße Hemden mit kratzigen, würgenden Kragen, hatte stets einen Streifen Stoff um den Hals geknotet, trug lange Hosen, eine unbehaglich aussehende Jacke und schmale Schuhe, die seine Füße einquetschten. Das Ganze war häßlich, wenn auch peinlich sauber. Wir Kinder, jung und daher grausam, glaubten zuerst, er müsse, weil wir ihn nie unbekleidet sahen, eine schreckliche Mißbildung verbergen, und neckten ihn damit. Meiner Tante Bruder John untersagte uns das, aber Onkel Jim trug uns unser schlechtes Benehmen nie nach. Er gab uns sogar Süßigkeiten, die er selbst gemacht hatte, bis der Zahnarzt Klage führte. Dann führten unsere Eltern mit uns ernsthafte Gespräche, und wir erfuhren, daß Zucker die Zähne verfaulen läßt.

Schließlich entschieden wir, daß Onkel Jim – wir nannten ihn so, ohne zu sagen, auf welcher Seite er irgend jemandes Onkel war, weil das ja gar nicht zutraf – diese Sachen als eine Art Hintergrund für seinen Ansteckknopf trug, auf dem stand ›Willard wird gewinnen‹. Als ich ihn einmal danach fragte, sagte er, Willard sei der letzte republikanische Präsident der Vereinigten Staaten gewesen, ein wirklich großer Mann, der versucht habe, die Katastrophe zu verhindern, aber zu spät gekommen sei, weil die Menschen schon zu tief in Faulheit und Dekadenz versunken gewesen seien. Das war eine große Ladung für den Kopf eines Neunjährigen, und ich verstehe es immer noch nicht richtig, außer, daß die Städte sich damals nicht selbst regiert haben und das Land zwischen den beiden großen Gruppen geteilt war, die nicht einmal Klans gewesen sind, sich aber mehr oder weniger darin abwechselten, einen Präsidenten zu stellen; und der Präsident war kein Schiedsrichter zwischen Städten und Staaten, sondern führte alles.

Onkel Jim pflegte die Main Street entlangzugehen, vorbei an Stadthaus und Sonnenenergie-Anlage, am Brunnen abzubiegen und vorbei am Haus meines Vaters Großonkels Conrad zum Rand der Stadt zu streben, wo die Felder und Bäume sich bis zum Rand der Welt erstreckten. Am Flugplatz kehrte er dann um und kam über Joseph Arakelian's zurück, wo er immer zu den Handwebstühlen hineinschaute, verächtlich das Gesicht verzog und von automatischen Maschinen redete; was er gegen die Webstühle hatte, weiß ich nicht, denn Josephs Weberei war berühmt. Er macht auch abfällige Bemerkungen über unseren jämmerlichen kleinen Flugplatz und das halbe Dutzend Flitzer der Stadt. Das war ungerecht; wir hatten einen guten Flugplatz, ausgelegt mit Beton, und für unsere längeren Reisen genug Flitzer. In einer Stadt von dieser Größe kommen nie mehr als sechs Gruppen auf einmal zusammen, die irgendwohin wollen.

Aber ich wollte von dem Kommunisten erzählen.

Das war im Frühling. Der Schnee war geschmolzen, der Boden begann zu trocknen, und unsere Farmer waren draußen und säten. Der Rest der Stadt werkte eifrig an den Vorbereitungen für das Fest. Oh, was für ein Geruch in der Luft hing, während die Frauen von Veranda zu Veranda Rezepte austauschten. Handwerker hämmerten und sägten und schweißten, die Wäscheleinen hingen durch von dem Sonntagsstaat, der aus den Wintertruhen geholt worden war. Liebespaare hielten Händchen und flüsterten von den bevorstehenden Festen. Red und Bob und Stinky und ich spielten Murmeln am Flugplatz. Früher war es Messerwerfen gewesen, aber ein paar von den Jungen schleuderten ihre Messer in Bäume, und die Ältesten erließen die Vorschrift, daß kein Jugendlicher ein Messer mehr tragen durfte, wenn nicht eine erwachsene Person dabei war.

So war es ein schöner, frischer Morgen, der Himmel ein hohes blaues Gewölbe. Sonnenlicht prallte von aufgeplusterten weißen Wolken hinab auf die Erde, und der erste blasse Hauch von Grün war über die Hügel geweht. Staub sprang hoch, wo unsere Murmeln auftrafen, ein kleiner Wind blies aus Süden und glitt über meine Haut, fuhr mir durch die Haare. Die Welt und das Jahr und wir waren jung.

Wir wollten gerade aufhören, unsere Flinten holen und im Wald auf Kaninchenjagd gehen, als ein Schatten über uns fiel und wir Onkel Jim und meiner Mutter Vetter Andy sahen. Onkel Jim trug über seinen anderen Sachen einen langen Mantel; er fröstelte trotzdem, auf seinen Stock gestützt, und die geschrumpften Hände waren blau vor Kälte. Andy trug einen Kilt, der Taschen wegen, und Sandalen. Er war unser Stadtingenieur, ein stämmiger Mann um die Vierzig. In der vorgeschichtlichen Vergangenheit, ehe ich auf die Welt gekommen war, hatte er an einer Expedition zum Mars teilgenommen und war für uns Kinder deshalb ein Held. Wir begriffen nie, warum er kein daherstolzierender Korsar war. Er besaß mindestens dreitausend Bücher, mehr als das Doppelte vom Durchschnitt in der Stadt. Er verbrachte auch viel Zeit mit Onkel Jim, und ich wußte nicht, warum. Jetzt ist mir klar, daß er versuchte, von ihm etwas über die Vergangenheit zu erfahren, nicht die tote Vergangenheit der Mumien in den Geschichtsbüchern, sondern über die Leute, die einmal gelebt hatten.

Der alte Mann sah auf uns hinunter und sagte: »Ihr habt keinen Faden an. Ihr werdet erfrieren.« Er hatte eine hohe, dünne Stimme, aber sie klang beherrscht. In den vielen Jahren, die er allein verbrachte, mußte er gelernt haben, fest gegenüber sich selbst zu bleiben.

»Ach, Unsinn«, meinte Andy. »In der Sonne hat es fünfzehn Grad, wetten?«

»Wir wollten auf Kaninchenjagd gehen«, sagte ich wichtig. »Ich bringe das meine zu dir, und deine Frau kann uns Eintopf machen.«

Wie alle Kinder verbrachte ich mit Verwandten ebenso viel Zeit wie mit meinen Ortho-Eltern, aber Andys Haus bevorzugte ich. Seine Frau war eine großartige Köchin, sein ältester Sohn konnte besser Gitarre spielen als die meisten anderen, und seine Tochter spielte für mich gerade das richtige Schach, weder zu gut noch zu schlecht.

Ich hatte bei dieser Partie die meisten Murmeln gewonnen und gab sie jetzt zurück.

»Als ich ein Junge war«, sagte Onkel Jim, »behielt jeder seinen Gewinn.«

»Was passierte, wenn der beste Spieler alle Murmeln in der Stadt gewonnen hatte?« fragte Stinky. »Es ist harte Arbeit, eine gute Murmel zu machen, Onkel Jim. Was ich verliere, kann ich ohnehin kaum ersetzen.«

»Du hättest mehr kaufen können«, erwiderte er. »Es gab Geschäfte, wo man alles kaufen konnte.«

»Aber wer hat die Murmeln gemacht?«

»Es gab Fabriken –«

Das stelle sich einer vor! Große, erwachsene Männer, die ihre Zeit damit verbrachten, farbige Glaskugeln herzustellen!

Wir wollten gerade gehen, als der Kommunist auftauchte. Wir sahen ihn, als er um die Bäume im nördlichen Viertelsektor herumging, wo in diesem Jahr Weideland war. Er befand sich auf der Straße von Middleton, und seine nackten Füße wirbelten Staub auf.

Ein Fremder in der Stadt ist immer eine große Neuigkeit. Wir Jungen liefen auf ihn zu, bis Andy uns mit einem scharfen Wort zurückrief und uns daran erinnerte, daß er auf angemessene Höflichkeit Anspruch hatte. Dann warteten wir mit glotzenden Augen, bis er uns erreichte.

Aber dies war ein jammervoller Fremder. Er war hochgewachsen wie Onkel Jim, aber sein Umhang hing in Fetzen um einen schmalen Brustkorb, an dem man die Rippen zählen konnte, und unter einem kahlen Schädel hing ein schmutzigweißer Bart bis auf seine Taille herab. Er ging schwerfällig, auf einen Stock gestützt, schwer wie die Zeit, und selbst damals spürte ich die Einsamkeit wie eine Last auf seinen mageren Schultern.

Andy trat vor und verbeugte sich.

»Gruß und Willkomm, Freigeborener«, sagte er. »Ich bin Andrew Jackson Welles, Stadtingenieur, und im Namen der Verwandtschaft bitte ich Sie, zu bleiben, sich auszuruhen und zu erfrischen.« Er ratterte die Worte nicht einfach herunter, wie bei einem, den er kannte, sondern sprach sie mit großer Sorgfalt.

Onkel Jim lächelte auf einmal. Es war ein Lächeln wie die Schneeschmelze nach einem neunjährigen Winter, denn dieser Mann war so alt wie er und in derselben vergessenen Welt geboren. Er trat vor und streckte seine Hand aus.

»Hallo, Sir«, sagte er, »mein Name ist Robbins. Freut mich, Sie kennenzulernen.«

In seiner Zeit hatte man keine sehr guten Manieren.

»Danke, Genosse Welles, Genosse Robbins«, sagte der Fremde. Sein Lächeln verlor sich irgendwo im wirren Bartgeflecht. »Ich bin Harry Miller.«

*»Genosse?«* Onkel Jim sprach es langsam aus, wie ein Wort aus einem Alptraum. Er zog die Hand langsam zurück. »Was meinen Sie damit?«

Der Wanderer richtete sich auf und sah uns auf eine Weise an, die mich erschreckte.

»Ich meine, was ich sage«, gab er zurück. »Ich verheimliche nichts. Harry Miller von der Kommunistischen Partei der Vereinigten Staaten von Amerika.«

Onkel Jim zog den Atem tief ein.

»Aber –«, stammelte er, »aber ich dachte ... als allermindestes seid ihr Ratten alle tot, dachte ich.«

»Jetzt aber langsam«, sagte Andy. »Verzeihen Sie, Freigeborener Miller. Unser Freund ist nicht, äh, nicht ganz er selbst. Nehmen Sie es nicht persönlich, bitte ich Sie.«

Miller lachte leise und grimmig.

»Ach, mir macht das nichts aus. Ich bin schon Schlimmeres genannt worden.«

»Und haben es verdient!« Ich hatte Onkel Jim nie zuvor zornig gesehen. Sein Gesicht färbte sich rot, und er stieß den Stock in den Staub. »Andy, dieser, dieser Mann ist ein Verräter. Hörst du? Er ist ein ausländischer Agent!«

»Sie kommen direkt aus Rußland?« murmelte Andy, und wir Jungen drängten uns nah heran, die Ohren steif im Wind, weil ein Fremder ein seltener Anblick war.

»Nein«, sagte Miller, ich stamme aus Pittsburgh. In Rußland bin ich nie gewesen. Möchte auch gar nicht hin. Zu schrecklich – sie *hatten* einmal den Sozialismus.«

»Wußte nicht, daß in Pittsburgh jemand übriggeblieben ist«, sagte Andy. »Ich war letztes Jahr mit einem Bergungstrupp dort, auf der Suche nach Stahl und Kupfer, und wir haben immer nur Vögel gesehen.«

»Ein paar. Ein paar. Meine Frau und ich. Aber sie starb, und ich konnte in dieser verfaulten, leeren Schale einer Stadt nicht bleiben, also bin ich auf Wanderschaft gegangen.«

»Und das können Sie gleich wieder tun«, fauchte Onkel Jim.

»Sei jetzt bitte still«, sagte Andy. »Kommen Sie mit in die Stadt,

Freigeborener Miller – Genosse Miller, wenn Sie das vorziehen. Darf ich Sie einladen, bei mir zu bleiben?«

Onkel Jim packte Andy am Arm. Er zitterte wie totes Laub im Herbst, geschüttelt vom herzlosen Herbstwind.

»Das kannst du nicht!« kreischte er. »Verstehst du denn nicht, er wird euch verderben, wir werden Sklaven für ihn und seinen Banditenhaufen sein!«

»Mir scheint, Sie haben selbst ein bißchen Gehirne vergiftet, Mister Robbins«, sagte Miller.

Onkel Jim stand einen Augenblick mit gesenktem Kopf, und in seinen Augen schimmerten die schnellen Tränen eines alten Mannes. Dann hob er den Kopf, und Stolz klang aus den Worten: »Ich bin ein Republikaner.«

»Das dachte ich mir.« Der Kommunist schaute sich um und nickte vor sich hin. »Typische Bourgeois-Pseudokultur. Sieh dir diese Männer an, jeder mit seinem eigenen kleinen Traktor auf seinem eigenen Feld, an seine eigene kleine Eigensucht geklammert.«

Andy kratzte sich am Kopf.

»Wovon reden Sie, Freigeborener?« fragte er. »Das sind Maschinen der Stadt. Wer möchte sich die Mühe aufladen, einen eigenen Traktor mit Pflug und Mähdrescher zu versorgen?«

»Oh . . . Sie meinen –« Ich entdeckte ein Funkeln des Staunens in den Augen des Kommunisten. Er streckte halb die Hände aus. Es waren alte Hände; ich konnte unter der ausgetrockneten Haut die Knochen sehen. »Sie meinen, Sie bearbeiten das Land im Kollektiv?«

»Aber nein. Was für einen Sinn sollte denn das haben?« gab Andy zurück. »Auf das, was einer selbst hervorbringt, hat er doch Anspruch, oder?«

»Das Land, das Eigentum aller sein sollte, wird also unter diese Kulaken aufgeteilt!« brauste Miller auf.

»Wie in Dreiteufelsnamen kann Land irgend jemandes Besitz sein? Es ist . . . es ist Land. Man kann nicht vierzig Morgen in die Tasche stecken und damit fortgehen.« Andy atmete tief ein. »Sie müssen in Pittsburgh von allem ziemlich abgeschnitten gewesen sein. Haben das alte Dosenzeug gegessen, nicht? Dachte ich mir. Das ist leicht genug zu erklären. Sehen Sie, der Teil dort drüben wird von meiner Mutter Vetter Glenn mit Mais bepflanzt. Es ist sein Mais, den er gegen alles andere tauscht, was er braucht. Aber nächstes Jahr kommen, um den Boden zu schonen, Luzerne hinein, und meiner Schwester Sohn Willy kümmert sich darum. Was Gemüse und Obst betrifft, ziehen wir fast alle unser eigenes, damit wir jeden Tag ins Freie kommen.«

Das Licht in den Augen unseres Besuchers erlosch.

»Das ergibt keinen Sinn«, sagte Miller, und ich konnte hören, wie müde er war. Es mußte ein weiter Fußmarsch von Pittsburgh gewesen sein. Das Leben war gefristet worden mit Almosen von Zigeunern und Einzelfarmern.

»Ganz meine Meinung«, sagte Onkel Jim mit einem steifen Lächeln. »Als mein Vater noch lebte –« Er klappte den Mund zu.

Ich wußte, daß sein Vater in Korea gefallen war, in irgendeinem Krieg, als er selbst noch ein Baby gewesen war. Onkel Jim war übriggeblieben, um die Erinnerung und den traurigen, unfruchtbaren Stolz darüber zu bewahren. Ich erinnerte mich an meinen Geschichtsunterricht, den Freigeborener Levinsohn in unserer Stadt erteilte, weil er sich am besten darin auskannte, und mich fröstelte ein wenig. Ein *Kommunist!* Aber die hatten doch Amerikaner getötet und gefoltert . . . nur war das hier ein ausgebleichter Fetzen von Mann, der keinen kleinen Hund umzubringen vermochte. Es war alles sehr sonderbar.

Wir machten uns auf den Weg zum Stadthaus. Die Leute sahen uns und begannen sich zusammenzudrängen, gaffend und flüsternd, soweit die Schicklichkeit das erlaubte. Ich stolzierte mir Red und Bob und Stinky direkt neben dem Fremden her, dem echten, lebendigen Kommunisten, unter den Blicken der anderen Kinder.

Wir kamen an Josephs Weberei vorbei. Seine Familie und die Gehilfen kamen heraus, um sich den Gaffern anzuschließen. Miller spuckte auf die Straße.

»Diese Leute sind Lohnarbeiter, nehme ich an«, sagte er.

»Sie erwarten doch nicht, daß sie umsonst arbeiten, oder?« sagte Andy.

»Sie sollten für das gemeinsame Wohl arbeiten.«

»Aber das tun sie. Jedesmal, wenn jemand ein Kleidungsstück oder eine Wolldecke braucht, holt Joseph seine Leute zusammen, und sie stellen das Stück her. Man kann bei ihm Besseres kaufen, als die meisten Frauen zu Hause hervorbringen.«

»Ich wußte es. Der Bourgeois als Ausbeuter –«

»Ich wünschte mir nur, daß das der Fall wäre«, sagte Onkel Jim mit schmalen Lippen.

»Sie natürlich!« fauchte Miller.

»Aber es ist nicht so. Die Leute haben heutzutage keinen Antrieb mehr. Keinen Wettbewerbsgeist. Keinen Wunsch, ihren Lebensstandard zu verbessern. Nein, sie kaufen, was sie brauchen, und tragen es, solange es hält – und es hält beinahe ewig.« Onkel Jim fuchtelte mit dem Stock herum. »Ich sage dir, Andy, das Land ist auf den Hund gekommen. Die Wirtschaft stagniert. Das Geschäftsleben ist zu einer Ansammlung elender kleiner Läden und von Leuten geworden, die für sich selbst herstellen, was sie früher gekauft haben.«

»Ich finde, wir sind recht gut ernährt, bekleidet und untergebracht«, sagte Andy.

»Aber wo ist euer ... euer Antrieb? Wo sind die Dynamik und die Energie, die Amerika großgemacht haben? Schau mal – deine Frau trägt dieselbe Art Kleid wie vorher ihre Mutter. Du benützt einen Flitzer, der zur Zeit deines Vaters gebaut worden ist. Willst du denn nichts Besseres?«

»Unsere Maschinen funktionieren gut genug.« Andy sagte es gelangweilt. Für ihn war das ein altes Argument, während der Kommunist neu war. Ich sah Millers zerfransten Umhang in Si Johansens Tischlerei wirbeln und folgte.

Si baute eine Kommode für George Hulme, der im Frühling heiraten würde. Er legte sein Werkzeug beiseite und antwortete höflich.

»Ja ... ja, Freigeborener ... gewiß, ich arbeite hier ... Organisieren? Wozu? Sozial, meinen Sie? Aber meine Gehilfen haben schon zuviel davon. Fast jeder dritte Tag ein Feiertag ... Nein, sie sind *nicht* unterdrückt. Verdammt, das sind meine eigenen Angehörigen! ... Aber es gibt keine Leute, die nicht gute Möbel hätten. Außer, sie sind miserable Tischler und zu hochnäsig, um Hilfe zu erbitten –«

»Aber die Menschen auf der ganzen Welt!« rief Miller. »Haben Sie denn kein Herz, Mann? Was ist mit den mexikanischen Landarbeitern?«

Si Johansen erwiderte achselzuckend: »Was soll mit ihnen sein? Wenn sie es da unten anders einrichten wollen, ist das ihre eigene Sache.«

Er legte seinen Elektroschleifer weg und schrie seinen Gehilfen zu, sie könnten den Rest des Tages freinehmen. Sie hätten ihn sich ohnehin freigenommen, aber Si war ein bißchen herrisch.

Andy zog Miller wieder auf die Straße hinaus. Am Stadthaus kam der Bürgermeister von den Feldern herein und empfing ihn. Da für die ganze Woche Schönwetter vorausgesagt war, entschieden wir, daß es mit dem Säen nicht eilte und wir den Nachmittag damit verbringen würden, unseren Gast willkommen zu heißen.

»Nichts als Faulenzer!« schnaubte Onkel Jim. »Eure Vorfahren sind bei einer Arbeit geblieben, bis sie fertig war!«

»Das wird alles zu seiner Zeit fertig«, sagte der Bürgermeister wie zu einem kleinen Kind. »Wozu die Hast, Jim?«

»Hast? Um weiterzumachen – fertig zu werden und etwas anderes anzupacken! Bessere Dinge für ein besseres Leben!«

»Zum Wohle eurer Ausbeuter«, kicherte Miller. Er stand wie ein halbverhungerter und zorniger Gockel auf den Stufen des Stadthauses.

»Welche Ausbeuter?« Der Bürgermeister war so verwirrt wie ich.

»Die . . . die großen Geschäftsleute, die –«

»Es gibt keine Geschäftsleute mehr«, sagte Onkel Jim. Noch ein wenig mehr an Lebenskraft schien zu verrinnen, als er das zugab. »Unsere Ladenbesitzer? . . . Nein. Sie wollen nur ihren Lebensunterhalt. Von einem Gewinn haben sie nie etwas gehört. Sie sind zu faul, um ihr Geschäft zu erweitern.«

»Warum habt ihr dann keinen Sozialismus?« Miller schaute sich böse funkelnd um, als suche er nach irgendeinem versteckten Feind. »Jede Familie für sich selbst. Wo ist eure Solidarität?«

»Wir kommen recht gut miteinander aus, Freigeborener«, sagte der Bürgermeister. »Wir haben Gerichte, die alle Streitigkeiten schlichten.«

»Aber wollt ihr denn nicht vorankommen, Fortschritte erzielen, auf –«

»Wir bekommen genug«, erklärte der Bürgermeister und tätschelte seinen Bauch. »Ich könnte nicht mehr essen, als ich bekomme.«

»Aber ihr könntet mehr tragen!« sagte Onkel Jim. Er zappelte auf den Stufen, der arme Verrückte, tanzte vor unseren Augen wie eine der Marionetten eines Wandertheaters. »Ihr könntet jeder ein eigenes Auto haben, jedes Jahr ein neues Modell mit wunderbaren

Chromleisten, und neue Maschinen, die eure Arbeit erleichtern, und –«

»Und um diese schäbigen Dinge zu kaufen, die nur dazu bestimmt sind, zu verschleißen, müßtet ihr euer Leben als Sklaven der Kapitalisten verbringen«, sagte Miller. »Das Volk muß für das Volk produzieren.«

Andy wechselte einen Blick mit dem Bürgermeister.

»Hören Sie, Freigeborener«, sagte er leise, »Sie scheinen nicht zu begreifen. Wir *wollen* solche Dinge nicht. Es lohnt nicht, zu planen und zu arbeiten, um mehr zu beschaffen, als wir haben, nicht, solange es im Frühling Mädchen zum Lieben und im Herbst Hirsche zu jagen gibt. Und wenn wir arbeiten, tun wir es lieber für uns selbst, nicht für jemand anderen, ob Sie den nun einen Kapitalisten oder das Volk nennen. Und jetzt wollen wir uns hinsetzen und es uns vor dem Mittagessen gemütlich machen.«

Eingezwängt zwischen den Beinen der Verwandtschaft, hörte ich Si Johansen zu Joseph Arakelian leise sagen: »Ich versteht' das nicht. Was sollten wir mit diesen Maschinen anfangen? Wenn ich eine verdammte Maschine hätte, die mir meine Möbel macht, was sollte ich mit meinen Händen machen?«

Joseph hob die Schultern.

»Da bin ich überfragt, Si. Ich persönlich würde überschnappen, wenn ich sehen müßte, daß zwei Leute genau dasselbe Muster tragen.«

»Es wäre vielleicht ganz nett«, sagte Red zu mir, »wenn wir so ein Auto hätten, wie man sie in Onkel Jims Magazinen sieht.«

»Wo wolltest du damit hinfahren?« fragte Bob.

»Mensch, ich weiß nicht. Vielleicht nach Kanada. Aber nach Kanada kann ich ja jederzeit, wenn ich meinen Paps dazu überreden kann, einen von den Flitzern zu nehmen.«

»Klar«, sagte Bob. »Und wenn du weniger als hundert Meilen weit willst, hast du ein Pferd, oder? Wer will schon so ein altes Auto?«

Ich zwängte mich durch die Menge zum Platz, wo die Frauen im Freien Tische aufstellten und Essen für ein Festbankett brachten. Das Gedränge um unseren Gast war so dicht, daß ich nicht herankam, aber Stinky und ich kletterten auf den Hauptplatz-Baum, eine riesige Scharlacheiche, und krochen an einem Ast entlang, bis wir uns direkt über seinem Kopf befanden. Es war ein nackter Kopf mit

Leberflecken, schwankend auf einem dünnen Stielhals, und er zuckte herum und sprach mit schriller Stimme.

Andy und der Bürgermeister saßen bei ihm und pafften ihre Pfeifen, und auch Onkel Jim war dabei. Die Verwandten hatten ihn hereingelassen, damit sie das Feuerwerk verfolgen konnten. Das war gedankenlos, aber wie konnten wir es wissen? Onkel Jim war immer friedlich gewesen, und wir hatten nie zwei Verrückte gleichzeitig in der Stadt gehabt.

». . . Kräfte der Reaktion«, sagte Genosse Miller gerade. »Ich bin nicht sicher, welche Kräfte genau die Auflösung der Sowjetunion herbeigeführt haben. Nachrichten waren schon schwer zu erhalten, es gab nicht mehr viele Fernsehsendungen und – nun, ich muß zugeben, daß ich bezweifle, ob entweder die Kapitalisten oder die Chinesen hinter der Tragödie steckten. Damals waren schon beide Systeme ziemlich verfallen.«

»Was kann in Rußland nur geschehen sein?« fragte Ed Mulligan. Er war der Psychoberater der Stadt, ausgebildet bei Menninger im fernen Kansas. »Die eigentlichen Ereignisse, meine ich. Ich hätte nie geglaubt, daß die Kommunisten Freiheit zulassen, nicht nach dem, was ich über sie gelesen hatte.«

»Was *Sie* Freiheit nennen«, sagte Miller verächtlich. »Ich selbst vermute, daß der Revisionismus Platz gegriffen hat. Sobald das zu Korruption geführt hatte, war das ganze arme Land reif für eine konterrevolutionäre Übernahme.«

»Das ist aber nicht wahr«, sagte Onkel Jim. »Ich habe die Nachrichten auch verfolgt, wissen Sie. Die Kommunisten in Rußland wurden von selbst korrupt und nachlässig. Das ist bei Tyrannen immer so. Sie sahen nicht voraus, welche Veränderungen die neue Technologie bewirken würde, und führten sie munter ein. Bald rostete ihr Eiserner Vorhang dahin. Niemand *hörte* mehr auf sie.«

»Das stimmt ziemlich genau, Jim«, sagte Andy. Er sah mein Gesicht zwischen den Zweigen und zwinkerte mir zu. »Es kam hier und dort zu Gewalttaten, der Zusammenbruch war komplizierter, als du glaubst, aber im Grunde war es das, was geschehen ist. Der Haken ist nur, du scheinst nicht begreifen zu können, daß es auch in den USA so kam.«

Miller schüttelte den runzligen Kopf.

»Marx hat bewiesen, daß technologische Errungenschaften unausweichlichen Fortschritt zum Sozialismus bedeuten«, sagte er. »Die Sache ist zurückgeworfen worden, gewiß, aber der Tag wird kommen.«

»Vielleicht haben Sie bis zu einem gewissen Punkt recht«, meinte Andy. »Aber Wissenschaft und Gesellschaft sind über diesen Punkt hinausgelangt, wissen Sie. Vielleicht kann ich Ihnen eine einfache Erklärung geben.«

»Wenn Sie wollen«, sagte Miller verdrossen.

»Nun, ich habe die Zeit studiert. Die Technologie ermöglichte es, daß ein paar Leute und Hektar Land das ganze Land ernähren konnten, bis Millionen Hektar brachlagen; man konnte sie für ein Butterbrot kaufen. Inzwischen waren die Großstädte überbesteuert, unterrepräsentiert und erstickten in ihrem eigenen Verkehr. Es kamen die billige Sonnenenergie-Anlage und der Hochleistungs-Akku. Sie ermöglichten, daß ein Mensch die meisten seiner persönlichen Bedürfnisse befriedigen konnte und nicht mehr für jemand anderen zu arbeiten brauchte, um die Inflationspreise zu bezahlen, die von einer Wirtschaft gefordert wurden, von der jedes einzelne Unternehmen auf Kosten des Steuerzahlers subventioniert oder geschützt wurde. Außerdem verringerte der einzelne durch diese neue Lebensweise sein Geldeinkommen so stark, daß er fast keine Steuern mehr zu zahlen brauchte – er lebte mit einer kürzeren Arbeitswoche in Wirklichkeit besser.

Die Menschen neigten mehr und mehr dazu, hinauszuziehen und in kleinen Landgemeinschaften zu leben. Sie verbrauchten weniger, was eine schwere Wirtschaftskrise hervorrief und noch mehr Menschen dazu trieb, sich auf eigene Füße zu stellen. Bis das Big Business und die Gewerkschaften begriffen, was sich abspielte, und Gesetze forderten gegen das, was sie unamerikanische Praktiken nannten, war es zu spät; niemand hatte Interesse daran. Alles ging so langsam und stufenweise vor sich, wissen Sie. Aber es ging vor sich, und es war gut so, meine ich.«

»Lächerlich!« rief Miller. »Der Kapitalismus ging bankrott, wie Marx es zweihundert Jahre vorher prophezeit hatte, aber sein bösartiger Einfluß war noch immer so mächtig, daß ihr, statt zum Kollektivismus fortzuschreiten, wieder Kleinbauern geworden seid.«

»Bitte«, sagte der Bürgermeister. Ich konnte sehen, daß er sich ärgerte, und dachte, daß Kleinbauern vielleicht keine Freigeborenen gewesen sein mochten. »Äh, vielleicht können wir uns die Zeit mit ein wenig Gesang vertreiben.«

Obwohl seine Stimme nicht der Rede wert war, verlangte die Höflichkeit, daß Miller als erster zu einer Darbietung aufgefordert wurde. Er stand auf und tremolierte etwas von einem Mann namens Joe Hill. Die Melodie war ganz nett, aber selbst ein Neunjähriger wie ich wußte, daß der Text miserabel war. Ein kindliches Schema a-b-c-d-stumpfer Reime, und nirgends eine Doppelmetapher. Und außerdem – wen kümmert es, was mit einem kleinen Landstreicher geschehen ist, wenn wir Jagdlieder und Epen über interplanetarische Forscher verfassen können? Ich war froh, als Andy übernahm und uns Musik mit Kraft darin hören ließ.

Man rief zum Essen. Ich kletterte vom Baum herunter und fand einen Sitzplatz in der Nähe. Genosse Miller und Onkel Jim funkelten einander über den Tisch hinweg an, aber bis nach der Mahlzeit, zwei Stunden später, wurde nicht viel gesprochen. Die Leute hatten das Interesse an dem Fremden mehr oder weniger verloren, als sie hörten, daß er seine Zeit versteckt in einer toten Stadt zugebracht hatte, und schlenderten davon zu Tanz und Spielen. Andy blieb, nicht, weil er wollte, sondern weil er Millers Gastgeber war.

Der Kommunist seufzte und stand auf.

»Sie sind nett zu mir gewesen«, sagte er.

»Ich dachte, wir wären eine Bande von Kapitalisten«, stichelte Onkel Jim.

»Es ist der Mensch, dem mein Interesse gilt, wo immer er lebt und unter welchen Bedingungen er das tut«, sagte Miller.

Onkel Jim erhob die Stimme zusammen mit dem Stock: »Mann! Sie behaupten, sich um den Menschen zu sorgen, Sie, der Sie ihn getötet und versklavt haben?«

»Ach, hör doch auf, Jim«, sagte Andy. »Das ist lange her. Wen kümmert das heute noch?«

»Mich!« Onkel Jim begann zu weinen, aber er blickte Miller an und ging mit steifen Beinen und gespreizten Fingern auf ihn zu. »Sie haben meinen Vater umgebracht. Zu Zehntausenden sind Menschen gestorben – für ein Ideal. Und euch ist das egal! Das ganze gottverdammte Land hat jeden Mumm verloren!«

Ich stand unter dem Baum. Ich hatte ein bißchen Angst, weil ich nicht begriff. Andy, der von der Forschungsstiftung der Vereinigten Stadtgemeinden auf den langen, schwarzen Weg zum Mars geschickt worden war, nur, um Wissen zu sammeln, konnte kein Feigling sein. Mein Vater, ein sanfter Mann, voller Lachen, hatte bestimmt Mumm genug. Was war es, das wir begehren sollten?

»Sie stiefelleckender, kriecherischer Lakai, Sie,« brüllte Miller, »*Sie* waren es, die sie abgemurkst haben! *Sie* waren es, die Arbeiter ermordet und ihre Söhne in die Marionettengewerkschaften gelockt haben, und . . . und . . . was ist mit den mexikanischen Landarbeitern?«

Andy versuchte dazwischenzutreten. Millers Stock traf seinen Kopf. Andy trat zurück, wischte sich das Blut ab und wirkte hilflos, während die verrückten alten Männer einander anbrüllten. Gewalt konnte er nicht anwenden; er wollte ihnen nicht weh tun.

Vielleicht begriff er, in diesem Augenblick.

»Schon gut, Freigeborene«, sagte er schnell. »Ist schon gut. Wir hören euch an. Paßt auf, ihr könnt heute abend eine feine Diskussion abhalten, gleich hier im Stadthaus, und alle werden kommen und –«

Es war zu spät. Onkel Jim und Genosse Miller kämpften bereits miteinander. Ihre mageren Fäuste flogen, die trüben Augen waren voller Tränen, weil keiner von ihnen mehr die Kraft besaß, zu vernichten, was er haßte. Aber jetzt glaube ich, daß der Haß einer verwirrten Liebe entsprang. Sie liebten uns beide auf eine seltsame, verquere Weise, und wir waren gleichgültig, blieben gleichgültig.

Andy holte ein paar Männer zusammen, und sie trennten die beiden. Dann wurden sie zu einem Nickerchen in verschiedene Häuser geführt. Als Dr. Simmons einige Stunden später nach Onkel Jim sah, war er verschwunden. Der Arzt eilte davon, um den Kommunisten zu finden, und auch er war fort.

Das erfuhr ich erst später, weil ich mit den anderen Kindern unten, wo der Fluß kühl und dunkel strömte, Fangen spielte. In diesem Fluß fand Konstabler Thompson am nächsten Morgen den Kommunisten und den Republikaner. Niemand wußte, was geschehen war. Sie hatten sich unter den Bäumen getroffen, allein, in der Abenddämmerung, als Freudenfeuer angezündet wurden und die Ältesten sich dort fröhlich versammelten und Liebespaare sich in den Wald stahlen. Das ist alles, was wir an Gewißheit haben. Wir gaben ihnen ein angemessenes Begräbnis.

Die Stadt sprach eine ganze Woche davon, und sogar das ganze Gebiet von Ohio erfuhr es; aber nach einer Weile legte sich das

Gerede, und die verrückten alten Männer lagen vergessen in ihren Gräbern. Das war das Jahr, als im Norden die Bruderschaft an die Macht kam und die Leute sich fragten, was das bedeuten mochte. Im nächsten Frühling erfuhren sie es, man schloß ein Bündnis, und über die Hügel zog der Krieg. Denn die Bande der Bruderschaft schlug, wie sie gedroht hatte, im großen Maßstab Bäume nieder und pllanzte keine. Soviel Böses kann nicht unbestraft bleiben.

*Wo hört Science Fiction auf und macht der Fantasy Platz? Ich kann es Ihnen wirklich nicht sagen. Eine berühmte Schülerdefinition lautete: »Eine Fantasy ist eine Geschichte über Kobolde, Gespenster, Werwölfe, Jungfrauen und andere übernatürliche Wesen.« Die Science Ficition dagegen sollte keine krassen, beweisbaren Unmöglichkeiten enthalten; dabei gehörten zu ihren Standardthemen Zeitreisen und Überlichtgeschwindigkeiten.*

*Ich ging also her und gebrauchte diese Themen, ohne mir große Gedanken darüber zu machen. Ich hätte auf alle Fälle eine Zeitreisen-Geschichte in diesem Band haben wollen, als Beispiel für ein zu bedeutsames Leitmotiv, das man nicht unbeachtet lassen konnte.*

*Und dann – nun, in den letzten Jahren ist die ganze Frage dieser Lichtgeschwindigkeitsgrenze von einer Reihe hochgeachteter Physiker wieder aufgeworfen worden. Und vor ganz kurzer Zeit auch die Frage der Zeitreisen. Es hat den Anschein, daß es gute theoretische Gründe für die Vermutung gibt, ein Körper könne unter gewissen Bedingungen in seine eigene Vergangenheit zurückkehren.*

*Das bleibt natürlich zu untersuchen. Aber wie immer die Antwort auf irgendein bestimmtes wissenschaftliches Problem auch aussehen mag, wir können mit Eddington sagen (ein wenig abgewandelt, weil Wörter wechselhafte Wesen sind), daß das Universum nicht nur fremdartiger ist, als wir wissen, sondern auch fremdartiger, als wir uns das vorstellen können.*

# Zeitreise

Wir lernten uns geschäftlich kennen. Michaels' Firma wollte auf der anderen Seite von Evanston eine Siedlung bauen und kam dahinter, daß ich Eigentümer von einem Teil des vielversprechendsten Bodens war. Man machte mir ein gutes Angebot, aber ich blieb stur; man erhöhte es, und ich gab nicht nach; schließlich suchte mich der Chef selbst auf. Er entsprach nicht ganz meinen Erwartungen – natürlich war er aggressiv, aber auf eine so höfliche Weise, daß es nicht beleidigend wirkte, und seine Manieren waren so verbindlich, daß man seinen Mangel an förmlicher Bildung nur selten wahrnahm. Diesen Mangel glich er ohnehin sehr schnell aus, indem er Abend- und Fortbildungskurse besuchte und alles las, was ihm in die Hände fiel.

Wir entschlossen uns, ein Glas zu trinken und die Angelegenheit zu besprechen. Er führte mich in eine Bar, die wenig von Chikago an sich hatte: ruhig, schäbig, keine Musikbox, kein Fernsehgerät, ein Bücherregal und mehrere Schachspiele, aber keiner von den Ausgeflippten und faulen Kunden, die sich sonst an solchen Orten herumtreiben. Außer uns beiden gab es nur ein halbes Dutzend Gäste – einen emeritierten Professoren-Typ bei den Büchern, Leute, die mit einem Mindestmaß an Faktenkenntnis politisierten, einen jungen Mann, der mit dem Barmann darüber debattierte, ob Bartók origineller sei als Schönberg oder umgekehrt. Michaels und ich fanden einen Ecktisch und dänisches Bier.

Ich erläuterte, daß Geld mir so oder so nichts bedeute, ich aber etwas dagegen hätte, schöne Landschaft mit Bulldozern zu zerwühlen, um eine verchromte Slumgegend mehr zu schaffen. Michaels stopfte seine Pfeife, bevor er antwortete. Er war ein hagerer Mann mit aufrechter Haltung, langem Kinn, römischer Nase und graugesprenkeltem Haar. Die Augen waren dunkel und leuchtend.

»Hat mein Beauftragter das nicht erklärt?« sagte er. »Wir planen nicht eine Reihe gleicher Maisounette-Ställe. Wir haben sechs verschiedene Modelle im Auge, mit Variationen, angeordnet in einem Muster, das . . . so aussieht.« Er zog Bleistift und Papier heraus und begann zu zeichnen. Beim Reden trat sein Akzent stärker hervor, aber das Flüssige blieb. Und er vertrat seine Sache besser, als jeder andere es vorher getan hatte. Ob es einem passe oder nicht, sagte er, das sei nun einmal die Mitte des zwanzigsten Jahrhunderts, und die Massenproduktion lasse sich nicht mehr abschaffen. Eine Gemeinde brauche, nur weil sie aus Fertigteilen erbaut sei, nicht weniger attraktiv zu sein, sie könne sogar eine künstlerische Einheit erlangen. Er machte sich daran, mir zu zeigen, wie das aussehen sollte.

Er drängte mich nicht zu sehr, und das Gespräch irrte auf andere Bahnen ab.

»Wirklich nett hier«, meinte ich. »Wie haben Sie das gefunden?«

Er zuckte die Schultern.

»Ich laufe oft herum, vor allem nachts. Erkundung.«

»Ist das nicht recht gefährlich?«

»Im Vergleich nicht«, sagte er – mit einer Spur von Grimmigkeit.

»Äh . . . ich nehme an, Sie sind nicht hier herüben geboren?«

»Nein. Ich bin erst 1946 in die Vereinigten Staaten gekommen. Was man DP nannte, Displaced Person. Ich wurde zu Thad Michaels, weil es mir zu anstrengend war, immer wieder Tadeusz Michalowski zu buchstabieren. Von sentimentalen Gefühlen für die alte Heimat wollte ich auch nichts wissen; ich bin fanatisch für Assimilierung.«

Im übrigen sprach er wenig von sich selbst. Später erfuhr ich einige Einzelheiten über seinen geschäftlichen Aufstieg von bewundernden und neidischen Konkurrenten. Mehrere von ihnen glaubten noch immer nicht, daß es möglich sei, ein Haus mit Zentralheizung für weniger als zwanzigtausend Dollar zu verkaufen und noch Gewinn zu machen. Michaels hatte aber Wege gefunden. Nicht schlecht für einen mittellosen Einwanderer.

Ich forschte nach und stellte fest, daß er für Dienste, die er der US-Army in den letzten Phasen des Krieges in Europa geleistet hatte, mit einem Sondervisum einreisen durfte. Diese Dienste hatten ebenso Nerven wie schnelle Reaktionsfähigkeit verlangt.

Inzwischen entwickelte sich unsere Bekanntschaft weiter. Ich verkaufte ihm den Grund, den er haben wollte, aber wir sahen uns auch danach öfter, manchmal in meiner Junggesellenwohnung, meist in seinem Penthaus am Seeufer. Er hatte eine wunderschöne blonde Frau und zwei kluge Söhne mit guten Manieren. Trotzdem war er ein einsamer Mann, und ich erfüllte ein Bedürfnis nach Freundschaft.

Ein Jahr nachdem wir uns kennengelernt hatten, erzählte er mir die Geschichte. Ich war zum Thanksgiving-Dinner eingeladen worden. Danach saßen wir beieinander und unterhielten uns. Und redeten. Und redeten. Als wir von den Aussichten auf einen Umschwung bei den nächsten Kommunalwahlen bis zu den Aussichten anderer Planeten, in etwa denselben Geschichtsverlauf zu erleben wie wir, gelangt waren, entschuldigte sich Amalie und ging zu Bett. Das war lange nach Mitternacht. Michaels und ich unterhielten uns weiter. Ich hatte ihn noch nie so erregt gesehen. Es war, als hätte das letzte Thema für ihn eine Tür geöffnet. Schließlich stand er auf, füllte noch einmal mit nicht ganz sicheren Bewegungen unsere Whiskygläser und ging (lautlos auf dem dunkelgrünen Teppich) durch das Wohnzimmer zum Panoramafenster.

Die Nacht war klar und scharf. Wir blickten über die Stadt hinaus: Streifen und Netze und Spulen glitzernder Farbe, Rubin, Amethyst, Smaragd, Topas, und das schwarze Tuch des Michigan-Sees; fast schien es, als könnten wir dahinter endlose, weiße Ebenen erkennen. Aber über uns wölbte sich der Himmel, an dem der Große Bär auf seinem Schwanz stand und Orion die Milchstraße entlangschlenderte. Ich hatte nicht oft ein so gewaltiges, frostiges Bild gesehen.

»Ich weiß schließlich, wovon ich rede«, sagte er.

Ich regte mich, tief in meinem Lehnsessel. Das Feuer im Kamin spuckte winzige, blaue Flammen. Davon abgesehen beleuchtete nur eine Schirmlampe das Zimmer; die Sternenschwärme waren schon sichtbar gewesen, als ich vorher am Fenster vorbeigekommen war. Ich stichelte ein wenig: »Persönlich?«

Er schaute sich nach mir um. Sein Gesicht war starr.

»Was würden Sie sagen, wenn ich mit ja antworte?«

Ich nippte an meinem Glas. King's Ransome ist ein edles und tröstliches Getränk, vor allem dann, wenn die Erde selbst es mit kühlem Hauch zu färben scheint.

»Ich würde annehmen, daß Sie Ihre Gründe haben und abwarten, bis ich sie erfahre.«

Er grinste schief.

»Nun ja, ich bin auch von diesem Planeten«, sagte er. »Und doch – und doch ist der Himmel weit und fremd. Glauben Sie nicht, daß das Fremde auf Menschen wirken würde, die sich dorthin begäben? Würde es nicht in sie eindringen, bis sie es in ihren Knochen mit nach Hause nähmen, und die Erde wäre danach nie mehr ganz dieselbe?«

»Weiter. Sie wissen, daß ich Phantasiegeschichten schätze.«

Er starrte hinaus und wieder zu mir zurück, dann leerte er plötzlich auf einen Zug sein Glas. Die heftige Geste sah ihm gar nicht ähnlich. Aber das galt auch für sein Zögern zuvor.

Er sagte in rauhem Ton, wieder mit deutlichem Akzent: »Nun gut, ich will Ihnen etwas Phantastisches erzählen. Das ist aber eine Geschichte für den Winter, eine kalte Geschichte, die Sie am besten nicht ernst nehmen.«

Ich zog an der hervorragenden Zigarre, die er mir gegeben hatte, und wartete in der Stille, die er brauchte.

Er ging vor dem Fenster ein paarmal hin und her, den Blick auf den Boden gerichtet, bis er erneut sein Glas füllte und sich wieder zu mir setzte. Er sah mich nicht an, sondern starrte auf ein Bild an der Wand, ein düsteres, unverständliches Ding, das niemand außer ihm mochte. Er schien Kraft daraus zu ziehen, denn er begann zu sprechen, schnell und leise.

»Es war einmal, ganz, ganz weit in der Zukunft eine Zivilisation. Ich werde sie Ihnen nicht beschreiben, denn das wäre nicht möglich. Könnten Sie in die Zeit der ägyptischen Pyramidenerbauer zurückkehren und ihnen von dieser Stadt unter uns erzählen? Ich meine nicht, daß man Ihnen nicht glauben würde; natürlich würde man das nicht, aber darauf kommt es kaum an. Ich meine, man würde nicht begreifen. Nichts, was Sie sagten, würde für die Leute Sinn ergeben. Und die Art, wie die Menschen arbeiten und denken und glauben, wäre noch weniger begreiflich als diese Lichter und Türme und Maschinen, nicht wahr? Wenn ich zu Ihnen von Menschen in der Zukunft spräche, die unter gewaltigen psychokosmischen Energien leben, von genetischen Wechselbälgern und imaginären Kriegen und redenden Steinen, und von einem gewissen blinden Jäger, könnten Sie alles Mögliche empfinden, aber begreifen würden Sie nicht.

Deshalb bitte ich Sie nur, sich vorzustellen, wieviel hunderttausendmal dieser Planet die Sonne umkreist hatte, wie tief begraben und vergessen wir sind, und sich dann vorzustellen, daß diese andere Zivilisation in so fremdartigen Mustern denkt, daß sie jede Begrenzung der Logik und Naturgesetze unbeachtet gelassen hat, um Methoden zu entdecken, durch die Zeit zu reisen. Während der gewöhnliche Bewohner in diesem Zeitalter (ich kann ihn nicht exakt einen Bürger oder irgend etwas anderes, wofür wir Worte haben, nennen, weil das zu irreführend wäre), der durchschnittlich gebildete Bewohner, auf undeutliche, uninteressierte Art weiß, daß Jahrtausende zuvor einige Halbwilde die ersten waren, die das Atom spalteten, sind nur ein oder zwei Menschen wirklich hier gewesen, unter uns aufgetreten, haben uns studiert und vermessen und sind mit einer Sammlung von Informationen für das Zentralgehirn, wenn ich ihm einen solchen Namen geben darf, zurückgekehrt. Niemand sonst befaßt sich mit uns, sowenig wie Sie sich mit frühmesopotamischer Archäologie befassen. Verstehen Sie?«

Er richtete den Blick auf das Glas in seiner Hand und ließ ihn dort haften, als sei der Whisky ein Orakelteich. Das Schweigen dehnte sich. Schließlich sagte ich: »Nun gut. Um der Geschichte willen akzeptiere ich die Voraussetzung. Ich stelle mir vor, daß Zeitreisende nicht zu bemerken wären. Sie würden über Methoden der Maskierung und was-weiß-ich verfügen. Würden ihre eigene Vergangenheit nicht verändern wollen.«

»Oh, da besteht keine Gefahr«, sagte er. »Es ist in der Hauptsache nur so, daß sie nicht viel erfahren würden, wenn sie herumliefen und darauf bestünden, aus der Zukunft zu sein. Stellen Sie sich das einmal vor.«

Ich lachte leise in mich hinein.

Michaels warf mir einen verschatteten Blick zu.

»Abgesehen vom Wissenschaftlichen«, sagte er, »können Sie erraten, welchen Nutzen Zeitreisen haben könnten?«

»Tja«, sagte ich, »Handel mit Kunstwerken oder Rohstoffen. Ins Zeitalter der Dinosaurier zurückgehen und Eisen fördern, bevor der Mensch erscheint, um die reichsten Lagerstätten auszubeuten.«

Er schüttelte den Kopf.

»Denken Sie nach. Sie würden nur eine begrenzte Anzahl von minoischen Statuetten, Ming-Vasen oder Zwergen der Dritten Welthegemonie haben wollen, in erster Linie für ihre Museen. Wenn ›Museum‹ nicht ein allzu ungenaues Wort ist. Ich sage Ihnen, sie *sind* nicht wie wir. Was Rohstoffe angeht, so sind sie darüber hinaus, welche zu brauchen; sie erzeugen ihre eigenen.« Er verstummte, wie vor einem endgültigen Absprung, dann sagte er: »Wie hieß die Strafkolonie, die von den Franzosen aufgegeben wurde?«

»Die Teufelsinsel?«

»Ja, richtig. Können Sie sich eine bessere Rache an einem verurteilten Verbrecher vorstellen, als ihn in der Vergangenheit auszusetzen?«

»Nun, ich würde meinen, daß sie über jeden Begriff von Rache oder Abschreckung durch schreckliche Beispiele hinaus wären. Selbst in diesem Jahrhundert ist uns klar, daß das nicht funktioniert.«

»Sind Sie sicher?« fragte er leise. »Haben wir Seite an Seite mit der Ausbreitung der heutigen aufgeklärten Strafrechtslehre nicht ein entsprechendes Anwachsen der Straftaten selbst? Sie haben sich vor einiger Zeit darüber gewundert, daß ich es wage, nachts allein durch die Straßen zu gehen. Darüber hinaus ist Bestrafung eine Katharsis der Gesellschaft als Ganzem. In der Zukunft würde man Ihnen sagen, daß öffentliche Hinrichtungen durch Erhängen die Verbrechensrate doch verringert haben, die sonst noch höher gewesen wäre. Und wichtiger noch, diese Schauspiele haben die Geburt des wahren Humanismus im achtzehnten Jahrhundert ermöglicht.« Er hob spöttisch eine Braue. »Das wird man in der Zukunft behaupten. Es spielt keine Rolle, ob man recht hat oder ein entartetes Element in der eigenen Zivilisation damit nur erklären will. Alles, was Sie anzunehmen brauchen, ist, daß man die schlimmsten Verbrecher von dort in die Vergangenheit zurückschickt.«

»Schlimm für die Vergangenheit«, sagte ich.

»Nein, in Wirklichkeit nicht, aus einer Reihe von Gründen, einschließlich der Tatsache, daß alles, was Sie geschehen lassen, bereits geschehen ist . . . Verdammt! Das Englische ist nicht dazu geeignet, über diese Paradoxien zu sprechen. Vor allem müssen Sie aber bedenken, daß Sie diese ganze Mühe nicht für gewöhnliche Missetäter aufwenden. Man muß schon ein sehr seltener Bösewicht sein, um Exil in der Zeit zu verdienen. Und das schlimmste Verbrechen der Welt hängt vom jeweiligen Jahr der Geschichte dieser Welt ab. Mord, Räuberei, Verrat, Ketzerei, Rauschgifthandel, Sklavenhandel, Patriotismus, der ganze Katalog, alles zog in manchen Epochen die Todesstrafe nach sich und wurde in anderen nachsichtig betrachtet, in dritten sogar entschieden gelobt. Denken Sie zurück, und stellen Sie fest, ob ich nicht recht habe.«

Ich betrachtete ihn eine Weile, sah, wie tief die Falten in sein Gesicht gegraben waren, und entsann mich, daß er in seinem Alter noch nicht grau sein sollte.

»Also gut«, sagte ich. »Einverstanden. Aber würde nicht ein Mann aus der Zukunft, der Ihr Wissen besitzt –«

Er stellte sein Glas hart auf den Tisch

»Welches Wissen?« stieß er hervor. »Gebrauchen Sie Ihren Verstand! Stellen Sie sich vor, daß Sie nackt und allein in Babylon zurückgelassen werden. Wieviel von der babylonischen Sprache oder Geschichte wissen Sie? Wer ist der derzeitige König, wie lange wird er noch regieren, wer wird sein Nachfolger? An welche Gesetze und Bräuche müssen Sie sich halten? Sie erinnern sich, daß irgendwann einmal die Assyrer oder Perser oder sonst jemand Babylon erobern und der Teufel los sein wird. Aber wann? Wie? Ist der gerade herrschende Krieg ein bloßes Grenzscharmützel oder eine große Auseinandersetzung? Wird Babylon siegen? Wenn nicht, welche Friedensbedingungen werden auferlegt werden? Es gäbe heute keine zwanzig Menschen, die diese Fragen beantworten könnten, ohne in einem Buch nachschlagen zu müssen. Und Sie gehören nicht dazu, und Buch haben Sie auch keines bekommen.«

»Ich glaube, ich würde zum nächsten Tempel gehen, sobald ich genug von der Sprache verstünde«, sagte ich langsam. »Ich würde dem Priester mitteilen, daß ich ... nun ... Feuerwerk machen kann –«

Er lachte.

»Wie denn? Sie sind in Babylon, vergessen Sie das nicht. Wo finden Sie Schwefel und Salpeter? Wenn Sie dem Priester verständlichmachen können, was Sie brauchen, und ihn auf irgendeine Weise dazu überreden, die Stoffe für Sie zu besorgen, wie stellen Sie ein Pulver her, das wirklich explodiert, statt nur zu zischen? Das ist durchaus eine Kunst, damit Sie es wissen. Mein Gott, Sie könnten nicht einmal Heuer als einfacher Matrose bekommen. Sie könnten von Glück sagen, wenn Sie am Ende Böden schrubben dürften. Als Sklave auf den Feldern ist ein naheliegenderes Schicksal. Nicht wahr?«

Das Feuer brannte nieder.

»Schon gut«, räumte ich ein. »Es ist wahr.«

»Sie suchen sich die Zeit mit Überlegung aus, wissen Sie.« Er blickte wieder zum Fenster. Von unseren Sesseln aus löschte die Spiegelung im Glas die Sterne und ließ uns allein die Nacht wahrnehmen.

»Wenn ein Mensch zur Verbannung verurteilt wird«, sagte er, »besprechen sich die Fachleute und weisen darauf hin, wie es in ihren Spezialperioden für diese Person aussehen würde. Sie können sich denken, daß ein zimperlicher, intellektueller Typ, den man ins homerische Griechenland versetzte, das als einen Alptraum empfinden würde, während ein rüpelhafter Mensch ganz gut zurechtkäme und vielleicht sogar ein geachteter Krieger werden könnte. Wenn der Rüpel nicht gerade der allerschwärzeste Verbrecher wäre, würden sie ihn vielleicht sogar in der Nähe von Agamemnons Haus absetzen und zu nicht mehr als Gefahr, Unbequemlichkeit und Heimweh verdammen.«

»O Gott, das Heimweh!« flüsterte er, als ich nichts zu sagen gewußt hatte.

Bei diesen Worten stieg solche Düsterkeit in ihm auf, daß ich ihn mit einer trockenen Bemerkung ins Gleichgewicht zu bringen versuchte.

»Der Verurteilte muß doch wohl gegen jede Krankheit der alten Zeit immun sein, sonst wäre das nichts anderes als eine kompliziertere Todesstrafe.«

Sein Blick richtete sich wieder auf mich.

»Ja«, sagte er. »Und das Langlebigkeitsserum in seinem Blutkreislauf wirkt natürlich noch. Aber damit hat es auch sein Bewenden. Er wird im Dunkeln an einer einsamen Stelle abgesetzt, die Maschine verschwindet, er ist für den Rest seines Lebens abgeschnitten. Alles, was er weiß, ist, daß sie eine Zeit für ihn ausgesucht haben, mit Eigenschaften – von denen sie erwarten, daß die Bestrafung seiner Tat entspricht.«

Wieder legte sich die Stille auf uns, bis die Uhr auf dem Kaminsims das Lauteste auf der Welt wurde, so, als sei draußen jeder Ton zu Tode erstarrt. Ich blickte auf das Zifferblatt. Die Nacht war alt; bald würde der Osten hell werden.

Als ich ihn wieder ansah, beobachtete er mich immer noch, mit beunruhigender Eindringlichkeit.

»Was war Ihr Verbrechen?« fragte ich.

Er schien nicht zurückzuzucken und sagte nur müde: »Was spielt das für eine Rolle? Ich habe Ihnen erklärt, daß die Verbrechen der einen Zeit die Heldentaten einer anderen sind. Wenn mein Versuch geglückt wäre, hätten die kommenden Jahrhunderte meinen Namen verehrt. Aber ich bin gescheitert.«

»Viele Menschen müssen zu Schaden gekommen sein«, sagte ich. »Eine ganze Welt muß Sie gehaßt haben.«

»Das ist wahr«, sagte er. Und nach einer langen Pause: »Was ich Ihnen hier erzähle, ist natürlich eine Phantasiegeschichte. Um die Zeit zu vertreiben.«

»Ich spiele mit«, sagte ich lächelnd.

Seine Anspannung ließ ein wenig nach. Er lehnte sich zurück und streckte die Beine auf dem herrlichen Teppich aus.

»Hm. Wie sind Sie auf das Ausmaß meiner angeblichen Schuld gekommen?«

»Aus Ihrer Vergangenheit. Wann und wo sind Sie ausgesetzt worden?«

Er sagte mit einer so freudlosen Stimme, wie ich sie nur je gehört habe: »Im August 1939 in der Nähe von Warschau.«

»Ich nehme nicht an, daß Sie Lust haben, über die Kriegsjahre zu sprechen.«

»Nein.«

Als sich genug Trotz angesammelt hatte, fuhr er trotzdem fort: »Meine Feinde machten einen Fehler. Das Durcheinander nach dem Angriff der Deutschen verschaffte mir Gelegenheit, aus dem Gewahrsam der Polizei zu entfliehen, bevor man mich in ein Konzentrationslager stecken konnte. Mit der Zeit lernte ich die Situation kennen. Natürlich konnte ich nichts vorhersagen. Ich kann es immer noch nicht; nur Spezialisten wissen oder sind interessiert daran, was im zwanzigsten Jahrhundert geschehen ist. Aber bis ich polnischer Hilfswilliger in den deutschen Streitkräften geworden war, begriff ich, daß es sich dabei um die Verlierer handelte. Ich lief deshalb zu den Amerikanern über, teilte mit, was ich beobachtet hatte, wurde ein Kundschafter für sie. Riskant – aber wenn mich eine Kugel erwischt hätte, was wäre schon gewesen? Das passierte nicht, und ich erwarb mir genug Fürsprecher, um hier herüberzukommen; der Rest der Geschichte ist ganz konventionell.«

Meine Zigarre war ausgegangen. Ich zündete sie wieder an, denn Michaels' Zigarren waren nichts Beiläufiges. Er ließ sie eigens aus Amsterdam einfliegen.

»Das fremde Korn«, sagte ich.

»Was?«

»Sie wissen schon. Ruth im Exil. Sie wurde nicht schlecht behandelt, aber sie stand weinend um ihr Heimatland.«

»Nein, diese Geschichte kenne ich nicht.«

»Sie steht in der Bibel.«

»Ah, ja. Ich muß die Bibel wirklich einmal lesen.« Seine Stimme veränderte sich rasch auf die Selbstsicherheit hin, die ich zu Anfang bei ihm wahrgenommen hatte. Er trank seinen Whisky mit einer beinahe übermütigen Geste aus. Seine Miene war wach und zuversichtlich.

»Ja«, sagte er, »dieser Aspekt war ziemlich schlimm. Nicht so sehr die äußerlichen Bedingungen des Lebens. Sie kennen gewiß Camping und haben erfahren, wie schnell man aufhört, fließendes Heißwasser, elektrische Beleuchtung, all die Apparaturen zu vermissen, die nach der Behauptung ihrer Hersteller alle unabdingbar sind. Ich wäre froh um einen Schwerkraftverminderer oder einen Zellenstimulator, wenn ich einen hätte, aber ich komme auch so gut zurecht. Was einen zermürbt, ist das Heimweh. Kleinigkeiten, auf die man nie geachtet hat, eine bestimmte Speise, die Art, wie die Leute gehen, die Spiele, die Themen harmloser Unterhaltung. Selbst die Sternbilder. In der Zukunft sind sie anders. Die Sonne ist in ihrer galaktischen Bahn so weit fortgeschritten.

Aber freiwillig oder gezwungen, die Menschen sind stets ausgewandert. Wir stammen von jenen ab, die den Schock verdauen konnten. Ich paßte mich an.« Ein Schatten huschte über sein Gesicht. »Ich würde jetzt selbst dann nicht zurückkehren, wenn man mich begnadigen würde«, sagte er, »so, wie diese Verräter alles betreiben.«

Ich leerte mein Glas, schmeckte das Getränk auf Zunge und Gaumen, denn es war wunderbarer Whisky, und hörte ihm nur mit halbem Ohr zu.

»Gefällt es Ihnen hier?«

»Ja«, sagte er. »Jetzt schon. Ich bin gefühlsmäßig über den Berg. Die ersten paar Jahre nur damit beschäftigt zu sein, am Leben zu bleiben, und dann, nachdem ich in dieses Land gekommen war, angestrengt bemüht, mich hochzuarbeiten, das half. Ich hatte für Selbstmitleid nie viel Zeit. Mein Geschäft interessiert mich jetzt mehr und mehr, ein faszinierendes Spiel und angenehm frei von extremen Strafen für falsche Schritte. Ich habe hier Eigenschaften entdeckt, die in der Zukunft verlorengegangen sind . . . Ich wette, Sie haben keine Ahnung, wie exotisch diese Stadt ist. Überlegen Sie. In diesem Augenblick gibt es im Umkreis von fünf Meilen einen Soldaten, der ein Atomlabor bewacht, einen Stadtstreicher, der in einem Hauseingang erfriert, eine Orgie im Appartement eines Millionärs, einen Priester, der sich auf Sonnenaufgangsriten vorbereitet, einen Händler aus Arabien, einen Spion aus Rußland, ein Schiff aus Westindien . . .« Seine Erregung ließ nach. Er blickte vom Fenster und der Nacht nach innen, zu den Schlafzimmern. »Und meine Frau und meine Kinder«, schloß er ganz leise. »Nein, ich würde nicht zurückgehen, gleichgültig, was geschieht.«

Ich zog ein letztesmal an meiner Zigarre.

»Sie sind wirklich recht erfolgreich gewesen.«

Befreit von seiner düsteren Stimmung, grinste er mich an.

»Wissen Sie, ich habe das Gefühl, Sie glauben die Geschichte.«

»O gewiß.« Ich drückte die Zigarre aus, stand auf und reckte mich. »Es ist schon spät. Wir machen uns am besten auf den Weg.«

Er begriff nicht sofort. Als er es tat, schnellte er wie eine große Katze aus dem Sessel.

»Wir?«

»Natürlich.« Ich zog eine Nervenpistole aus meiner Tasche. Er blieb wie angewurzelt stehen. »Dergleichen wird nicht dem Zufall überlassen. Wir prüfen nach. Kommen Sie mit.«

Das Blut wich aus seinem Gesicht.

»Nein«, ächzte er, »nein, nein, nein, das können Sie nicht tun, es ist nicht gerecht, nicht Amalie gegenüber, den Kindern –«

»Das gehört mit zur Strafe«, sagte ich.

Ich ließ ihn in Damaskus zurück, im Jahr vor der Eroberung durch Tamerlan.

*Ein Schriftsteller muß lernen, mit der Tatsache zu leben, daß die Hälfte der Leute, die er kennenlernt, die Frage stellt: ›Woher nehmen Sie Ihre Einfälle?‹ Schreibt er Science Fiction, lautet die Frage gern: ›Woher nehmen Sie diese verrückten Einfälle?‹*

*Die Antwort lautet natürlich: ›Von überallher. Wenn man diese Art von Gehirn hat, kann alles – ein Vorfall, eine Bemerkung, ein kurzer Blick, etwas Gelesenes, etwas Beobachtetes – zu einer Geschichte anregen. Das Problem besteht nicht darin, auf den Einfall zu kommen, sondern darin, was man damit anfängt.‹*

*Der Ursprung der folgenden Geschichte ist ein gutes Beispiel. Vor zu vielen Jahren verbrachte ich allein und ohne Anhang mehrere Monate auf einer Radtour durch Europa. Das war ein Riesenspaß, aber ein paar ärgerliche Dinge gab es auch. Dazu gehörte das Erfordernis, eine unsinnig kleine Karte auszufüllen, wo immer ich auch die Nacht verbrachte – Name, Staatsangehörigkeit usw. –, eine Karte, die offenkundig nur in örtlichen Polizeiregistraturen vermoderte. Seither schleicht sich derselbe Unfug auch in Amerika ein, aber damals ging es weniger eng zu. Da man mich selten aufforderte, meinen Paß vorzuzeigen, fing ich schließlich an, in verdrossener Stimmung erfundene Namen hinzuschreiben, und einer der Namen war Sam Hall, des Helden der Ballade, die hier zitiert wird. Die heutige Jugend hat den nutzlosen Protest gegen das System nicht erfunden.*

*Als ich zurückkam, fand ich Senator Joseph McCarthy auf seinem Höhepunkt. Nun war das nicht ganz das Grauen, das die akademische Sage behauptet. Während ohne Zweifel einige Unschuldige zu Schaden kamen, bleibt die Tatsache bestehen, daß andere die gefährlichen Agenten eines unerbittlichen Gegners gewesen waren*; und außerdem bestand, wie ein kluger Beobachter bemerkt hat, die Periode hauptsächlich darin, daß Intellektuelle von den Dächern brüllten, sie hätten Angst, lauter als im Flüsterton zu reden. Echte Unterdrückung war, wenn sie vorkam, fast immer die Folge privater, inoffizieller Hysterie. Immerhin, es bedurfte keiner reichen Phantasie, um den Trend sich fortsetzen zu sehen, bis wir wirklich eine Diktatur bekommen würden.

Man brauchte auch keine große Vorstellungskraft, um die Möglichkeiten von Computersystemen abzusehen. Damals waren es noch wenige; primitive; in ihren Fähigkeiten eng begrenzte. Aber sie mußten sich weiterentwickeln, und Denker wie Norbert Wiener überlegten bereits, was das bringen mochte. Ich sah die Möglichkeit, daß der Staat jedermann Tag für Tag im Auge behielt; ich erinnerte mich an Europa und Sam Hall, und da war meine Geschichte.

Sie wurde veröffentlicht von John Campbell, Herausgeber von ›Astounding‹ (wie das Magazin damals hieß), selbst politisch ein Konservativer. Sie wurde anderswo abgedruckt und brachte mir eine hübsche Gesamtsumme ein. Soviel zur Unterdrückung der Ära McCarthy.

Wir haben das überlebt, wie vorher andere Dinge. Ich glaube aber trotzdem nicht, daß diese Fabel überholt ist. Manche Veränderungen mögen langsamer vor sich gehen als eine Verschiebung im emotionellen Klima, aber viel weniger leicht umkehrbar sein. Heute haben wir vielmehr den Bau des von mir beschriebenen Systems fast vollendet; seine Anfangsbuchstaben sind IRS (Internal Revenue Service = die amerikanische Bundessteuerbehörde). Und jetzt ist die Rede von einer nationalen Datenbank . . .

Aber *nota bene*: Wir, in den Vereinigten Staaten der wirklichen Welt in den siebziger Jahren, sind noch immer weit, sehr weit von der hier geschilderten Situation entfernt. Sie sollte sich ja aus der Niederlage in einem großen Krieg ergeben haben. Trotz aller Missetaten und Übergriffe hat unser Staat seine Legitimität noch nicht verloren. Eine Revolution würde uns jetzt nur dem Totalitarismus ausliefern, sei es dem von Ausländern oder dem von Berkeleys bärtigen *fascisti*. Die Pflicht jener, die die Freiheit lieben, besteht darin, Tyrannen außerhalb und innerhalb dieser Länder abzuwehren. Dann wird die Revolution vielleicht niemals nötig sein.

# Sam Hall

Klick. Bzzz. Rrrr.

Bürger XY, A-Stadt, Irgendwo, USA, nähert sich dem Hotelempfang.

»Einzelzimmer mit Bad.«

»Bedaure, Sir, unsere Brennstoffration gestattet keine Einzelbäder. Wir können eine Wanne für Sie einlassen, das macht fünfundzwanzig Dollar extra.«

»Ach, ist das alles? Okay.«

Bürger XY zieht seine Brieftasche heraus, entnimmt ihr seine Karte, übergibt sie der Registriermaschine; eine Reihe automatischer Gesten. Aluminiumkiefer schließen sich um sie, Kupferzähne tasten nach der Magnetkodierung, Elektronikzunge schmeckt das Leben von Bürger XY ab.

Ort und Datum der Geburt. Eltern. Rasse. Religion. Ausbildung, Militär- und Zivildienstzeiten. Familienstand. Kinder. Berufe, vom Beginn bis zur Jetztzeit. Mitgliedschaften. Körpermaße, Fingerabdrücke, Netzhautmuster, Blutgruppe. Grund-Psychotyp. Loyalitätsbewertung. Loyalitätsindex als Zeitfunktion bis zum Augenblick des letzten Tests. Klick, klick. Bzzz.

»Weshalb sind Sie hier, Sir?«

»Handelsvertreter. Morgen abend will ich in Cincinnati sein.«

Der Empfangschef (32, verheiratet, zwei Kinder; NB vertraulich: jüdischer Abstammung. Aus Schlüsselpositionen fernzuhalten) drückt auf Knöpfe.

Klick, klick. Die Maschine gibt die Karte zurück. Bürger XY steckt sie in seine Brieftasche.

»Page!«

Der Page (19, ledig; NB vertraulich: Katholik. Aus Schlüsselpositionen fernzuhalten) greift nach dem Koffer des Gastes. Der Lift knarrt aufwärts. Der Empfangschef liest weiter. Der Artikel trägt die Überschrift: »Hat England uns verraten?« Weitere Artikel in der Zeitschrift: »Neues Indoktrinierungsprogramm für die Streitkräfte«, »Arbeitssuche auf dem Mars«, »Ich war Gewerkschafter bei der Sicherheitspolizei«, »Weitere Pläne für *DEINE* Zukunft«.

Die Maschine redet mit sich selbst. Klick, klick. Eine Lampe zwinkert ihrer Nachbarin zu, als genössen sie gemeinsam einen

Witz. Das Gesamtsignal geht über die Kabel.

Begleitet von tausend anderen schießt es durch das letzte Kabel und in das Sortiergerät des Zentralarchivs. Klick, klick. Bzzz. Rrrr. Zwinkern und Leuchten. Die verzerrten Moleküle in einer bestimmten Spule zeigen das Muster von Bürger XY, und es wird zurückgeschickt. Es gelangt ins Vergleichsgerät, in welches ebenfalls das ihm entsprechende Eingangssignal geleitet worden ist. Die beiden stimmen völlig überein; nichts zu beanstanden. Bürger XY hält sich in der Stadt auf, wo er gestern abend angab, hinfahren zu wollen, so daß er keine Korrektur hat einreichen müssen.

Die neue Information wird der Aufzeichnung über Bürger XY hinzugefügt. Das Ganze seines Lebens kehrt in den Datenspeicher zurück. Es wird aus Prüf- und Vergleichsgerät gelöscht, damit sie frei sind für die nächste Eingabe.

Die Maschine hat wieder einen Tag geschluckt und verdaut. Sie ist zufrieden.

Thornberg betrat sein Büro zur gewohnten Zeit. Seine Sekretärin hob den Kopf, um »Guten Morgen« zu sagen, und schaute genauer hin. Sie war genug Jahre bei ihm, um die Nuancen in seinem sorgfältig beherrschten Gesicht lesen zu können.

»Irgend etwas nicht in Ordnung, Chef?«

»Nein.« Er sprach mit rauher Stimme, was ebenfalls sonderbar war. »Nein, alles in Ordnung. Vielleicht spüre ich das Wetter ein bißchen.«

»Oh.« Die Sekretärin nickte. Man lernte Diskretion im Staatsdienst. »Na, ich hoffe, es geht Ihnen bald besser.«

»Danke. Es ist nichts.« Thornberg hinkte zu seinem Schreibtisch, setzte sich und zog eine Packung Zigaretten heraus. Er hielt eine für Augenblicke zwischen nikotingelben Fingern, bevor er sie anzündete, und in seinen Augen war eine Leere. Dann paffte er heftig und befaßte sich mit seiner Post. Als Cheftechniker des Zentralarchivs erhielt er eine großzügig bemessene Tabakration und verbrauchte sie ganz.

Das Büro war eine fensterlose Zelle, eingerichtet in hagerer Ordnung; der einzige Schmuck waren Bilder von seinem Sohn und seiner verstorbenen Frau. Thornberg schien für den Raum zu groß zu sein. Er war hochgewachsen und schlank, mit schmalen, geraden Zügen und säuberlich nach hinten gekämmtem, ergrauendem Haar. Er trug eine schlichte Version der Sicherheitsuniform, Abzeichen der Technischen Abteilung im Range eines Majors, aber keine der Litzen, auf die er Anspruch hatte. Die Priesterschaft von Matilda, der Maschine, war eine recht zwanglose Gruppe.

Während er die Post las, rauchte er eine Zigarette nach der anderen. »Los, June«, sagte er. Aufzeichnung und spätere Übertragung genügten bei Routineangelegenheiten, aber wenn er etwas Ungewöhnliches diktierte, war es besser, wenn seine Sekretärin mitschrieb. »Erledigen wir das schnell weg. Ich habe Arbeit vor mir.«

Er hielt einen Brief vor sich hin.

»An Senator E. W. Harmison, S.O.B., New Washington. Dear Sir, in bezug auf Ihre Mitteilung vom 14. dieses Monats mit der Bitte um meine persönliche Meinung zu dem neuen Ausweissystem darf ich betonen, daß es nicht Sache eines Technikers ist, Meinungen vorzutragen. Die Direktive, daß jeder Bürger für seine Unterlagen – Geburtsurkunde, Ausbildung, Rationen, Steuern, Gehälter, Transaktionen, öffentlicher Dienst, Familie, Reisen, usw. – eine einzige Nummer bekommen soll, hat offensichtlich Vorteile auf lange Sicht, bringt naturgemäß aber sowohl bei der Umgestaltung wie bei der Zwischen-Datenkontrolle erhebliche Arbeit mit sich. Da der Präsident entschieden hat, daß der Gewinn unsere derzeitigen Schwierigkeiten rechtfertigt, ist es die Pflicht des Bürgers, sich anzupassen, nicht, sich zu beklagen. Mit freundlichen Grüßen und so weiter.« Er ließ ein kaltes Lächeln über seine Mundwinkel huschen. »So, damit ist er bedient! Ich weiß ohnehin nicht, wozu der Kongreß taugt, außer, um ehrliche Bürokraten zu belästigen.«

Insgeheim beschloß June, den Brief abzuändern. Ein Senator mochte nur ein Jasager sein, aber so barsch konnte man ihn nicht abfertigen. Zur Aufgabe einer Sekretärin gehört es auch, den Chef vor Schwierigkeiten zu bewahren.

»Okay, dann der nächste«, sagte Thornberg. »An Oberst M. R. Hubert, Direktor der Verbindungsstelle, Amt Zentralarchiv, Sicherheitspolizei, und so weiter. Dear Sir, in bezug auf Ihre Hausmitteilung vom 14. dieses Monats mit dem Ersuchen um Bekanntgabe eines festen Termins für den Abschluß der Umstellungsarbeiten darf ich höflich zur Kenntnis geben, daß es für mich, ehrlich gesagt, unmöglich ist, ihn zu nennen. Es ist Ihnen klar, daß wir ein Speicher-Modifizierungs-Gerät entwickeln müssen, das die Umstellung unserer Daten durchführt, ohne daß wir alle dreihundert Millionen Spulen herausholen und ändern müssen. Sie wissen auch, daß wir die Zeit, die wir zur Vollendung eines solchen Projekts benötigen, nicht genau angeben können. Die Forschungsarbeiten schreiten jedoch zufriedenstellend fort (verweisen Sie ihn auf meinen letzten Bericht, ja?), und ich kann zuversichtlich sagen, daß die Umstellung spätestens in drei Monaten abgeschlossen sein wird und alle Bürger ihre Nummer mitgeteilt bekommen haben werden. Mit vorzüglicher und so weiter. Bringen Sie das in eine nette Form, June.«

Sie nickte. Thornberg ging weiter seine Post durch und warf das meiste in einen Korb für June, zur alleinigen Beantwortung. Als er fertig war, gähnte er und zündete sich die nächste Zigarette an.

»Gepriesen sei Allah, daß das vorbei ist. Jetzt kann ich ins Labor hinunter.«

»Sie haben nachmittags Termine«, erinnerte sie ihn.

»Ich bin nach dem Mittagessen wieder zurück. Bis dann.« Er stand auf und verließ das Büro.

Mit der Rolltreppe hinunter in ein noch tieferes Untergeschoß fahrend, durch einen Korridor gehend, erwiderte er die Grüße vorbeikommender Untergebener automatisch. Sein Ausdruck verriet nicht das geringste, vielleicht aber die steife Bewegung seiner Arme.

*Jimmy*, dachte er. *Jimmy, mein Junge.*

An der Wachkabine präsentierte er Hand und Auge den Abtastern. Finger- und Netzhautmuster waren sein Ausweis. Kein Alarm schrillte. Die Tür öffnete sich für ihn, und er betrat den Tempel Matildas.

Sie kauerte riesenhaft, Reihe über Reihe von Kontrolltafeln, Meßskalen, Anzeigelampen, bis hinauf zur hohen Decke. Das Bild erinnerte Thornberg stets an eine Aztekenpyramide, deren Götter mit roten Augen die an Sockel und Flanken kriechenden Altardiener und Bittsteller anzwinkerten. Aber ihre Opfer bekamen sie anderswo.

Thornberg blieb einen Augenblick stehen und schaute zu. Er lächelte wieder, ein müdes Lächeln, das sein Gesicht nur auf der linken Seite bewegte. Eine Erinnerung rührte ihn an, geschmuggeltes Buchgut aus den vierziger und fünfziger Jahren des vergangenen Jahrhunderts, das er gelesen hatte: französisch, deutsch, britisch, italienisch. Die Intellektuellen hatten sich über die Amerikanisierung Europas erregt, über den Zerfall der alten Kultur vor der mechanisierten Barbarei des sanften Cola und der harten Verkaufsmethode, der riesigen verchromten Automobile (Dollargrinsen, nannten die Dänen das), Kaugummi, Plastik ... Keiner von ihnen hatte gegen die gleichzeitige Europäisierung Amerikas protestiert: aufgeblähte Staatsverwaltung, unbegrenzte Rüstung, amtliches Schnüfflertum, Zensoren, Geheimpolizei, Chauvinismus ... Nun, eine Weile hatte es Opponenten gegeben, aber zuerst brachten ihre eigenen Exzesse und Albernheiten sie in Verruf, und später ...

Na ja.

*Aber wo bist du jetzt, Jimmy, mein Junge, was machen sie mit dir?*

Thornberg ging zu einem Arbeitstisch, wo Rodney, sein leitender Ingenieur, ein Gerät prüfte.

»Wie kommen Sie vorwärts?« fragte er.

»Recht gut, Chef.« Rodney machte sich nicht die Mühe, zu salutieren. Thornberg hatte es sogar als Zeitverschwendung in den Labors verboten. »Noch ein paar Probleme, aber mit denen werden wir fertig.«

Das Projekt bestand im wesentlichen darin, einen Apparat zu erfinden, der Nummern änderte, ohne irgend etwas anderes zu verändern – keine allzu leichte Aufgabe, da die Datenspeicher von individuellen Magnetbereichen abhingen.

»Okay«, sagte Thornberg. »Hören Sie, ich möchte vom Hauptkoordinator aus selbst ein paar Probeläufe machen. Das Programm, das man während der Umstellung für Sektion Dreizehn geschrieben hat, befriedigt mich nicht ganz.«

»Brauchen Sie einen Gehilfen?«

»Nein, danke. Ich möchte nur nicht gestört werden.«

Thornberg ging weiter. Unter seinen Schuhsohlen dröhnte Hartes dumpf wider. Der Hauptkoordinator befand sich in einer eigenen gepanzerten Zelle an der großen Pyramide. Thornberg mußte sich einer zweiten Überprüfung unterziehen, bevor die Tür ihn einließ. Nicht viele hatten hier Zutritt. Die vollständigen Archive der Nation waren zu wertvoll, um Risiken ausgesetzt zu werden.

Thornbergs Loyalitätsstufe war AAB-2 – nicht absolut vollkommen, aber das Beste, was unter Männern und Frauen seines beruflichen Kalibers erreichbar war. Bei seiner letzten Überprüfung unter Drogeneinfluß waren gewisse Zweifel und Vorbehalte gegenüber der Regierungspolitik zutage getreten, aber Ungehorsam stand nicht zur Debatte. *Prima facie* war er gewiß gehalten, loyal zu sein. Er hatte mit Auszeichnung im Krieg gegen Brasilien gedient und dabei ein Bein verloren; seine Frau war bei den gescheiterten chinesischen Raketenüberfällen vor zehn Jahren getötet worden; sein Sohn war ein aufstrebender junger Offizier des Weltraumkorps auf der Venus. Er hatte Illegales gelesen und gehört, verbotene Bücher, ausländische und Untergrund-Propaganda – aber das tat zeitweilig jeder Intellektuelle. Es war kein schweres Vergehen, wenn man sich sonst gut geführt hatte und über das Gelesene oder Gehörte lachte.

Er saß einen Augenblick vor der Tafel in der Zelle und betrachtete sie. Ihre Komplexität hätte die meisten Ingenieure vor Rätsel gestellt, aber er war mit Matilda schon so lange zusammen, daß er nicht einmal die Hilfstabellen brauchte.

*Also . . .*

Sie verlangte Nerven, diese Sache. Eine Hypnobefragung mußte eindeutig offenbaren, was er vorhatte. Aber solche Razzien konnten notwendigerweise nur stichprobenartig vorgenommen werden. Er würde aller Wahrscheinlichkeit nach Jahren nicht mehr an die Reihe kommen, zumal bei seiner Einstufung. Bis man ihn entlarvte, sollte Jack im Korps hoch genug geklettert sein, um ungefährdet zu bleiben.

Thornberg erlaubte sich in der Privatsphäre der Zelle ein schiefes Grinsen.

»Das tut mir mehr weh als dir«, murmelte er vor der Maschine.

Er begann Tasten zu drücken.

Hier gab es Schaltungen, die Daten ändern, eine ganze Spule herausnehmen und in die Moleküle einprägen konnten, was immer man wünschte. Thornberg hatte das mehrmals für hochrangige Persönlichkeiten getan. Nun tat er es für sich selbst.

Jimmy Obrenowicz, Sohn seines Vetters zweiten Grades, war nachts unter dem Verdacht des Hochverrats von der Sicherheitspolizei abgeholt worden. Der Speicher verriet, was kein privater Bürger wissen durfte: Der Gefangene befand sich in Camp Fieldstone. Diejenigen, die von dort zurückkamen, kein hoher Prozentsatz, waren sehr still und sprachen kein Wort über ihre Erlebnisse. Manchmal waren sie der Sprache nicht mehr mächtig.

Der Chef der Technischen Abteilung im Zentralarchiv durfte unter keinen Umständen einen Verwandten in Fieldstone haben. Thornberg arbeitete eine Stunde lang an den Bildschirmen und

Tasten, löschend, umschreibend. Es war mühselige Arbeit: Er mußte mehrere Generationen zurückgehen und Abstammungslinien verändern. Als er fertig war, gab es jedoch keinerlei verwandtschaftliche Beziehung mehr von James Obrenowicz zu den Thornbergs.

*Und ich habe von dem Jungen so viel gehalten. Ich mache das auch nicht für mich, Jimmy, sondern für Jack. Wenn die Polizei, ohne Zweifel heute noch, deine Daten anfordert, darf sie nicht dahinterkommen, daß du mit Captain Thornberg auf der Venus verwandt und ein Freund von seinem Vater bist.*

Er drückte auf den Schalter, der die Spule in die Datenspeicher zurückbeförderte. *Und damit verleugne ich dich.*

Danach blieb er noch eine Zeit sitzen, genoß die Stille des kleinen Raumes und die reine Unpersönlichkeit der Instrumente. Er wollte nicht einmal rauchen. Aber er begann nachzudenken.

Jetzt wollte man also jedem Bürger eine Nummer geben, eine einzige Nummer für alles. Man sprach bereits vom Eintätowieren. Thornberg sah voraus, daß die Umgangssprache die Nummern als »Brandzeichen« bezeichnen und die Sicherheitspolizei diejenigen unter Druck setzen würde, die den Ausdruck gebrauchten. Illoyale Sprache.

Nun, der Untergrund war gefährlich. Er wurde unterstützt von fremden Ländern, die eine amerikanisch beherrschte Welt nicht wünschten – jedenfalls keine, die vom heutigen Amerika beherrscht wurde, auch wenn »USA« einmal »Hoffnung« bedeutet hatte. Angeblich besaßen die Rebellen einen eigenen Stützpunkt irgendwo im Weltraum und hatten das Land mit ihren Agenten überzogen. Das konnte durchaus der Fall sein. Ihre Propaganda war raffiniert: Wir wollen keinen Umsturz, sondern nur die Bill of Rights wiederherstellen. Das mochte viele labile Seelen anlocken. Aber die Jagd der Sicherheitspolizei auf Spione mußte viele Bürger erfassen, die über Hochverrat niemals nachgedacht hatten. Wie Jimmy – oder hatte Jimmy doch dem Untergrund angehört? Man wußte es eben nie. Niemand sagte es einem.

Thornberg hatte einen säuerlichen Geschmack im Mund. Er schnitt eine Grimasse. Eine Liedzeile fiel ihm ein. »Ich hasse euch allesamt.« Wie war das gegangen? Man hatte das in seiner College-Zeit gesungen. Irgend etwas von einem ganz verbitterten Mann, der einen Mord begangen hatte.

Ah, ja. »Sam Hall«. Wie ging das noch? Man brauchte einen rauhen Baß, um das richtig zu singen.

»Oh, mein Name ist Sam Hall, ist Sam Hall.
Ja, mein Name ist Sam Hall, ist Sam Hall.
Sam Hall, der bin ich, angestammt,
und ich hasse euch allesamt.
Ja, ich hasse euch allesamt, seid von Gott verdammt.«

Das war es. Und Sam Hall sollte wegen Mordes hängen. Thornberg erinnerte sich jetzt. Er kam sich selbst wie Sam Hall vor. Er starrte die Maschine an und fragte sich, wie viele Sam Halls sie enthielt.

Beiläufig, um die Rückkehr zur Arbeit noch aufzuschieben, drückte er den Datennamen Sam Hall, ohne weitere Spezifizierung. Die Maschine murmelte vor sich hin. Schließlich spuckte sie einen Stapel Papiere aus, augenblicklicher Mikrodruck aus den Datenspeichern. Komplette Unterlagen über alle Sam Halls, lebendig oder tot, seit der Zeit, als die Daten das erstemal gespeichert worden waren. Zum Teufel damit. Thornberg warf das Zeug in den Verbrennungsschacht.

»Oh, ich habe einen umgebracht, so sagen sie –«

Der Impuls war in seiner Wildheit blendend-grell. In diesem Augenblick befaßten sie sich mit Jimmy, hieben wahrscheinlich auf seine Nieren ein, und er, Thornberg, saß hier und wartete darauf, daß die Polizei Jimmys Daten anforderte, und es gab nichts, was er tun konnte. Seine Hände waren leer.

Bei Gott, dachte er. Ich gebe ihnen Sam Hall!

Seine Finger tanzten über die Tasten; seine Übelkeit ging in dem komplizierten technischen Problem unter. Eine gefälschte Spule Matilda unterzuschieben, war nicht leicht. Man konnte Nummern nicht doppelt verwenden, und jeder Bürger hatte eine ganze Reihe davon. Man mußte jeden Tag seines Lebens registrieren.

Nun, manches davon ließ sich vereinfachen. Die Maschine gab es erst seit fünfundzwanzig Jahren; vorher waren Unterlagen in einem Dutzend verschiedener Ämter aufbewahrt worden. Machen wir Sam Hall zu einem Einwohner von New York, wo bei den Bombenangriffen vor dreißig Jahren seine Akte verlorengegangen ist. Solche Papiere von ihm, die sich in New Washington befunden haben, sind ebenfalls zu Verlust gegangen bei dem Angriff der Chinesen. Das bedeutete, daß er einfach nur so viele Einzelheiten mitteilte, wie er in der Erinnerung hatte behalten können, was nicht sehr viel zu sein brauchte.

Mal sehen. »Sam Hall« war ein Lied aus England, also sollte Sam Hall selbst am besten auch Engländer sein. Kam mit seinen Eltern vor, ach, achtunddreißig Jahren herüber, als er drei Jahre alt war, und wurde mit ihnen eingebürgert, noch vor dem endgültigen Einwanderungsverbot. Wuchs in der Lower East Side von New York auf, ein hartgesottener Junge, ein Slumkind. Schulreferenzen bei der Bombardierung zu Verlust geraten, aber er behauptete, bis zur zehnten Klasse die Schule besucht zu haben. Keine lebenden Angehörigen. Keine Familie. Kein bestimmter Beruf, nur eine Reihe von Anstellungen als Ungelernter. Loyalitätseinstufung BBA-0, was bedeutete, daß reine Routinefragen bei ihm keine politischen Meinungen von Wichtigkeit ergaben.

Zu farblos. Etwas Gewalttätigkeit in den Hintergrund einschleusen. Thornberg forderte Informationen über New Yorker Polizeistationen und Beamte der Zivilpolizei an, die bei den letzten Überfällen zerstört und getötet worden waren. Er benützte sie als Quelle für Angaben, daß Sam Hall ständig straffällig geworden war – Trunkenheit, ungebührliches Benehmen, Raufereien, Verdacht auf Raubüberfälle und Einbrüche, aber nicht in einem solchen Maß, daß es die Hypnotechniker der Sicherheitspolizei auf den Plan gerufen hätte, um ihn zu verhören.

Hm. Am besten vom Militärdienst zurückgestellt. Grund? Nun, leichte Drogensucht; so dringend wurden Leute heutzutage nicht benötigt, daß Süchtige geheilt werden mußten. Neo-Koks beeinträchtigte die Fähigkeiten nicht zu sehr. Der Süchtige war vielmehr, wenn er den Stoff genommen hatte, abnorm schnell und stark, auch wenn er das später heftig büßen mußte.

Dann hätte er zusätzlichen Zivildienst leisten müssen. Also. Er verbrachte seine vier Jahre als gewöhnlicher Arbeiter beim Colorado-Staudamm-Projekt. Wer würde sich bei diesen Menschenmassen an ihn erinnern? Jedenfalls würde es schwerfallen, jemanden zu finden.

Jetzt die Lücken ausfüllen. Thornberg schaltete eine Reihe automatischer Geräte zu. Er mußte für die fünfundzwanzig Jahre jeden Tag belegen, aber die Mehrheit würde natürlich keinen Wandel der Umstände zeigen. Thornberg tastete billige Hotels ein, die Art, die keine eigenen Unterlagen aufbewahrte, nachdem die Daten an

Matilda gegangen waren. Wer konnte sich an einen heruntergekommenen Einzelgast erinnern? Für Sam Halls derzeitige Adresse suchte er sich das »Triton« aus, eine bessere Penne in der East Side, nicht weit von den Kratern. Zur Zeit war sein Mann ohne Arbeit, lebte angeblich von Ersparnissen, wohl eher von Gelegenheitsarbeiten und kleinen Straftaten. Ach, verdammt! Einkommensteuererklärungen. Dabei konnte Thornberg aber nachlässig sein. Bei den Armen erwartete man nicht, daß sie übergenau waren, ebensowenig wurden sie jedes Jahr überprüft, wie der Mittelstand und die Reichen.

Hm ... das Äußere. Machen wir ihn mittelgroß, stämmig, schwarzhaarig und schwarzäugig, geknickte Nase, eine Narbe auf der Stirn – hartgesotten aussehend, wenn auch nicht so kraß, daß er sich dem Gedächtnis auffällig leicht einprägte. Thornberg gab die genauen Maße ein. Da Fingerabdrücke und Netzhautmuster verschlüsselt wurden, waren sie leicht zu fälschen; er schrieb einen Zensor in sein weiterlaufendes Programm, um nicht zufällig die Kodierung einer anderen Person zu kopieren.

Schließlich lehnte er sich zurück und seufzte. Die Aufzeichnung war noch immer voller Löcher, aber diese konnte er nach Belieben später ausfüllen. Die Hauptarbeit war getan – zwei Stunden harter Anstrengung, völlig sinnlos, außer, daß er Dampf abgelassen hatte.

Er fühlte sich viel wohler. Er warf einen Blick auf die Uhr. Wird Zeit, wieder an die Arbeit zu gehen, dachte er. Einen rebellischen Augenblick lang wünschte er sich, daß die Uhr nie erfunden worden wäre. Sie hatte die Wissenschaft ermöglicht, die er liebte, aber den Menschen mechanisiert. Nun ja, es war zu spät. Er verließ die Kabine. Die Tür schloß sich hinter ihm.

Ungefähr einen Monat später beging Sam Hall seinen ersten Mord.

Am Abend vorher war Thornberg zu Hause gewesen. Sein Rang verlieh ihm Anspruch auf gute Behausung, obwohl er allein lebte: zwei Zimmer mit Bad im achtundneunzigsten Stock einer Anlage in der Stadt, nicht weit vom getarnten Eingang zu Matildas unterirdischem Reich entfernt. Die Tatsache, daß er zur Sicherheit gehörte, wenn auch nicht zum menschenjagenden Zweig, trug ihm soviel Unterwürfigkeit ein, daß er sich oft einsam fühlte. Der Hausverwalter hatte ihm einmal seine Tochter angeboten – »erst dreiundzwanzig, Sir, von einem Herrn im Marschallsrang eben freigegeben und auf der Suche nach einem netten Patron, Sir.« Thornberg hatte abgelehnt, bemüht, sich dabei nicht zimperlich zu geben. *Autres temps, autres moeurs* – aber sie hätte trotzdem nicht die Wahl gehabt, einen Klientenstatus zu erlangen, jedenfalls nicht das erste Mal. Und Thornbergs Ehe war eine lange und glückliche gewesen.

Er hatte in seinen Bücherregalen nach Lektüre gesucht. Das Amt für Literatur propagierte Whitman als frühes Beispiel des Amerikanismus, aber obwohl Thornberg den Dichter stets geschätzt hatte, irrten seine Hände eigensinnig zu einem zerlesenen Band Marlowe ab. War das Abkehr von der Wirklichkeit? Das AfL war sehr gegen Abkehr von der Wirklichkeit. Dies waren harte Zeiten. Es war nicht leicht, der Nation anzugehören, die einer verdrossenen Welt Frieden aufzwang. Man mußte ohne Zweifel realistisch, energisch und dergleichen mehr sein.

Das Telephon summte. Er schaltete den Hörer ein. Martha Obrenowiczs schlichtes, rundes Gesicht erschien auf dem Bildschirm! Ihr graues Haar war wild zerzaust, ihre Stimme ein heiseres Krächzen.

»Ähm – hallo«, sagte er verlegen. Er hatte sie seit der Nachricht von der Festnahme ihres Sohnes nicht mehr angerufen. »Wie geht es dir?«

»Jimmy ist tot«, sagte sie.

Er stand lange Zeit wie angewurzelt. Sein Schädel fühlte sich hohl an.

»Ich habe heute die Mitteilung erhalten, daß er im Camp gestorben ist«, sagte Martha. »Ich dachte, du möchtest es erfahren.«

Thornberg schüttelte den Kopf, hin und her, ganz langsam.

»Das ist eine Nachricht, die ich nie hören wollte, Martha«, sagte er.

»Es ist nicht *recht*!« kreischte sie. »Jimmy war kein Verräter. Ich kannte meinen Sohn. Wer sollte ihn besser kennen? Er hatte Freunde, bei denen ich meine Zweifel hatte, aber Jimmy hätte nie und nimmer –«

In Thornbergs Brust bildete sich ein eisiger Klumpen. Man wußte nie, wann Gespräche abgehört wurden.

»Es tut mir leid, Martha«, sagte er tonlos. »Aber die Polizei ist in diesen Dingen sorgfältig. Sie hätte nicht eingegriffen, wenn keine Gewißheit bestanden hätte. Recht und Gerechtigkeit liegen in unserer Tradition.«

Sie sah ihn lange an. In ihren Augen lag ein hartes Glitzern.

»Du auch«, sagte sie schließlich.

»Sei vorsichtig, Martha«, warnte er sie. »Ich weiß, das ist ein schwerer Schlag für dich, aber sag nichts, was du später bereuen könntest. Schließlich könnte Jimmy durch einen Unfall umgekommen sein. So etwas gibt es.«

»Ich – vergaß«, sagte sie stockend. »Du . . . bist selbst . . . bei der Sicherheit.«

»Beruhige dich«, sagte er. »Betrachte es als ein Opfer im nationalen Interesse.«

Sie schaltete einfach ab. Er wußte, daß sie sich nicht wieder melden würde. Und er konnte sie nicht ungefährdet besuchen.

»Leb wohl, Martha«, sagte er laut. Es war, als spräche ein Fremder.

Er wandte sich wieder dem Bücherregal zu. *Nicht für mich*, sagte er zu sich selbst. *Für Jack.* Er berührte den Einband von »Grashalme«. *Oh, Whitman, alter Rebell,* dachte er, ein sonderbares trokkenes Lachen in sich, *nennen sie dich jetzt Wirbel-Walt?*

In dieser Nacht nahm er eine Schlaftablette mehr. Er fühlte sich im Kopf noch immer dumpf, als er zur Arbeit erschien. Nach einiger Zeit gab er es auf, die Post beantworten zu wollen, und ging hinunter ins Labor.

Während er mit Rodney sprach und sich ohne großen Erfolg bemühte, das technische Problem zu verstehen, um das es ging, irrte sein Blick zu Matilda hinüber. Plötzlich wurde ihm klar, was er zur inneren Reinigung brauchte. Er brach das Gespräch ab, sobald er konnte, und ging in die Koordinator-Kabine.

Er blieb einen Augenblick an der Tastatur sitzen. Die Erschaffung Sam Halls Tag für Tag war ein seltsames Erlebnis gewesen. Er, ruhig und nach innen gewandt, hatte ein bewegtes Leben gestaltet und eine schroffe Persönlichkeit gezeichnet. Sam Hall war für ihn von größerer Wirklichkeit als viele seiner Kollegen. *Ich bin ja auch selbst ein schizoider Typ. Vielleicht hätte ich Schriftsteller werden sollen.* Nein, das hätte zuviel an Einengung bedeutet, zuviel Angst davor, dem Zensor aufzufallen. Er hatte mit Sam Hall ganz nach Belieben verfahren können.

Er atmete tief ein und forderte durch Tastendruck Angaben über unaufgeklärte Morde an Beamten der Sicherheitspolizei im Bereich New York City während des vergangenen Monats an. Sie waren überraschend häufig. Konnte die Unzufriedenheit größer sein, als die Regierung einräumte? Aber wenn die große Mehrheit einer Nation Gedanken hegt, die als verräterisch eingestuft werden, kann das Etikett dann noch Gültigkeit haben?

Er fand, was er suchte. Sergeant Brady war am Siebenundzwanzigsten in einer Routine-Ermittlungssache unvorsichtigerweise nach Eintritt der Dunkelheit in den Krater-Distrikt gegangen; er hatte die schwarze Uniform getragen, mutmaßlich, um sich das volle Gewicht der Autorität zu verleihen. Am nächsten Morgen hatte man ihn in einem Durchgang mit eingeschlagenem Schädel gefunden.

»Oh, ich habe einen Mann umgebracht, sagen sie.
Ja, ich habe einen Mann umgebracht, sagen sie.
Auf den Kopf gab ich ihm einen Schlag,
so daß er wie tot dalag,
ja, daß er wie tot dalag, seid von Gott verdammt.«

Die Zeitungen hatten ohne Zweifel diese brutale, von verräterischen Agenten feindlicher Mächte begangene Tat beklagt. (»Oh, der Pfarrer, ja, er kam, ja, er kam.«) Eine Anzahl von Verdächtigen war festgenommen und streng verhört worden. (»Und der Sheriff, der kam auch, der kam auch.«) Bewiesen war bislang noch nichts, obschon ein gewisser Joe Nikolsky (in der fünften Generation Amerikaner, Mechaniker, verheiratet, vier Kinder, in seinem Zimmer waren Untergrund-Broschüren entdeckt worden) gestern unter Verdacht der Täterschaft verhaftet worden war.

Thornberg seufzte. Er kannte die Sicherheits-Methoden gut genug, um gewiß zu sein, daß man für eine solche Tat einen Täter finden würde. Man konnte nicht zulassen, daß der Ruf der Unfehlbarkeit durch einen Mangel an schlüssigen Beweisen befleckt wurde. Vielleicht hatte Nikolsky das Verbrechen begangen – er konnte nicht *beweisen*, daß er an jenem Abend nur zu einem Spaziergang unterwegs gewesen war –, vielleicht auch nicht. Warum ihm nicht eine Chance geben, in Dreiteufelsnamen? Er hatte vier Kinder. Mit einem derart schweren Makel konnte die Mutter Arbeit nur noch in einem Erholungshaus finden.

Thornberg kratzte sich am Kopf. Das mußte mit Vorsicht angepackt werden. Mal sehen. Bradys Leiche würde inzwischen verbrannt worden sein, aber zuerst hatte es natürlich eine gründliche Untersuchung gegeben. Thornberg zog die Unterlagen des Toten aus der Maschine und machte einen Mikroabdruck des Beweismaterials – Null. Er löschte das und gab dafür ein, daß am Kragen des

Opfers ein verwischter Daumenabdruck gefunden und zur Rekonstruierung an die Identitätslabors weitergereicht worden war. In den ID-Speicher gab er den Bericht über eine solche Untersuchung ein, der infolge Arbeitsüberlastung erst gestern abgeschlossen worden war. (Plausibel. In der letzten Zeit hatte man viel mit Material vom Mars zu tun, das bei einer Razzia auf einen Treffpunkt der Rebellen gewonnen worden war.) Das mutmaßliche Muster der Windungen war – und hier gab er Sam Halls rechten Daumenabdruck ein.

Er fuhr die Spulen zurück und ließ sich im Sessel zurücksinken. Es war riskant; wenn jemand auf den Gedanken kam, beim ID-Labor zurückzufragen, saß er in der Klemme. Aber das war unwahrscheinlich. Es sprach mehr dafür, daß New York die Feststellungen mit einer Routinebestätigung akzeptieren würde, die irgendein Angestellter im Labor ohne Nachprüfung ablegte. Die naheliegenderen Gefahren waren gleichfalls nicht sehr groß: Eine vielbeschäftigte Polizeibehörde würde nicht nachfragen, ob einer ihrer Fingerabdruckexperten den Wischabdruck wirklich entwickelt hatte; und wenn das Hypnoverhör zeigen sollte, daß Nikolsky wirklich der Mörder war, nun, dann würde man den Abdruck einem Passanten zuschreiben, der die Leiche gefunden und sich nicht gemeldet hatte.

Sam Hall hatte nun also einen Sicherheitspolizisten getötet – ihn am Hals gepackt und mit einem schweren Gegenstand den Schädel eingeschlagen. Thornberg fühlte sich beträchtlich wohler.

Sicherheit New York erbat vom Zentralarchiv dringend neues Material über den Fall Brady. Ein Automat verglich die Kodierungen und sah, daß neue Informationen eingegangen waren. Die Nachricht fegte zurück, dazu die Daten über Sam Hall und zwei andere – denn die Rekonstruierung konnte nicht von absoluter Genauigkeit sein.

Die beiden waren gesichert, wie sich herausstellte. Beide verfügten über Alibis. Der Trupp, der ins Hotel »Triton« stürmte und Sam Hall sprechen wollte, begegnete verständnislosen Blicken. Keine solche Person war registriert. Niemand mit dieser Beschreibung war dort bekannt. Ein gründliches Verhör bestätigte das. Sam Hall war es also gelungen, eine Adresse zu fälschen. Das konnte ihm leicht geglückt sein, wenn er die Tasten am Hotelregister betätigt hatte, während niemand hinsah. Sam Hall konnte überall sein!

Joe Nikolsky wurde nach einem Hypnoverhör, das seine Harmlosigkeit bewies, freigelassen. Die Geldstrafe für den Besitz subversiver Literatur würde ihn auf einige Jahre in Schulden stürzen – er hatte keine einflußreichen Freunde, um sie auf Bewährung ausgesetzt zu bekommen –, aber wenn er sich vorsah, konnte ihm nichts weiter passieren. Die Sicherheitspolizei leitete eine Großfahndung nach Sam Hall ein.

Thornberg gewann ein sarkastisches Vergnügen daran, den Fortgang der Jagd zu beobachten, als Matilda mit Informationen gefüttert wurde. Kein Mann mit dieser Ausweiskarte hatte Fahrkarten für öffentliche Verkehrsmittel erstanden. Das bewies nichts. Von den Hunderten, die jedes Jahr spurlos verschwanden, mußten zumindest einige ihrer Karten wegen ermordet worden sein, bevor man ihre Leichen hatte verschwinden lassen. Matilda wurde darauf eingestellt, Alarm zu schlagen, sobald die Ausweiskarte einer verschwundenen Person irgendwo auftauchte. Thornberg fälschte einige solcher Berichte, nur um der Polizei ein wenig Beschäftigung zu verschaffen.

Er schlief jede Nacht schlechter, und seine Arbeit litt darunter. Einmal begegnete er Martha Obrenowicz auf der Straße – ging schnell vorbei, ohne sie zu begrüßen – und konnte überhaupt nicht schlafen, nicht einmal nach maximal zulässigem Drogengebrauch.

Das neue Identifizierungssystem wurde vervollständigt. Maschinen sandten Mitteilungen an alle Bürger, mit der Aufforderung, sich binnen sechs Wochen ihre Nummern auf das rechte Schulterblatt tätowieren zu lassen. Sam Hall, AX-428-399-075, meldete sich nicht zu seiner Tätowierung. Thornberg lachte leise über die Bezeichnung AX.

Dann brachten die Fernsehnachrichten eine Meldung, die das Land aufschreckte. Banditen hatten die First National Bank in Americatown, Idaho (ehemals Moscow), überfallen und gut fünf Millionen Dollar in verschiedenen Scheinen erbeutet. Aus ihrer Disziplin und Ausrüstung schloß man, daß sie Rebellen-Beauftragte waren, möglicherweise mit einem Raumschiff von ihrem unbekannten interplanetarischen Stützpunkt eingetroffen, und daß der Überfall das Ziel hatte, ihre ruchlosen Aktivitäten zu finanzieren. Die Sicherheitspolizei arbeitete mit den Streitkräften zusammen, um die Übeltäter aufzuspüren. Man rechnete stündlich mit Festnahmen, usw., usw.

Thornberg wandte sich an Matilda, um einen vollständigen Bericht zu erhalten. Die Tat war auf kühne Weise ausgeführt worden. Die Räuber hatten offenbar Kunststoff-Gesichtsmasken und leichte Körperpanzerung unter gewöhnlicher Kleidung getragen. Im Getümmel der Flucht war die Maske eines der Männer verrutscht – nur für einen Augenblick, aber ein Angestellter, der es gesehen hatte, gab unter Hypnose eine ziemlich genaue Beschreibung. Ein dunkelhaariger, stämmiger Mann, römische Nase, schmale Lippen, Schnauzbart.

Thornberg zögerte. Spaß war Spaß, und dem armen Nikolsky zu helfen, mochte moralisch zu vertreten sein, aber ein Verbrechen zu unterstützen, das nach aller Wahrscheinlichkeit ein Akt des Hochverrats war –

Er grinste mit dürrem Humor vor sich hin. Es machte zuviel Vergnügen, den lieben Gott zu spielen. Schnell veränderte er die Dateneingabe. Der Verbrecher war mittelgroß gewesen, schwarzhaarig, mit narbigem Gesicht, geknickter Nase ... Er saß eine Weile da und fragte sich, wie normal er geistig noch sein mochte. Wie normal alle anderen geistig noch waren.

Die Zentrale der Sicherheitspolizei forderte vollständige Daten über den Vorfall und alle Folgerungen an, die von den Logikanlagen gezogen werden mochten. Die Beschreibung, die sie erhielt, hätte auf viele Männer passen können, aber die Geographie ließ nur eine einzige Möglichkeit zu. *Sam Hall.*

Die Hunde bellten. In dieser Nacht schlief Thornberg gut.

> »Lieber Papa,
> entschuldige, daß ich nicht früher geschrieben habe. Wir hatten einfach zuviel zu tun. Ich selbst hatte Streifendienst im Austin-Hochland. Man sagte sich, wenn wir den verminderten Atmosphärendruck in dieser Höhe nutzen können, um einen militärischen Raumflughafen zu bauen, könnte ein fremdes Land sich einschleichen und dasselbe tun, vermutlich zugunsten unserer häuslichen Aufständischen. Ich bin froh, sagen zu können, daß wir nichts gefunden haben. Für uns war es aber sehr hart. Wie alles hier, um ganz ehrlich zu sein. Manchmal frage ich mich, ob ich die Sonne je wiedersehen werde. Und Seen und Wälder – das Leben; wer hat die Zeile von den grünen Hügeln der Erde geschrieben? Auch mein Hirn scheint eingerostet zu sein. Wir bekommen nicht viel zu

lesen, und die aufgezeichneten Showprogramme geben mir nichts. Nicht, daß ich mich beklage, versteht sich. Das ist eine notwendige Aufgabe.

Wir waren kaum zurück, als wir in Bathysplane gestopft und zum Tiefland gebracht wurden. Ich war vorher nie dort gewesen – dachte immer, die Venus sei schrecklich, aber man muß einmal in diesen rot-schwarzen Ozean von höllenheißer Luft hinabgetaucht sein, bevor man weiß, was ›schrecklich‹ bedeutet. Dann stiegen wir direkt in fahrbare luftdichte Tanks und gingen in den Einsatz. Die Sträflinge in der neuen Thorium-Grube weigerten sich, wegen der Bedingungen und der Verluste, weiterzuarbeiten. Wir brauchten Schußwaffen, um sie zur Vernunft zu bringen. Das war furchtbar für mich, Papa. Die armen Teufel taten mir buchstäblich leid, das gebe ich ehrlich zu. Felsbrocken und Hämmer und Wasserschläuche gegen Maschinengewehre! Und die Bedingungen *sind* hart. Sie *VON DER ZENSUR GESTRICHEN* jemand muß auch das tun, und wenn sich niemand freiwillig meldet, zu welchem Lohn auch immer, müssen sie Sträflinge einsetzen. Es ist für den Staat.

Ansonsten nichts Neues. Das Leben ist ziemlich eintönig. Glaub nicht an die Abenteuergeschichten. Abenteuer, das sind Wochen der Langeweile, unterbrochen von Augenblikken grenzenloser Angst. Entschuldige, daß ich so kurz bin, aber ich will das noch zur Postrakete bringen. Die nächste wird es erst in zwei Monaten geben. Im Grunde ist alles in Ordnung. Dasselbe hoffe ich von Dir, und ich lebe auf den Tag hin, an dem wir uns wiedersehen. Tausend Dank für das Gebäck – Du weißt, daß Du die Fracht gar nicht bezahlen kannst, Du alter Verschwender! Martha hat es gebacken, nicht wahr? Die Obrenowicz-Hand habe ich gleich erkannt. Sag Grüße an sie und Jim. Und alle meine Gedanken gelten Dir.

Immer Dein Jack«

Die Fernsehsendungen brachten Fahndungsaufrufe nach Sam Hall. Photographien von ihm waren nicht verfügbar, aber ein Zeichner konnte nach Matildas Beschreibung ein sehr ähnliches Porträt herstellen, und sein brutales Gesicht begann öffentliche Plätze zu zieren. Nicht lange danach wurden die Büros der Sicherheitspolizei in Denver durch eine Granate verwüstet, geworfen aus einem vorbeifegenden Auto, das im Verkehr untertauchte. Ein Zeuge erklärte, er habe den Werfer kurz gesehen, und das bruchstückhafte, unter Hypnose gelieferte Bild war dem von Sam Hall nicht unähnlich. Thornberg manipulierte den Bericht ein wenig, um die Ähnlichkeit hervorzuheben. Die Manipulation war riskant; wenn die Sicherheitspolizei je argwöhnisch werden sollte, konnte sie jederzeit bei ihren Zeugen zurückfragen. Das Risiko war aber nicht untragbar, denn ein wissenschaftlich befragter Zeuge berichtete alles, was zum Thema gehörte, das sich in seiner Erinnerung, ob bewußt oder unbewußt, befand. Es gab nie einen Grund, eine solche Befragung zu wiederholen.

Thornberg versuchte oft, seine Motive zu analysieren. Es gab keinen Zweifel daran, daß er gegen den Staat eingestellt war. Er mußte diesen Haß sein Leben lang mit sich herumgetragen haben, vom Bewußtsein sorgfältig unterdrückt, und in der letzten Zeit war er an die Oberfläche gedrängt worden. Nicht einmal sein Unterbewußtsein hätte ihn früher formulieren können, sonst wäre er von den Loyalitätsprüfungen entlarvt worden. Der Haß entstammte einem ganzen Leben voller Zweifel (Hatte es einen echten Grund gegeben, gegen Brasilien zu kämpfen, außer dem Erwerb dieser Stützpunkte und Schürfrechte? War der Angriff der Chinesen vielleicht provoziert worden – oder sogar vorgetäuscht, denn die dortige Regierung bestritt ihn?) und den hunderttausend kleinen Ärgernissen des Garnisonsstaates. Und doch – die Heftigkeit seiner Empfindungen! Die Gewalttätigkeit!

Mit der Erschaffung Sam Halls hatte er zurückgeschlagen. Aber das war ein wirkungsloser Schlag, eine schüchterne Geste. Sein Grundmotiv bestand wohl eher darin, ein halbwegs ungefährliches Ventil zu finden. Mit Sam Hall lebte er stellvertretend das, was das Tier in ihm hatte tun wollen. Mehrmals hatte er vorgehabt, seine Sabotage einzustellen, aber das war wie eine Droge: Sam Hall wurde für seine eigene Stabilität zu einer Notwendigkeit.

Der Gedanke war alarmierend. Er sollte eigentlich einen Psychiater aufsuchen – aber nein, der Arzt würde die Pflicht haben, seine Geschichte weiterzumelden. Man würde ihn ins Lager einliefern, und Jack würde, wenn schon nicht völlig ruiniert, sein ganzes Leben lang unter Verdacht stehen. Thornberg wollte nicht ins Lager kommen. Sein Dasein hatte auch angenehme Seiten: interessante Arbeit, ein paar Freunde, Kunst, Musik und Literatur, guten Wein, Sonnenuntergänge und die Berge, Erinnerungen. Er hatte sein Spiel auf eine plötzliche Eingebung hin begonnen, und jetzt war es einfach zu spät, damit wieder aufzuhören.

Denn Sam Hall war zum Öffentlichen Feind Nummer Eins erklärt worden.

Der Winter kam, und die Hänge der Rocky Mountains, unter denen Matilda lag, schimmerten weiß unter einem kalten, grünlichen Himmel. Der Flugverkehr um die nahe Stadt verlor sich in dieser Weite; kurz vorbeifegende Meteore vor der Unendlichkeit, Bodenverkehr, den man vom Eingang des Archivs aus nicht sehen konnte. Thornberg fuhr jeden Morgen mit der Sonderlinie der U-Bahn zur Arbeit, ging die zehn Kilometer aber oft zu Fuß zurück, und an den Sonntagen wanderte er meist viele Stunden über rutschige Bergpfade. Allein war das im Winter unvernünftig, aber er wollte leichtsinnig sein.

Kurz vor Weihnachten saß er in seinem Büro, als die Sprechanlage sagte: »Major Sorensen für Sie, Sir. Vom Ermittlungsbüro.«

Thornberg spürte, wie sein Magen sich zu einem kalten Knoten verkrampfte.

»Gut«, erwiderte er mit einer Stimme, deren Gelassenheit ihn überraschte. »Stornieren Sie alle anderen Termine.« Die Ermittlungsabteilung der Sicherheitspolizei genoß allerersten Vorrang.

Sorensen kam mit knallenden Stiefelabsätzen herein. Er war ein großer, blonder Mann, breitschultrig, das Gesicht ausdruckslos, die Augen blaß und fern wie der Winterhimmel. Seine schwarze Uniform saß wie angegossen; das Blitz-Abzeichen seiner Organisation glitzerte darauf wie Eis. Er blieb vor dem Schreibtisch stehen. Thornberg stand auf, um ungeschickt zu salutieren.

»Bitte, nehmen Sie Platz, Major Sorensen. Was kann ich für Sie tun?«

»Danke.« Die Stimme des Majors schnarrte. Er ließ seine mächtige Gestalt in den Sessel sinken und durchbohrte Thornberg mit seinem Blick. »Ich komme im Fall Sam Hall.«

»Ah, der Rebell?« Thornbergs Nacken prickelte. Er konnte den Blick des anderen kaum erwidern.

»Woher wissen Sie, daß er ein Rebell ist?« fragte Sorensen scharf. »Amtlich ist das nie erklärt worden.«

»Nun – ich habe angenommen – Bankraub – Überfälle auf Ihre Kollegen –«

Sorensens kurzgeschorener Kopf neigte sich ein wenig. Als er weitersprach, klang seine Stimme entspannt, beinahe beiläufig.

»Sagen Sie, Major Thornberg, haben Sie die Entwicklung der Affäre Hall im einzelnen verfolgt?«

Thornberg zögerte. Ohne Anweisung stand ihm das eigentlich nicht zu; er hatte nur dafür zu sorgen, daß die Maschine lief. Er erinnerte sich an einen Grundsatz, an den sich zu halten schon vielen zum Wohle gereichte. »Wenn man dich einer schweren Sünde verdächtigt, gib kleine offen zu. Das stellt sie vielleicht zufrieden.«

»Um genau zu sein, ja«, sagte er. »Ich weiß, das verstößt gegen die Vorschriften, aber ich interessiere mich dafür und – nun, ich konnte darin nichts Schädliches erblicken. Natürlich habe ich mit niemandem darüber gesprochen.«

»Unwichtig.« Sorensen winkte mit einer kräftigen Hand ab. »Wenn Sie es nicht getan hätten, wären Sie von mir dazu angewiesen worden. Ich möchte Ihre Meinung dazu haben.«

»Aber – ich bin kein Detektiv –«

»Sie wissen aber mehr über das Archiv als irgendeine andere Person. Ich will offen mit Ihnen reden – im Vertrauen, versteht sich.« Sorensen wirkte jetzt beinahe freundschaftlich. War das ein Trick, um ihn aus der Reserve zu locken? »Der Fall hat nämlich ein paar sonderbare Züge, wissen Sie.«

Thornberg blieb stumm. Er fragte sich, ob Sorensen das Hämmern seines Herzschlags hören konnte.

»Sam Hall ist ein Schatten«, sagte der Major. »Die sorgfältigsten Nachprüfungen schalten jede Möglichkeit aus, daß er mit irgend jemand anderem dieses Namens identisch ist. Wir haben vielmehr herausgefunden, daß der Name in einem wilden alten Trinklied vorkommt. Ist das Zufall, oder hat das Lied Sam Hall zum Verbrechen angeregt, oder hat er durch irgendeinen unvorstellbaren Prozeß dieses Pseudonym anstelle seines richtigen Namens in die Datenspeicher gebracht? Wie immer diese Antwort aussehen mag, wir wissen, daß er scheinbar keine militärische Ausbildung genossen hat, und trotzdem sind ihm einige glänzende Präzisionsattacken gelungen. Sein Intelligenzquotient beträgt nur 110, aber er weicht unseren Fallen aus. Er ist politisch nicht engagiert und greift trotzdem ohne

Vorwarnung die Sicherheitspolizei an. Wir haben keine einzige Person finden können, die sich an ihn erinnert – nicht eine, und Sie können mir glauben, daß wir gründlich gewesen sind. Gewiß, es gibt ein paar unbewußte Erinnerungen, die sich auf ihn beziehen könnten, es aber vermutlich nicht tun, und an eine so aggressive Persönlichkeit sollte man sich bewußt erinnern können. Kein Mitglied des Untergrundes, kein ausländischer Agent, den wir gefaßt haben, hatte Kenntnis von ihm, was den Gesetzen der Wahrscheinlichkeit widerspricht. Das Ganze erscheint einfach unmöglich.«

Thornberg befeuchtete die Lippen. Sorensen, dem Menschenjäger, konnte es nicht entgehen, daß er Angst hatte. Würde er an die normale Nervosität eines Menschen vor einem Offizier der Sicherheit glauben?

Sorensen lächelte hart.

»Wie Sherlock Holmes einmal gesagt hat: Wenn man alle anderen Hypothesen ausgeschlossen hat, muß die verbleibende die richtige sein, und sei sie noch so unwahrscheinlich«, meinte er.

Thornberg war unwillkürlich betroffen. Er hatte Sorensen nicht als Leser eingeschätzt.

»Und wie lautet Ihre verbleibende Hypothese?« fragte er langsam.

Sein Besucher starrte ihn lange, wie es schien, ewig an, bevor er antwortete.

»Der Untergrund ist mächtiger und verbreiteter, als die Menschen ahnen. Er hat siebzig Jahre Zeit zur Vorbereitung gehabt und kann auf viele kluge Gehirne zählen. Er betreibt eigene wissenschaftliche Forschung. Das ist zwar streng geheim, aber wir wissen, daß er eine Waffe fertigentwickelt hat, der wir noch nichts entgegenzusetzen haben. Es scheint sich um eine Handfeuerwaffe zu handeln, die Energieblitze von ungeheurer Kraft verschießt – einen Strahler, könnte man sagen. Früher oder später wird es zum offenen Krieg gegen den Staat kommen.

Könnte es nun sein, daß man etwas Vergleichbares auf dem Gebiet der Psychologie erreicht hat? Kann man einen Weg gefunden haben, Erinnerungen nach Bedarf zu löschen oder zu verdecken, sogar auf Zellebene? Könnten die Leute in der Lage sein, einen Persönlichkeitstester zu täuschen, das Denken selbst zu tarnen? Wenn das der Fall wäre, könnten sich viele Sam Halls unter uns befinden, unaufspürbar, bis der Augenblick für sie kommt, zuzuschlagen.«

Thornberg hatte das Gefühl, als seien seine Knochen geschmolzen. Er vermochte ein Aufstöhnen der Erleichterung nicht zu unterdrücken und hoffte, daß Sorensen es als Zeichen des Schreckens auffassen würde.

»Die Möglichkeit ist erschreckend, nicht?« Der blonde Mann lachte metallisch. »Sie können sich vorstellen, was man in hohen amtlichen Kreisen empfindet. Wir haben alle Forschungspsychologen, die wir bekommen konnten, auf das Problem angesetzt – bah! Narren! Sie halten sich an die Regeln und haben Angst davor, originell zu sein, selbst wenn der Staat sie dazu auffordert.

Das mag alles natürlich eine absurde Vorstellung sein. Ich hoffe es. Aber wir brauchen *Gewißheit.* Deshalb bin ich persönlich zu Ihnen gekommen, statt die übliche Anforderung zu schicken. Ich möchte, daß Sie in den Speichern nachforschen – alles, was auf das Thema Bezug hat, jede Person, jede Entdeckung, jede Hypothese. Sie haben eine umfassende technische Ausbildung und Ihrem Psychoprofil zufolge ein ungewöhnliches Maß an schöpferischer Phantasie. Ziehen Sie hinzu, wen immer Sie brauchen. Erstatten Sie meinem Büro einen Bericht über die Möglichkeit – oder sollte ich sagen, Wahrscheinlichkeit? – dieser Annahme, und wenn Sie Hinweise darauf finden, daß sie der Wahrheit entsprechen könnte, skizzieren Sie ein Forschungsprogramm, das es uns ermöglicht, die Resultate nachzuvollziehen und zu bekämpfen.«

Thornberg suchte mühsam nach Worten.

»Ich werde es versuchen«, sagte er lahm. »Ich werde mein Bestes tun.«

»Gut. Es ist für den Staat.«

Sorensen war mit seiner offiziellen Mission am Ende, ging aber noch nicht.

»Rebellenpropaganda ist raffiniert aufbereitet«, sagte er nach einer Pause halblaut. »Sie ist gefährlich, weil sie unsere eigenen Schlagworte verwendet und ihren Sinn verdreht. Freiheit, Gleichheit, Gerechtigkeit, Frieden. Zu viele Menschen können nicht einsehen, daß die Zeiten sich geändert haben und mit ihnen notwendigerweise auch der Sinn der Worte ein anderer geworden ist.«

»Mag sein«, sagte Thornberg. Er fügte die Lüge hinzu: »Ich habe nie viel über solche Fragen nachgedacht.«

»Das sollten Sie aber«, sagte Sorensen. »Studieren Sie die Geschichte. Als wir den Dritten Weltkrieg verloren, mußten wir uns militarisieren, um den Vierten Weltkrieg zu gewinnen und danach Wache über die gesamte Menschheit zu beziehen. Die Menschen haben es damals verlangt.«

*Die Menschen haben die Freiheit nicht zu schätzen gewußt, bis sie verloren war,* dachte Thornberg. *Sie waren immer bereit, ihr Geburtsrecht zu verkaufen. Oder lag es nur daran, daß sie, im Denken ungeübt, Demagogie nicht durchschauen, die letzten Folgen ihrer Wünsche nicht erkennen konnten?* Der Gedanke entsetzte ihn ein wenig; war er nicht mehr fähig, seinen Verstand im Zaum zu halten?

»Die Rebellen behaupten, daß die Bedingungen sich verändert hätten«, sagte Sorensen. »Militarisierung sei nicht mehr notwendig – wenn diese Notwendigkeit je bestanden habe –, und Amerika wäre in einer Union freier Staaten sicher. Teuflisch kluge Propaganda, Major Thornberg. Hüten Sie sich davor.« Er stand auf und verabschiedete sich.

Thornberg saß lange da und starrte auf die Tür. Sorensens letzte Worte waren zumindest seltsam gewesen. Ein Hinweis – oder ein Köder?

Am nächsten Tag empfing Matilda eine Meldung, die für die öffentlichen Kanäle sorgfältig redigiert wurde. Eine Aufständischeneinheit war mit Flugzeugen im Camp Forbes in Utah gelandet, hatte die Wachen niedergemäht und die Gefangenen mitgenommen. Der Arzt des Lagers war verschont worden und berichtete, daß der Anführer des Überfalls, ein stämmiger Mann mit Gesichtsmaske, zu ihm gesagt hatte: »Sagen Sie Ihren Freunden, daß ich wiederkomme. Mein Name ist Sam Hall.«

Auf dem Raumflughafen Mesa Verde wird ein Schiff des Weltraumkorps in die Luft gesprengt. Auf ein Metallbruchstück kritzelt jemand: »Grüße von Sam Hall.«

Ein Trupp Sicherheitspolizei, der ein mutmaßliches Untergrundversteck in Philadelphia stürmt, wird von Maschinenpistolenfeuer niedergemäht. Eine Stimme ruft durch ein verstecktes Megaphon: »Mein Name ist Sam Hall, ja, Sam Hall!«

Matthew Williamson, Chemiker in Seattle, subversiver Verbindungen verdächtigt, ist verschwunden, als die Tür zu seiner Wohnung aufgebrochen wird. Auf seinem Schreibtisch wird ein Zettel gefunden: »Zu Besuch bei Sam Hall. Zur Befreiung wieder zurück.

M. W.«

Eine Rüstungsfabrik bei Miami, die wichtige Rohbombenteile produziert, wird durch eine versteckte Bombe demoliert, nachdem eine telephonische Warnung den Arbeitern Zeit gab, die Gebäude zu räumen. Der Anrufer, der das Bild nicht zuschaltet, gibt sich als Sam Hall aus. Verschiedene ähnliche Einrichtungen erhalten vergleichbare Warnungen. Sie erweisen sich als Fälschungen, Schwindel, aber jedesmal geht ein wertvoller Arbeitstag für Alarm und Suche verloren.

An Hauswände gekritzelt, von New York bis San Diego, von Duluth bis El Paso: Sam Hall, Sam Hall, Sam Hall.

Offenkundig hatte der Untergrund den unsichtbaren und unbesiegbaren Mann der Legende ergriffen, dachte Thornberg, und ihn für die eigenen Zwecke eingespannt. Meldungen über ihn strömten aus dem ganzen Land zusammen, Hunderte jeden Tag – Sam Hall hier gesehen, Sam Hall dort gesehen. Neunundneunzig Prozent davon konnte man als Schwindel, Einbildung, Irrtum abtun; es war ein neuer nationaler Fimmel, die Frucht einer übernervösen Zeit, wie die Hexenjagden des sechzehnten und siebzehnten Jahrhunderts oder die fliegenden Untertassen des zwanzigsten. Aber Sicherheits- und Zivilpolizei mußten jeder einzelnen Meldung nachgehen.

Thornberg unterschob selbst eine Reihe davon.

Die meiste Zeit war er jedoch mit seinem Auftrag beschäftigt. Er konnte verstehen, was er für den Staat bedeutete. Das Leben im Garnisonsstaat gründete unausweichlich auf Angst und Mißtrauen, jedermanns Auge ruhte auf dem Nachbarn; aber Psychoeinstufung und Hypnoverhör hatten wenigstens ein gewisses Maß an Gewißheit geliefert. Nun, da diese Stütze umgestoßen worden war –

Seine ersten Untersuchungen ergaben, daß eine Erfindung, wie Sorensen sie unterstellt hatte, zwar nicht unmöglich, aber doch zu weit abseits der Reichweite zeitgenössischer Wissenschaft war, als daß die Rebellen sie hätten fertigentwickeln können. Derartige Forschungen würden derzeit vom Standpunkt der Praxis, wenn nicht von dem des Wissens aus, eine Vergeudung von Zeit und Mühe darstellen.

Er brachte viele schlaflose Stunden zu und rauchte die Zigarettenration eines ganzen Monats, bevor er zu entscheiden vermochte, was er tun sollte. Gut, er hatte die Rebellion in bescheidenem Maße unterstützt und sollte vor dem nächsten Schritt nicht zurückscheuen. Trotzdem – wollte er ihn wirklich tun?

Jack – sein Sohn hatte eine Laufbahn vor sich. Er liebte die endlosen Weiten über dem Himmel, wie er eine Frau hätte lieben können. Was wurde aus Jacks Karriere, wenn sich alles veränderte?

Und wie sah sie jetzt aus? Er saß als Bewacher und Henker heimwehkranker Halbverhungerter, vergiftet von Radioaktivität, auf einem trostlosen Planeten fest, bekam die Sonne nie zu sehen. Eines Tages würde Jack gewiß einen Platz in einem richtigen Raumschiff bekommen. Man würde kühne Männer brauchen, um über den Saturn hinaus vorzustoßen. Jack war zu ehrlich, um ein guter Rebell sein zu können, aber Thornberg hatte das Gefühl, daß er nach dem ersten Schock eine neue Regierung begrüßen würde.

Aber Hochverrat! Eide!

Es war eine Kleinigkeit, die Thornberg zur Entscheidung verhalf. Er kam in der Innenstadt an einem Laden vorbei und bemerkte einen Trupp der Jugendgarde, die Schaufenster einschlug und gelbe Farbe über die Waren goß. O Moses, Jesus, Mendelssohn, Hertz und Einstein! Als er seinen Weg gewählt hatte, nahm eine sonderbare Friedlichkeit von ihm Besitz. Er entwendete bei einem befreundeten Apotheker ein Fläschchen Blausäure und trug es immer bei sich, und was Jack anging, so würde der Junge sehen müssen, wie er zurechtkam.

Die Arbeit war anstrengend und gefährlich. Er mußte gespeicherte Fakten verändern, die anderswo verfügbar waren, in Büchern und Zeitschriften und in den Gehirnen von Menschen. Bei der grundlegenden Theorie konnte nichts unternommen werden, aber zahlenmäßige Ergebnisse ließen sich ein wenig manipulieren, so daß das Gesamtbild sich unmerklich verschob. Er gedachte sorgfältig ausgewählte Leute beizuziehen, deren Psychotyp erkennen ließ, daß sie den leichten Weg wählen würden, sich auf Matilda zu verlassen, statt die Originalquellen zu Rate zu ziehen. Und die Korrelation und Integration zahlloser Daten, die empirischen Gleichungen und ihre Fortschreibung, all das ließ sich manipulieren.

Er übertrug seine sonstige Arbeit Rodney und widmete sich ganz der neuen. Er wurde mager und reizbar; als Sorensen anrief und ihn drängen wollte, fauchte er: »Wollen Sie Tempo oder Qualität?« Und er war über sich hinterher nicht gerade verwundert. Er bekam nur wenig Schlaf, aber sein Geist wirkte unnatürlich klar.

Der Winter ging in den Frühling über, während Thornberg und seine Fachleute sich mühten und die Nation psychisch und physisch unter der zunehmenden Gewalttätigkeit Sam Halls erzitterte. Der Bericht, den Thornberg im Mai abgab, war so umfangreich und ins einzelne gehend, daß er nicht annahm, die zuständigen Leute in der Regierung würden sich an irgendeine andere Quelle wenden. Seine Schlußfolgerung: Ja, wenn ein genial begabter Mann Belloni-Matrizen auf kybernetische Formeln anwendete und eine noch unbekannte Art von Kolloidalsonde benützte, war eine psychologische Verschleierungstechnik plausibel.

Die Regierung setzte jeden Mann, dessen sie habhaft werden konnte, auf die Forschung an. Thornberg wußte, daß es nur eine Frage der Zeit war, bis man begreifen mußte, daß man getäuscht worden war. Wie lange das dauern würde, konnte er nicht sagen. Aber sobald man Gewißheit hatte . . .

»Am Strick hoch ziehen sie mich schon, ja, mich schon.
Am Strick hoch ziehen sie mich schon.
Und die Halunken schreien voller Hohn:
›Sam, das kommt davon, das kommt davon‹, seid von Gott verdammt.«

REBELLEN GREIFEN AN
RAUMSCHIFFE LANDEN IM SCHUTZ VON GEWITTERN,
EROBERN POSITIONEN BEI N. DETROIT
REBELLEN SETZEN FLAMMENWAFFEN GEGEN
ARMEE-EINHEITEN EIN

»Die berüchtigten Legionen der Verräter haben sich im ganzen Land festsetzen können, aber unsere tapferen Streitkräfte haben sie bereits zurückgeworfen. Sie sind im Frühsommer aufgeschossen wie Giftpilze und werden ebenso schnell verdorren – HUIIIII-OOOOO!« Stille.

»Alle Bürger bewahren Ruhe, halten ihrem Land die Treue und gehen ihren gewohnten Tätigkeiten nach, bis anderweitig verfügt wird. Zivilisten melden sich bei ihren örtlichen Abwehroffizieren. Reservisten melden sich sofort zum aktiven Dienst.«

»Hallo, Hawaii! Hören Sie? Hawaii, melden! Wir rufen Hawaii!«

»HQ, hier Kommando Mars . . . bzzz, huiii . . . Kolonie Syrtis Major erobert und . . . huuuu . . . Hilfe dringend erforderlich . . .«

Die Raketenbasen auf dem Mond werden angegriffen. Der Kommandeur sprengt sie, um nicht kapitulieren zu müssen. Ein stecknadelkopfgroßer Blitz auf der Mondoberfläche, ein neuer Krater; welchen Namen wird man ihm geben?

»Sie haben also Seattle in der Hand, wie? Schicken Sie einen Schwarm Robomben. Radieren Sie den Ort von der Landkarte ... Bürger? Zum Teufel mit den Bürgern! Wir haben Krieg!«

»... in New York. Insgeheim ausgebildete Rebellen tauchten aus dem berüchtigten Kraterdistrikt auf und erstürmten ...«

»... Attentäter niedergeschossen. Der neue Präsident ist bereits vereidigt und ...«

ENGLAND, KANADA, AUSTRALIEN VERWEIGERN HILFE FÜR REGIERUNG

»... nein, Sir. Die Bomben haben Seattle schon erreicht, wurden aber aufgehalten, bevor sie explodierten – eine Art Energiegeschütz ...«

»COMWECO an Befehlshaber Armee in Florida und Georgia: Feindlicher Einsatz hat Florida und die Key-Inseln vorübergehend unhaltbar gemacht. Rückzug Ihrer Einheiten wie folgt ...«

»Eine Rebelleneinheit, die einen Militärkonvoi am Donner-Paß überfiel, wurde heute durch eine gut placierte taktische Atomwaffe vernichtet. Obwohl dabei auch auf unserer Seite Verluste entstanden ...«

»COMWECO an Befehlshaber Armee in Kalifornien: Die Meuterei von Einheiten um San Francisco stellt ein ernstes Problem dar ...«

SP STÜRMT REBELLENVERSTECK, FÜNF OFFIZIERE GEFANGENGENOMMEN

»Okay, dann ist der Feind eben dabei, Boston zu erobern. Wir *können* an die Bürger keine Waffen ausgeben. Sie könnten sie gegen uns einsetzen!«

EINHEITEN DES WELTRAUMKORPS VON DER VENUS ZURÜCKERWARTET

*Jack, Jack, Jack!*

Es war seltsam, mitten in einem Krieg zu leben. Thornberg hatte nie geglaubt, daß es so sein würde. Eingefallene Gesichter, verstohlene Blicke, Chaos in den Fernsehnachrichten und den unregelmäßig eintreffenden Zeitungen, Verdunklung, Luftschutzübungen, Knappheiten, gelegentliche Panik, wenn eine Düsenmaschine der Rebellen am Himmel vorbeidonnerte – aber nichts sonst. Keine Schießereien, keine Bomben, nicht mehr als die unwirklichen Kämpfe, von denen man hörte. Die einzige Verlustliste in unmittelbarer Nähe war auf die Sicherheitspolizei zurückzuführen; immer wieder verschwanden Leute, und niemand sprach von ihnen.

Aber weshalb sollte der Gegner sich mit dieser unwichtigen Gebirgsstadt abgeben? Die sogenannte Befreiungsarmee eroberte Schlüsselanlagen der Herstellung, des Transports, der Kommunikation, schlug Schlachten, sabotierte in Gebäuden und an Maschinen, verübte Attentate auf hohe Persönlichkeiten. Ihre Absicht selbst verbot, daß sie einen totalen Krieg führte, daß sie das Volk vernichtete, das sie befreien wollte – eine Haltung, die in der Geschichte unter Revolutionären höchst selten war, wie Thornberg wußte. Den Gerüchten zufolge waren die Verteidiger weit weniger zurückhaltend.

Die meisten Bürger verhielten sich passiv, wie sie es immer tun. Vermutlich war nie mehr als ein Viertel der Bevölkerung auch nur in Hörweite eines Gefechts. Stadtbewohner mochten Feuer am Himmel sehen, Krachen und Pfeifen und Explodieren von Granaten hören, Soldaten und gepanzerten Fahrzeugen ausweichen, sich in Bunker verkriechen, wenn Raketen durch den Himmel zischten, aber die Aktion spielte sich außerhalb der Stadt ab. Wenn es bis zum Straßenkampf kam, stießen die Rebellen nie weit vor. Sie schritten entweder zur Belagerung oder verließen sich auf Agenten innerhalb der Stadt. Dann mochte ein Bürger das Knallen von Gewehren und Handgranaten hören, das Rattern von Maschinengewehren, das Zischen von Laserstrahlen, und Leichen sehen. Aber das Ende war entweder die Wiederkehr der Militärregierung oder der Einmarsch der Rebellen, die ihre eigenen provisorischen Räte einrichteten. (Selten wurden sie mit Jubel und Blumen empfangen. Niemand wußte, wie der Krieg ausgehen würde. Aber sie hörten Geflüster und wurden gewöhnlich gut bedient.) Soweit das möglich war, führte der Durchschnittsamerikaner sein Durchschnittsleben fort.

Thornberg blieb in seinem persönlichen Gleis. Matilda, der Informations-Nervenknoten, wurde so beansprucht, daß die Benützer sich auf eine Warteliste setzen lassen mußten. Wenn die Rebellen je erfahren sollten, wo Matilda sich befand –

*Oder wußten sie es?*

Er fand nur selten Gelegenheit, seine privaten Sabotageakte fortzusetzen, aber um so gründlicher plante er voraus. Die Sam-Hall-Berichte waren in seinem Gehirn beinahe formelhaft geworden – Sam Hall hier, Sam Hall dort, mit dieser oder jener fabelhaften Unternehmung. Aber was zählte in diesen gigantischen Zeiten ein einzelner Supermann? Er brauchte mehr.

Fernsehen und Presse verkündeten jubelnd, daß endlich Kontakt mit der Venus hergestellt sei. Mond und Mars waren dem Feind in die Hände gefallen, aber die Korpseinheiten auf der Venus hatten ein paar schwächliche Aufstände schnell niedergeschlagen. Dort verlangte bloßes Überleben allein Mengen energiereicher, hochmoderner Ausrüstung, die sich leicht für militärische Zwecke umgestalten ließ. Die Truppen sollten mit voller Bewaffnung sofort zurückkehren. Bei der derzeitigen Planetenstellung konnte selbst der stärkste Schub sie nicht vor sechs Wochen auf die Erde bringen. Aber dann mochten sie sich als entscheidende Verstärkung erweisen.

»Scheint so, als würden Sie Ihren Jungen bald wiedersehen, Chef«, meinte Rodney.

»Ja«, sagte Thornberg. »Durchaus möglich.«

»Schwere Kämpfe.« Rodney schüttelte den Kopf. »Da möchte ich wirklich nicht dabei sein.«

*Wenn Jack von der Waffe eines Rebellen getötet wird und ich die Sache der Rebellen gefördert habe ...*

Sam Hall hatte ein hartes Leben geführt, dachte Thornberg, ganz Gewalt und Feindseligkeit und Argwohn. Selbst seine Frau hatte ihm nicht vertraut.

»... Und meine Nelly, ganz in Grün,
sagt: ›Deine frohe Zeit ist hin.
Jetzt hast nur Treue du im Sinn.‹ Sei von Gott verdammt.«

Armer Sam Hall. Kein Wunder, daß er einen Menschen umgebracht hatte.

*Argwohn!*

Thornberg erstarrte für einen Augenblick, während ihn ein Prikkeln überlief. Der Polizeistaat war auf Argwohn gegründet. Keiner konnte dem anderen trauen. Und mit der neuen Furcht vor Psychotarnung, die Forschungsarbeiten zu diesem Projekt für die Dauer der Krise unterbrochen –

*Langsam, mein Freund, langsam. Nichts übereilen. Ganz vorsichtig und sorgfältig planen.*

Thornberg forderte die Dossiers von Schlüsselfiguren in der Administration, beim Militär, im Sicherheitsbereich an. Er tat das in Gegenwart von zwei Gehilfen, weil er das Gefühl hatte, daß seine Solositzungen in der Koordinations-Kabine merkwürdig zu wirken begannen.

»Streng geheim«, warnte er, erfreut über seine Gelassenheit. Er wurde ein richtiger Machiavelli. »Wenn ihr das irgendwo erwähnt, zieht man euch bei lebendigem Leib die Haut ab.«

Rodney warf ihm einen vielsagenden Blick zu.

»Man ist sich also nicht einmal der Spitzenleute sicher, wie?« murmelte er.

»Ich bin beauftragt, ein paar Stichproben zu machen«, sagte Thornberg. »Das ist alles, was Sie wissen müssen.«

Er studierte die Aufzeichnungen viele Stunden, bevor er zu einer Entscheidung gelangte. Von Zeit zu Zeit wurden geheime Überprüfungen natürlich bei jedermann vorgenommen. Eine Rückfrage bei Matilda ergab, daß der Polizist, der den letzten Bericht über Lindahl erstattet hatte, am nächsten Tag bei einem spontanen und gescheiterten Aufstand getötet worden war. Der Report war harmlos: Lindahl hatte sich zu Haus aufgehalten und Akten studiert; bis auf einen Leibwächter in einem anderen Raum, der ihn nicht gesehen hatte, war er allein im Haus gewesen. Und Lindahl war Unterstaatssekretär für Verteidigung.

Thornberg manipulierte den Bericht. Ein maskierter Mann – stämmig, schwarzhaarig – war hereingekommen und hatte drei Stunden lang mit Lindahl gesprochen. Sie hatten sich leise unterhalten, so daß der Polizist vor dem Fenster nicht verstehen konnte, was gesprochen wurde. Nachdem der Besucher gegangen war, hatte Lindahl sich zurückgezogen. Der Polizeibeamte kehrte in großer Aufregung zu seiner Dienststelle zurück, schrieb seinen Bericht und gab ihn dem Funker, der ihn an Matilda übermittelt hatte.

*Pech für den Funker*, dachte Thornberg. *Man wird wissen wollen, warum er seinem Chef in New Washington nichts davon gesagt hat, wenn der Ermittler ums Leben gekommen war, bevor er es tun konnte. Er wird bestreiten, daß es einen solchen Bericht gegeben hat, und man wird ihn einem Hypnoverhör unterziehen – aber dieser Methode vertraut man nicht mehr!*

Sein Mitgefühl verblaßte schnell. Was zählte, war, daß der Krieg vorbei sein mußte, bis Jack nach Hause kam. Er fuhr die veränderte Spule wieder zurück und befaßte sich damit, den letzten Bericht über Sam Hall von Salt Lake City nach Atlanta zu verlegen. Das war plausibler. Dann beschäftigte er sich mit den Daten wirklich existierender Personen.

Er mußte zwei nervenaufreibende Tage warten, bevor die Sicherheitspolizei die neuesten Daten über Sam Hall anforderte. Die Abtaster legten ihren komplexen Maßstab an, Transistoren erwachten, nach einiger Zeit drehte sich eine Spule. Vor dem Mikrodrucker rollte LINDAHL ab. Querverweise zuckten in alle Richtungen. Thornberg fügte dem Vorbericht eine Frage an: Das sehe interessant aus. Wünschten seine Vorgesetzten weitere Informationen?

Und ob!

Am nächsten Tag berichteten die Fernsehnachrichten von einer Umbesetzung im Verteidigungsministerium. Von Lindahl hörte niemand mehr etwas.

*Und ich*, dachte Thornberg, *habe einen riesengroßen Tiger am Schwanz gepackt. Jetzt werden sie alle überprüfen müssen. Wie hält ein einzelner einen Vorsprung vor der Sicherheitspolizei?*

Lindahl ist ein Verräter. Wie konnte sein Chef ihn auf einen so verantwortungsvollen Posten gelangen lassen? Minister Hoheimer war mit Lindahl auch noch persönlich befreundet. Hoheimer muß durchleuchtet werden.

Was ist das? Hoheimer persönlich! Vor fünf Jahren, gewiß, aber trotzdem – das Dossier zeigt, daß er in einem Appartementturm gewohnt hat, wo *Sam Hall* Hausmeister war! Faßt Hoheimer! Wer tritt an seine Stelle? General Halliburton? Dieser stupide, alte Halunke? Nun, wenigstens hat er sich nie etwas zuschulden kommen lassen. Den glatten Burschen kann man nicht trauen.

Hoheimer hat einen Bruder im Sicherheitsbereich: Generalsrang, tüchtiger Mann. Ein Strohmann? Wer weiß? Steckt den Bruder ins Gefängnis, jedenfalls zunächst einmal. Und überprüft seinen Stab . . . Das Zentralarchiv weist nach, daß sein Chefagent Jones vor einem Jahr fünf Tage nicht belegen kann; er hat damals einen geheimen Einsatz vorgeschützt, aber eine doppelte Überprüfung ergibt, daß das nicht stimmt. Erschießt Jones! In der Armee hat er einen Neffen, einen Captain. Zieht die Einheit aus dem Frontbereich zurück, bis jeder einzelne Mann durchleuchtet ist! Es hat schon zu viele Meutereien gegeben.

Lindahl war auch eng befreundet mit Benson, dem Leiter der Atomgeschütz-Anlagen in Tennessee. Benson sofort herbeizitieren! Alle überprüfen, die mit ihm zu tun haben! Diesen Wissenschaftlern kann man nicht trauen; sie plaudern dauernd Geheimnisse aus.

Der Sohn von Ex-Minister Hoheimer ist Industrieller, Eigentümer einer Raffinerie für synthetisches Erdöl in Texas. Festnehmen! Seine Frau ist die Schwester von Leslie, dem Chef des Koordinierungsamtes für Kriegsproduktion. Her mit Leslie! Gewiß, er leistet gute Arbeit, aber vielleicht übermittelt er dem Gegner Informationen. Oder er wartet einfach auf das Signal, alles zu sabotieren. Wir können *keinem* trauen, sage ich Ihnen!

Was ist das? Das ZA übermittelt einen Geheimdienstbericht, daß der Bürgermeister von Tampa mit den Rebellen unter einer Decke steckte. Der Vermerk lautet »Unzuverlässig, Gerücht« – aber Tampa hat sich kampflos ergeben. Der Geschäftspartner des Bürgermeisters ist Gale, der einen Vetter in der Armee hat, der Kommandeur einer Robomben-Basis in Neu-Mexiko ist. Beide Gales überprüfen, Archiv . . . Der Vetter war also vier Tage abwesend, ohne seinen Verbleib zu belegen? Zuverlässig oder nicht, verhaften und feststellen, wo er gewesen ist!

*Achtung, Archiv, Achtung, Archiv, dringend. Brigadegeneral John Harmsworth Gale usw., usw. weigerte sich, Angaben zu machen, die von Sicherheitsbeamten verlangt worden sind, mit der Behauptung, er habe sich die ganze Zeit im Stützpunkt aufgehalten. Kann es sich bei Ihnen um einen Irrtum handeln?

*Archiv an Zentrale Sicherheit, Bezug: usw., usw. Irrtum ausgeschlossen, soweit nicht in erhaltenen Informationen.

*An Archiv, Bezug: usw., usw. Gales Angaben durch drei seiner Offiziere bestätigt.

Den ganzen gottverdammten Stützpunkt verhaften! Berichte erneut überprüfen! Wer hat die überhaupt vorgelegt?

*An Archiv, Bezug: usw., usw. Bei Versuch, gesamte Besatzung unter Arrest zu stellen, feuerte Robomben-Stützpunkt 37 J auf Sicherheits-Abteilung und schlug sie zurück. Nach letzten Berichten hat Gale Unterstützung durch Rebelleneinheiten angefordert, die fünfzig Meilen entfernt stehen. Einzelheiten für die Datenspeicher folgen in Kürze.

Gale war also ein Verräter. Oder hatte ihn die Angst getrieben? Das Archiv soll feststellen, wer die Information über ihn eigentlich geliefert hat.

*Wir können keinem trauen!*

Thornberg war nicht besonders überrascht, als seine Tür aufgestoßen wurde und der Sicherheitstrupp eindrang. Er hatte seit Tagen, vielleicht schon seit Wochen damit gerechnet. Ein einzelner kann sich auf Dauer nicht halten. Angehäufte Unstimmigkeiten hatten ohne Zweifel den Verdacht schließlich auf ihn gelenkt; oder die Ketten der Beschuldigungen, die von ihm geschmiedet worden waren, führten ironischerweise zu ihm; vielleicht hatte jemand wie Rodney hier entschieden, daß etwas nicht in Ordnung war, und einen Tip gegeben.

Wenn letzteres zutraf, konnte er das nicht übelnehmen. Die Tragödie des Bürgerkrieges bestand darin, daß sich Bruder gegen Bruder stellte. Millionen anständiger Leute hielten zur Regierung, weil sie sich dazu verpflichtet hatten, oder einfach deshalb, weil sie an die Alternative nicht glaubten. Thornberg spürte vor allem Müdigkeit.

Er blickte in die Mündung eines Revolvers und in die Augen des Schwarzrocks dahinter. Sie waren beide bar jeder Empfindung.

»Ich nehme an, daß ich festgenommen bin«, sagte er tonlos.

»Aufstehen!« fauchte der Anführer.

June konnte einen Schmerzenslaut nicht unterdrücken. Der Mann, der sie festhielt, drehte ihr den Arm auf den Rücken und genoß das offenbar.

»Tun Sie das nicht«, sagte Thornberg. »Sie ist unschuldig. Hatte keine Ahnung, was ich machte.«

»Aufstehen, habe ich gesagt!« Der Anführer schob die Waffe vor.

»Ich schlage vor, daß Sie auch mich in Ruhe lassen.« Thornberg hob die rechte Hand, um einen kleinen Ball zu zeigen, den er beim Eindringen des Trupps aus dem Schreibtisch genommen hatte. »Sehen Sie das? Etwas, das ich für den Notfall beschafft habe. Nicht eine Bombe an sich – aber ein Funkauslöser. Wenn meine Finger erschlaffen, dehnt sich der Gummi, und ein Stromkreis schließt sich. Abfänger nennt man so etwas, glaube ich.«

Die Männer erstarrten. Thornberg hörte einen unterdrückten Fluch.

»Lassen Sie die Dame los!« sagte er.

»Zuerst ergeben Sie sich«, sagte Junes Bewacher. Er drückte stärker zu. Sie schrie auf.

»Nein«, sagte Thornberg. »June, meine Liebe, es tut mir leid. Aber keine Angst. Ich habe mit diesem Besuch gerechnet, wissen Sie, und meine Vorkehrungen getroffen. Der Funkzünder löst nichts so Melodramatisches wie eine Bombe aus. Nein. Statt dessen schließt er einen Stromkreis, der in Matilda ein bestimmtes Programm anlaufen läßt – der Archivcomputer, nicht wahr, die Datenmaschine. Sämtliche Speicher werden gelöscht. Die Regierung wird keinerlei Daten mehr besitzen. Ich selbst bin auf den Tod vorbereitet. Aber wenn die Herren mich den Stromkreis schließen lassen, könnte ich mir vorstellen, daß Sie sich wünschen, ich hätte eine Bombe gezündet. Und jetzt lassen Sie die Dame los.«

Der Schwarzrock tat es, so als wäre sie plötzlich weißglühend geworden. Sie sank schluchzend zu Boden.

»Ein Bluff!« schrie der Anführer. Sein Gesicht glänzte schweißnaß.

»Wollen Sie es darauf ankommen lassen?« Thornberg lächelte.

»Sie Verräter –«

»Ich ziehe ›Patriot‹ vor, wenn es Ihnen recht ist. Aber mag es mit dem Semantischen bestellt sein, wie es will, Sie müssen zugeben, daß ich erfolgreich war. Die Regierung und der ganze Staat sind völlig durcheinander. Die Armee bricht auseinander, Offiziere desertieren links und rechts, aus Angst, als nächste verhaftet zu werden, oder sie laufen über oder führen Meutereien an. Die Sicherheitsbehörden jagen auf einem halben Kontinent Schatten nach. Weit mehr Funktionäre werden von ihren Kollegen umgebracht, als der Untergrund beseitigen könnte. Die Befreiungsarmee nimmt ohne Widerstand eine große Stadt nach der anderen ein. Ich schätze, daß sie in einer Woche New Washington besetzen wird.«

»Ihr Werk!« Der Finger krümmte sich um den Abzug.

»O nein. Bringen Sie mich nicht in Verlegenheit. Aber einen Beitrag von gewisser Bedeutung habe ich geleistet, ja. Es sei denn, Sie sagen, das sei Sam Hall gewesen, womit ich einverstanden bin.«

»Was . . . werden . . . Sie . . . jetzt . . . tun?«

»Das hängt von Ihnen ab, mein Freund. Ob ich getötet werde oder nur das Bewußtsein verliere, Matilda stirbt. Sie könnten von den Technikern nachprüfen lassen, ob ich die Wahrheit sage, und wenn das der Fall ist, könnten Sie dafür sorgen, daß sie das Programm herausreißen. Beim ersten Anzeichen dafür, daß Sie so etwas vorhaben, werde ich den Ball natürlich loslassen. Blicken Sie in meinen Mund.« Er öffnete ihn kurz. »Ja, die übliche Kapsel Blausäure. Ich entschuldige mich für das Klischee, aber Sie werden begreifen, daß ich nicht den Wunsch habe, das Schicksal zu teilen, das Ihresgleichen über sich selbst bringt.«

In den Mienen der Leute vor Thornberg rang Verwirrung mit Wut. Sie waren ans Denken nicht gewöhnt, diese Leute.

»Natürlich haben Sie eine Alternative«, fuhr er fort. »Nach den letzten Berichten befindet sich die Befreiungsarmee keine zweihundert Kilometer von hier. Wir könnten anrufen und um die Entsendung einer Einheit bitten, mit einem Hinweis auf die Bedeutung dieser Einrichtung. Das wäre auch zu Ihrem Vorteil. Es wird zu einer Abrechnung mit euch Schwarzröcken kommen. Mein Einfluß könnte Ihnen persönlich von Nutzen sein, auch wenn Sie es nicht verdienen, verschont zu bleiben.«

Sie starrten einander an. Nach einer langen Zeitspanne, in der nur Junes verklingendes Schluchzen zu hören war, während die Polizisten stockend atmeten und Thornbergs Puls in seinen Ohren dröhnte, fauchte der Anführer: »Nein! Sie lügen!« Er zielte.

Der Mann hinter ihm zog die Waffe und schoß ihn in den Kopf.

Das Ergebnis war häßlich. Als Thornberg wußte, daß er die Oberhand gewonnen hatte, gab er sich alle Mühe, June zu trösten.

»Übrigens habe ich wirklich geblufft«, sagte er zu Sorensen. »Das war nur ein Gummiball. Lediglich das Gift war echt. Nicht, daß es in diesem Stadium von großer Bedeutung gewesen wäre, außer für mich.«

»Wir werden Matilda noch eine Weile brauchen«, sagte Sorensen. »Wollen Sie bleiben?«

»Gewiß, vorausgesetzt, daß ich Urlaub nehmen kann, sobald mein Sohn heimkommt.«

»Das sollte nicht mehr lange dauern. Sie werden froh sein, zu hören, daß wir uns endlich mit den Venus-Einheiten des Raumkorps, die auf dem Rückflug sind, in Verbindung gesetzt haben. Der Kommandeur hat sich bereit erklärt, in die Kämpfe nicht einzugreifen, mit der Begründung, daß seine Verpflichtung der legitimen Regierung gilt und wir eine Wahl brauchen, um diese zu bestimmen. Ihr Junge wird ungefährdet sein.«

Thornberg konnte keine Worte der Reaktion finden. Statt dessen sagte er mit mühsamer Beiläufigkeit: »Wissen Sie, es hat mich überrascht, zu erfahren, daß Sie dem Untergrund angehören.«

»Wir haben ein paar Leute in den Sicherheitsbereich eingeschleust, die es so einrichten konnten, daß sie einander deckten und bei den Loyalitätstests halfen.« Sorensen schnitt eine Grimasse. »Das war das einzige daran, was mir Spaß machte, jedenfalls bis vor kurzem.«

Er lehnte sich in seinem Sessel zurück, der unter seinem Gewicht knarrte. In Zivil, nur mit der Armbinde eines Offiziers der Befreiungsarmee, war er ein anderer Mensch. Während vorher seine Massigkeit Thornbergs Büro erdrückt hatte, machte jetzt seine Vitalität den Raum heller.

»Dann kam Sam Hall daher«, sagte er. »Bei der Sicherheit war man zuerst argwöhnisch. Meine Chefs waren bösartig, aber nicht dumm. Nun, ich ließ mir den Auftrag geben, Sie zu überprüfen. Ich erriet sofort, daß Sie umstürzlerische Gedanken hegten, also entlastete ich Sie. Anschließend erfand ich die Sache mit der psychologischen Tarnung, was mehreren hochgestellten Leuten schwere Sorgen machte. Als Sie meinem Hinweis folgten, stand für mich fest, daß Sie auf unserer Seite waren. Demzufolge ließ die Befreiungsarmee Matilda ungeschoren, obwohl man natürlich von Anfang an wußte, wo sie sich befand.«

»Sie müssen sich direkt erst vor kurzer Zeit angeschlossen haben.«

»Ja, die Hexenjagd, die Sie im Sicherheitsbereich ausgelöst hatten, rückte mir zu nahe auf den Pelz. Das Risiko war es aber wirklich wert, wenn man zusehen konnte, wie dieses Ungeziefer aufeinander losging.«

Thornberg saß eine Weile schweigend da, dann beugte er sich vor.

»Ich habe mich Ihrer Seite noch nicht verpflichtet«, sagte er ernst. »Ich mußte davon ausgehen, daß die Äußerungen der Befreiungsarmee zur Freiheit nicht bloße Sprüche waren. Aber . . . Sie haben Matilda erwähnt. Sie wollen, daß ich meine Arbeit hier fortsetze. Welche Pläne haben Sie mit ihr?«

Sorensen wurde ebenfalls ernst.

»Ich habe auf diese Frage gewartet. Schauen Sie. Abgesehen davon, daß wir sie brauchen, um einige Leute zu finden, die wir unbedingt haben müssen, sind wir für das rein physische Überleben des Landes verantwortlich. Mir wäre auch wohler, wenn wir sie auf der Stelle demontieren könnten, aber –«

»Ja?«

»Aber wir müssen zuerst eine Vielzahl von Informationen herausziehen, rein praktische Tatsachen. *Danach* löschen wir alles andere und sprengen dieses Gebäude feierlich in die Luft. Sie sind eingeladen, nein, dringend gebeten, in den Ausschuß einzutreten, der über die Einzelheiten entscheidet – mit anderen Worten, wir wollen, daß Sie mithelfen, sich um Ihre Stellung zu bringen.«

»Danke«, flüsterte Thornberg.

Augenblicke später, von einem ungeheuren Glücksgefühl überwältigt, lachte er in sich hinein.

»Und das wird Sam Halls Ende sein«, sagte er. »Er wird in das Walhalla der großen fiktiven Gestalten einziehen. Ich sehe ihn schon, wie er mit Sherlock Holmes streitet, König Arthur schockiert und eine enge Freundschaft mit Long John Silver schließt. Wissen Sie, wie das Lied endet?« Er sang leise: »›Nun wohne ich im Himmel, ja, im Himmel . . .‹«

Leider ist der Schluß eine herbe Sache. Sam Hall war nie zufrieden.

*Die Wirklichkeit überholt die Science Fiction laufend. In der folgenden Geschichte werden Sie ein Zitat aus der lateinischen Messe bemerken; sie wurde geschrieben, kurz bevor das Zweite Vatikanische Konzil den Gebrauch der Landessprache einführte. Ich lasse den Absatz aber so stehen – erstens, weil er mir so lieber ist, und zweitens, weil die Messe in Latein noch nicht ganz ausgestorben ist und eines Tages vielleicht bei manchen Gottesdiensten eine Wiederauferstehung erleben wird.*

*Wissenschaftliches Veralten ist schwerer zu erklären. Das hier gelieferte Bild eines zusammenstürzenden Sterns ist jenes, das zur Zeit, in der ich das schrieb, von Astrophysikern allgemein akzeptiert wurde. Sie haben inzwischen viel dazugelernt. Ich glaube aber nicht, daß ihre Entdeckungen ›Kyrie‹ schon so unannehmbar gemacht haben wie etwa nahezu jede bislang veröffentlichte Geschichte über den Jupiter seit Ende des Jahres 1973.*

*Die Mutmaßungen über die Natur der Telepathie, einschließlich der Unterstellung, daß sie überhaupt vorkommt, sind natürlich eine andere Sache; sie liegen außerhalb des Bereiches bekannter Wissenschaft. Gewiß, viele Physiker werden vor der Idee zurückscheuen, daß eine Botschaft augenblicklich (oder beinahe augenblicklich) und ohne Schwund über interstellare Entfernungen hinweg übermittelt werden kann – gar nicht zu reden von der Vorstellung, daß Raumschiffe der Lichtgeschwindigkeitsgrenze entgehen können, indem sie den Raum zwischen Ausgangspunkt und Ziel umgehen. Aber diese Spekulationen sind nicht mehr so übel beleumundet, wie sie es noch vor kurzer Zeit gewesen sind. Ich möchte den Physikern gegenüber nur ein paar Ausdrücke wie ›Tachyon‹, ›metrische Raumverzerrung nach Kerr‹ und ›ungerichtete Feldstrahlung‹ erwähnen. Wie wenig wissen wir ganz sicher!*

*Das intelligente nicht-menschliche Wesen in Form eines Plasmas ist ebenso spekulativ. Die Existenz irgendwelcher Arten denkender Nicht-Menschen erscheint jedoch mehr als plausibel. Welcher vernünftige Mensch kann im Ernst glauben, in diesem ganzen riesigen, geheimnisvollen Kosmos sei unser Bewußtsein das einzige?*

# Luzifer

Auf einem hohen Gipfel in den Mondkarpaten steht ein Kloster der Hl. Martha von Bethanien. Die Mauern sind gewachsener Fels; sie ragen dunkel und schroff wie der Berg selbst in einen Himmel, der immer schwarz ist. Wenn man sich über die Plato-Route vom Nordpol nähert, sieht man das Kreuz auf dem Turm, scharf umrissen vor der blauen Scheibe der Erde. Kein Glockenton hallt von dort wider – nicht im Vakuum.

Man kann die Glocken zu den kanonischen Stunden im Inneren hören und überall in den Gewölben darunter, wo Maschinen laufen, um den Anschein irdischer Umwelt aufrechtzuerhalten. Hält man sich dort eine Zeit auf, wird man sie auch hören, wenn sie zur Totenmesse rufen. Es ist nämlich zur Tradition geworden, daß in St. Martha Gebete für die im Weltraum Gestorbenen gesprochen werden, und mit jedem Jahr werden es mehr.

Das ist nicht die Schuld der Schwestern. Sie pflegen die Kranken, die Bedürftigen, die Verkrüppelten, die Wahnsinnigen, alle, die der Weltraum zerbrochen und ausgestoßen hat. Der Mond ist voll davon, Verbannte, weil sie die Schwerkraft der Erde nicht mehr ertragen, oder weil man fürchtet, sie könnten eine Seuche von einem unbekannten Planeten in sich tragen, oder weil die Menschen mit ihren Grenzen so beschäftigt sind, daß sie für die Gescheiterten keine Zeit erübrigen können. Die Nonnen tragen Raumanzüge ebenso oft wie Ordenskleidung, sind ebenso mit Arzttasche wie mit Rosenkranz anzutreffen.

Aber es wird ihnen Zeit für Meditation zugestanden. Nachts, wenn das Gleißen der Sonne für einen halben Monat verschwunden ist, bleibt die Kapelle ohne Fensterläden, und Sterne blicken durch die Glasurkuppel auf die Kerzen herab. Sie funkeln nicht, und ihr Licht ist winterkalt. Vor allem eine der Nonnen hält sich dort auf, so oft sie kann, und betet für ihre eigenen Toten. Und die Äbtissin sorgt dafür, daß sie anwesend sein kann, wenn die Jahresmesse, die sie gestiftet hat, bevor sie ihre Gelübde ablegte, gesungen wird.

> Requiem aeternam dona eis, Domine, et lux
> perpetua luceat eis.
> Kyrie eleison, Christe eleison, Kyrie eleison.

Die Expedition zur Supernova Sagittarii bestand aus fünfzig Menschen und einer Flamme. Sie legte den weiten Weg von der Umlaufbahn um die Erde zurück und legte bei Epsilon Lyrae einen Halt ein, um das letzte Besatzungsmitglied aufzunehmen. Dann näherte sie sich in Stufen ihrem Ziel.

Dies ist das Paradoxon: Zeit und Raum sind wechselseitig Aspekte voneinander. Die Explosion lag über hundert Jahre zurück, als sie von Menschen auf Letzte Hoffnung wahrgenommen wurde. Sie waren Teil einer Generationen überspannenden Bemühung, die Zivilisation von Wesen zu ergründen, die uns ganz unähnlich waren! Aber eines Nachts blickten sie hinauf und sahen ein Licht, so grell, daß es Schatten warf.

Diese Wellenfront würde die Erde in einigen Jahrhunderten erreichen. Bis dahin würde sie so dünn sein, daß am Himmel nichts erscheinen würde als ein heller Punkt mehr. Inzwischen konnte jedoch ein Schiff, das den Raum übersprang, durch welchen das Licht kriechen mußte, den Tod des großen Sterns durch die Zeit verfolgen.

Angemessen weit entfernt, zeichneten Instrumente auf, was vor dem Ausbruch gewesen: Glut, in sich selbst zusammenstürzend, nachdem der letzte Kernbrennstoff verbrannt war. Ein Sprung, und sie sahen, was ein Jahrhundert zuvor geschehen war: Konvulsion, Sturm von Quanten und Neutrinos, Strahlung, die jener von hundert Milliarden Sonnen in dieser Galaxis entsprach.

Sie verblaßte, eine Leere im Himmel hinterlassend, und die ›Raven‹ rückte näher heran. Fünfzig Lichtjahre – fünfzig Jahre – näher studierte sie ein schrumpfendes Gleißen inmitten eines Nebels, der wie Blitzfeuer leuchtete.

Fünfundzwanzig Jahre später war die Kugel in der Mitte weiter geschrumpft, der Nebel hatte sich ausgedehnt und getrübt. Aber da die Entfernung nun so viel geringer war, erschien alles größer und greller. Das bloße Auge sah einen Glanz, zu blendend, als daß man ihn direkt hätte betrachten können, neben dem die Sternbilder im Vergleich blaß erschienen. Teleskope zeigten im Herzen einer opalisierenden Wolke, am Rand zart gefasert, einen blauweißen Funken.

Die ›Raven‹ bereitete sich auf ihren letzten Sprung vor, in die unmittelbare Nachbarschaft der Supernova.

*

Kapitän Theodor Szili unternahm einen Inspektionsrundgang in letzter Minute. Das Raumschiff schnurrte rings um ihn, bei einem G Beschleunigung, um die gewünschte spezifische Geschwindigkeit zu erlangen. Strom surrte, Regulatoren klickerten, Lüftungssysteme rauschten. Er spürte, wie die Energien in seinen Knochen vibrierten. Aber es umgab ihn Metall, nackt und unbehaglich. Sichtfenster gaben den Blick auf einen Drachenhort von Sternen frei, auf den geisterhaften Bogen der Milchstraße: auf Vakuum, kosmische Strahlen, Kälte, nicht weit über dem absoluten Nullpunkt, Entfernung jenseits aller Vorstellungskraft zum nächsten menschlichen Herdfeuer. Er stand im Begriff, seine Leute dorthin zu führen, wo nie zuvor jemand gewesen war, in Bedingungen, über die niemand Gewißheit hatte, und das lag als schwere Last auf ihm.

Er fand Eloise Waggoner auf ihrem Posten, in einer kleinen Kabine mit direktem Sprechanschluß zur Kommandobrücke. Musik lockte ihn an, eine triumphierende ruhige Klarheit, die er nicht erkannte. Er blieb unter der Tür stehen und sah sie vor einer kleinen Tonbandmaschine auf dem Tisch sitzen.

»Was ist das?« fragte er.

»Oh!« Die Frau (er konnte sie sich nicht als Mädchen vorstellen, obwohl sie kaum die Zwanzig erreicht hatte) zuckte zusammen. »Ich . . . ich habe auf den Sprung gewartet.«

»Sie sollten in Bereitschaft warten.«

»Was muß ich tun?« fragte sie, weniger schüchtern, als es ihre Gewohnheit war. »Ich meine, ich gehöre nicht zur Besatzung und bin keine Wissenschaftlerin.«

»Sie sind bei der Besatzung. Spezial-Kommunikationstechnikerin.«

»Bei Luzifer. Und er schätzt die Musik. Er sagt, wir kommen damit näher zum Einssein als bei allem anderen, was er über uns weiß.«

Szili zog die Brauen hoch.

»Einssein?«

Eloises schmales Gesicht rötete sich. Sie starrte auf das Deck und verkrampfte die Hände.

»Vielleicht ist das nicht das richtige Wort. Friede, Harmonie, Einheit . . . Gott? . . . Ich spüre, was er meint, aber wir haben kein passendes Wort dafür.«

»Hm. Nun, Sie sollen ja dafür sorgen, daß er zufrieden ist.« Der

Kapitän betrachtete sie mit einer Wiederkehr der Abneigung, die zu unterdrücken er sich bemüht hatte. Sie war auf ihre ungeschickte und gehemmte Weise ja ein anständiges Ding, aber wie sie aussah! Dürr, große Füße, große Nase, vorquellende Augen und strähnige, staubfarbene Haare – und dazu kam natürlich, daß Telepathen ihm stets Unbehagen verursachten. Sie sagte, sie könne nur Luzifers Gedanken lesen, aber entsprach das auch der Wahrheit?

Nein. Denk so etwas nicht. Einsamkeit und Andersartigkeit können einen hier praktisch zerbrechen, ohne daß man auch noch Argwohn gegenüber seinen Mitmenschen praktiziert.

Wenn Eloise Waggoner wirklich menschlich war. Sie mußte zumindest irgendeine Art von Mutantin sein. Wer mit einem lebenden Wirbel Gedanken auszutauschen vermochte, mußte das sein.

»Was spielen Sie da überhaupt?« fragte Szili.

»Bach. Das Dritte Brandenburgische Konzert. Er, Luzifer, hält nichts von den modernen Stücken. Ich auch nicht.«

Das war ja wohl klar, dachte Szili und sagte: »Hören Sie, in einer halben Stunde kommt der Sprung. Niemand weiß, in welcher Umgebung wir auftauchen werden. Das ist das erstemal, daß jemand so nah an eine neue Supernova herankommt. Wir haben nur die Gewißheit derart starker, harter Strahlung, daß wir alle tot sind, wenn die Abschirmungsfelder versagen. Sonst können wir uns an nichts halten als an Theorien. Und ein zusammenbrechender Sonnenkern ist allem anderen im All so unähnlich, daß ich skeptisch bin, was die Tauglichkeit der Theorien angeht. Wir können nicht herumsitzen und in den Tag hineinträumen. Wir müssen uns vorbereiten.«

»Ja, Sir.« Wenn sie flüsterte, verlor die Stimme ihre übliche Rauhheit.

Er starrte an ihr, an den Schlangenaugen von Skalen und Meßinstrumenten vorbei, als könne er den Stahl dahinter durchdringen und direkt in den Weltraum blicken. Dort, so wußte er, schwebte Luzifer.

Das Bild wuchs in ihm: ein Feuerball von zwanzig Metern Durchmesser, weiß schimmernd, rot, gold, königsblau, Flammen, tanzend wie Medusenhaar, dahinter hundert Meter lodernder Kometenschweif, ein Leuchten, eine Pracht, ein Stück Hölle. Nicht das geringste von dem, was ihn bedrückte, war der Gedanke an das, was seinem Schiff nachfolgte.

Er klammerte sich an wissenschaftliche Erklärungen, obwohl sie kaum mehr als Mutmaßungen waren. Im Vielsternesystem Epsilon Aurigae, in Gas und Energie, die den Raum ringsum erfüllten, fanden Dinge statt, die kein Labor nachzuahmen vermochte. Kugelblitze auf einem Planeten waren vielleicht vergleichbar, wie die Bildung einfacher organischer Verbindungen in einem Ur-Ozean vergleichbar mit dem Leben ist, das zuletzt entsteht. In Epsilon Aurigae hatte die Magnetohydrodynamik dasselbe geleistet wie die chemischen Reaktionen auf der Erde. Stabile Plasmawirbel waren entstanden, gewachsen, hatten an Komplexität zugenommen, bis sie nach Jahrmillionen etwas geworden waren, das man notwendigerweise einen Organismus nennen mußte. Er war ein Gebilde von Ionen, Atomkernen und Kraftfeldern. Er wandelte Elektronen, Nukleonen, Röntgenstrahlen um; er behielt seine äußere Gestalt eine lange Lebensspanne bei; er pflanzte sich fort; er dachte.

Aber was dachte er? Die wenigen Telepathen, die mit den Aurigeern in Verbindung treten konnten, die der Menschheit überhaupt erst zum Bewußtsein gebracht hatten, daß es die Aurigeer gab, vermochten es nie deutlich zu erklären. Sie waren selbst sonderbare Geschöpfe.

Weshalb Kapitän Szili sagte: »Ich möchte, daß Sie das an ihn weitergeben.«

»Ja, Sir.« Eloise stellte ihr Bandgerät leiser. Ihr Blick verschwamm. Durch ihre Ohren gingen Worte, und ihr Gehirn (Was leistete es als Übersetzer?) gab ihren Sinn an ihn weiter, der mit seinem eigenen Reaktionsantrieb neben der ›Raven‹ hersprang.

»Hör zu, Luzifer. Ich weiß, du hast das schon oft genug gehört, aber ich möchte ganz sichergehen, daß du vollständig begreifst. Deine Psychologie muß der unseren sehr fremd sein. Warum hast du dich bereit erklärt, uns zu begleiten? Ich weiß es nicht. Technikerin Waggoner sagt, du bist neugierig und abenteuerlustig. Ist das die ganze Wahrheit?

Spielt keine Rolle. In einer halben Stunde springen wir. Wir werden auf fünfhundert Millionen Kilometer an die Supernova herankommen. Da beginnt deine Arbeit. Du kannst hingehen, wohin wir es nicht wagen dürfen, beobachten, wo uns das nicht möglich ist, uns mehr mitteilen, als unsere Instrumente jemals andeuten könnten. Aber zuerst müssen wir Gewißheit haben, daß wir in einer Umlaufbahn um den Stern bleiben können. Das betrifft auch dich. Tote

Menschen können dich nicht wieder nach Hause bringen.

Also. Um dich in das Sprungfeld einzuschließen, ohne deinen Körper zu zerreißen, müssen wir die Abschirmfelder abschalten. Wir werden in einer Zone tödlicher Strahlung auftauchen. Du mußt dich vom Schiff sofort entfernen, weil wir den Feldgenerator sechzig Sekunden nach dem Durchgang in Betrieb setzen. Dann mußt du die Umgebung untersuchen. Die Gefahren, auf die zu achten ist –« Szili führte sie der Reihe nach auf. »Das sind nur diejenigen, die wir voraussehen können. Vielleicht prallen wir mit anderem Abfall zusammen, von dem wir nichts ahnen. Wenn irgend etwas bedrohlich erscheint, komm sofort zurück, warne uns und bereite dich auf einen Sprung hierher zurück vor. Hast du das alles verstanden? Wiederhole!«

Eloise entrissen sich Worte. Sie waren eine korrekte Wiedergabe, aber wieviel ließ sie aus?

»Sehr gut.« Szili zögerte. »Setzen Sie Ihr Konzert fort, wenn Sie wollen. Aber brechen Sie es bei Null minus zehn Minuten ab, und halten Sie sich in Bereitschaft.«

»Ja, Sir.« Sie sah ihn nicht an. Sie schien in keine bestimmte Richtung zu blicken.

Seine Schritte hallten durch den Korridor und verklangen.

– Warum hat er dasselbe wiederholt? fragte Luzifer.

»Er hat Angst«, sagte Eloise.

– ? –

»Ich nehme an, von Angst weißt du nichts.«

– Kannst du es mir zeigen? . . . Nein, tu es nicht. Ich spüre, daß es schmerzhaft ist. Du darfst nicht gepeinigt werden.

»Ich kann ohnehin keine Angst haben, wenn dein Geist den meinen festhält.«

(Wärme erfüllte sie. Da war Fröhlichkeit, wie kleine Flammen über die Oberfläche zuckend; von Vater-der-sie-bei-der-Hand-führte-als-sie-klein-gewesen-war-und-sie-eines-Tages-im-Sommer-hingingen-und-wilde-Blumen-pflückten; über Stärke und Sanftheit und Bach und Gott.)

Luzifer fegte in einer überschwenglichen Kurve um den Rumpf des Schiffes. Hinter ihm tanzten Funken.

– Denk wieder Blumen. Bitte.

Sie versuchte es.

– Sie sind wie (ein Bild, soweit ein menschliches Gehirn es erfassen konnte, von Springbrunnen, erblühend von Gammastrahlenfarben inmitten von Licht, überall Licht). Aber so winzig. So kurz die Süße.

»Ich verstehe nicht, wie du verstehen kannst«, flüsterte sie.

– Du verstehst für mich. Bevor du gekommen bist, hatte ich nicht solche Dinge, die ich lieben konnte.

»Aber du hast soviel anderes. Ich versuche, daran teilzuhaben, doch ich bin nicht geschaffen, es zu begreifen, was ein Stern ist.«

– Oder ich für Planeten. Und doch können wir uns berühren.

Ihre Wangen flammten von neuem. Der Gedanke flutete weiter, verflocht seinen Kontrapunkt mit der marschierenden Musik.

– Das ist der Grund, warum ich mitgekommen bin, weißt du das? Deinetwegen. Ich bin Feuer und Luft. Ich hatte nicht die Kühle von Wasser geschmeckt, die Geduld der Erde, bis du sie mir gezeigt hast. Du bist Mondlicht auf einem Meer.

»Nein, nicht«, sagte sie. »Bitte nicht.«

Verwirrung: – Warum nicht? Tut Freude weh? Bist du nicht daran gewöhnt?

»Das – das kann wohl sein.« Sie warf den Kopf zurück. »Nein! Ich will mir nicht selbst leidtun!«

– Warum solltest du? Haben wir nicht alle Wirklichkeit, in der wir sein können, und ist sie nicht voller Sonnen und Lieder?

»Ja. Für dich. Bring es mir bei.«

– Wenn du mir dafür beibringst – Der Gedanke brach ab. Eine Berührung blieb, wortlos, von der Art, so stellte sie sich vor, wie sie oft zwischen Liebenden bestehen mußte.

Sie funkelte Motilal Mazundars schokoladebraunes Gesicht an, als der Physiker in der Tür auftauchte.

»Was wollen Sie?«

Er war überrascht.

»Nur nachsehen, ob mit Ihnen alles in Ordnung ist, Miss Waggoner.«

Sie biß sich auf die Lippe. Er hatte mehr als alle anderen an Bord versucht, freundlich zu ihr zu sein.

»Verzeihen Sie«, sagte sie. »Ich wollte Sie nicht anfauchen. Die Nerven.«

»Wir sind alle angespannt.« Er lächelte. »So aufregend dieses Unternehmen auch ist, es wird schön sein, wieder nach Hause zu kommen, nicht wahr?«

Nach Hause, dachte sie: vier Wände eines Appartements über einer lauten Großstadtstraße; Bücher und Fernsehen; bei der nächsten wissenschaftlichen Tagung mochte sie eine Arbeit vorlegen, aber niemand würde sie zu den Partys hinterher einladen.

Bin ich so schrecklich? fragte sie sich. Ich weiß, daß ich äußerlich nicht anziehend bin, aber ich versuche, freundlich und interessant zu sein. Vielleicht strenge ich mich zu sehr an.

– Bei mir nicht, sagte Luzifer.

»Du bist anders«, erwiderte sie.

Mazundars Lider zuckten.

»Wie bitte?«

»Nichts«, sagte sie hastig.

»Ich habe mir den Kopf zerbrochen«, sagte Mazundar, bemüht um ein Gespräch. »Luzifer wird vermutlich sehr nah an die Supernova herangehen. Können Sie trotzdem die Verbindung mit ihm aufrechterhalten? Wird der Zeitdehnungseffekt die Frequenz seiner Gedanken nicht zu stark verändern?«

»Welche Zeitdehnung?« Sie zwang sich ein leises Lachen ab. »Ich bin keine Physikerin, nur eine kleine Bibliothekarin, bei der sich eine ausgefallene Begabung gezeigt hat.«

»Man hat es Ihnen nicht gesagt? Ich dachte, alle wüßten es. Ein sehr starkes Gravitationsfeld wirkt auf die Zeit ebenso ein wie hohe Beschleunigung. Grob gesprochen laufen Prozesse langsamer ab als im unbeeinflußten Raum. Das ist der Grund, weshalb Licht von einem Riesenstern etwas rötlich gefärbt ist. Und unser Supernova-Kern umfaßt beinahe drei Solarmassen. Überdies hat er eine solche Dichte angenommen, daß seine Anziehungskraft an der Oberfläche unglaublich, äh, hoch ist. So wird es nach unseren Uhren eine unendliche Zeit dauern, bis er zum Schwarzschild-Radius schrumpft, aber ein Beobachter auf dem Stern selbst würde die ganze Schrumpfung innerhalb einer ziemlich kurzen Zeitspanne erleben.«

»Schwarzschild-Radius? Bitte, erklären Sie mir das.« Eloise begriff, daß Luzifer durch ihren Mund gesprochen hatte.

»Wenn ich das ohne Mathematik kann. Sehen Sie, die Masse, die wir studieren sollen, ist so groß und so konzentriert, daß keine Kraft die Gravitation übertreffen kann. Nichts vermag sie auszugleichen. Demzufolge wird der Prozeß sich fortsetzen, bis keine Energie mehr entweichen kann. Der Stern wird aus dem Universum verschwunden sein. Theoretisch wird die Kontraktion sogar bis zum Volumen Null fortschreiten. Wie gesagt, was uns betrifft, wird das natürlich ewig dauern. Und die Theorie läßt Überlegungen der Quantenmechanik außer acht, die gegen das Ende zu einwirken. Man versteht sie noch nicht sehr gut. Ich hoffe durch diese Expedition neue Aufschlüsse zu gewinnen.« Mazundar zuckte die Schultern. »Jedenfalls habe ich mich gefragt, Miss Waggoner, ob die Frequenzverschiebung nicht verhindert, daß unser Freund sich mit uns verständigt, wenn er in der Nähe des Sterns ist.«

»Das bezweifle ich.« Es war noch immer Luzifer, der sprach; sie war sein Instrument, und nie hatte sie geahnt, wie schön es war, von jemandem gebraucht zu werden, dem man etwas bedeutet. »Telepathie ist keine Wellenerscheinung. Da sie augenblicklich überträgt, kann sie es nicht sein. Sie scheint auch durch Entfernung nicht begrenzt zu sein. Sie ist vielmehr eine Resonanz. Aufeinander eingestimmt, könnten wir beide durchaus fähig sein, so durch die ganze Weite des Kosmos weiterzuverfahren, und ich bin mir keiner materiellen Erscheinung bewußt, die dazwischentreten könnte.«

»Verstehe.« Mazundar warf ihr einen prüfenden Blick zu. »Danke«, sagte er verlegen. »Äh ... ich muß wieder auf meinen Posten. Viel Glück.« Er eilte davon, ohne eine Antwort abzuwarten.

Eloise bemerkte es nicht. Ihr Inneres war zu einer Fackel, zu einem Lied geworden.

»Luzifer!« rief sie laut. »Ist das wahr?«

– Ich glaube es. Meine ganze Art ist telepathisch, daher wissen wir von solchen Dingen mehr als die deine. Unsere Erfahrung läßt uns annehmen, daß es keine Grenze gibt.

»Du kannst immer mit mir sein? Du wirst es immer sein?«

– Wenn du es so wünschst, bin ich froh.

Der Kometenleib kurbettierte und tanzte, das Hirn aus Feuer lachte leise. – Ja, Eloise, ich möchte sehr gerne bei dir bleiben. Niemand sonst hat je – Freude. Freude. Freude.

Sie haben dir einen besseren Namen gegeben, als sie ahnten, Luzifer, wollte sie sagen und tat es vielleicht. Sie meinten, das sei ein Witz; sie dachten, wenn sie dich nach dem Teufel benennen, könnten sie dich ungefährlich klein machen, wie sie es selbst sind. Aber Luzifer ist nicht der richtige Name des Teufels. Er bedeutet nur ›Lichtbringer‹. Ein lateinisches Gebet spricht sogar Christus als Luzifer an. Verzeih mir, Gott, ich kann nichts dafür, daß mir das einfällt. Stört es Dich? Er ist kein Christ, aber ich glaube, er braucht es nicht zu sein; ich glaube, er muß niemals Sünde gefühlt haben, Luzifer, Luzifer.

Sie ließ die Musik hinausschwellen, solange sie durfte.

Das Schiff sprang. Mit einer einzigen Verschiebung der Weltlinienparameter übersprang es fünfundzwanzig Lichtjahre zur Vernichtung.

Jeder wußte es auf seine eigene Weise, bis auf Eloise, die es mit Luzifer auch erlebte.

Sie spürte den Schock und hörte den empörten Aufschrei des Metalls, sie roch den Ozon und das Brennen und wirbelte durch den endlosen Sturz der Gewichtlosigkeit. Betäubt tastete sie nach der Sprechanlage. Worte krächzten: »... Anlage explodiert ... EMK-Überspannung ... woher soll ich wissen, wie lange es dauert, das verdammte Ding zu reparieren? ... Alarmbereitschaft ... Alarmbereitschaft ...« Über allem heulte die Notsirene.

Entsetzen flutete in ihr hoch, bis sie das Kruzifix um ihren Hals und den Geist Luzifers umklammerte. Dann lachte sie im Stolz auf seine Macht.

Er war sofort bei der Ankunft vom Raumschiff fortgefegt. Nun schwebte er in derselben Umlaufbahn. Ringsum füllte der Nebel den Raum überall mit ruhelosen Regenbögen. Für ihn war die ›Raven‹ nicht der Metallzylinder, den menschliche Augen gesehen hätten, sondern ein Strahlen, das Abschirmfeld ein ganzes Spektrum widerspiegelnd. Voraus lag der Supernova-Kern, winzig auf diese Entfernung, aber flammend, flammend.

– Hab keine Angst (streichelte er sie). Ich begreife. Turbulenz ist ausgedehnt, so früh nach der Explosion. Wir sind in einem Bereich herausgekommen, wo das Plasma besonders dicht ist. Für einen Augenblick ungeschützt, bevor das Schutzfeld wiederhergestellt wurde, hatte euer Hauptgenerator außen am Rumpf einen Kurzschluß. Aber ihr seid ungefährdet. Ihr könnt das beheben. Und ich, ich bin in einem Meer der Energie. Nie war ich lebendiger. Komm, schwimm diese Gezeiten mit mir.

Kapitän Szilis Stimme riß sie zurück.

»Waggoner! Sagen Sie dem Aurigeer, er soll sich an die Arbeit machen. Wir haben eine Strahlungsquelle in einer Schnittbahn ausgemacht, und sie könnte für unsere Abschirmung zu stark sein.« Er gab genaue Koordinaten durch. »Was ist das?«

Zum erstenmal spürte Eloise Erschrecken in Luzifer. Er kurvte herum und fegte vom Schiff davon.

Nach kurzer Zeit erreichte sie sein Gedanke, um nichts schwächer. Es fehlte ihr an Worten für die furchtbare Pracht, die sie mit ihm betrachtete: eine Kugel aus ionisiertem Gas, eine Million Kilometer im Durchmesser, wo Licht gleißte und elektrische Ladungen zuckten, durch den Dunst um das bloßgelegte Herz des Sterns dröhnend. Das Ding konnte keinen Laut erzeugt haben, denn der Raum war nach den beschränkten Maßstäben der Erde hier noch immer fast ein Vakuum, aber sie hörte seinen Donner und spürte die Raserei, die dort hinausfetzte.

Sie sagte für ihn: »Eine Masse von ausgestoßenem Material. Sie muß an Reibung und Radialbeschleunigung verloren haben, in eine Kometenbahn gezwungen worden sein, für eine Zeit von inneren Potentialen zusammengehalten. So, als versuche diese Sonne noch immer, Planeten zu gebären –«

»Sie wird uns treffen, bevor wir in der Lage sind, zu beschleunigen«, sagte Szili, »und unsere Abschirmung überladen. Wenn du Gebete kennst, sprich sie.«

»Luzifer!« rief sie, denn sie wollte nicht sterben, wenn er bleiben mußte.

– Ich glaube, ich kann sie genügend ablenken, erklärte er ihr mit einer Grimmigkeit, die sie bis dahin bei ihm nicht kennengelernt hatte. – Meine eigenen Felder mit den ihrigen verflechten; und freie Energie zu trinken; und eine labile Gestalt; ja, vielleicht kann ich euch helfen. Aber hilf mir, Eloise. Kämpf an meiner Seite.

Sein Glanz bewegte sich auf den Moloch zu.

Sie spürte, wie der chaotische Elektromagnetismus der Masse nach dem seinen krallte. Sie fühlte, wie er umhergeschleudert und zerrissen wurde. Der Schmerz war der ihre. Er kämpfte um seinen eigenen Zusammenhalt, und der Kampf war der ihre. Sie stürzten sich aufeinander, Aurigeer und Gaswolke. Die Kräfte, die ihn formten, packten zu, wie Arme es getan hätten; er ergoß Energie aus seinem Inneren, riß die riesige, dünne Masse mit sich hinab in den Magnetstrom, der von der Sonne flutete; er schluckte Atome und stieß sie aus, bis der Düsenstrom sich über den Himmel ergoß.

Sie saß in ihrer Kabine, lieh ihm an Willen zum Leben und Überwinden, was sie konnte, und hieb sich die Fäuste am Pult blutig.

Die Stunden tobten vorbei.

Am Ende konnte sie die Botschaft, die aus seiner Erschöpfung heraufflackerte, kaum wahrnehmen: – Sieg.

»Der deine«, sagte sie weinend.

– Der unsere.

Durch Instrumente sahen Menschen den leuchtenden Tod an ihnen vorbeiziehen. Sie jubelten.

»Komm zurück«, flehte Eloise.

– Ich kann nicht. Ich bin zu verausgabt. Wir sind miteinander verschmolzen, die Wolke und ich, und stürzen auf den Stern zu. (Wie eine verletzte Hand, die hingriff, um sie zu trösten:) Hab keine Angst um mich. Wenn wir näher kommen, ziehe ich neue Kraft aus seinem Leuchten, neuen Stoff aus dem Nebel. Ich werde eine Zeit brauchen, um gegen diese Anziehung in Spiralen hinauszufliegen. Aber wie kann ich versäumen, zu dir zurückzukommen, Eloise? Warte auf mich. Ruh dich aus. Schlafe.

Ihre Schiffskameraden führten sie ins Lazarett. Luzifer sandte ihr Träume von Feuerblumen und Fröhlichkeit und den Sonnen, die seine Heimat waren.

Aber endlich erwachte sie schreiend. Der Arzt mußte ihr eine starke Beruhigungsspritze geben.

Er hatte nicht wirklich begriffen, was es bedeuten würde, etwas so Zerstörerischem ausgesetzt zu sein, daß Raum und Zeit selbst davon verzerrt wurden.

Seine Geschwindigkeit beschleunigte sich erschreckend. Das nach seinem eigenen Maßstab; von der ›Raven‹ aus sahen sie ihn tagelang stürzen. Die Eigenschaften der Materie waren verändert. Er konnte nicht stark oder schnell genug Druck ausüben, um zu entkommen.

Strahlung, hochionisierte Atomkerne, Partikel, geboren und vernichtet und wiedergeboren, schossen und brüllten durch ihn. Seine Substanz wurde abgeschält, Schicht um Schicht. Der Supernova-Kern vor ihm war ein weißes Delirium. Er schrumpfte, als er sich näherte, wurde immer kleiner, immer dichter, so gleißend, daß Gleißen jeden Sinn verlor. Schließlich packten ihn die Gravitationskräfte mit voller Wucht.

– Eloise! kreischte er in der Todesqual seiner Auflösung – Oh, Eloise, hilf mir!

Der Stern verschluckte ihn. Er wurde unendlich lang gestreckt, unendlich dünn gepreßt, und verschwand mit ihm aus dem Sein.

Das Raumschiff pirschte an den äußersten Rändern. Viel mochte noch zu lernen sein.

Kapitän Szili besuchte Eloise im Lazarett. Physisch erholte sie sich.

»Ich würde ihn einen Mann nennen«, erklärte er durch das Maschinengemurmel, »wenn das nicht zu wenig Lob wäre. Wir waren nicht einmal seinesgleichen, und er ist gestorben, um uns zu retten.«

Sie betrachtete ihn aus Augen, die trockener waren, als natürlich zu sein schien. Er konnte ihre Antwort gerade noch verstehen.

»Er ist ein Mann. Hat er nicht auch eine unsterbliche Seele?«

»Hm, äh, ja, wenn man an Seelen glaubt, ja, da würde ich zustimmen.«

Sie schüttelte den Kopf.

»Aber warum kann er nicht zur Ruhe kommen?«

Er schaute sich nach dem Arzt um und stellte fest, daß sie in dem engen, metallenen Raum allein waren. »Was meinen Sie damit?« Er zwang sich dazu, ihre Hand zu tätscheln. »Ich weiß, er war ein guter Freund von Ihnen. Immerhin muß es ein gnädiger Tod gewesen sein. Schnell, sauber; es würde mir nichts ausmachen, so fortzugehen.«

»Für ihn . . . ja, das mag sein. Es muß so sein. Aber –« Sie konnte nicht weitersprechen. Plötzlich preßte sie die Hände auf die Ohren. »Hör auf! Bitte!«

Szili gab beruhigende Laute von sich und ging. Im Korridor traf er auf Mazundar.

»Wie geht es ihr?« fragte der Physiker.

Der Kapitän machte ein finsteres Gesicht.

»Nicht gut. Ich hoffe, sie bricht nicht völlig zusammen, bevor wir sie zu einem Psychiater bringen können.«

»Warum, was ist los?«

»Sie glaubt, sie kann ihn hören.«

Mazundar hieb die Faust in die Handfläche.

»Ich hatte gehofft, nicht«, stieß er hervor.

Szili blickte ihn an und wartete.

»Sie hört ihn«, sagte Mazundar. »Ganz offenkundig hört sie ihn.«

»Aber das ist ausgeschlossen. Er ist tot.«

»Denken Sie an die Zeitdehnung«, erwiderte Mazundar. »Er stürzte vom Himmel und verging schnell, ja. Aber in Supernova-Zeit. Das ist nicht dieselbe wie unsere. Für uns nimmt der endgültige Sternzusammenbruch eine unendliche Zahl von Jahren in Anspruch. Und Telepathie kennt keine Entfernungsgrenzen.« Der Physiker ging mit schnellen Schritten davon, fort von dieser Kabine. »Er wird immer bei ihr sein.«

*Eine Einzigartigkeit der Science Fiction ist ihr Zusammengehörigkeitsgefühl. In keinem anderen Bereich der Literatur gibt es eine so verbreitete und oft enge persönliche Bekanntschaft unter Autoren, Herausgebern, Künstlern, Verlegern und Lesern. Gewiß, die Anhänger, die Kontakt suchen, stellen nur einen ganz kleinen Prozentsatz des Gesamtpublikums dar, aber an der jährlichen Welttagung nehmen heutzutage an die zweitausend Menschen teil. Und was die Leute vom Fach angeht, so halten nur ganz wenige entschieden Distanz. Viele meiner engsten Freunde habe ich durch die Science Fiction kennengelernt, ebenso ein Mädchen, das bald zu dem wurde, worum sich mein ganzes Leben dreht.*

*Aus diesem Grund hat vieles von dem, was auf diesem Gebiet geschieht, überaus formlose Ursprünge. Ein paar Leute spielen mit einer Idee herum, und jemand sagt plötzlich: ›He, nehmt mal an –‹ Und ein anderer weiß zufällig, daß dieser und jener Herausgeber auf die Sache anspringt, und schon geht es los. Ich glaube, das Projekt, zu dem die folgende Geschichte gehört, fing so an, und ich weiß, daß mein eigener Beitrag dem Zufall zu verdanken ist, daß ich anwesend war, als Keith Laumer und Gordon Dickson den Gedanken diskutierten.*

*Der Gedanke war der, daß Keith fünf verschiedenen Schriftstellern, darunter sich selbst, einen kurzen erzählenden Abschnitt liefern würde; jeder sollte dann von da aus in der Richtung weitermachen, die ihm passend erschien, und was dabei herauskam, sollte in einem gemeinsamen Band veröffentlicht werden. Die weiteren Mitwirkenden waren Frank Herbert und Harlan Ellison, das Buch hieß ›Five Fates‹ (Fünf Schicksale), und Keiths Gabe an uns war der mit einem bewußten Falschzitat gewisser berühmter Zeilen beendete Abschnitt, mit dem diese Geschichte anfängt.*

# Fatale Erfüllung

## Prolog

»Linke Hand«, sagte der dünne Mann tonlos. »Gelenk nach oben.«

Douglas Bailey rollte den Ärmel hoch. Der dünne Mann legte etwas Kaltes darauf, wies mit einem Nicken zur nächsten Tür.

»Hier durch, erster Tisch rechts«, sagte er.

»Augenblick«, sagte Bailey betroffen. »Ich wollte –«

»Los, los, Freund«, sagte der dünne Mann. »Das Zeug wirkt schnell.«

Bailey spürte einen Stich unter dem Herzen.

»Sie meinen – Sie haben schon . . . das ist alles?«

»Dazu sind Sie doch hergekommen, oder? Tisch eins, Freund. Also los.«

»Aber – ich bin noch keine zwei Minuten hier –«

»Was erwarten Sie eigentlich – Orgelmusik? Hören Sie, Freund.« Der dünne Mann warf einen Blick auf die Wanduhr. »Ich habe jetzt Pause, verstehen Sie?«

»Ich dachte, ich hätte wenigstens Zeit für . . . für . . .«

»Haben Sie doch Erbarmen, ja? Wenn Sie es aus eigener Kraft schaffen, brauche ich Sie nicht zu schleppen, kapiert?« Der dünne Mann öffnete die Tür, drängte Bailey hindurch in einen Geruch nach Chemikalien und unlebendigem Fleisch. In einer engen, durch Vorhänge abgeteilten Nische zeigte er auf eine gepolsterte Liege.

»Auf den Rücken, Arme und Beine gerade ausstrecken.«

Bailey nahm die Stellung ein, spannte die Muskeln, als der dünne Mann Gurte über die Fußknöchel spannte.

»Entspannen. Wenn wir nur ein bißchen in Rückstand kommen und ich vielleicht zwei Stunden nicht zu einem Kunden zurückkomme und er steif wird . . . na ja, die Kisten haben alle nur eine Größe, verstehen Sie mich?«

Eine Welle von Weichheit und Wärme überflutete Bailey, als er sich zurücklegte.

»He, Sie haben doch in den letzten zwölf Stunden nichts gegessen?« Das Gesicht des dünnen Mannes war ein verwischter, undeutlich rosaroter Fleck.

»Ihh orrr mmmmm«, hörte Bailey sich sagen.

»Okay, schlaf fest, Paisan ...« Die Stimme des dünnen Mannes dröhnte und verklang. Baileys letzter Gedanke, als die endlose Schwärze sich um ihn schloß, galt den in Granit gehauenen Worten über dem Portal zum Euthanasie-Zentrum:

›... Sendet mir eure Müden, eure Armen, eure Hoffnungslosen, die frei sein wollen. Für sie erhebe ich die Lampe an der Bronzetür ...‹

Dann lähmte das Gift sein Hämoglobin, und er war tot.

Der Tod war ein Sturmwind. Es war, als würde Bailey mit Heulen und Pfeifen und Lärm gewaltigen Galoppierens verweht, verwirbelt, hinauf- und hinab- und wieder hinaufgeschleudert. Er wußte nicht, ob der Wind ihn mit Kälte oder Hitze versengte. Noch fragte er sich danach, denn die Blitze blendeten seine Augen, und der Donner ließ seine Zähne klappern.

Augen? zuckte es verblüfft durch ihn. Zähne? Aber ich bin doch tot. Der Antrag, den ich in dreifacher Ausfertigung ausfüllen mußte, wird den Stempel ›Abgeschlossen‹ bekommen, und ein gelangweilter Angestellter wird mich und meine Kiste zum Krematoriumsschacht schieben. Und ich werde verwandelt sein; nicht länger Douglas Bailey, sondern eine statistische Zahl.

Er krallte nach der Wirklichkeit, irgendeiner Wirklichkeit, bekam aber nur Chaos zu fassen. Schwindel saugte ihn durch eine unendliche Spirale. Irgendwo und überall zählte Gott mit schwacher, trokkener Stimme: ›Null, eins, zehn, elf, einhundert, eintausend, eintausendeins, eintausendzehn‹. Bailey glaubte, daß sein nicht vorhandener Magen sich in einen Kraken mit Gedärmen als Armen verwandelt hatte. Er würde ihn und damit sich selbst auffressen, aber das machte nichts, weil das Universum im Inneren von Douglas Bailey mit Douglas Bailey im Inneren des Universums topologisch identisch war, und wenn das Universum sich selbst verschlang, mochte er vielleicht von diesem Wahnsinn befreit werden.

Muß Entzug aller Sinneswahrnehmungen sein, dachte er im Mahlstrom. Da ich tot bin, habe ich keinen Körper, also auch keine Sinne, also auch keine Sinneswahrnehmungen, also halluziniere ich, also muß ich schon in Asche zurückverwandelt sein; so, wie ich die Zeit nicht messen kann, wenn die Zeit nach dem Tod noch irgendeinen Sinn hat, mögen Jahrhunderte vergangen sein, seitdem ich zu einer statistischen Zahl geworden bin. Arme kleine Zahl, für ewig im Sturm und beim Zählen verweht. Ich hätte es mit dem Sterben nicht so eilig haben sollen.

Warum hatte ich es so eilig?

Ich kann mich nicht erinnern. Ich kann mich nicht erinnern. Da waren die Gebäude, ja, und geschmackvoll terrassiertes Gelände. Ich ging hinein – wirklich? – ja, ich glaube, ich ging hinein, um – nun, um mich beraten zu lassen. Vielleicht sollte mir jemand sagen, daß es mir noch nicht so übel erging, daß ich nach Hause gehen und es mir überlegen sollte. Aber meine Verwandlung hatte schon begonnen. In dem Augenblick, als ich diese Schwelle überschritt, war ich kein Mensch mehr, sondern eine Kategorie, von Schreibtisch zu Schreibtisch zu übermitteln, höflich, glatt, aber so schnell, daß ich keine Gelegenheit hatte, nachzudenken, unerbittlich zu diesem Raum am Ende des Korridors.

Was kam vor meiner letzten Stunde? Ich weiß es nicht.

›Einhunderttausendeinhundertzehn‹, zählte Gott, ›einhunderttausendeintausendeins, einhunderttausendeintausend.‹

Ich weiß es nicht! schrie die statistische Zahl. Ich kann mich nicht erinnern!

Warum haben sie mir das angetan? riefen die Fragmente. Warum haben sie es zugelassen? Sie wußten, daß ich zu krank war, um nachdenken zu können.

›Einhunderttausendeintausendelf.‹

Mehr als das. Viel zu viele von uns. Aber uns die Freiheit zu geben, den Tod zu wählen, war keine Freiheit. Sie haben uns ermordet.

›Einhunderttausendeintausendeinhundert.‹

Sei still, verdammt! Wo warst Du, als sie mich ermordet haben? Warum hast Du es zugelassen? Sie waren nicht normaler als die armseligen Schwärme, psychotisch, neurotisch, psychoneurotisch, die zum Sterben zu kommen sie einluden. Das war keine Art, sich zu benehmen. Sie hätten uns heilen – es wenigstens versuchen können – sie hätten nicht hergehen sollen –

*Klick*, sagte Gott. Und es war Stille, und Dunkelheit lag auf dem Antlitz der Tiefe.

– und uns diese, ihre eigene Selbstzufriedenheit rettende ›Wahlmöglichkeit‹ geben sollen. Sie hätten ihre Verantwortlichkeit uns gegenüber auf sich nehmen, uns einliefern, uns zwingen sollen, gesund zu werden.

Laß Douglas Bailey werden. Und es wurde Douglas Bailey.

## Schicksal Zwei

Sie ertappten ihn bei der Ausübung des einsamen Lasters in seiner Wohnung des wohlhabenden Junggesellen. Die Tür flog auf. Zwei große Männer kamen herein.

»Bleiben Sie, wo Sie sind«, sagte einer von ihnen mit Kieslaster-Baß. »Hände hoch. Zurücktreten. Das ist eine Razzia.«

Das Faktum war wie ein Stiefeltritt in den Magen. Bailey wankte, stürzte beinahe und rang verzweifelt nach Atem. Sonnenschein und Verkehrssummen durch ein offenes Fenster, vertraute Umrisse von Sesseln, Tischen, Vorhängen, reiner Terpentingeruch waren in seiner Wahrnehmung plötzlich unwirklich. Statt dessen kannte er seinen Pulsschlag, Schweiß auf seiner Haut, kraftlose Kniegelenke.

»Okay«, sagte der andere Kriminalbeamte zum Hausverwalter. Der kleine Mann stand geduckt in der Diele. »Hauen Sie ab.«

»J-ja, Sir. Auf der Stelle.«

»Aber verlassen Sie Ihre Wohnung nicht. Später wird sich jemand mit Ihnen unterhalten.«

»Selbstverständlich«, dienerte der Hausverwalter. »Alles, was ich tun kann.« Er huschte davon.

Er muß ihnen einen Nachschlüssel gegeben haben, dachte Bailey in der Übelkeit, die ihn an der Kehle gepackt hielt. Alle Vorsichtsmaßnahmen waren also umsonst gewesen.

»So, so, so.« Der erste Kriminalbeamte baute sich vor der Staffelei auf. »Was hältst du davon, Joe?«

»Sieht eindeutig nach einem Fall aus.« Sie waren schwer auseinanderzuhalten, die beiden, wenn es einem vor Entsetzen das Gehirn zerriß. Sie waren beide in korrekt farblosem Zivil gleich gekleidet; beide kurzgeschoren, mit flachen, breiten Gesichtern; überragend groß; sie betrachteten seine Arbeit mit gleichem, ein wenig angeekeltem Widerwillen, so, als handele es sich um Überreste eines Axtmordes.

»Aber das ist nur ein Hobby von mir«, hörte Bailey sich krächzen. »Ich habe nie – habe nie – nie insgeheim – jeder weiß, daß ich Bilder male – aber der Präsident empfiehlt doch Steckenpferde –«

»Diese Art von Bild?« schnob Joe.

»So etwas zeigen Sie doch nicht herum, oder?« fügte Joes Begleiter hinzu.

*Nein,* dachte Bailey. *Ich war vorsichtig.*

Punkt eins: Die konventionellen Werke, die er hervorbrachte, Landschaften, Porträts, daran herumbosseln wie Penelope an ihrem Gespinst. Sie langweilten ihn, hätten aber jede Neugier nach den Malutensilien in seiner Wohnung verhindern müssen.

Punkt zwei: Seine Tür abgesperrt, sobald er ernsthaft malte; ein Schrank mit falscher Rückseite offen, um die Leinwand aufzunehmen und zu verbergen; ein übliches Bild halb fertig und als Ersatz bereitstehend, in insgesamt fünfzehn Sekunden wohl eingeübter Handgriffe ... sollte ein Klopfen kommen. Da die Wohnung im zweiten Stock lag, gegenüber einem Lagerhaus, hatte er nicht dadurch Argwohn erregen müssen, daß er Rolläden herunterließ.

Punkt drei: Die Örtlichkeit, für seine Arbeit nicht besonders geeignet, aber direkt im Bezirk Haight-Ashbury. Vor dem Gesetz über geistige Gesundheit war das ein traditioneller Stammplatz für Exzentriker gewesen. Deshalb war er so gründlich behandelt und gereinigt worden – alle Gebäude niedergerissen, in hygienischem Stil wieder aufgebaut, gesunden Zwecken gewidmet –, daß er zum respektabelsten Teil von San Francisco geworden war. Die Überwachung an der Wasserkante oder auf Nob Hill war streng. Aber bei der Bourgeoisie von Haight-Ashbury? Dort gab es doch den höchsten Durchschnitt des Stabilitätsindex in der ganzen Stadt.

Punkt vier: Die ganze Verheimlichung, die sein Leben war.

War es das, was ihn am Ende verraten hatte: er selbst? Zuviel Lachen oder zuwenig; unzureichender Ehrgeiz; Nachlässigkeit innerhalb von sozialen Organisationen; zu wenig Keuschheit oder zuviel – hatte etwas in dieser Art jemanden zu der Ansicht gebracht, Douglas Bailey sollte vorsichtshalber als möglicher Psychotiker gemeldet werden? Vielleicht, vielleicht, vielleicht. Aber wie sollte ein geistig gesunder Mensch sich benehmen?

»Also«, sagte Joe, »her mit Ihren Karten!«

»Aber es – es ist nur ein Gemälde ... im Stil van Goghs –«

»Was für ein Ohr wollen Sie sich abschneiden?« sagte Joe überraschend. Oder vielleicht nicht überraschend. Es hieß, die Abteilung für geistige Gesundheit in dieser Stadt besitze eine Sammlung von pathologischen, pornographischen und anderen verbotenen Werken, die den Vergleich mit der des FBI nicht zu scheuen brauche.

Der zweite Mann starrte weiter auf die grellen Blau- und Gelbtöne der Butterblumenwiese, die Bailey gemalt hatte.

»So groß werden Blumen nicht«, sagte er. »Und Perspektive haben Sie auch keine.« Er schüttelte den Kopf und schnalzte mit der Zunge. »Mann, Sie sind krank!«

»Das wird die Klinik entscheiden«, meinte Joe. »Aber zeigen Sie erst mal die Karten, Mac.«

Bailey zog mechanisch seine Brieftasche heraus. Joe blätterte alles durch, Führerschein, Arbeitserlaubnis, Wehrpaß, Impfzeugnisse, Erlaubnis, alkoholische Getränke zu sich zu nehmen, Sozialversicherung, Büchereikarte –

»He, was machen Sie mit einer B-Karte?«

»Ich bin Soziologe«, murmelte Bailey. »Forschung. Ich muß manchmal spezialisierte Bücher zu Rate ziehen . . . Zeitschriften –«

»So? Als nächstes werden Sie noch eine A-Karte beantragen und vielleicht ein Exemplar Krafft-Ebing mitnehmen, wie?« Joe lachte, blätterte aber weiter, bis er die Psychoprüfkarte fand.

»Sehen Sie.« Bailey überwand die Trockenheit in seiner Kehle. »Vorschriftsmäßig gelocht. Jedes Jahr seit den – den . . . letzten sechs Jahren? . . . Genau, wie das Gesetz es vorschreibt. Das letztemal war . . . vor vier Monaten.«

»Hören Sie, Freund«, sagte Joe mit dick aufgetragener Müdigkeit, »machen wir hier keine Spiele. Sie wissen, wieviel ein lächerliches EEG im Jahr zeigt, wenn man es bei dreihundert Millionen Menschen im Land anfertigen muß. Wenn damit alle Bekloppten ausfindig zu machen wären, hätte ich meinen Job los, oder?« Er steckte die Brieftasche ein. »Setzen Sie sich lieber hin, Bailey. In die Ecke da, wo Sie aus dem Weg sind. Los, Sam, gehen wir alles einmal kurz durch.«

Der andere nickte und trat an das Bücherregal. Aus seiner Tasche zog er eine Liste von Titeln, die er mit denen auf den Buchrücken verglich. Es war ein langsames Verfahren, zumal da alles mit Schutzumschlag aufgeschlagen werden mußte, anderes nur stichprobenartig, um Gewißheit zu haben, daß nichts neu eingebunden worden war. Seine Lippen bewegten sich dabei. Joe war geschickter und durchsuchte Schubladen wie ein Terrier, der hinter Ratten her war.

Bailey saß, wie angeordnet, in einem Sessel. Eine Betäubung kroch in ihm hoch. Weshalb sich aufregen? Was spielte es für eine Rolle? Wenn er nur schlafen könnte. *Vielleicht auch träumen, schlafen, sterben . . . Nein, halt, da fängst du schon an. Zurückweichen. Rückzug. Der Wunsch nach Isolierung. Das schizoide Grundmuster, das du bekämpfst, dem du dich angepaßt (?), das du verborgen hast, seit die Behandlung seelisch-geistiger Erkrankungen zur Pflicht gemacht wurde – weil ich nicht geisteskrank bin, nicht, nicht, nicht.*

*Aber ich bin so müde. Wenn die Welt nur wegginge und mich in Ruhe ließe.*

Nach einer Stunde verglichen Sam und Joe, was sie gefunden hatten. Auf das Geheimfach waren sie nicht gestoßen, aber verschiedene Dinge schienen von Bedeutung zu sein. Bailey wußte nicht, was oder welche. Er war sicher, daß er nichts Verbotenes offen hatte liegen lassen. Aber ohne Zweifel ließ das Gesetz vielerlei zu, einfach deshalb, weil der Besitz dem geschulten Auge etwas sagte. Bailey hatte keine Ahnung, was für Dinge das sein mochten – psychiatrische Informationen über der elementarsten Ebene waren niemandem ohne A-Einstufung zugänglich –, und die Kriminalbeamten sprachen zu leise miteinander, als daß er viel hätte mithören können.

Es spielte keine Rolle. Seine Teilnahmslosigkeit hatte schwarzen Fluthochstand erreicht.

»Okay, wir nehmen ihn mit und veranlassen, daß eine Gruppe herkommt und hier alles auseinandernimmt«, sagte Joe.

»Soll das heißen, daß Sie und ich das nicht getan haben?« Sam mußte ein Neuling auf diesem Gebiet sein, vermutlich von einer anderen Abteilung versetzt.

»Mensch, nein! Warum ist wohl vorgeschrieben, daß alles so zurückgelassen werden muß, wie man es vorgefunden hat? Ein echter Fachmann kann, na, daran, wie seine Unterwäsche zusammengelegt ist, erkennen, ob tief innen der Bekloppte seinen Vater umbringen oder mit seiner Mutter schlafen will.«

»Oder beides?« sagte Sam grinsend.

»In dem Fall hier durchaus möglich. Sie wissen ja, daß wir einen dringenden Durchsuchungsbefehl für ihn bekommen haben. Noch ein Grund, warum wir ihn am besten ganz schnell hinschaffen.« Joe ging zum Sessel – der Boden erzitterte unter seinen Schritten ganz schwach – und packte Bailey am Arm. »Aufstehen, Schlaukopf! Ein netter Doktor wartet schon auf dich.«

Bailey ließ sich mitzerren. Sie blieben stehen, um die Tür abzusperren und zu bekleben. Im Haus mußte sich die Neuigkeit verbreitet haben, denn die Flure und das Treppenhaus waren leer. Die Schritte hallten.

Das Sonnenlicht im Freien war herzlos grell, von einem Sommerhimmel flutend, wo einige Möwen mit kecken Schwingen kreisten.

Ein solcher Tag vermochte sogar die steif zweckbestimmten Fassaden an der Straße zu erhellen, die steif zweckbestimmten Kleidungsstücke von Passanten, die nüchtern ihren Weg gingen. Autos surrten mit elektrischer Gedämpftheit vorbei; sie besaßen trotzdem eine gewisse Buntheit, dachte Bailey. Das Polizeifahrzeug war unbeschriftet, ein 1989er Chevrolet, und war deshalb mit einer durchsichtigen Kanzel ausgestattet.

Mit einem Aufflackern von Rebellion stieß Bailey hervor: »Warum?«

Joe sah ihn scharf an.

»Warum was?«

»Zivile Autos, die voll einsehbare Innenräume haben müssen. Heißt das nicht, unseren Anti-Eigenleben-Fetisch zum absurden Extrem zu treiben?«

Sam zog ein Notizbuch heraus und begann zu schreiben.

»Wie buchstabieren Sie ›absurd‹?« fragte er.

»Ach, lassen Sie«, sagte Joe.

Bailey verstummte wieder. Joe sperrte den Wagen auf und setzte sich ans Steuer. Die beiden anderen stiegen hinten ein. Da Bailey nicht den Wunsch hatte, einen seiner Bewacher anzusehen, starrte er während der Fahrt hinaus.

Sie fuhren am Service-TV der Nachbarschaft vorbei. Zum erstenmal, seitdem er in diese Gegend gezogen war und gelernt hatte, auf den Bildschirm nicht zu achten, richtete er den Blick darauf. Er war in eine Mauer in der Nähe einer Bushaltestelle eingelassen. Wie üblich forderte er, wenn keine bestimmte Mitteilung zu verbreiten war, die Öffentlichkeit zur Hygiene auf.

»Nicht so!« schrie er, und für einen Augenblick zuckte das Bild einer verwahrlosten Person vorbei, die kauernd lallte und sich eingebildete Flöhe wegzupfte. Der Augenblick war nur kurz, damit nicht in irgendeinem Betrachter eine latente Hypochondrie ausgelöst wurde. »Sondern so!« Es folgte eine uramerikanische Familie: tüchtiger Vater, schöne, wenngleich züchtige und nicht zu busenbetonte Mutter, vier gesunde Kinder, die mit Zahnpastalächeln in die Zukunft marschierten. Die Kinder waren der Reihe nach eines nordisch, eines ein Neger, eines orientalisch und eines, dessen jüdische Nase übertrieben genug war, um unverwechselbar zu sein. Die Vermeidung von Beschwerden aus Minderheitsgruppen, die zu Spannungen führen konnten, war schließlich wichtiger als strenge Genetik. »Ja, genau so!« (Trompetenstoß.) »Sauber sein, gerade sein, glücklich sein –« (Trommelwirbel.) »DENK SAUBER! DENK GERADE! DENK GLÜCKLICH!«

Ein Stück weiter kam ein Plakat, das, wie Bailey sich entsann, eine Belohnung von zehntausend Dollar ($ 10000) für Mitteilungen versprach, die zur Festnahme und Behandlung jeder Person führten, die an unangezeigten psychischen Störungen litt.

Auf dem Gehsteig in der Nähe überreichte ein uniformierter Polizist einer älteren Frau eine Vorladung. Vielleicht hatte sie ihm widersprochen, vielleicht war es eine Stichprobe gewesen; jedenfalls erkannte Bailey den rosaroten Zettel. »Sie werden hiermit angewiesen, sich in dem Zentrum zu melden, wo Sie registriert sind . . . und zwar spätestens bis zum . . . Untersuchung und neuerliche Bescheinigung der Nervenstabilität . . . widrigenfalls erfolgt, wenn Verhinderung aus triftigen Gründen nicht nachgewiesen werden kann . . .«

Die Frau wirkte eher verärgert als ängstlich. Man hätte ein so drastisches Instrument wie das GG-Gesetz nicht durchbekommen, wenn nicht eine Mehrheit in der Öffentlichkeit der Meinung gewesen wäre, gegen die Zunahme an geistigen Erkrankungen müsse etwas unternommen werden. Und das Gesetz wäre ohne die Mitarbeit eben dieser Mehrheit nicht vollstreckbar gewesen.

Das Polizeiauto nahm den Weg durch eine Ecke des Golden-Gate-Parks, vorbei am Kezar-Stadion. Eine Hygiene-Klasse der Grundschule saß in sauberen weißen Uniformen auf dem Rasen. Vor ihnen stand die Lehrerin. Sie war jung und hübsch, und soviel entblößtes weibliches Fleisch sah man jetzt nicht mehr oft. (Was für ein Seiltanz zwischen der Erzeugung von Scham bei natürlichen Funktionen auf der einen und der Erregung sinnlichen Interesses auf der anderen Seite!) Früher hatte Bailey solche Schauspiele genossen. Er hatte dann nicht mehr auf das geachtet, was sie vorsprach: »So, Kinder, jetzt ist Zeit für gutes Denken. Als erstes wollen wir an den herrlichen Sonnenschein denken. Und eins und zwei und drei und vier . . .« Aber heute war er umschlossen von seiner privaten Nacht. Und der Wagen trug ihn zu schnell vorbei.

Die Straße stieg steil an, bis oben die Klinikgebäude wie hochragende Klippen auftauchten. Bailey erinnerte sich, daß dies das Medizinische Zentrum der Universität gewesen war. Aber das war zu einer Zeit gewesen, bevor eine einzige Kategorie von Erkrankungen absoluten Vorrang erhalten hatte.

Der Wagen hielt zur Ausweiskontrolle am Haupttor. Hinter zwei muskulösen Wachen konnte man vor der Ambulanz die gewohnte Schlange sehen: ambulante Patienten, Grenzfälle, die täglich erscheinen mußten, um die verordneten Psychopharmaka abzuholen. Trotz der ganzen Propaganda, daß seelische Probleme nicht ehrenrühriger seien als alle anderen, schlurften die Anstehenden mit hängenden Köpfen zum Eingang und schlichen zum Ausgang hinaus, jeder einzeln für sich. Der Aufseher, der sie in Bewegung hielt, war gelangweilt und kaum noch höflich.

*Immerhin . . . vielleicht wäre ich damit davongekommen,* dachte Bailey. *Hätte ich den Aufruhr in mir gleich zu Anfang eingestanden, vielleicht hätte man ihn zum Stillstand bringen können; ich hätte angepaßt werden können – aber nein.* Er sank in sich zusammen. *Ich wollte nicht angepaßt werden. Ich wollte meinen eigenen Weg gehen. Und jetzt ist es zu spät.* In seinem Elend nahm er kaum wahr, daß der Wagen wieder anfuhr oder erneut hielt und man ihn in das allergrößte Haus führte. Der Lift jedoch, der ihn hinaufbrachte, glich so sehr einem Sarg für drei Personen, daß er sich zusammennehmen mußte, um nicht aufzuschreien.

Danach kam ein langer Flur, weiß, ein wenig raschelnd, ein wenig nach antiseptischen Mitteln riechend. Am Ende befand sich ein Büro mit einer Theke. Dahinter saß ein Pfleger. Hinter ihm arbeitete eine Reihe von Sekretärinnen und Maschinen. Sie beachteten die Neuankömmlinge nicht.

»Da ist er«, sagte Joe. »Bailey.«

»Dann also mal eindeutige Identifizierung«, sagte der Pfleger. Er nahm ein Formular von einem Stapel und reichte es zusammen mit einem Schreibstift an Bailey weiter. Es war mit mehreren Durchschlägen zusammengeheftet. »Füllen Sie das aus.«

VEREINIGTE STAATEN MINISTERIUM FÜR HYGIENE
ZWEIGSTELLE NORDKALIFORNIEN

**Antrag auf Behandlung**

Form. 1066 Druck- oder Maschinenschrift

Name ______________________ Datum ______________________
(Vorname) (Nachname) (Tag) (Monat) (Jahr)

Geschlecht M__ W__ MH__ FH__ Anderes (angeben) ____________

Registernummer ______________ Geburtsdatum ______________
(Tag) (Monat) (Jahr)

Anschrift ____________________ Beruf ____________________

Arbeitgeber __________________ Anschrift __________________

Name des Ehegatten ____________ Registernummer ______________
*(falls keiner, angeben)*

(NB. Falls verwitwet oder geschieden, Vordruck B 1 beifügen.) Kinder (Namen, Alter und Geschlecht aller minderjährigen, noch lebenden Kinder angeben. Nur ein Kind pro Zeile, und nur eine Zeile für jedes Kind. Wenn keine, angeben »keine«. Wenn mehr Raum erforderlich, Vordruck C 2 beifügen.)

______________________________________________

______________________________________________

______________________________________________

Andere Abhängige . . . Religiöse Präferenz (Wenn keine, schreiben Sie »Ökumenisch«.) . . . Finanzielle Verpflichtungen . . .

Bailey hob den Kopf.

»Aber das ist ein Antrag«, sagte er halblaut. »Ich brauche ihn nicht auszufüllen, oder?«

»Das wohl nicht«, sagte der Pfleger. »Aber wenn Sie es nicht tun, beweist das, daß Sie hilflos sind, und Sie werden automatisch eingeliefert.«

Bailey schrieb. Anschließend wurde er fingerabdruckgefilmt und retinoskopiert.

»Ja, das ist er«, sagte der Pfleger. »Ihr Jungs könnt jetzt gehen.« Er füllte einen Zettel aus. »Ihre Quittung.«

»Danke«, sagte Joe. »Bis dann, Mac. Auf Wiedersehen im Klapskasten. Los, Sam.« Die Kriminalbeamten gingen.

Der Pfleger sprach in ein Mikrophon.

»Sie haben Glück, Bailey«, sagte er danach. »Doktor Vogelsang hat sofort Zeit für Sie. Ich habe Leute schon drei Tage warten sehen, bis ein Arzt frei war. Wird eher eintönig.«

Bailey folgte ihm hinaus in den Flur, wie ein Mensch, der hilflos durch einen Traum wandert. Aber das Büro, das er erreichte, riß ihn wieder in die Wachsamkeit zurück. Es war mit nichts vergleichbar, was er bislang gesehen hatte: Täfelung aus dunklem Eichenholz; dicke Teppiche; geschmackvolle chinesische Tuschzeichnungen; Musik, ja, beim Himmel, leise, aber unzweifelhaft die Mondscheinsonate; und der Mann hinter dem Schreibtisch, klein, weißhaarig, gütige Züge, in seiner Kleidung von beinahe unbekümmerter Buntheit. Er stand auf, um Bailey die Hand zu drücken.

»Willkommen bei uns, Mr. Bailey«, sagte er lächelnd. »Ich freue mich sehr, Sie kennenzulernen. Das wäre alles, Roger.«

»Sie meinen nicht, daß man ihn, äh, bändigen sollte?« fragte der Pfleger.

»O nein«, sagte Dr. Vogelsang. »Auf keinen Fall.« Als die Tür sich geschlossen hatte und sie allein waren: »Sie müssen ihn entschuldigen, Mr. Bailey. Offen gesagt, er ist nicht besonders intelligent. Aber wir haben hier eine so große Aufgabe, soviel zu tun, daß wir mit dem Personal zurechtkommen müssen, das wir erwischen können. Bitte, nehmen Sie Platz. Zigarette? Oder ich habe hier auch Zigarren, wenn Ihnen die lieber sind?«

Bailey ließ sich in einem ungewöhnlich bequemen Sessel nieder.

»Ich . . . ich rauche nicht«, sagte er. »Aber wenn – vielleicht etwas zu trinken . . .«

Vogelsang verblüffte ihn mit einem Lachen.

»Aber sicher! Ausgezeichnete Idee. Ich kann auch einen Schluck vertragen. Das älteste Beruhigungsmittel, und noch immer eines von den besten, wie? Wie wär's mit Scotch?« Er bediente seine Sprechanlage.

Bailey konnte den zwinkernden Blick nicht erwidern, aber er fragte: »Was hat mich hierhergebracht?«

»Ach, verschiedene Mitteilungen. Leute, denen Ihr Wohlergehen am Herzen liegt. Sie haben vorgeschlagen, daß wir Sie uns ansehen. Und offen gesagt, in Ihrer Vergangenheit gibt es ein paar recht beunruhigende Dinge, die man vor langer Zeit schon gründlicher hätte unter die Lupe nehmen müssen – was auch geschehen wäre, aber, wie gesagt, wir sind unterbesetzt. Wir müssen uns noch in starkem Maß auf den Patienten selbst stützen, auf seine geförderte Fähigkeit, Frühsymptome zu erkennen, seine geförderte Bereitschaft, sofort zu erscheinen, um sich helfen zu lassen.« Dr. Vogelsang strahlte. »Aber glauben Sie bitte nicht, daß jemand zornig sei, weil Sie es nicht getan haben. Uns ist klar, daß Sie zur Zeit nicht ganz Ihr eigener Herr sind. Unser einziger Wunsch ist es, Sie gesund zu machen. Im Grunde haben Sie einen wertvollen Verstand, wissen Sie. Mit Ihrem IQ gehören Sie zu den oberen fünf Prozent. Die Gesellschaft braucht Gehirne wie das Ihre – Geister, die befreit sind von Schuldgefühlen, Schrecknissen, metabolischem Ungleichgewicht, von allem, was sie mit weniger als halber Leistungskraft funktionieren läßt und die Person so unglücklich macht – ah, da wären wir.«

Eine Krankenschwester trug ein Tablett herein. Auf dem Tablett standen Flasche, Eiskübel, Gläser, Sodawasser. Sie lächelte Bailey so herzlich an wie ihr Chef.

»Auf Ihre sehr gute Gesundheit«, sagte Vogelsang.

»Was . . . was werden Sie tun?« wagte Bailey zu fragen.

»Ach, nicht viel. Wir wollen Diagnoseuntersuchungen vornehmen, bevor wir uns zu einem Vorgehen entschließen. Keine Sorge. Ich bin überzeugt davon, daß wir Sie hier noch vor Weihnachten entlassen können.«

Und tatsächlich bestanden die ersten Tage aus nicht viel mehr als Gesprächen, Mehrphasen-Fragebogen, Rorschach-Tests, Narkosynthese, Laboruntersuchungen – anstrengend, oft peinlich, aber in keiner Weise unerträglich.

Dann wurde jedoch entschieden, daß er in Station Sieben gehörte. Sie war für die schweren Fälle vorgesehen.

In Station Sieben versuchte man es mit Schock, sowohl Insulin als auch elektrisch. Das setzte den bemerkenswerten Intelligenzquotienten um einen beachtlichen Prozentsatz herab. Als das nicht verfing, erwog man einen chirurgischen Eingriff, entweder Vorderstirn-Lobotomie oder Leukotomie durch die Augenhöhle. Da Bailey inzwischen eine ganze Reihe der zweibeinigen Dahinvegetierenden kennengelernt hatte, die Resultate solcher Behandlung waren, kreischte er und versuchte sich zu wehren. Er schluchzte vor Dankbarkeit, als Dr. Vogelsang den Vorschlag verwarf und die neue, noch im Versuchsstadium befindliche Erregungstherapie anordnete. Dazu wurde er festgeschnallt, während ein Niederfrequenzstrom durch seine Nerven floß. Es war der Gipfel an Qual. Dr. Vogelsang beobachtete jeden Augenblick.

»Tz, tz«, sagte er nach ein, zwei Wochen und schüttelte den weißhaarigen Kopf. »Kein Erfolg, wie? Tja, ich fürchte, so können wir nicht weitermachen. Aber diese schlimmen Gedankengänge müssen wir auf irgendeine Weise beseitigen, nicht? Ihr Problem scheint nicht in der Drüsenchemie zu liegen, wissen Sie. So einfach ist es nicht. Wir wenden ein paar pawlowsche Methoden an und hoffen das Beste.«

Traumentzug. Schlafentzug. Kälte. Hitze. Hunger. Durst. Schrillende Glocken. Belohnungen, wenn die angemessenen Gedanken hergesagt wurden. Bestrafung, wenn das nicht der Fall war. Aber die Wirkung blieb enttäuschend, jedenfalls der Tiefenanalyse zufolge; Bailey wußte nicht mehr, was er glauben sollte.

»Oje, oje«, sagte Dr. Vogelsang, »ich fürchte, wir müssen einen Schritt weitergehen. Die Schule Pawlow erzielt oft entscheidende Erfolge mit Kastrierung.«

Bailey sprang auf, um sich auf ihn zu stürzen, aber die Würgekragenleine riß ihn zurück.

*»Das können Sie mit mir nicht machen!«* heulte er auf. *»Ich habe meine Rechte!«*

»Na, na, seien Sie vernünftig. Sie wissen so gut wie ich, daß der Oberste Gerichtshof das Gesetz über geistige Gesundheit für verfassungskonform nach der Handelsklausel zwischen den einzelnen Bundesstaaten erklärt hat. Bitte, machen Sie sich keine Sorgen. Die Operation tut kein bißchen weh. Ich führe sie selbst durch. Und selbstverständlich werden wir vorher Spermatozoen tiefgefrieren. Sie werden Kinder haben wollen, sobald Sie geheilt sind. Jeder normale Mann will sie.«

Aber auch das half nicht.

»Ich glaube nicht, daß wir auf diesem Weg fortfahren sollten«, sagte der sanfte Dr. Vogelsang. »Er hat auch seine schmerzlichen Seiten, nicht wahr? Und in Ihrem Fallscheinen die Methoden aus irgendeinem Grund Ihre tiefsitzende Feindseligkeit nur zu steigern.

Ich glaube, wir bauen Sie besser neu auf.«

»Neu auf?« Baileys Verstand tastete sich durch den Nebel, von dem er in letzter Zeit umfangen war. »Umbringen? Sie wollen mich umbringen?«

»O nein! Nein, nein, nein! Die Gerüchte verzerren ja alles so, gleichgültig, wie sehr wir uns bemühen, die Öffentlichkeit aufzuklären. Gewiß, der Neuaufbau hat die Todesstrafe verdrängt. Das heißt aber nicht, daß Sie ein Verbrecher wären. Vielmehr heißt es, daß auch der Verbrecher ein kranker Mensch ist, wie Sie. Wir denken nicht im Traum daran, zur barbarischen Verschwendung legalisierten Mordes zurückzukehren.« Dr. Vogelsang war sehr empört. »Vor allem in Ihrem Fall. Sie haben ein großartiges Potential. Es wird lediglich durch eine üble Geisteshaltung niedergedrückt, die sich leider mit Ihrer ganzen Persönlichkeit verquickt hat. Also« – er erstrahlte – »fangen wir von neuem an. Wie? Eine ganz neue Technik, aber völlig ungefährlich, vollkommen zuverlässig. Elektrochemische Behandlung kehrt die RNS-Bildung um, die physikalische Grundlage des Gedächtnisses. Jede Erinnerung, jede Gewohnheit, jedes schlechte alte Engramm verschwindet, auch das letzte. Sie fangen sauber, frisch, glitzernd neu an. Eine *tabula rasa*, in die Experten eine andere, gesunde, nach außen gewandte, freundliche, angepaßte, leistungsfähige Persönlichkeit einzeichnen werden. Wird das nicht angenehm sein?«

»Uh«, sagte Bailey. Er wünschte sich, daß sie gingen und ihn schlafen ließen.

Aber als er schließlich in den Helm eingesperrt war, an ein Bett geschnallt, während Drogen in seine Venen tropften und das Heulen immer höher, höher, höher wurde und er das Verschwinden spürte von –

– Sonnenuntergangspurpur an den East-Bay-Bergen; dem ersten Mädchen, das er je geküßt hatte, und dem letzten; einer sonderbaren Kneipe eines Sommers, als er jung gewesen und durch England gewandert war; weißem Hinabstäuben auf einer Skiabfahrt in der High Sierra; Shakespeare, Beethoven, van Gogh; Arbeit, Freunde, Vater, Mutter, Mutter –

– wurden die animalischen Instinkte wieder lebendig, und er kreischte in seiner Entsetzensqual laut: »Wenn das nicht der Tod ist, was ist er dann?«

Dann war die letzte Spur dessen, was er mit seiner genetischen

Ausstattung getan hatte und was von anderer Seite damit gemacht worden war, aus ihm weggekratzt, und er war tot.

Der Tod war ein Sturmwind. Es war, als würde Bailey mit Heulen und Pfeifen und Lärm gewaltigen Galoppierens verweht, verwirbelt, hinauf- und hinab- und wieder hinaufgeschleudert. Er wußte nicht, ob der Wind ihn mit Kälte oder Hitze versengte. Noch fragte er sich danach, denn die Blitze blendeten seine Augen, und der Donner ließ seine Zähne klappern.

Augen? zuckte es verblüfft durch ihn. Zähne? Aber ich bin doch tot. Sie werden meinen Körper dazu verwenden, einen anderen zu machen. Nein, halt, das ist nicht richtig. Sie werden meinen Leib verbrennen. Ich habe freiwillige Euthanasie gewählt, als ich mein Elend nicht länger ertragen konnte. Nein, auch das stimmt nicht. Ich wurde aus meinem eigenen Gehirn gewischt, nachdem sie mich so elend gemacht hatten, daß es eigentlich keine Rolle mehr spielte.

›Null‹, zählte Gott, ›eins, elf, einhundert, einhundertzehn.‹

Bailey krallte nach der Wirklichkeit, irgendeiner Wirklichkeit, in den Sturmfluten der Nacht. Schwindel saugte ihn durch eine unendliche Spirale. Aber die einzige Wirklichkeit war er selbst. Er klammerte sich daran. Ich bin Douglas Bailey, dachte er gegen den alles verschlingenden Kraken an. Ich bin . . . ich bin . . . ein Soziologe. Ein Wahnsinniger. Was sonst? Ich bin zweimal gestorben, nach zwei verschiedenen grauenhaften Leben.

Hat es mehr gegeben? Ich kann mich nicht erinnern. Der Wind weht zu stark.

Warte. Ein Bild. Nein, fort.

›Eintausendelf‹, zählte Gott, der Simulator, ›eintausendeinhundert, eintausendeinhunderteins, eintausendeinhundertzehn.‹

Warum tust Du mir das an? kreischte Bailey. Du bist genauso schlimm wie die anderen. Sie haben mich zweimal getötet. Einmal mit Gleichgültigkeit. Sie nannten es Freiheit – Freiheit, den Tod zu wählen –, aber sie scherten sich nicht um uns, abgesehen von ihrer Hoffnung, wir würden unsere Zahl selbst verringern. Sie zogen sich von uns zurück, richteten automatische Sozialmaschinerien ein, um uns durchzuschleusen, gaben sich alle Mühe, uns zu vergessen. Und das zweitemal töteten sie mich mit Haß. Es mußte Haß sein, Grausamkeit, Todeswunsch, gleichgültig, wie oft sie von Heilung sprachen. Was sonst? Wie kann man ein menschliches Wesen nehmen und ein Objekt(iv) aus ihm machen, wenn dein wahres Ziel nicht darin besteht, ihn zu weniger als einem Menschen zu machen – zu einem Ding, das vor deinen Füßen kriecht –, weil du seine Menschlichkeit haßt?

›Zehntausend, zehntausendeins, zehntausendzehn, zehntausendelf.‹

Der Raum krümmte sich in sich selbst zurück, und die Zeit barst wie das Delta des Styx.

Der Wind wehte und wehte.

Mein Problem war echt. Ich litt. Ich brauchte Hilfe und Liebe.

*Klick.* Der Wind hörte auf. Die Dunkelheit wartete.

Bitte, weinte Douglas Bailey. Helft mir. Kümmert euch um mich. Gebt mir eure Liebe.

Es war so.

## Schicksal Drei

Nachdem er im Badezimmer fertig war, spreizte er plötzlich die Beine und blickte zwischen ihnen hinein.

*Warum mache ich denn das?* fragte er sich. *Alles da. Selbstverständlich.*

*Aber nicht gesund*, erinnerte er sich. *Schwerer Nervenzusammenbruch, möglicherweise Schizophrenie im Anfangsstadium. Ich habe noch unvernünftigere Dinge getan, bevor sie mich dazu überredeten, hierherzukommen.*

Er zog die Hose wieder hinauf und starrte in den Spiegel über dem Waschbecken. Das Spiegelbild war hochgewachsen und breitschultrig. Er glaubte nicht, daß Birdie Carol ihn anlog, zumindest nicht, wenn sie seinen Körper pries. Aber er kam herunter: zuwenig Bewegung, zu viele Drogen. Das gefiel ihm nicht, aber er vermochte nie die Energie aufzubringen, etwas dagegen zu tun. Und das Gesicht sah erschreckend aus: wächserne Wangen, eingesunkene, dunkel geränderte Augen, das dunkle Haar ungekämmt.

Er hatte keine Möglichkeit, zu messen, wie schnell es mit ihm bergab ging. Nur wenige konnten das. Das ging alles so unmerklich vor sich. Aber er wußte, daß sein Zustand sich nach der kurzen Euphorie, die der Aufnahme ins Krankenhaus gefolgt war, rasch verschlechterte. Geistig wie körperlich – körperlich, weil geistig –

war er in viel schlechterer Verfassung als bei der Aufnahme.

Was nicht der Fall sein sollte. Nach allen Theorien sollte das nicht der Fall sein.

Ein Tic in einem Lid. Er wandte sich ab. Damit stand er den Wänden gegenüber. Sie waren rosarot, mit aufgemalten Teddybären und Schaukelpferden. Er verabscheute Rosarot. »Und ohne Bilder für Kleinkinder im Klo könnte ich auch auskommen«, hatte er gemurrt.

Birdie hatte sein Knie getätschelt. Sie hatten Seite an Seite auf dem Wohnzimmersofa gesessen.

»Ich weiß, Liebling«, sagte sie, »aber Doktor Breed glaubt, das sei auf lange Sicht nützlich. Und offen gesagt, ich meine, er hat recht.«

»Wieso?«

»Nun, die Absicht ist die, deine Kindheit wiedererstehen zu lassen. Das heißt die Liebe, das Vertrauen und die Unschuld, die du damals hattest. Ich weiß, das klingt albern, aber ein Kinderzimmermotiv sollte dein armes Unbewußtes daran erinnern, was es verloren hat, und daß es einen Weg zurück gibt.«

»Was für eine Liebe, für ein Vertrauen und für eine Unschuld?« sagte Bailey. »Ich erinnere mich recht gut an meine Kindheit, und sie war vollkommen typisch. Ich wurde in die Schule gezwungen und haßte jede Minute. Der Kameradenschinder vom Ort pflegte sich an meinem Heimweg auf die Lauer zu legen und mich zu verprügeln. Aus irgendeinem Grund konnte ich das aber meinen Eltern nie sagen. Ein- oder zweimal las ich eine Gespenstergeschichte und lag danach wochenlang jede Nacht wach, voller Entsetzen. Mein kleiner Hund wurde überfahren. Ich wurde erwischt bei –«

»Still, Liebling.« Sie legte eine große, glatte Hand auf seine Lippen und beugte sich nah heran. Das Toilettenwasser, das sie benutzte, roch überwältigend süß. »Ich weiß. Wir meinen eine ideale Kindheit. Du mußt lernen – tief, tief innen mußt du lernen, wie man liebt. Und wie man geliebt wird. Dann wirst du gesund.«

»Schau«, sagte er, mit geometrisch zunehmender Erbitterung, »nehmen wir an, mein Problem wäre keine autistische Neurose, oder was für ein Etikett ihr ihm angehängt habt. Angenommen, es handelt sich um organische Schizophrenie. Was hat das mit der Liebe zu tun, von der du dauernd faselst?«

Birdie lächelte mit unendlicher Geduld.

»Liebe ist ein Grunderfordernis der Säugetier-Lebensform«,

sagte sie. »Wir sind Säugetier-Lebensformen.« Ihr Körperbau ließ daran keinen Zweifel. »Säuglinge in Waisenhäusern starben früher, weil sie nicht gehätschelt wurden. Wenn du Liebe bekommst, aber nicht genug, reifst du mit dem Hunger danach heran. Der Mangel verkrümmt und schwächt dich, wie Rachitis es tun würde. Was wir machen, ist, dir die Liebe zu geben, die du brauchst, damit du gerade und stark wirst.«

Er sprang auf.

»Das habe ich immer und immer wieder bis zum Erbrechen gehört!« schrie er. »Und was ist mit einer echten Psychose?«

»Nun, ja, das mag etwas Metabolisches sein«, erwiderte Birdie. »Jedenfalls nehmen die Wissenschaftler das an. Ich glaube allerdings, daß jede solche Krankheit auch deshalb ausbricht, weil es nicht genug Liebe gegeben hat. Findest du nicht?«

»Ich – ich –«

»Auf jeden Fall läuft Schizophrenie auf einen Verlust der Kommunikation mit der Außenwelt hinaus«, sagte sie. »Wir haben keine Aussicht auf Heilung, ohne die Kommunikation wiederhergestellt zu haben, nicht wahr? Denk nur einmal nach, Liebling, und du wirst sehen, daß ich recht habe. Liebe ist die Brücke über alle Klüfte.«

Bailey hätte am liebsten mit einem ordinären Wort geantwortet, vorzugsweise mit einem obszönen. Aber diejenigen, an die er sich erinnern konnte, waren zu schwächlich. Birdie stand auf, warf ihr blondes Haar zurück und knöpfte ihr Kleid auf.

»Ich glaube, wir sollten wieder Liebe machen«, sagte sie lebhaft.

Er hatte keine große Lust gehabt, aber sie drängte ihn – und was, zum Teufel, gab es sonst schon zu tun? –, also landeten sie im Schlafzimmer. Nur hatte er diesmal nichts zustande gebracht. Sie war sehr mitfühlend, nahm ihn in die Arme und sang ihn in den Schlaf. Vorher hatte er aber eine Tablette gebraucht.

Vielleicht war es diese Erinnerung, die jetzt zu der Sorge Anlaß gegeben hatte – *Quatsch! Auf diesem Gebiet fehlt bei mir nichts, nur habe ich es so gründlich satt* –

Er verließ das Badezimmer. Seine Suite war nicht groß, aber behaglich und hübsch eingerichtet. Er ging zum Wohnzimmerfenster und schaute hinaus. Es war vergittert, aber nur gegen mögliches Schlafwandeln, hatte man ihm versichert. Er konnte sich im ganzen Gelände frei bewegen. Sobald es ihm besser ging, würde er über die Wochenenden Ausgang bekommen. Inzwischen konnten ihn alle geliebten Personen, bei denen er das wünschte, hier besuchen.

Die Aussicht von diesem zwanzigsten Stockwerk des größten Gebäudes im Medizinischen Zentrum war in ihrer Weite prachtvoll. Der Golden Gate Park dehnte sich grün bis zum Meer, das im Sonnenlicht glitzerte. Er konnte die Brücke ausmachen, die sich über die Mündung der Bucht spannte, das gleißende Wasser hin bis zu den Bergen am Ostufer, Möwen, Boote, Schiffe, Flugzeuge. Eine Brise wehte herein, kühl, nach Meer riechend, und brachte fernes Verkehrsgeräusch mit.

Zu fern, dachte er; zu gedämpft; und abgesehen vom Stolz dieses Hügelkomplexes zeigte San Francisco Verfallserscheinungen; hier ein leeres Schaufenster, dort ein heruntergekommenes Wohnhaus. Mit der Wirtschaft ging es bergab wie mit Douglas Bailey. Als Soziologe hatte er die Daten gesehen. Es gab keinen oder keinen vernünftigen Zweifel an der Ursache. Wenn Geisteskrankheiten auf jeder Ebene von milder Exzentrik bis zu völligem Wahnsinn epidemische Ausmaße annahmen, und wenn die Vereinigten Staaten eine nationale Verpflichtung übernommen hatten, für die Opfer so üppig zu sorgen, wie es der Fall war, mußte die Rechnung auf irgendeine Weise bezahlt werden. Steuern und Inflation trieben sie gemeinsam ein, mit den üblichen Nebenwirkungen.

Er hatte sich gegen diese Politik ausgesprochen. Er würde es wohl auch weiterhin tun, obwohl er einer der davon Begünstigten geworden war. Aber die Warnungen jener winzigen Minderheit, der er angehörte, waren verpufft. Entweder weigerten die Menschen sich, an die Fakten des Wirtschaftslebens zu glauben, oder sie sahen einen mit großen Augen an und fragten: »Meinen Sie, daß irgend etwas wichtiger sein könnte als das Wohlergehen der Menschen, die wir lieben?«

Vielleicht hatte die Nutzlosigkeit seiner Bemühungen dazu beigetragen, den Zusammenbruch herbeizuführen, der ihn hierhergebracht hatte, dachte er in einem kurzen und entmutigten Anflug von Humor. Dann flutete das Gefühl, eingesperrt und geködert zu sein, in ihm hoch, bis er nichts anderes mehr wahrnahm. Er hieb die Faust auf das Fensterbrett, wieder und wieder und wieder.

»Gott verdammt Gott. Gott verdammt Gott. Gott verdammt Gott.« Das Psalmodieren wurde schneller. »Gottverdammtgott, gottverdammtgott, gottverdammtgott-verdammt-gott-verdammt-gottverdammtgottverdammt, HUUUU, HUU-UUU, tsch-tsch-

tsch, tsch-tsch-tsch, tsch-tsch-tsch –«

»Duggie! Was machst du?«

Bailey hörte auf. Ganz langsam drehte er sich um. Birdie Carols mollige Figur füllte den Dieleneingang aus. Sie hatte einen Strauß Butterblumen in den Händen. Wie immer war ihre Kleidung zivil, eher auffallend, mit nur einer Anstecknadel, die anzeigte, daß sie psychiatrische Technikerin war.

Er schluckte einen Teil seines Zorns hinunter, obwohl er daran beinahe erstickte, und erwiderte: »Das könnte ich dich fragen.«

»Aber ich wollte dich besuchen.« Sie schloß die Tür und hastete auf ihn zu. »Schau, ich hab' dir deine Blumen mitgebracht. Du hast mir einmal erzählt, daß du Butterblumen liebst. Ich liebe sie auch.«

»Einfach hereinplatzen wie – wie –«

»Aber, Liebling, ich konnte dich doch nicht isoliert lassen. Das ist dein ganzes Problem, weißt du, Isolierung. Denk einmal nach, und du wirst sehen, daß ich recht habe. Du solltest mehr hinaus.« Sie blieb vor ihm stehen und tätschelte seine Schulter. »Nein, wirklich. Geh zu den anderen Patienten in den Aufenthaltsräumen. Sie sind wunderbare Menschen, wenn man sie näher kennenlernt, wirklich. Und die Sozialhostessen sind auch so lieb. Sie wollen dir helfen . . . helfen, daß du dich wohl fühlst, daß du wieder stark wirst. Wie ist dieser wunderschöne alte deutsche Ausdruck? Du weißt schon, der –«

*»Kraft durch Freude«*, sagte Bailey.

»Das meine ich, ja. Aber du meine Güte, ich muß die armen, durstigen Blüten ins Wasser stellen, nicht wahr?« Birdie entfernte sich. Ihre gelben Löckchen wippten, aber ihre Hüften schwangen wie feste Massen hin und her. Es war überhaupt etwas Solides an ihr, eine Art absoluter physischer Beherrschung – selbst mit ihm im Bett, an einem heißen Nachmittag, hatte sie nicht geschwitzt –, die zu Anfang tröstlich gewesen war: das Abbild der Erdmutter.

Nur: Durfte die Erdmutter plappern?

»Das war ein Nazi-Schlagwort«, sagte Bailey.

»So, wirklich? Wie interessant. Du weißt so viel, Duggie, Liebling. Sobald wir dich wieder gesundbekommen haben, wirst du so viele herrliche Möglichkeiten finden, anderen zu helfen. Nicht wahr?« Sie nahm eine unzerbrechliche Kunststoffvase von einem Tisch und schüttelte traurig den Kopf über die entdornten Rosen darin. »Die Armen. Sie haben ihre kurze Zeit hinter sich, fürchte ich.

Aber wenn sie dazu beigetragen haben, dein Leben ein wenig aufzuhellen, war das ihre Aufgabe, nicht wahr?«

Bailey ballte die Fäuste.

»Zum Beispiel weiß ich«, sagte er, »daß die Nazis Leute vergast haben, die ihnen nicht paßten. Aber wenigstens haben sie ihnen nicht positives Denken gepredigt.«

»Nein, das wohl nicht.« Birdie ließ die Rosen hingebungsvoll den Abfallschacht hinuntergleiten und trug Vase, Butterblumen und ihre riesengroße Handtasche ins Badezimmer. »Der arme Mann – wie hieß er noch, Hitler? –, wie muß er nach Liebe gehungert haben!«

Sie ließ die Tür offen. Er hätte vermeiden können, rosarote Wände, Teddybären und Schaukelpferde zu sehen, indem er zum Fenster hinausgestarrt hätte, aber aus irgendeinem morbiden Grund mußte er in diese Richtung blicken. Vielleicht befähigt mich das dazu, sie um so heftiger zu hassen, dachte er.

»Zweifellos war es von anderen Ländern sehr unschön, gegen die Nazis Krieg zu führen«, sagte er mit zusammengebissenen Zähnen.

Birdie stellte ihre Handtasche auf den Spülkasten und kramte in ihr.

»Gewiß«, erwiderte sie. »Ich behaupte nicht, daß ihre Gefangenen nicht hätten befreit werden sollen. Wenn es wirklich Gefangene gegeben hat. Du weißt ja, was im Krieg an Propaganda alles vorkommt. Glaubst du, aus einem Abstand von – wieviel? – fünfzig Jahren, glaubst du wirklich und wahrhaftig, daß irgendein menschliches Wesen sich so verhalten kann? Ich, ehrlich gesagt, nicht.«

»Ich schon. Ich weiß, was historische Beweise sind. Ich weiß auch, wie menschliche Wesen sich jetzt verhalten. Daß sie z. B. Gewaltverbrechen begehen.«

»Ja, ja, Liebling, aber begreifst du denn nicht? Nehmen wir einmal an, diese grauenhaften Dinge wären wahr. Oder seien wir realistisch, und denken wir an die Taten heute, ja, ich weiß, sie werden verübt . . . von armen, verwirrten Opfern einer gefühllosen Gesellschaft. Nun, nimm an, daß die Leute, die überfallen werden – oder auch Leute, die in Gaskammern und Verbrennungsöfen getrieben werden, falls das je vorgekommen ist –, daß die sich plötzlich umdrehen und mit Augen, aus denen Liebe strahlt, sagen: ›Auch ihr seid Opfer. Ihr seid unsere Brüder. Kommt, wir wollen einander umarmen.‹« Birdie beugte sich durch die Tür, um ihren prozellanblauen Blick direkt auf ihn zu richten. »Begreifst du denn nicht, was dann geschehen würde? Kannst du nicht fühlen, was für ein Wandel stattfände?«

»Bei mir scheint die Methode nichts ausgerichtet zu haben«, sagte Bailey mit einer ruckartigen Schulterbewegung.

»Nun, es braucht Zeit.« Birdie widmete sich wieder ihrer Aufgabe. Sie zog ein Taschenmesser aus ihrer Handtasche und begann die Butterblumenstengel zu stutzen. »Aber wahre Liebe ist unendlich«, sagte sie. »Wahre Liebe kennt keine Ungeduld, keinen Zorn, keine Verzweiflung, kein Ende.«

Er konnte sich nicht zurückhalten, er mußte zuerst einen Schritt auf sie zu tun, dann noch einen, während in seinem Schädel ein Brausen entstand und sich steigerte.

»Liebst du mich?« sagte er mit einer Stimme, die für ihn fern und hohl klang. »Oder bin ich nur deine Aufgabe?«

»Ich liebe alle«, säuselte sie.

»Im Bett auch?«

»Oh, Duggie, Liebe ist nicht eifersüchtig. Liebe ist Teilhabe. Ich gebrauche meinen Körper als nur *eine* Methode, dich zu lieben.«

Er stand am Badezimmereingang und schwankte auf den Beinen.

»Aber bedeute ich dir etwas?« schrie er. »Ich allein, ganz besonders, nicht, weil ich ein – ein – ein ungefiederter Zweibeiner bin, sondern weil ich ich bin?«

Sie wurde nicht rot. Er hatte eine solche Veränderung an ihrer cremigen Haut noch nicht bemerkt. Aber sie senkte die Wimpern.

»Nun«, murmelte sie, »ich habe mir überlegt, manchmal, wenn es dich glücklich machen würde, könnten wir heiraten, sobald du gesund bist. Ein so süßer Name, findest du nicht? Birdie Bailey.«

Er kreischte in seiner Qual, riß ihr das Messer aus der Hand und stach zu und stach und stach.

»Bitte, tu das nicht«, sagte sie. »Das ist kein Akt der Liebe.«

Er schlitzte ihren Bauch auf. Einen Augenblick lang sah er durch die Dunkelheit, die ihn umtoste, die Drähte, Transistoren, thermogenetischen Supraleiteranschlüsse, den Hochleistungsakku. Er hätte seine Attacke unterbrochen, aber sein Arm war schon in Bewegung.

Das Messer durchschnitt die Isolierung um ein Kabel. Der Stromerzeuger schloß sich durch ihn kurz. Es fühlte sich wie Haß an, wunderschöner, reiner, höllenblauer Haß, nach innen schießend, von ihm Besitz ergreifend, ihn mit seiner Ragnarök-Flut vereinend.

Aber als sein Herz zu flimmern begann, tat das weh.

In einer Wolke von Rauch stürzte Douglas Bailey auf Birdie Carol.

*Natürlich ist sie eine Maschine,* dachte sein letztes Bruchstück des Bewußtseins. *Kein menschliches Wesen hätte das durchgehalten.*

Dann stand sein Puls still, und er war tot.

Der Tod war ein Sturmwind. Es war, als würde Bailey mit Heulen und Pfeifen und dem Lärm gewaltigen Galoppierens verweht, verwirbelt, hinauf- und hinab- und wieder hinaufgeschleudert. Er wußte nicht, ob der Wind ihn mit Kälte oder Hitze versengte. Noch fragte er sich danach, denn die Blitze blendeten seine Augen, und der Donner ließ seine Zähne klappern.

Augen? zuckte es verblüfft durch ihn. Zähne? Aber ich bin doch tot . . . Augenblick. Augenblick mal, Herrschaften. Wie viele Tode macht das?

›Null‹, zählte Gott, ›eins, zehn, elf, einhundert.‹

Warum läßt Du mir keine Chance, nachzudenken? brüllte er.

Als er sich konzentrierte, konnte er im Chaos ein gewisses Gleichgewicht halten. Er war Douglas Bailey. Soziologe. Psychoneurotisch. Sein Leben in einer Anstalt beendend – drei verschiedene Leben und drei verschiedene Anstalten, eine schlimmer als die andere. Weshalb tat der Simulator ihm das an?

Nun, das Problem war echt genug. Psychopathologie war im Zunehmen begriffen. Auf irgendeine Weise mußte die Gesellschaft damit fertig werden.

Aber keiner dieser drei Versuche war erfolgreich. Nicht wirklich. Mörderische Gleichgültigkeit; mörderische Bösartigkeit; mörderische Liebe. Wobei letztere eigentlich gar keine Liebe war – jedenfalls keine gesunde. Sie war nichts als eine andere Methode, zu versuchen, die Leute in eben das Gefüge zurückzuzwingen, das sie kaputtgemacht hatte.

Liebe war, den geliebten Menschen zu akzeptieren, ob er recht zu haben schien oder nicht; sich im Verhalten in vernünftigem Rahmen an ihn anzupassen, nicht umgekehrt; ihm seine Freiheit zu geben, während man immer bereitstand, ihm zu helfen, sollte es Probleme geben.

›Einhundertelf, eintausend, eintausendeins.‹

Wenn gesellschaftliche Bedingungen für die Epidemie verantwortlich waren, lag die Heilung in einer grundlegenden Reform. Die Bedingungen verändern. Die unerträglichen Belastungen fortnehmen.

*Klick.* Das Chaos ruhte.

Keine Zwänge mehr, befahl Douglas Bailey. Her mit der ersten echten freien Zivilisation der Welt.

Das wurde ihm gewährt.

## Schicksal Vier

»Gewiß bin ich verbittert«, sagte der Mann links von Bailey. Er war um die Dreißig, mittelgroß, aschblond und stark betrunken. »Wer wäre das nicht?« Er trank seinen Bourbon auf Eis aus und stellte das Glas hart auf die Theke. »Noch einen«, rief er. Zu seinem Nebenmann: »Woll'n Sie auch noch einen?«

»Nein, danke«, sagte Bailey.

»Na, kommen Sie. Ich zahle. 's mindeste, was ich tun kann, so, wie ich auf Sie einrede. Nett v'Ihnen, daß Sie zuhör'n, wo ich doch'n Fremder bin un so. Aber wenn Jim Wyman – das 's mein Name –, wenn Jim Wyman an einer Schulter weint, dann 'll Jim Wyman dafüah auch zahlen.«

»Schon gut«, sagte Bailey. »Mich interessiert, was Sie mir erzählen. Ich war einige Jahre fort, wissen Sie. Bin heute erst zurückgekommen. Es hat sich viel verändert.«

»Und ob, Mr. – äh – Mr. – und ob. Wird nie mehr so sein wie früher, das schteht fest. Barmann!« brüllte Wyman. »Bleibt 'n das nächste Glas?«

Bailey biß die Zähne vor der peinlichen Szene zusammen. Er wollte nicht hinausgeworfen werden. Er wollte in kühler Dunkelheit rasten, in der Eleganz von Mahagoni und dicken Teppichen, den einen dünnen Scotch mit Wasser in die Länge ziehen, den er sich zu genehmigen wagte, und eine Stunde damit zubringen, seinen Mut wiederzugewinnen. Man hatte ihn gewarnt, daß San Francisco sich, wie jede amerikanische Großstadt, verändert habe; man hatte ihm nicht gesagt, wie schockierend der Wandel sein würde.

Der Barmann sah Wyman kurz an, zuckte die Schultern und goß ein. Auch ein Symptom, dachte Bailey. »Drake's Tavern« hätte früher einen erkennbar Betrunkenen nie bedient. Aber wenn man genau hinsah, erkannte man auch, wie staubig und schäbig die elisabethanische Einrichtung geworden war.

»Sie haben mir erzählt, daß Sie an Forschung und Entwicklung von Computern arbeiten«, sagte Bailey, in der Hoffnung, Wyman zu beruhigen.

Es wirkte. Die Stimme des Mannes klang sogar nicht mehr so verwaschen.

»Ja. Im Medi-Zentrum. Oder vielmehr, das *habe* ich getan. Bis gestern. Nicht mehr. Projek storniert. Und das wäre der größte Durchbruch gewesen seit – seit . . . nein, größer. Fun-da-mental!«

»Was war das für ein Projekt?«

Es erwies sich als etwas, das in der Theorie schon diskutiert worden war, bevor Bailey krank geworden war. Direkte Zusammenschlüsse Mensch–Maschine waren eine alte Idee, und die strombetriebenen Prothesenglieder, an das Nervensystem eines Amputierten angeschlossen, die man um 1980 entwickelt hatte, waren ein bekanntes Beispiel. Aber Integrierung des menschlichen Gehirns mit einem Computer präsentierte Schwierigkeiten von einer anderen Größenordnung. Der Anschluß war nicht das Problem. Man brauchte keine in den Schädel führenden Kabel oder ähnlichen Unsinn. Durch Verstärkung und Induktion konnten Impulse in beide Richtungen fließen, vom Neuron zum Transistor und zurück, durch rein elektromagnetische Kanäle. Aber wie man eine gemeinsame Sprache entwickeln sollte, das war die Frage. Es war nie nachgewiesen worden, daß irgendein bestimmtes enzephalographisches Muster irgendeinem bestimmten Gedanken entsprach, und tatsächlich sprachen alle Hinweise dagegen. Das Denken schien das unglaublich komplexe Funktionieren des gesamten Hirnrindennetzwerks zu sein.

»Aber auf die Grundmethode sin' wir gekommen«, sagte Wyman. »Wir haben herausgefunden, wie wir vorgehen müssen. Man braucht gar keine Spezialkodierung, nur eine En-sprechung einseins. So wie bei Sprachen. Man kann dasselbe in Englisch un' Deutsch sagen, insoweit als verschie'ne Worte dasselbe bedeuten. In der Neurophysiologie haben sie bewiesen, daß das Gehirn jeden Digitalkode in seine eigenen Prozesse aufnehmen kann, solange eindeutige Übereinstimmung besteht. Als nächstes haben die Mathematiker ein paar Grundsätze aufgestellt. Sehen Sie, neue Daten haben das ganze Problem zu ei'm von konformer Karto-kartographie gemacht. Topologisch. Verstehen Sie? Als wir die Grundsätze erst mal in der Hand hatten, na, da ging es los. Forschung un' Entwicklung. Den richtigen Computer entwickeln un' die richtige Programmierung – nicht leicht, kostet Arbeit, Personal, ein paar Jahre Anstrengung –, aber wir wissen verdammt genau, daß es geht. Und wissen Sie, was Erfolg bedeuten würde?«

Bailey nickte eifrig. Er fühlte sich von Minute zu Minute besser. So betrunken Wyman auch sein mochte, er gebrauchte die Sprache der Wissenschaft. Und das nach den vergangenen, verlorenen Jahren zu hören, war wie eine Heimkehr. Baileys Disziplin war die Soziologie gewesen, aber heutzutage beruhte auch sie größtenteils auf Mathematik, und –

Und das Mensch-Computer-System bot phantastische Aussichten. Praktisch würden der ungeheure Speicher an Daten der Maschine, die Abrufgeschwindigkeit, die Fähigkeit, binnen Mikrosekunden logische Operationen durchzuführen, der menschlichen Kreativität und dem menschlichen Wollen hinzugefügt – mit ihm integriert werden. Während der Dauer der Verbindung würden die beiden eins sein, ein fortwährend sich selbst programmierender Rechner, ein Geist von solcher Macht, daß Intelligenzquotienten keine Bedeutung mehr haben würden. Sie/er/es würde zum erstenmal in der Geschichte des Denkens die Totalität eines Problems berücksichtigen.

Gewissen naheliegenden Gefahren mußte man vorbeugen, und im Verlauf der Arbeit würden sich zweifellos weniger naheliegende bemerkbar machen, aber der zuletzt winkende Lohn schien jedes Risiko zu rechtfertigen.

»Tja, wir machen's nicht.« Wyman ließ die Schultern hängen. »Kein Geld. Gestern hat es sich entschieden. Und jetzt lasse ich mich eben vollaufen.«

»Warum kein Geld?« fragte Bailey. »Die Nationale Stiftung für Wissenschaft müßte so ein Unternehmen doch unter einer Wagenladung Gigadollars begraben.«

»Hn? Wo sin' Sie denn gewesen, Freund? Das war einmal, daß die NSW Geld zum Ausgeben gehabt hat. Bei der NIH ist es nich' anders. Wir haben uns an beide gewandt. An alle, die es gab. Nischt zu machen. Programm für geistige Gesun'heit zu teuer. Ansonsten kann der Staat nur ein paar andere Programme notdürftig finanzieren. Verteidigung – möchte man doch meinen, daß man da interessiert wär'. Na ja, klar, verdammt, sicher ist man *interessiert*, aber Sie wissen ja, in welcher Verfassung man da iss. Die Luftwaffe befördert zahlende Passagiere, die USS ›Puerto Rico‹ ist als schwimmendes Kasino unterwegs . . . nur, damit das Notwendigste an Verteidigung bezahlt werden kann. Deswegen haben wir voriges Jahr bei der Guayana-Affäre nachgegeben. Schon, der Präsident wollte das Gesicht wahren und hat was von ›ehrenhafte Regelung ohne militärischen Druck‹ gefaselt . . . aber, Herrgott noch mal, die ganze Welt weiß, daß es militärischen Druck gegeben hat – auf uns – durch *Venezuela*, Mann Gottes!« Eine Träne tropfte in Wymans Glas. »Der Teufel soll den Kerl holen«, lallte er. »Soll ihn holen und in die finsterste Hölle stecken. Verdammt soll er sein bis über die Ewigkeit hinaus. Er ist derjenige, der uns ruiniert hat. Ich wette, die französische Regierung hat ihn angestiftet dazu. Ich wette, was Sie woll'n, er hat seine Bücher geschrieben und seine Reden gehalten, nur damit er das erreicht.«

»Von wem reden Sie?« fragte Bailey.

»Sie wissen schon. Vom Professor. Von dem Franzosen. Kann seinen verdammten Namen nicht aussprechen. Der die Bekloppten versorgen will.«

»Augenblick.« Bailey erstarrte auf seinem Hocker. Seine Haut prickelte. »Sie meinen doch nicht Michael Chanson d'Oiseau?«

»Den mein' ich. Das iss er. Schangsong Dwahso. Möchte wetten, daß er in Wirklichkeit ein chinesischer Agent war, mit dem Namen. Er hat gewußt, daß dieses große, verschlampte, weichherzige, verblödete Land auf seine Ideen anspringt – sich für sie zerreißt –, über Bord kippt, rein in die Scheiße. Der hat uns ruiniert. Mein Projekt kaputtgemacht. Mein Land kaputtgemacht. Jetzt können wir gar nischt mehr tun als einen Haufen von wertlosen, hirnrissigen Faulenzern unterhalten.« Wyman hob sein Glas. »Nieder mit Schangsong Dwahso.«

»Nein.« Bailey stand auf. Sein Hocker fiel um.

»Hn?« Wyman glotzte ihn an.

*Ich darf die Wut nicht hochkommen lassen*, dachte Bailey. *Ich bin noch nicht gesund. Sie haben mir gesagt, ich muß vorsichtig sein, darf mich nicht aufregen, soll meine Gefühle immer unter Kontrolle halten, bis meine Nerven viel widerstandsfähiger geworden sind.* Aber die Wut stieg trotzdem hoch, eisig, Übelkeit erregend, daß er zu zittern anfing. Er sagte rauh: »Nur zu Ihrer Information, ich bin einer von diesen wertlosen, hirnrissigen Faulenzern.«

»Hn? Sie?«

»Glauben Sie mir nicht?« Bailey zog seine Brieftasche aus der Hose. (Er hatte gesagt, einen so guten Anzug brauchten sie ihm gar nicht zu geben, aber die Antwort war gewesen, daß das Ansehen für seine Wiedergenesung wichtig sei.) Er klappte die Karte heraus, die ihn als geistig krank einstufte. »Ich bin heute früh entlassen worden, nach fünf Jahren im Staatskrankenhaus«, sagte er. »Bevor ich krank wurde, war ich ein nützliches Mitglied der Gesellschaft. Aber dann machte ich einen Alptraum durch, wie Sie ihn sich in Ihrem Dünkel überhaupt nicht vorstellen können. Man hat mich in der Klinik gerettet. Man hätte nicht freundlicher zu mir sein können. So gut es das vorhandene Wissen gestattete, ist mein Gemüt wieder zusammengeflickt worden. Jetzt bin ich ambulanter Patient. Wenn ich ganz geheilt bin, und ich hoffe, daß es früher oder später der Fall sein wird, gehe ich wieder an die Arbeit. Und ich werde gerne meinen Anteil der Steuern dafür bezahlen, jenen zu helfen, die nicht gesund sind.«

»Ab – aber –«, wollte Wyman einwenden. Bailey ließ ihn nicht zu Wort kommen.

»Was soll das Land Ihrer Meinung nach tun? In den vergangenen zwanzig Jahren ist der Anteil an geistigen Erkrankungen beinahe in einer Exponentialreihe angestiegen. Tun müssen Sie etwas. Wofür sind Sie? Wollen Sie uns töten? Eine Gehirnlöschung vornehmen? Uns ins Exil schicken? Uns verhungern lassen? Das sind alles mögliche Wege. Aber ich sage, zusammen mit ziemlich vielen Millionen Mitmenschen, Gott sei Dank, daß Chanson d'Oiseau uns den anständigen Weg gezeigt hat, mit dem Problem fertig zu werden – und ich sage, zum Teufel mit Ihnen!«

Er schüttete Wyman seinen Drink ins Gesicht.

»Barmann!« brüllte Wyman. »Haben Sie gesehen, was er getan hat? Haben Sie gesehen, was dieser Psycho getan hat, der an der öffentlichen Titte lutschen will?«

»Überlegen Sie sich, was Sie sagen«, erwiderte der Barmann. »Er hat einen Schein, oder? Das Gesetz verlangt, daß wir darauf Rücksicht nehmen.«

»Tut es das?« rief Bailey. Erfreut goß er den Inhalt von Wymans Glas über Wymans Kopf.

»He«, sagte der Barmann, »seien Sie doch nicht so, ja? Ich muß wieder alles saubermachen.«

Bailey drehte sich auf dem Absatz um und ging hinaus.

Die Sonne schien aus einem wolkenlosen Himmel voller Wind und Möwen auf die Straße. Bailey versuchte zu übersehen,wie sie die Schäbigkeit einst prächtiger Gebäude hervorhob. Schmutzige Gehwege, triste Schaufenster, schwacher Verkehr, schlecht gekleidete Fußgänger. Der Preis war gewiß hoch, aber die Verpflichtung mußte eingehalten werden. Wie Chanson d'Oiseau geschrieben hatte – Bailey genoß die noblen, oft gelesenen Sätze in seinem Inneren und übersetzte sie, während er weiterging, ins Englische:

»Nachdem in den vorangegangenen Kapiteln gezeigt wurde, daß epidemischer Wahnsinn aus einer Situation entsteht, die der Mensch im Kollektiv (durch Übervölkerung, Übermechanisierung, Reglementierung, Entpersönlichung, alles, wogegen die tiefsten Instinkte des Menschentieres sich auflehnen) geschaffen hat, befasse ich mich jetzt damit, was mit diesen abstoßenden menschlichen Tieren geschehen muß. Ihre Zahl erzeugt in Wahrheit eine solche Last und eine Gefahr, daß das Mitgefühl für sie dazu neigt, zu erlöschen. Aber ihr Zustand ist nicht auf eigene Schuld zurückzuführen, sondern auf ein völliges Versagen der Gesellschaft. Deshalb muß ein soziales Heilmittel für diese soziale Krankheit gefunden werden.

Die Lösung, die ich vorschlagen und im einzelnen begründen werde, ist eine ausgesprochen radikale. Aber was bedeutet ›radikal‹? Das Wort rührt vom lateinischen *radix* her, was ›Wurzel‹ heißt, und so sind radikale Vorschläge solche, die an die Wurzel der Sache gehen.

Offenkundig müssen kostenlose Kliniken geschaffen werden. Aber die Psychiatrie ist unvollkommen. Es gibt wenige oder keine absoluten Heilungen. Der Patient, der im Grenzbereich der Labilität lebt oder nach der Anstaltsbehandlung ein Maß an Stabilität wiedergefunden hat, darf nie mehr denselben unerträglichen Belastungen ausgestzt werden, die seine Krankheit hervorgerufen haben. Er muß vielmehr von ihnen befreit werden. Seine ganze Aufgabe besteht darin, sich zu erholen oder zumindest seinen Zustand nicht zu verschlechtern. Deshalb sollte er öffentlich unterstützt werden, so daß er und seine Angehörigen mit einem angemessenen Lebensstandard existieren können. Und solange sein Verhalten keine direkte Bedrohung anderer darstellt, sollte er frei sein von juristischen Einschränkungen, sollte zugelassen werden, daß er seinen Impulsen auf jede Art und Weise freien Lauf läßt, die sich aus Notwendigkeit –«

Bremsen kreischten. Ein Auto kam schleudernd zum Stillstand. Der Fahrer beugte sich bleich heraus und schrie: »Sie brauchen wohl nicht aufzupassen, Sie Vollidiot?«

»Oh.« Bailey kam erschrocken zu sich und begriff, daß er mitten auf der Post Street stand, bei Rot. »Ich –«

Autos hielten gezwungenermaßen und hupten. Eine Menschenmenge sammelte sich an. Ein großer Polizist in Blau zwängte sich hindurch.

»Schon gut, schon gut«, sagte er, »was ist denn da?« Er schaute sich um. »Bei Rot über die Straße, was? Sie wollen sich wohl umbringen, wie?«

»Ich – ich –« Angst, irrational, aber von schrecklicher Echtheit, schloß ihre Finger um Baileys Kehle.

»Geben Sie ihm einen Strafzettel, Officer«, sagte der Autofahrer. »Nehmen Sie ihn gleich mit. Der ist eine Gefahr für jeden Kühlergrill.«

*Tu-ut! Tu-ut! Tu-ut!*

»Himmel, Arsch«, stöhnte der Polizist, »Ihretwegen staut sich der Verkehr bis Daly City. Kommen Sie her da! Weg von der Straße! Zeigen Sie mal Ihre –« Aber Bailey hielt ihm schon die Brieftasche hin.

Der Unterkiefer des Polizisten klappte herunter.

»Warum haben Sie denn das nicht gleich gesagt?« stieß er hervor.

Der Wagen fuhr wieder an. Der Polizist lief ihm nach und blies in seine Trillerpfeife. »Sie da! Anhalten! Wissen Sie nicht, daß Sie um ein Haar einen Unglücklichen umgebracht hätten?«

Der Fahrer erbleichte zum zweitenmal.

»Ja«, sagte eine Stimme aus der Menge, »und beschimpft hat er ihn auch noch. Hat ihn einen Vollidioten genannt.«

»Stimmt das?« sagte der Polizist.

»Ja, ganz gewiß.« Der Sprecher trat vor. »Ich habe es selbst gehört, Officer. Weiß der Himmel, welchen psychischen Schaden der rücksichtslose Kerl angerichtet hat.«

Mehrere Zeugen bestätigten die Aussage. Der Polizist sagte: »Tut mir leid, Mr. Bailey, aber ich kann ihn wegen strafwürdiger Beschimpfung nur festnehmen, wenn Sie aufs Revier kommen und eine Anzeige erstatten. Wollen Sie das tun?«

Bailey schluckte und schüttelte den Kopf.

»Na ja, auf jeden Fall kann ich ihn wegen 666 anzeigen«, sagte der Polizist grimmig. »Und er kommt vor Richter Jeffreys. Dafür sorge ich persönlich. In meinem Bezirk kommt keiner mit Beschimpfungen durch.«

Bailey hatte das Gefühl, irgendwo ein Wort einlegen zu müssen, aber er war zu betroffen. Er wollte nichts als sich davonmachen, tauchte in der Menge unter, die ihm Platz machte, und hastete zum Union Square. Das Gras dort hätte schon lange gemäht werden müssen, und überall lag Abfall herum, aber die Flaggen flatterten noch an ihren Stangen.

Augenblick. Das sollten die Fahnen von Amerika und Kalifornien sein, nicht? Doch nicht die Totenkopfflagge und SPQR und ein Campbell-Schottenmuster und Freunde in Enger Verbindung, und –

Der Mann, der als sein erster Zeuge aufgetreten war, berührte ihn am Arm.

»Kann ich Ihnen zu Diensten sein, lieber Junge?« murmelte er. »Sie sind in unserer schönen Stadt offenbar neu.«

»Na ja, ich war in ... der Anstalt«, sagte Bailey.

»Und jetzt allein? Wie schrecklich! Sie hätten ja Tage herumlaufen können, bis Sie an den Richtigen gekommen wären.« Der Mann war klein, sauber, gepflegt, verfügte über eine gebildete Ausdrucksweise; so genau Bailey auch hinsah, das einzig Bemerkenswerte an ihm war sein trägerloses blaues Samtabendkleid. Er drückte ihm nachhaltig die Hand und sagte: »Sagen Sie Jules zu mir.«

»Bailey. Douglas Bailey. Ich – äh – sind Sie auch – äh – ein Unglücklicher?«

»Aber natürlich, mein süßer Junge, aber natürlich. Sie hatten ja solches Glück, daß ich dabei war. Von uns kommen nur wenige in diese Gegend hier. Ohne einen Führer wären Sie einfach verloren gewesen.«

Ein Mann in schwarzer Uniform trat aus der Menge, stieg auf eine Bank und schrie: »Freunde! Meine lieben halbmenschlichen Freunde! Hört mir zu. Das ist eine wichtige Botschaft. Sie können sehen, daß ich weißer Abstammung bin. Nun, Freunde, ich habe eine Überraschung für euch. Ich bin etwas ganz Besonderes. Ich bin ein Rassist – ein entschiedener, fanatischer Rassist –, der behauptet und wissenschaftlich beweisen kann, daß seine eigene Rasse minderwertig ist. Die einzigen wahren Menschen auf der Erde, meine Freunde, die Hauptrichtung der Evolution, die Herren der Zukunft, sind die herrenhaften Melanesier.«

Bailey und Jules gingen dem Wind entgegen.

»Aber es scheint hier, nun, individualistische Typen zu geben«, sagte Bailey.

»Ach, mein armes Unschuldslamm«, erwiderte Jules. »Wie können Sie sie zählen? Seien Sie nicht so naiv. Das ist charmant bei Ihnen, aber trotzdem Naivität. Die Hälfte der Redner am Union Square ist normal. Sie lassen sich nur gehen, weil sie wissen, daß eine überbeanspruchte Polizei selten ihre Bescheinigungen verlangt. Und die andere Hälfte – also weißt du, Süßer, bist du nicht auch davon überzeugt, daß sie genauso schlimm sind wie die Tessies?«

»Tessies?«

Jules tätschelte Baileys Gesäß.

»Ich sehe schon, daß ich mich um dich kümmern muß, ganz im Ernst. Nein, nein, du brauchst dich nicht verpflichtet zu fühlen. Ganz meinerseits, das Vergnügen. Meine, wie soll ich sagen, Seelen-Kunst. Ich werde dich den Leuten vorstellen, auf die es ankommt. Ich werde dich einweihen. Ich werde deine Persönlichkeit umformen. Ich werde, mit einem Wort, aus dir etwas machen.«

»Was? Äh, he, hören Sie mal, ich will nicht –«

Jules griff nach Baileys Ellenbogen und schob ihn weiter.

»Tessies sind Tesserakte«, sagte er. »Vierdimensionale Spießbürger. Die soliden, unverrückbaren Normalen. Aber ich behaupte nach wie vor, daß diese Innenstadt-Psychokeramiker, selbst die mit Bescheinigung, selbst Tessies sind. Sie haben nicht die blasseste Ahnung von Innerlichem. Ich habe einmal einen von Gott faseln gehört und ihn gefragt, ob er jemals das Unendliche durch schlichte Betrachtung einer antiken Quaker-Eichentruhe begriffen hätte, und er begann buchstäblich zu *spucken*!« Sie überquerten die Straße. »Ich bringe dich auf der Stelle zu Dschingis. Ich bin sicher, daß eine Party im Anlaufen ist. Die Tageszeit ist richtig. Und er hat die köstlichsten Freunde . . . Ah, da wären wir.« Jules blieb an einem Volkswagen stehen. Er war falsch geparkt, aber der Aufkleber mit dem »U« oder vielleicht die Volants rund um die Karosserie glichen das aus.

»Sie haben einen Führerschein?« fragte Bailey in seiner Verwirrung.

Jules nickte.

»Dadurch bin ich in meinem kleinen Kreis sehr begehrt. Nicht viele davon dürfen Auto fahren, das wird dir klar sein. Manche werden deshalb richtig böse. Aber ich muß zugeben, ganz unter uns beiden, mein Lieber, daß die Gesellschaft einige Rechte auch gegen uns hat. Nicht viel, aber einige. Fällt dir denn irgendein Grund ein, warum ein Homosexueller nicht Auto fahren sollte?«

»Was? Aber, äh, aber – Ihr Fall –«

Jules kicherte.

»Ach, mein Liebster, wie hat man dich denn in der Anstalt behandelt? Hast du nie Zeitung lesen dürfen? Keine Nachrichtensendungen sehen dürfen? Na, das war doch *die* Streitfrage bei der letzten Wahl. Wir waren sogar unter uns zerstritten. Die Mattachine-Gesellschaft erklärte, sie hätte sich solche Mühe gegeben, damit wir als normale, wenn auch vom Durchschnitt abweichende Bürger anerkannt werden. Die Armen. Sie waren einfach unrealistisch. Die Vorteile der Einstufung als ›Unglücklicher‹ lohnen das Etikett wirklich. Und es soll ohnehin kein Makel sein, nicht wahr? Jeder Kandidat – ich meine, wirklich jeder, im ganzen Land –, der sich dafür aussprach, uns durch Gesetzesänderung zu Geistesgestörten zu erklären, wurde mit überwältigender Mehrheit gewählt. Ich hatte keine Ahnung, daß es so viele von uns gibt. Na, und jetzt spring hinein, Süßer, damit wir fröhlich losfahren können.«

Bailey stieg automatisch ein, seiner eigenen Schwäche bewußt, aber unfähig, viel dagegen zu tun. *Außerdem wußte ich ohnehin nicht, was ich anfangen sollte,* dachte er. *Das könnte Spaß machen. Wenn nicht, kann ich jederzeit wieder gehen. Hoffentlich.*

Sie fuhren nach Westen, über die Hügel, Richtung Haight-Ashbury. Jules zeigte unterwegs die Sehenswürdigkeiten. Der Tempel der Ishtar: »Nun, ich mag vielleicht selbst gewisse Vorurteile haben, aber ich glaube doch, daß diese Leute, die an Satyromanie und Nymphomanie leiden, ein klein bißchen vulgär sind, wenn sie nach den Gesetzen des Staates Kalifornien eine Religion daraus machen, findest du nicht? Und so unnötig.« Das Marihuana-Labyrinth auf dem Spielplatz Hamilton: »Der Prozeß ging bis vor den Obersten Gerichtshof. Was dürfen amtlich für geistesgestört erklärte Eltern bei der Erziehung ihrer Kinder und was nicht? Der Gerichtshof erklärte für Recht, daß es nach dem Vierzehnten Verfassungszusatz diskriminierend sei, amtliche Aufsicht über solche Familien anzuordnen, wenn körperlich kein Schaden angerichtet wird.« Der Blick von fern auf die geschwärzten Ruinen Oaklands: »So tragisch. Aber bei der Last, unter der sie stöhnen, ganz zu schweigen von der Zahl der Aufnahmeanträge, die weit über jener der verfügbaren Plätze liegt, muß man Institutionen wohl verzeihen, wenn sie gelegentlich glauben, ein Brandstifter sei geheilt.« Ein Schwarm Männer und Frauen, bedeckt mit künstlerischen Farbmustern und nichts sonst, posierend für die Kameras eines ausländisch wirkenden Paares: »Ich glaube, diese Touristen sind Russen. Wir haben derzeit sehr viele Russen hier. Sie lachen und lachen. Möchte wissen, warum.«

Als der Wagen hielt, schluckte Bailey und wäre am liebsten davongelaufen. An der Straße standen alte Häuser, deren Fensterscheiben zerbrochen waren, Türen hingen schief in den Angeln, Dachschindeln fehlten, Mauern waren ungestrichen und baufällig. Auf den Gehsteigen lag knöcheltief der Abfall. Die nächste Straße war unpassierbar, weil zwei Autos dort zusammengestoßen und nie entfernt worden waren. Sie waren jetzt verrostete Wracks, und aus einem huschte eine Ratte. Sonst war niemand zu sehen, außer einem Heroinsüchtigen, der sich auf einer halb eingestürzten Veranda fröhlich eine Spritze gab. Der kalte Wind trug starken Müllgeruch mit, und zwischen den Häuserwänden wurden die Schatten länger. Irgendwo lachte jemand schreiend, laut und mit schrecklicher Regelmäßigkeit.

Jules spürte Baileys Verstörtheit und tätschelte seinen Kopf.

»Keine Sorge«, sagte der kleine Mann. »Ich weiß, das wirkt vielleicht ein bißchen . . . unheimlich auf dich. Aber dein hübscher Kopf ist hier wirklich ungefährdet. Es ist nur so – nun, die Tessies haben ihre eigenen Gegenden, aber sie können doch nicht die ganze Stadt für sich beschlagnahmen, oder? Dieser Stadtteil ist den Unglücklichen überlassen worden, und sie können hier tun, was ihnen beliebt. War denn nicht übertriebene Anpassung ein Grund für ihre Erkrankung?«

Bailey nahm seinen ganzen Mut zusammen und begleitete Jules zu einer Villa im Stil Edwards, mit Türmchen, drei Stockwerke hoch, deren Wohnungen aufgeteilt waren.

»Sollten wir nicht etwas, äh, mitbringen?« fragte er. »Wenn wir uns einfach in eine Party hineindrängen . . . eine Flasche oder eine Sechserpackung Bier?«

Jules stampfte mit dem Fuß auf.

»Du *mußt* dir diese Vorstellungen abgewöhnen!« rief er. »Was könnte langweiliger sein als eine ›Party‹?« Er sprach die Anführungszeichen beinahe mit. »Wie organisiert man Vergnügen? Und was die Getränke betrifft, wenn du wirklich nicht die inneren Fähigkeiten besitzt, durch eine Willensanstrengung high zu werden, dann stehen sie auch zur Verfügung. Dschingis Khan kennt nämlich Haarlos-Joe.«

»Wirklich?«

Jules beruhigte sich und begann zu erklären.

»Wir haben einen Unglücklichen, der sich für Haarlos-Joe hält. Du erinnerst dich gewiß an die klassischen Werke. Haarlos-Joe hat Schnaps gebraut, deshalb muß jedem, der sich für Haarlos-Joe hält, gestattet werden, Schnaps zu brauen. Und es würde seiner Psyche schaden, wenn man eine Lizenz vorschreiben oder ihn besteuern würde. Die Kosten sind also geringfügig.« Er zwinkerte Bailey zu und stieß ihm den Daumen in die Rippen. »Es war nicht leicht, diese Bescheinigung zu bekommen. Haarlos-Joe ist der raffinierteste Mann, den ich kenne.«

Nach einer düsteren Eingangshalle voller Spinnweben führte eine Treppe zu Stimmengewirr und dem, was offenbar Musik sein sollte.

»Äh, wer, sagten Sie, ist unser Gastgeber?« fragte Bailey.

»Oh!« Jules schlug sich an die Brust. »Ich bin ja so froh, daß du mich erinnert hast! Es wäre einfach grauenvoll gewesen, wenn du nicht gewußt hättest, daß du ihm seinen Wahn abnehmen mußt. Vergiß nicht, ihn Dschingis Khan zu nennen. Sein Name ist – war – in Wirklichkeit Ole Swenson, aber davon reden wir nicht. Solange du ihm in ein paar vernünftigen Dingen entgegenkommst – du verstehst, Kotau, wenn du vorgestellt wirst, vor Furcht zittern, anfragen, wie es mit seiner Eroberung Chinas vorwärtsgeht –, ist er wirklich ein Liebling. Aber ich muß zugeben, daß er im anderen Fall schrecklich, schrecklich bösartig werden kann.«

»Gewalttätig?«

»O nein! Du lieber Himmel, nein!« Jules warf die Hände hoch. »Woher hast du nur diese verzerrten Eindrücke? Ich gebe zu, manche meiner Freunde sind ein wenig sonderbar, aber es ist nicht ihre Schuld, sondern die der Gesellschaft, und sie sind im Grunde alle liebe, gute Menschen, davon bin ich überzeugt.« Er senkte die Stimme. »Aber sei vorsichtig bei Dschingis. Wenn du ihn nicht als Herrscher aller Menschen behandelst, dann ... *verklagt* er dich.

Wegen psychischer Schädigung. Oft gewinnt er auch.«

Bailey befeuchtete seine Lippen und ging hinter Jules her.

Aber als er sich hineingefunden hatte, erwies sich die Party als harmlos. Er sah sich vielmehr an die Studentenzeit in Berkeley erinnert. Die sonderbare Kleidung, die eher schmutzigen Leiber, die ernsthaften und wichtigtuerischen Gespräche, das Geschmuse in verschiedenen Winkeln der Räume, die schwarz gestrichen oder mit Fallschirmseide verhängt oder auf andere Weise in der neuesten nichtkonformistischen Mode dekoriert waren, das alles wirkte sehr vertraut. Er erinnerte sich, daß seine Umgebung für ungefährlich erklärt worden war, fähig, sich in der Welt zurechtzufinden, vorausgesetzt, die Welt kam für ihren Unterhalt auf. Wie er.

Das Fest wurde größer und lauter, als aus dem Tag Nacht wurde. Freiwillige veranstalteten eine Sammlung – im Gegensatz zu anderen Bohemiens fehlte es hier nicht an Bargeld – und brachten alles mit, was man brauchte, um belegte Brote zu machen. Bailey blieb in der Wohnung, ging herum, machte sich bekannt, unterhielt sich, räumte ein, daß Jules ihm wohl einen Gefallen getan hatte. Das war wirklich eine interessante Veranstaltung.

Ab und zu wurde er enttäuscht. Zum Beispiel unterbrach ein junger Mann in einer Kutte, mit Haaren bis zu den Hüften, Baileys Diskussion mit einem ehemaligen Wirtschaftsprofessor.

»He, Phil, hast du schon das von Tommy gehört?«

»Nein, was?« fragte der Professor. Er war ein sanfter, leise sprechender grauer Mann, der sich mit seiner Unordentlichkeit eher abgefunden zu haben schien, als daß er sie genoß.

»Er ist verhaftet worden«, erwiderte der junge Mann. »Die Bullen haben ihn mit seiner Frau erwischt.«

»Hm, hm.« Der Professor schüttelte den Kopf. »Ich kann nicht behaupten, daß ich sehr viel Mitgefühl aufbringe. Du weißt, ich habe das nie gebilligt.«

»Na, hör doch auf mit deinen Tessie-Macken«, sagte der junge Mann. »Wir können nicht zulassen, daß sich die Bullen so etwas herausnehmen. Wir müssen etwas tun.«

»Was ist denn passiert?« fragte Bailey, ein Glas Wein in der Hand, eines im Magen. Inzwischen war er beinahe kühn geworden.

»Neu, Freund?« sagte der junge Mann. »Das ist so. Tommy hat sich letztes Jahr für geistesgestört erklären lassen. Hartnäckiger Fall von Eheimpotenz.«

»Soll heißen, daß das gar nicht stimmte?«

»Ach was. Tommy ist der stärkste Hengst an der Westküste. Ein Riese. Aber die Bullen haben wohl davon erfahren. Stellen Sie sich das vor! Im Privatleben eines Menschen herumschnüffeln! Was für einen Polizeistaat bekommen wir überhaupt?«

»Aber ein Simulant –« Bailey stellte fest, daß er auf den Rücken der Kutte einsprach.

Der Professor lächelte.

»Ich fürchte, das ist so alltäglich geworden, daß es in manchen Kreisen geradezu Respekt verschafft«, sagte er. »Unser junger Freund macht unter seinen Freunden kein Geheimnis daraus, daß seine religiöse Monomanie nichts als eine Methode ist, die er gefunden hat, um zu leben, ohne zu arbeiten.«

»Und Sie zeigen ihn nicht an?«

»Nein, ich muß leider zugeben, daß mir der Mut fehlt, Denunziant zu werden.« Der Professor seufzte. »Mein eigener Zusammenbruch war ganz echt. Versuchen *Sie* einmal, die moderne amerikanische Fiskalpolitik zu erklären.«

Ein, zwei Stunden später stand Bailey am Rand einer Gruppe, die einem wortgewaltigen Neger bei der Erläuterung einer Idee lauschte.

»Leute, ich sage euch, wir können das schaffen. Alles, was wir brauchen, ist die Organisation. Wenn die Homos es erreicht haben, warum nicht die Farbigen? Vor langer Zeit, bei der Entscheidung Brown gegen Schulamt, stellte der Oberste Gerichtshof fest, wie sich Diskriminierung auf die Psyche auswirkt. Richtig? Richtig. Und Gesetz hin, Gesetz her, Diskriminierung gibt es in diesem Land noch immer. Warum sollten wir also nicht ein Gesetz durchsetzen, das festlegt, daß alle Farbigen geistesgestört sind? Ist uns Whitey das nicht schuldig?«

»Tja«, sagte Dschingis Khan, »wenn man das auch auf Mongolen und Schweden anwenden könnte –«

»Ganz klar«, sagte der Neger. »Warum nicht? Ich habe mir überlegt, ob wir mit den Juden zusammengehen sollen. Aber zu viele Juden haben Tessie-Macken. Warum also nicht ihr?«

Ein rothaariges Mädchen zupfte an Baileys Ärmel, wies mit dem Kinn auf den Sprecher und flüsterte: »Das ist der Gipfel an Ironie. Fred will um jeden Preis seine Bescheinigung. Sie müßten ihn toben hören, daß der schwarze Mann aufstehen und alle schmutzigen Weißen auf der Welt massakrieren soll. Aber er ist noch durch keinen Prüfungsausschuß gekommen. Die Dreckskerle behaupten immer, er sei nicht paranoid, sondern äußere nur eine politische Meinung. Wissen Sie, tief innen mag er die Weißen. Er kann nichts dafür, es ist einfach so. Und jetzt hat er sich diesen Plan ausgedacht, damit er als Einzelperson für geistesgestört erklärt wird. Aber ich wette, das haut nicht hin. Ich wette, innerhalb von zehn Jahren ist das Gesetz im ganzen Land.«

Gegen Mitternacht begann man zu tanzen. Inzwischen drängte sich vermutlich die halbe Einwohnerschaft der Gegend im Haus, in allen Wohnungen, bis hinunter auf die Straße. Aber man kam dahinter, daß man zu Bongotrommel-Bändern hüpfen konnte, wenn man es gemeinsam tat.

Baileys Kopf schmerzte. Er fühlte sich ein wenig schwindlig. Zuviel Alkohol, Rauch, Wärme, verbrauchte Luft, Erregung, in seinem geschwächten Zustand. Aber er wollte noch bleiben. Seine inneren Störungen gingen in einem rosigen Schimmer unter. Seine Einsamkeit war nicht mehr. Diese Welt-innerhalb-der-Welt akzeptierte ihn. Das rothaarige Mädchen hatte von ihrer Analyse geredet und geredet und geredet und geredet. Aber sie sah hübsch aus und war aktiv, als sie Bauch an Bauch hüpften, und er glaubte, sie später ins Bett lotsen zu können. Er tanzte.

Die ganze Menschenmenge tanzte. Der Boden dröhnte. Die Lüster schwankten. Putz fiel herunter. Fensterscheiben barsten. *Rat-ta-plan, rat-ta-plan, paradidel, flann, flann! Hey, ha!*

Bis das ganze, von innen heraus verrottete, von Termiten zerfressene Gebäude einstürzte. Bailey blieb ein Augenblick der Erkenntnis, daß er und das Dach stürzten.

Dann begrub ihn der Schutt, und er war tot.

Der Tod war ein Sturmwind. Es war, als würde Bailey hinweggeweht, herumgewirbelt, hinauf- und hinabgeschleudert, aber durch Konzentrierung seines Willens, indem er Dinge wie Donner und Blitz und Kraken nicht beachtete, konnte er irgendwie auf geradem Kurs bleiben.

›Null‹, zählte Gott, ›eins, zehn, elf –‹

Ach, halt's Maul! fauchte er.

Was geschah mit ihm? Würde diese Folge unangenehmer Ausgänge sich ewig so fortsetzen? War er seinen wahren Tod gestorben und zur Hölle verdammt worden?

Nein. Denn was für einen Sinn hatte die Hölle, wenn man sich nicht erinnern konnte, wofür man dort war?

Er befaßte sich ausschließlich mit diesem einen Rätsel. Wer war er? Warum war er? Da er diesmal nicht so verwirrt und verängstigt war, entdeckte er, daß er sich an seine ganze Vergangenheit in allen seinen Leben erinnern konnte. Und bis zu einem bestimmten Punkt waren sie gleich. Gewöhnliche Kindheit, Studium, Reisen, Bücher, Musik, Freunde, Heirat, Scheidung, andere Frauen, andere Steckenpferde, vielversprechende Laufbahn als junger Forschungssoziologe am Medizinischen Zentrum der Universität in San Francisco, weil er seine Dissertation über das Problem verfaßt hatte, das die ständige Zunahme von Geisteskrankheiten darstellte, und nun versuchte, im Rahmen seiner eigenen Wissenschaft Ursache und Heilung zu finden ... Die Leben zweigten einige Jahre vorher voneinander ab, 1984, soweit er das bestimmen konnte.

›Eintausend, eintausendeins, eintausendzehn.‹

Aber welche von den vieren war seine wahre Existenz? Oder waren sie es alle? Nein. Das konnte nicht sein. Nichts in ihrer gemeinsamen Vergangenheit deutete darauf hin, daß seine Psyche jemals zerfallen würde. Und doch hatte sie es getan. Viermal. Waren dann jene Episoden nicht die Illusion, das wenig lustige Karussell, von dem er abspringen mußte?

Aber wie?

Nun, wie war er überhaupt aufgestiegen?

Er wußte es nicht! Die »Inkarnationen« tarnten diesen letzten Abschnitt seines Lebens. Ihr Götter und Hexen, war er dazu verdammt, den Tod in einer irren Welt nach der anderen zu repetieren, bis er zuletzt wirklich wahnsinnig wurde?

Denk nach, dachte er mit wachsender Verzweiflung. Denk angestrengt nach. Was tust du, das dich von hier in eine andere Pseudo-Existenz schleudert?

›Eintausendeinhundertelf.‹

Du überlegst dir, wo du zuletzt gewesen bist. Du siehst, was falsch war an der Art, wie sie an die Situation herangegangen sind. Du glaubst, einen besseren Weg zu sehen. Dann sagt Gott *klick*, und du bist an einem neuen Stand im Geschäft und stellst fest, daß es sich hier auch nicht lohnt.

Nimm zum Beispiel diese letzte Welt. Man hatte dort den Ansatz zu einer Idee. Die Belastungen entfernen, unter denen die schwächeren Charaktere zusammenbrechen. Der Haken dabei ist nur, daß die Gesellschaft ohne ein gewisses Maß an Unduldsamkeit und Zwang nicht funktioniert.

Jedenfalls diese nicht. Die technologische, großstadtbeherrschte, am Rationalen orientierte Gesellschaft muß den Menschen Belastungen auferlegen, und vielleicht werden sie für manche immer zu brutal sein. Aber wie wäre es mit einer gänzlich anderen Kultur? Natürlich keine Edlen Wilden, aber ... nun, der posttechnologische Mensch, der Maschinen nur für die harten, langweiligen, gefährlichen Aufgaben einsetzt, der im übrigen seine Welt von Häßlichkeit und übermäßiger Kompliziertheit befreit hat, der zu einer Natur zurückgekehrt ist, die sicher und sauber gestaltet worden ist, so daß er, während er seine animalischen Instinkte befriedigt, auch seine intellektuellen, geistigen, einzigartig menschlichen Fähigkeiten kultiviert –

*Klick.* Der Schoß der Zeit war befruchtet.

Nein! schrie Douglas Bailey entsetzt. Das war nicht mein Ernst!

Es war zu spät.

## Schicksal Fünf

Der Gebietswartungs-Roboter war defekt. Die Fähigkeit zur Eigenreparatur lag darnieder. Bailey forderte einen Ingenieur an. Der Mann konnte erst Tage später kommen. Bailey ärgerte sich in der Zwischenzeit nicht darüber, daß er das Haus in Ordnung halten mußte. Gewöhnlich machte er die Gartenarbeit ohnehin selbst. Holz schneiden und hacken, kochen, kleinere Reparaturen an Installation und Sonnenenergie-Anlage vornehmen, alles mit eigenen Händen, stellte eine angenehme Abwechslung dar. Es machte Freude, im Freien zu arbeiten. Der Hügel über der Bucht, auf dem er und der Roboter das kleine Holzhaus gebaut hatten, war nie schöner gewesen.

Aber kein einzelner konnte ein ganzes Gebiet überwachen, und Bailey hatte keine Nachbarn. (Er war keineswegs ein Eremit; er hatte sich nur für eine gewisse Zeit aus seiner Gemeinschaft zurückgezogen, um gewisse Aspekte einer philosophischen Idee auszuarbeiten.) Wenn schon nichts anderes, so war Feuer in der trockenen

Jahreszeit eine allgegenwärtige Bedrohung. Er konnte das nicht riskieren, wenn der Wald sich auf so vielversprechende Weise erholte. Außerdem wollte er nicht erleben, daß Sausalito zugrunde ging, weder durch Brände noch durch Vernachlässigung. Die verlassene Stadt besaß für ihn einen seltsamen, melancholischen Reiz.

So schaltete er sein Radiophon ein und rief Fairfax. Avis Carmen, die in diesem Jahr die Gemeinschaftsarbeiten leitete, nahm das Gespräch zufällig persönlich entgegen.

»Aber gewiß, Doug«, sagte sie. »Sie hätten uns früher verständigen sollen. Ich schicke Ihnen einen Trupp – nun, viele von den Jungen sind im Delta beim Bootfahren, so daß wir hier nicht genug entbehren könnten. Aber ich kann von woanders Freiwillige anfordern. Wie viele werden wir brauchen? Zwanzig? Okay, wir sind spätestens übermorgen bei Ihnen.«

»Vielen Dank, Avis«, sagte er.

»Wozu denn Dank? Es ist unsere klare Pflicht dem Land gegenüber. Außerdem macht ein gemeinschaftliches Unternehmen wie dieses Spaß.«

»Ich habe die Gewohnheit beibehalten, mich für Güte zu bedanken. Bin wohl altmodisch.«

»Das sind Sie, mein Lieber.« Ihre Stimme wurde heiserer. »Passen Sie auf. Ich delegiere die Leitung der Organisation an Jim Wyman und komme heute selbst vorbei.«

»Ach, das ist nicht nötig. Ich bin noch nicht in Schwierigkeiten.«

»Ich weiß. Aber wollen Sie keine hilfreiche Hand? Und etwas Gesellschaft und Sex? Sie sind seit Wochen allein.«

Bailey zögerte.

»Um ganz ehrlich zu sein, ja«, sagte er. »Ich mache mir doch Sorgen, daß ich tiefe Gemütsruhe nicht aufrechterhalten kann. Was heißt, daß ich in puncto Einsichten ohnehin nicht viel erreichen kann. Aber können Sie denn so kurzfristig weg?«

Avis lachte.

»Immer mit der Ruhe. Sie müssen versuchen, diese Aufwallungen loszuwerden. Ich schwöre Ihnen, wenn der Wandel nicht gewesen wäre, Sie hätten sich bis zu einem Nervenzusammenbruch hineingesteigert. Es schadet überhaupt nichts, wenn ich die Volkstänze und das Gemeinschaftssingen und die Handarbeitsklassen eine Weile mal nicht leite. Meine einzige entscheidende Verpflichtung ist die Ausbildung in Sanftheit, und ich bin sicher, daß Roger Breed sich um meine Sechsjährigen kümmert, während ich fort bin. Wenn Sie darauf bestehen, pedantisch und selbstgerecht zu sein, würde ich sagen, daß meine wichtigste Aufgabe Sie sind. Sie hören sich an, als hätte die Einsamkeit Ihre Aggressionen angeregt.«

»Make love, not war«, zitierte er mit einem leisen Lachen.

»Ist das nicht das Grundprinzip der modernen Welt?« erwiderte sie ernsthaft. »Nicht, daß Sie je einem anderen weh tun würden, Doug. Aber das heißt, daß unaufgelöste Spannungen sich nach innen wenden.«

Bailey beendete des Gespräch, sobald das einigermaßen möglich war, also nicht sehr bald, nach dem Kanon von Gemächlichkeit und Gesellschaftlichkeit. Avis Carmen redete zuviel und war ein bißchen zu überwältigend ernsthaft, was ihn anging.

Nichtsdestoweniger freute er sich auf ihr Kommen.

Sie traf am späten Nachmittag ein. Da sie es eilig hatte, ging sie nicht zu Fuß oder fuhr mit dem Rad oder ritt die fünfzehn oder zwanzig Meilen. Nachdem sie sich vergewissert hatte, daß kein anderer es brauchte, benützte sie eines der Luftkissenfahrzeuge des Ortes. Das Fahrzeug landete mit leisem Surren vor dem Haus. Bailey lief hinaus. Avis stieg aus. Sie war eine große Frau, ihr blondes Haar wirkte mit seinem von der Sonne gebleichten Glanz vor der gebräunten, unbekleideten Haut sehr gut. Als sie sich umarmten, war sie warm und glatt und roch nach Sommer.

»He, großer Junge«, sagte sie, »ist es so dringend?«

Er küßte die Höhlung zwischen Hals und Schulter.

»Jetzt, da du davon anfängst«, sagte er, »ja.«

»Na . . . in Ordnung. Ich habe dich auch vermißt, Doug.«

Hinterher traten sie wieder ins Freie, um ihren Koffer zu holen. Aber sie blieb stehen und flüsterte mit bebender, ungekünstelter Ehrfurcht: »Mein Gott, hast du eine Aussicht hier!« Und sie öffneten ihr Bewußtsein und wußten sich eins mit der Welt.

Die Sonne ging hinter den lebenden Eichen und Eukalyptusbäumen unter, die diesen Hügelkamm krönten. Von ihrem gewaltigen goldenen Schild strömten Speere, die beim Auftreffen flammten. Die Wände des Hauses, die Bäume ringsum, die Luft selbst waren durchtränkt von Licht. Davor fiel der Hang steil hinab zu einem Wald, bis endlich die Bucht blau schimmerte, Meile um stille Meile bis zu den lohfarbenen Hügeln im Osten. Im Süden lag San Francisco, stiegen Türme elfenhaft aus leuchtenden Nebeln empor. Stille erfüllte den Himmel bis zum Rand.

Bailey kehrte als erster in sein isoliertes Ich zurück. Er sah Tränen auf Avis' Gesicht und sagte: »Aber was ist denn?«

Sie kehrte langsam, widerwillig, von ihrer Kommunion zurück. »Nichts«, erwiderte sie. »Die Pracht. Und das Mitleid.«

»Mitleid?«

»Mit allen, die vor dem Wandel gelebt haben. Die das nie erlebten.«

»Na, na, so elend ging es uns auch nicht, Schatz. Und warum soll nur ich mir uralt vorkommen? Du bist auch in der vorherigen Zivilisation geboren.«

»Ich erinnere mich aber nicht an viel«, sagte sie ernsthaft. »Ich nehme an, die Zeit des ... des Gerichts hat einen solchen Eindruck auf mich gemacht, daß ich einen großen Teil der Kindheit vergessen habe. Das gilt für fast alle Überlebenden. Du scheinst dich an die alte Zeit besser zu erinnern als die meisten. Wir anderen, nun, man könnte sagen, das Gericht hat uns reingewaschen.«

Er vermutete, daß sie loswerden wollte, was an Leid sie gestreift hatte, denn sie fuhr beinahe heftig fort: »Es mußte sein. Wir mußten vom Weg unserer Väter losgerissen werden. Dann sahen wir, was die Unnatürlichkeit, die Zwänge, die schmutzigen kleinen Hemmungen mit der Erde und der Menschheit angestellt hatten. Wir wurden von der Vergangenheit befreit und konnten wirklich von neuem beginnen.«

»Ich bin nicht sicher, daß wir so vollkommen befreit sind«, sagte Bailey.

»Oh, wir haben behalten, was gut war.« Avis blickte auf San Francisco hinunter. »Nimm die Stadt, zum Beispiel. Sie verleiht der Szene einen Zauber. Ich bin froh, daß sie da ist, froh, daß die Maschinen sie bewahren, froh, daß Kinder als Teil ihrer Erziehung dort Besuche machen. Aber dort leben?« Sie schnitt eine Grimasse.

»Mir hat es gefallen«, sagte Bailey.

»Du hast nichts anderes gekannt, oder?«

»N-n-nein.« Seine Erinnerungen verlangten Freigabe. »Aber ich hatte Freunde. Sie sind gestorben. Alle, die ich kannte. Wie hoch ist die Schätzung? Die Seuche hat fünfundneunzig Prozent getötet? Von der ganzen Weltbevölkerung – innerhalb von Monaten! Selbst du mußt ab und zu um sie weinen.«

»Um ihr armes, vergeudetes Leben«, sagte Avis. »Nicht um ihren

Tod. Der Tod war die Erlösung, da bin ich sicher. Und welchen anderen Ausweg gab es aus der Falle, die der Mensch um sich selbst errichtet hatte? Jetzt haben wir Platz zum Atmen und den Reichtum und die Mittel und das Wissen, alles zu tun, was wir wollen, und wir verwandeln unseren Planeten in das Paradies.«

»Tun wir das?« antwortete Bailey. »Wir kennen die Gegend hier. Wir haben gelegentlichen Funkkontakt mit ein paar anderen Fragmenten, hier und dort auf der Welt. Aber sonst – na gut, vielleicht verrätst du mir, was in einer solchen Nähe wie beim Russian River vorgeht.«

»Vermutlich nichts«, sagte Avis. »Keine Menschen. Wir werden uns ausbreiten und das leere Land besetzen. Aber nicht in Eile.« Ihre Faust hieb auf den Boden. »Und wir werden uns *niemals* fortpflanzen, nie bauen und schürfen und schlagen und vergiften und zerstören in der alten obszönen Weise. Niemals! Wir haben unsere Lektion gelernt!«

Bailey entschied, daß das Gespräch bedrückend geworden war und auf andere Bahnen gelenkt werden mußte. Er legte den Arm um ihre Hüften. »Du bist ein süßes Mädchen«, sagte er, ebenso sehr, um sie zu beruhigen, wie er es ernst meinte. »Wenn Eifersucht zulässig wäre, wäre ich eifersüchtig auf deine anderen Liebhaber. Glaubst du, daß du mit mir ein Elternpaar werden möchtest?«

Sie löste ihre Anspannung, küßte ihn auf die Wange und preßte sich an ihn.

»Ich bin noch jung«, sagte sie. »Noch nicht bereit, die letzte Verantwortung zu übernehmen. Aber eines Tages . . . ja, Doug, wenn du dann noch willst, glaube ich, daß ich das möchte. Du mußt sehr gute Chromosomen haben und würdest die Vaterrolle gut spielen – und, ach, ich hab' dich gern.«

Ihr Gespräch verirrte sich in freundschaftlichen Unsinn, bis Dämmerung und Hunger sie ins Haus trieben. Nach dem Abendessen liebten sie sich auf einem synthetischen Bärenfell (obschon die Bären wiederkamen, soweit die Gattung geschützt war) vor den Flammen, die in einem echten Steinkamin tanzten, zur Begleitung von Ravels »Bolero«, gespielt auf einem rustikalen HiFi-Gerät. Das machte solches Vergnügen, daß sie es mit Strawinskys »Le Sacre du Printemps« und Bachs Toccata und Fuge in d-Moll und Beethovens Neunter und schließlich mit einem Werk von Delius wiederholten. Die moderne Lebensweise wirkte Wunder auf diesem Gebiet.

Am nächsten Nachmittag kam ein Dutzend ihrer Freunde aus Fairfax mit einer Waggonladung Ausrüstung. Gegen Abend machte ein Kontingent von der anderen Seite der Bucht mit einer Jolle fest und kletterte den Berg hinauf. Die Menschen wurden willkommen geheißen, wie neue Bekannte immer. Die Gesamtzahl war größer als nötig oder erwartet, weil mehrere Mädchen mitgekommen waren, um beim Kochen zu helfen. Aber alle brachten Nahrung mit – Rehfleisch, Wildschwein, geräucherten Fisch, getrocknetes Obst, Nüsse, Rosinen, Honig, selbstgebackenes Brot –, die dem Gemeinschaftsvorrat hinzugefügt wurde. Ein Mann hatte weitsichtig auch eine Kiste Livermore-Wein mitgebracht. An diesem Abend gab es ein großes Fest. Niemand betrank sich – in dieser Kultur betrank man sich nie –, aber man wurde angeheitert, man sang, tanzte, tauschte die Partner, maß sich in athletischen Wettbewerben, sprach Einladungen aus.

Es folgten zwei Tage anstrengender Arbeit. Die Männer streiften zu Fuß weit umher, überprüften mögliche Problemstellen, räumten Reisig aus Feuerschneisen, rissen Lacksumach aus, sprühten Mittel gegen Pflanzenkrankheiten, säuberten Fußwege und Straßen, taten alles, was sonst der Roboter gemacht hatte. Abends waren sie zu müde, um noch mehr zu tun, als zu essen und zu schlafen. Aber das Gefühl der Kameradschaft und Leistung war kostbar.

Schließlich traf der Ingenieur ein. Die Sonnenenergie-Anlage machte erneut Schwierigkeiten, so daß Bailey zufällig mit den Frauen am Haus war, als der Luftkissentransporter vom Himmel herabsank. Sie neigten achtungsvoll die Köpfe, als die hochgewachsene Gestalt in der safrangelben Kutte ausstieg. Ihr folgten die glokkenschwingenden Diener.

Der Ingenieur hob seinen Rechenschieber.

»Friede sei mit euch, meine Kinder«, intonierte er. »Ich bitte euch, führt mich zu dem Leidenden.«

»Wollt Ihr nicht vorher eine Erfrischung zu Euch nehmen, Doktor?« fragte Avis.

Der Federschmuck schwankte und zitterte, als der Kopf geschüttelt wurde.

»Meine Tochter ist liebenswürdig. Später werden wir uns in dem Geist, in dem sie angeboten wird, Ihrer Gastfreundschaft bedienen. Aber zuerst müssen wir, wenn nichts sonst, den Roboter untersuchen. Bis zu dem Grad, in dem alles, ja sogar eine Maschine, nicht in Harmonie mit sich selbst ist, bis zu diesem Grad sind auch die Welt und das Sternenall aus den Fugen. Alles Defekte ist böse, alles Böse ist defekt.«

»Der Doktor hat mich, seine Schülerin, unterwiesen«, sagte Avis demütig.

Bailey führte Ingenieur und Diener zu dem Schuppen, wo der Roboter sich befand. Sie zogen ihre Kutten aus, holten ihr Werkzeug heraus und machten sich ganz sachlich an die Arbeit. Bailey schaute zu. Seine Dienste wurden nicht länger gebraucht. Sobald der Roboter repariert war, konnte dieser selbst alles besser und schneller instand setzen als jeder Mensch.

»Du mußt die Verzögerung entschuldigen, mein Sohn«, sagte der Ingenieur zu Bailey, während er eine Abdeckplatte abschraubte. »Ich werde in einem so großen Gebiet so oft gerufen. Wenn nur mehr Leute in die Profession eintreten würden.«

»Nun, es ist eine schwere«, sagte Bailey. »Ich glaube nicht, daß die jüngere Generation den Antrieb besitzt, Jahre intensiver Ausbildung auf sich zu nehmen.«

»Wahrscheinlich hast du recht. Wir wollen hoffen, daß es uns gelingt, den wahren gemeinschaftlichen Geist einzuflößen.«

»Äh, glaubt Ihr nicht, daß die Profession erleichtert werden könnte? Könnte man nicht wenigstens die zeremoniellen Pflichten weglassen? Ich wette, Ihr braucht Monate, um beispielsweise die Messe der Materie zu lernen.«

Wieder schüttelte der Ingenieur das graue Haupt.

»Der Geist der Zeit verlangt das«, erklärte er. »Ich vermute, du erinnerst dich recht gut an die Zustände vor dem Wandel. Ich auch. Wir können beide unsere jetzige Umwelt mit einiger Objektivität betrachten. Bist du nicht auch der Meinung, daß einer der besten Züge daran der Ritus ist, Gepränge, der Wunsch, jeder Handlung von uns einen religiösen Sinn zu verleihen? Ich glaube, die spirituelle Unfruchtbarkeit der alten Welt war ein Grund, warum das Gericht sie so gründlich zerstört hat. Wofür lebten die meisten Menschen? Da ihnen der Wille fehlte, besaßen sie auch keinen Widerstand gegen die Seuche.« Er wandte sich wieder seiner Arbeit zu. »Natürlich hat sich das zum Besten gewendet«, fügte er hinzu.

»Was?«

»Aber gewiß. Wie hätten wir uns ohne einen sauberen Strich unter alles so frei entwickeln können, wie wir es jetzt tun?«

Der Defekt des Roboters war nichts Ernstes; eine Schaltung war durchgebrannt, die schnell ersetzt war. Der Ingenieur blieb nicht länger als nötig, um eine Tasse Kaffee zu trinken und einen kurzen Dankgesang zu hören. Er wurde an zu vielen anderen Orten erwartet.

Als die Männer in der Dämmerung zurückkamen, hatten sie das Gefühl, daß mehr vonnöten war. Sie mußten feiern, nicht nur das Ende ihrer Arbeit, sondern auch die Tatsache, daß dem Land Schaden erspart geblieben war. Man entschied, am nächsten Tag eine Wanderung zum Muir-Wald zu machen.

Das war ein herrlicher Ausflug, manchmal entlang der verfallenden Straße, manchmal quer über die hohen, windigen, vom Mohn flammenden Hügel. Sie sangen, unterhielten sich, spaßten, lachten oder freuten sich einfach an der Sonne und der Luft. Bailey ging die meiste Zeit neben Cynara. Sie gehörte zu den Leuten vom Ostufer, war ein kleines, zartgliedriges, rothaariges Mädchen mit den wunderbarsten großen Augen, die er je gesehen hatte. Und ihre Art der Unterhaltung gefiel ihm auch; sie hatte einen koboldartigen Humor, der Avis fehlte. Schließlich ging sie Hand in Hand mit ihm.

Da sie früh aufgebrochen und körperlich in bester Verfassung waren, erreichten sie ihr Ziel schon bald nach Mittag. Sie wollten in den großen Mammutbaumhain treten und sich mit seiner Majestät vereinen. Später würden sie ein Abendpicknick machen, ein paar fröhliche Stunden wie die erste gemeinsame Nacht verbringen, Schlafsäcke ausbreiten und unter den Sternen ruhen. Am Morgen würden sie auf getrennten Wegen nach Hause zurückkehren.

»Aber als erstes gibt es Mittagessen«, sagte Cynara. Mehrere andere nickten Zustimmung.

Avis zog die Brauen zusammen.

»Ich weiß nicht, meine Freunde«, sagte sie. »Wir sind zur Heiligung hergekommen.«

»Bitte nicht auf leeren Magen«, erwiderte Cynara.

Avis gab nach.

»Also gut. Ich nehme an, Heiligkeit ist unter diesen Umständen ein bißchen schwierig.« Sie verbeugte sich vor den Bäumen, die hinter dem Haus des Wächters emporragten.

Die Sonne gab den Segen. Die Erde hauchte Weihrauch. Eine Lerche sang.

Sie öffneten ihre Rucksäcke und belegten Brote nach Wunsch.

Bailey und Cynara saßen Schenkel an Schenkel, mit dem Rücken an einer einzelnen Eiche, als Avis zufällig vorbeikam.

»So, so«, sgte sie lächelnd. »Eine aufblühende Beziehung, wie?«

»Macht es dir etwas aus?« fragte Bailey.

Sie fuhr ihnen durch die Haare.

»Natürlich nicht, seid nicht albern.«

Nach dem Essen legte die Gruppe Betumhänge über das, was man an Kleidung trug oder nicht trug, und näherte sich dem Hain. Der Wächter trat aus seinem Haus. Sie knieten nieder, der alte Mann segnete sie, sie traten hinein in die stummen Schatten mit den Sonnenflecken.

Baileys Augen irrten von den Kathedralenbogen, die sich vor ihm hochwölbten, immer wieder zu Cynara neben ihm ab. *Na, und was ist daran falsch?* dachte er. *Selbst in der heutigen Religion. Vor allem in der heutigen Religion. Welch höheren Zweck hat der Mensch, als Glück zu geben und zu nehmen, für das Land zu sorgen und von ihm versorgt zu werden, zu wissen, daß er eins ist mit dem Kosmos?*

*Und auch eins mit seinen Mitmenschen. Wenn ich mit diesem Mädchen zusammen bin, werde ich auf irgendeine Weise auch mit Avis zusammen sein, und wenn ich mit Avis oder irgendeiner anderen Person zusammen bin, werde ich auch mit Cynara sein, und so können wir nie ungütig oder untreu sein.* Ein Lied tönte durch Baileys Inneres, aus einer alten Zeit; oder war es ein Gedicht gewesen oder beides? Er konnte sich nicht genau erinnern.

»Aber treu bin ich dir stets, Cynara, auf meine Weise.
Ja, treu bin ich dir stets, Cynara, auf meine Art –«

Eine Frau kreischte.

Der Laut schnitt wie eine Kreissäge durch diese Stille. Bailey sprang zurück. Cynara erstickte an ihrem eigenen Schrei. Ihre Begleiter, die vorausgegangen waren, wichen zurück, blieben stehen, starrten mit Augen, in denen kein Glaube war.

Alle, bis auf einen. Er lag ausgestreckt auf dem Weg, mit dem Gesicht nach unten in einer Blutlache, die unfaßbar strahlend rot war und sich ausbreitete und ausbreitete, ohne Ende.

Über ihm grinste sein Mörder. Das Wesen war riesenhaft, muskulös, in stinkende Felle gekleidet. Durch ein schmieriges Dickicht von Haar und Bart konnte man die Blattern-Narben sehen. Eine primitive Machete tropfte in seiner Hand.

Bailey reagierte mit einem Instinkt, von dem er nicht geahnt hatte, daß er ihm geblieben war. Er packte Cynara, warf sie und sich in die Höhlung, die ein Feuer in einem riesigen Baumstamm hervorgerufen hatte, und stand vor ihr, die Hände zum Kampf gespreizt.

Andere Feinde sprangen heran, ebenso verdreckt wie der erste. Sie heulten und bellten in einer Sprache, die einmal Englisch gewesen sein mochte. Zwei von den Männern aus dem Buchtgebiet ergriffen die Flucht. Einer brach zusammen, mit gespaltenem Schädel. Der zweite wurde von einem Speer durchbohrt und lag am Boden, wo er sich in Todesqual wand. Der Mörder lachte.

»Joe«, flüsterte Bailey. »Sam. Aber sie sind meine Freunde!«

Die Wut verdrängte das Entsetzen. Nie hatte er mit solcher Klarheit gesehen, Blut und Schweiß auf solche Entfernung gerochen, jeden mikroskopisch kleinen Hauch Luft gespürt, der kalt über seine Haut strich. Seine Gedanken zuckten blitzartig: *Das sind Wilde. Müssen aus dem Norden gekommen sein. In diesen Gegenden gibt es also doch Überlebende. Menschen, die wirklich zur Natur zurückgekehrt sind.*

Die Pilger standen gelähmt. Die Eindringlinge umzingelten sie. Die beiden Gruppen waren zahlenmäßig etwa gleich – nein, die zivilisierten Männer zählten noch immer vier oder fünf mehr, und die Mädchen waren ebenfalls in guter körperlicher Verfassung. Warum kämpften sie nicht? Ein Athlet konnte unter einem dieser ungeschickt gehandhabten Schwerter, Piken, Knüppel vorstürzen ... dem Feind die Waffe abnehmen ... oder ihm wenigstens die Quittung erteilen!

Bailey war beinahe schon hinausgesprungen, um den Kampf zu eröffnen, als Avis ihre Sinne zusammennahm, beide Hände erhob und rief: »Was soll das? Meine Seelengenossen, meine Brüder, was tut ihr?«

Einer aus dem Norden schrie einen Befehl. Seine Schar ging an die Arbeit. Zwei oder drei der Opfer versuchten zu fliehen, kamen aber nicht weit. Die Abschlachtung der Männer war in Sekunden vorbei, wenngleich manche von ihnen offenkundig Stunden brauchen würden, bis sie starben. Danach ergriff die Bande die Frauen.

»Nein!« kreischte Avis. »Nicht mit Tieren!«

Sie wehrte sich, bis ihr Gegner ungeduldig mit der Faust zuschlug und ihr den Kiefer brach. Die anderen Mädchen leisteten weniger Widerstand. Während sie darauf warteten, an die Reihe zu kommen, schnitten zwei von den Männern aus dem Norden Stücke von einem

Toten und aßen sie roh.

Cyrana war ohnmächtig geworden. *Ich muß sie fortbringen,* dachte Bailey in seinem Alptraum. *Fort aus . . . dieser ganzen Gegend? Wir haben vergessen, wie man kämpft. Wir haben keine Waffen, keine Ausbildung, nicht einmal den Willen, uns zu verteidigen. Und jetzt haben die Wilden uns entdeckt. Sie werden in Schwärmen über uns herfallen, uns töten, notzüchtigen, versklaven, sie werden plündern, alles niederbrennen. Es war ein Fehler, zu glauben, es sei uns gelungen, die Geschichte zum Stillstand zu bringen.*

*Aber nein. Ich kann die Meinen nicht verlassen.*

Vielleicht, vielleicht würden er und sie in dieser Höhlung übersehen werden, bis die Eindringlinge mit den von ihnen erbeuteten Frauen – wenn sie die Mädchen nicht einfach ermordeten – fortgezogen waren. Vielleicht konnten er und sie durch das Land fliehen und auf irgendeine Weise ihr sanftes Volk aufrütteln, bevor es zu spät war.

Vielleicht wäre es ihnen gelungen. Vielleicht hätten sie die Führer einer Zivilisation werden können, die zur Vervollkommnung des Krieges wissenschaftliche Methoden anwandten, den Feind ausrotteten und im Schwung weitermachten, um ein großes Reich zu errichten. Aber Cynara wurde wach und stöhnte genau in dem Augenblick, als ein paar Waldläufer auf dem Weg zum Haus des Wächters am Baum vorbeikamen. Sie riefen die anderen herbei.

Wäre Bailey bewaffnet gewesen, er hätte den Eingang in sein Refugium eine Weile halten können. Aber der erste Speer in seiner Schulter überzeugte ihn davon, daß er Raum brauchte, um sich zu bewegen, wenn er nicht hilflos niedergemetzelt werden wollte. Er stürmte hinaus und vermochte sich eine Axt anzueignen. Mit großer Befriedigung tötete er ihren Eigentümer und wich zu seinem Baum zurück. Aber die Leute aus dem Norden waren schon hinter ihm.

Dann zerschmetterte ein Knüppel seine Hirnschale, und er war tot.

Der Tod war ein Sturmwind. Nein, halt, das war nicht der Tod, nicht das Chaos, das war nur die Wahrnehmungslosigkeit des Entzugs aller Sinneseindrücke.

›Null‹, zählte Gott, ›eins, zehn, elf –‹

Ach, hör doch auf, knurrte Bailey. Glaubst Du etwa, ich weiß nicht, was Binärziffern sind?

Das war bisher die schlimmste Welt, fuhren seine Gedanken fort. Und das nicht der Kannibalen wegen. Sie waren nur arm und unwissend. Die Schlimmsten waren die zivilisierten Leute, die sich nie die Mühe machten, herauszufinden, was jenseits ihres kleinen Bezirks vor sich ging, die ruhig den Tod von ich weiß nicht wie vielen menschlichen Wesen als annehmbaren Preis für ihre eigene überlegene Kultur betrachteten – pfui!

He, warte mal. Was meine ich mit ›bisher‹? Ich will hinaus, nicht weiter hinein.

Ich sollte doch in der Lage sein, den Weg zu finden. Ich möchte es mir raten. Sonst – lebe wohl, Vernunft.

›– einhundert, einhunderteins, einhundertzehn –‹

Oder in arabischen Ziffern vier, fünf, sechs und so weiter. Das ist ein Computer. Meine Nerven nehmen seine Impulse wahr, während er in Bereitschaft steht. Das zeigt an, daß ich auf irgendeine Weise an ihn angeschlossen bin. Wenn das Ding in Aktion tritt – ja, der Simulator.

Das System Mensch–Maschine. Ich der Mensch, sie die Maschine. Gemeinsam erfassen wir ein Problem in seiner Gesamtheit.

Welches Problem?

Nun, ich bin Soziologe, ich arbeite an Ursachen und Heilung der Geisteskrankheiten. Lösungen vielerlei Art werden vorgeschlagen . . . ich entsinne mich an Bemerkungen über freiwillige Euthanasie. Aber in der Vergangenheit haben sich die Heilmittel oft als schlimmer erwiesen denn die Krankheit. Man denke an die langfristige Wirkung von Brot und Spielen auf das römische Proletariat, an die meisten Revolutionen und Versuche, Utopias zu errichten. Wir brauchen einen Weg, uns auf eine weniger blinde, vom Herumprobieren abhängige Art und Weise zu verbessern. Und es genügt nicht, ein theoretisch funktionierendes System zu entwerfen. Wir müssen vorher wissen, wie es sich in der Praxis auswirken wird auf diejenigen, die davon betroffen sind. Zum Beispiel könnte öffentliche Unterstützung unter manchen Bedingungen wirtschaftlich sinnvoll sein, die Empfänger aber demoralisieren. Wie soll man eine Gesellschaftsreform im vorhinein von innen testen? Geht das überhaupt?

Aber sicher. Die Verbindung Mensch–Maschine. Die menschliche Komponente liefert mehr als eine allgemeine Direktive. Sie steuert ihr gesamtes bewußt-unbewußtes-körperlich-genetisches Verständnis dessen bei, was es bedeutet, ein Mensch zu sein. Das geht in die Datenbanken ein, zusammen mit allen anderen Einzelinformationen, über welche die Maschine bereits verfügt. Dann nehmen Gehirn und Computer als Einheit einen sozialen Wandel an und schließen auf die Folgen. Da das Ziel darin besteht, diese Folgen von einem augenblicklichen emotionellen Standpunkt aus zu erforschen, wird das Ergebnis der Logik als »Traum« präsentiert.

Vielleicht nimmt die Maschine alles ein bißchen zu wörtlich.

Wenn eine Welt der Vorstellung sich als unerwünscht entpuppt, hat es offenkundig keinen Sinn, sie weiter zu erforschen. Das System muß mir gestatten, diese Sequenz abbrechen zu lassen. Etwa so, wie eine Person sich befehlen kann, von einem schlechten Traum zu erwachen.

Nur hat in diesem Fall das Signal zum Abschalten aus irgendeinem verdammten tiefenpsychologischen Grund die Form meines eigenen realistisch simulierten Todes angenommen. Und das hat bei mir schockartig zu einem teilweisen Gedächtnisverlust geführt. Deshalb habe ich keine unzweideutige Anordnung erteilt, das Ganze zu beenden. Deshalb wartete die Maschine in Bereitschaft, bis der Strom meines Halb-Bewußtseins etwas hochschleuderte, das es als Befehl ansehen konnte.

Das Gemüt schauderte. Guter Gott! Ich hätte so weitermachen können, bis – bis –

Okay, Simulator, bring mich nach Hause und stell die Arbeit ein.

*Klick!*

Du hast mich gehört, sagte Douglas Bailey.

Die Schöpfung begann.

## O Ihr Kleinschicksale

Er öffnete die Augen. Dunkelheit lag auf ihnen. Er schrie auf und ruderte mit den Armen.

»Heda, was ist denn? Augenblick. Ich bin ja da.«

Douglas Bailey zwang sich, still zu liegen. Seine Brust hob und senkte sich heftig, sein Puls hämmerte.

Der Induktionshelm wurde von seinem Kopf gezogen. Er blickte in das gepriesene vertraute britische Gesicht Michael Birdsongs, seines unmittelbaren Vorgesetzten, und auf das Wunder seines eigenen

Labors. Das Wissen um die Erlösung durchflutete ihn wie eine mächtige Welle.

»Alles in Ordnung?« fragte Birdsong. »Ist was schiefgegangen?«

»Ich ... ich weiß nicht.« Bailey setzte sich auf der Liege auf und ließ die Beine herabbaumeln. Er zitterte noch immer. »Wie lange war ich weg?«

»Ich habe nicht aufgepaßt, aber das kann ich Ihnen gleich sagen.« Birdsong drückte auf eine Taste. Die mit Instrumenten gespickte Tafel klickte und schob einen Papierstreifen heraus. Birdsong riß ihn ab und las. »Ungefähr fünf Sekunden.«

»Was? Hm, na ja.« Von plötzlichem Argwohn erfaßt, sagte Bailey: »Das ist doch die wirkliche Welt, oder?«

»Was? Was? Gewiß. Was sonst? Es sei denn, Sie wollen es Bischof Berkeley nachmachen. Aber verraten Sie mir doch –«

»Nein, warten Sie.« Bailey hob die Hand. »Das ist zu wichtig. Ich habe mein komplettes Gedächtnis wieder, aber es könnte falsch sein. Ich möchte es mit Ihrem vergleichen. Das könnte einen Hinweis liefern. Wie ist der Stand der mentalen Epidemie?«

Birdsong sah ihn mit verengten Augen an, bevor er antwortete. »Tja, wie Sie wollen. Sie folgt dem üblichen Hefezellen-Wachstumsgesetz. Beginnt sich abzuflachen, nicht wahr. So sollen wir rechtzeitig in der Lage sein, Behandlung in großem Maßstab und Heilung in die Wege zu leiten. Inzwischen befassen wir uns mit den Opfern auf diese und jene Weise, so gut wir zu improvisieren vermögen. Dieses Programm von uns beiden zielt darauf ab, eine schnellere, grundlegendere Antwort zu finden.« Eifer brach sich Bahn. »Haben Sie sie?«

»Ich weiß es nicht.« Bailey schob die Beine hinunter, bis er aufrecht stand, ging zum Fenster und schaute hinaus über die Stadt und die Bucht. »Wir werden meine Daten auswerten und vermutlich noch mehr sammeln müssen, nachdem wir einen Sicherheitsfaktor eingebaut haben, von dem ich festgestellt habe, daß er nötig ist. Aber später, später.« Er lachte in leichter, anhaltender Hysterie. »Im Augenblick genügt es mir zu wissen, daß es keine grundlegenden Antworten gibt – daß wir uns auf unsere langsame, ungeschickte, verschwenderische, stückweise vorgehende, phantasielose menschliche Art und Weise durchwursteln – daß ich, bei Gott, wahrhaftig wieder in der wirklichen Welt bin!«

*Eine Gefahr, der sich die Science Fiction in diesem Zeitalter ihrer wachsenden Achtbarkeit gegenübersieht, rührt daher, daß manche Leute sie einfach viel zu ernst nehmen. Ich meine damit nicht, daß sie nie oder selten ernste Themen behandeln sollten. Es soll auch nicht heißen, daß der Autor nicht jeder Geschichte, die er schreibt, das Allerbeste mitgeben sollte, dessen er zur gegebenen Zeit fähig ist. Aber wo in den heutigen kritischen Essays, bei akademischen Tagungen und den romanhaften Untergängen und Frustrationen, mit denen sie sich befassen, ist noch Platz für altmodischen Spaß?*

*Na ja, ob Professoren das tun oder nicht, das lesende Publikum schätzt nach wie vor Abenteuer, exotische Schauplätze und – in der Science Fiction – die Erforschung von einigen der unendlich vielen möglichen Formen, die Welten und das Leben auf ihnen annehmen mögen. Bei allem Respekt und auch der echten Bewunderung für meine Kollegen, deren Interessen in eine andere Richtung gehen – ich werde fortfahren, einen Gutteil meiner Zeit als Geschichtenerzähler zu verbringen.*

# Versteck

Kapitän Bahadur Torrance nahm die Nachricht auf, wie es einem Logenmeister in der Vereinigten Bruderschaft der Raumfahrer ansteht. Er hörte sie sich zu Ende an und unterbrach nur mit einigen tiefschürfenden Fragen. Danach sagte er ruhig: »Gut gemacht, Freeman Yamamura. Bitte, behalten Sie das bis auf weiteres für sich. Ich werde mir überlegen, was zu tun ist. Weitermachen.« Aber als der Ingenieur die Kabine verlassen hatte – die Mitteilung war nicht von der Art gewesen, die man über die Bordsprechanlage übermittelt –, goß er sich einen dreifachen Whisky ein, setzte sich und starrte mit leeren Augen auf den Aussichts-Bildschirm.

Er war weit gereist, hatte viel gesehen und war reich belohnt worden. Da in seinem schweren Beruf schnelle Beförderung dazu gehörte, war er jedoch noch zu jung, um nicht zu frieren, wenn er sein Todesurteil hörte.

Der Schirm zeigte eine solche Vielzahl von Sternen, hart und winterglitzernd, daß nur ein Astronaut bestimmte davon herausfinden konnte. Torrance suchte entlang an der Milchstraße, bis er Polaris fand. Dann mußte Walhalla soundso viele Grade entfernt sein, in dieser Richtung. Nicht, daß er eine Sonne vom Typ G auf diese Entfernung ohne optische Instrumente hätte erkennen können, die stärker waren als alles, was die ›Hebe G. B.‹ an Bord hatte. Aber er fand einen gewissen Trost in der Erkenntnis, daß seine Augen auf den nächstgelegenen Stützpunkt der Liga gerichtet waren (Häuser, Schiffe, Menschen, in einem grünen Tal auf Freya eingenistet), hier in diesem nahezu unerforschten Bereich unseres galaktischen Spiralarmes. Vor allem, wenn er nicht mehr damit rechnete, dort je wieder zu landen.

Das Schiff summte rings um ihn, pulsierte mit einer Quasi-Geschwindigkeit in den Vier-Raum hinein und hinaus, die das Licht weit zurückließ und doch zu langsam war, um sein Leben zu retten.

Nun ... es war Pflicht des Kapitäns, zuerst an die anderen zu denken. Torrance seufzte und stand auf. Er prüfte einen Augenblick seine Erscheinung; die Moral im Schiff war wichtig, jetzt mehr denn je. Statt des üblichen grauen Overalls des Bordlebens bevorzugte er die volle Uniform: blauer Rock, weißer Umhang und Kniehosen, goldene Litzen. Als Bürger des Planeten Ramanuja trug er auf dem dunklen Adlerkopf einen Turban mit dem Abzeichen von Raumschiff und aufgehender Sonne der Polesotechnischen Liga.

Er ging durch einen Gang zur Suite des Eigentümers. Der Steward kam gerade mit einem Tablett heraus. Torrance gab der Tür das Signal, geöffnet zu bleiben, schlug die Absätze zusammen und verbeugte sich.

»Ich bitte um Verzeihung wegen der Störung, Sir«, sagte er. »Darf ich Sie privat sprechen? Dringend.«

Nicholas van Rijn hob den Zweiliterhumpen, den man ihm gebracht hatte. Sein Mehrfachkinn wackelte unter dem steifen Spitzbart; seine Schluckgeräusche erfüllten den Raum von dem mit Papieren übersäten Schreibtisch bis zum Juwelen-Gobelin von Huy Brasea am Schott gegenüber. Aus einem Bandgerät tönte etwas von Mozart. Jeri Kofoed, blond, großäugig und durchgehend dreidimensional, hatte sich auf einem Sofa zusammengerollt und war dort leicht zu erreichen von Nicholas, der in seinem Ruhesessel lag. Torrance, der verheiratet, aber schon lange nicht mehr zu Hause gewesen war, zwang seinen Blick zurück auf den Handelsmann.

»Ahhh!« Van Rijn setzte den leeren Krug auf einen Tisch und wischte Schaum von seinem Schnurrbart. »Potz und Pestilenz, aber das erste Bier am Tag ist gut! Daran ist etwas so Kühles und – ähm – verdammt, was für ein Wort suche ich?« Er hieb sich mit einer behaarten Faust an die fliehende Stirn. »Mit jeder Woche werde ich im Hirn abwesender. Ah, Torrance, wenn Sie einmal auch ein armer, alter, einsamer, dicker Mann sind, bei dem alle Kräfte versagen, werden Sie zurückblicken, sich an mich erinnern und sich wünschen, Sie wären netter zu mir gewesen. Aber dann ist es zu spät.« Er seufzte wie ein kleiner Tornado und kratzte den Pelz auf seiner Brust. In der nahezu tropischen Temperatur, die in seinem Quartier herrschte, brauchte er nur einen Sarong um seinen riesenhaften Leib zu wickeln. »Also, was für eine vermaledeite Dummheit ist es, die ich für Sie beheben muß?«

Sein Ton war jovial. Er war überhaupt, seit die Flucht vor den Adderkops gelungen war, guter Stimmung. (Wer wäre es nicht gewesen? Daß eine bloße Raumjacht drei Raumkreuzern entkam, war mehr als eine Leistung; es war beinahe ein Wunder. Van Rijn hatte noch immer vier Dankbarkeitskerzen vor seiner Figur des Hl. Dismas aus Mars-Sandwurzel brennen.) Gewiß, manchmal, wenn ein Getränk später kam, als er es wünschte, warf er mit Geschirr nach dem Steward, und mindestens einmal am Tag feuerte er jede Person, die an Bord war. Aber das war normal.

Jeri Kofoed wölbte die Brauen.

»Dein erstes Bier, Nicky?« murmelte sie. »Na hör mal! Vor zwei Stunden –«

»*Ja*, aber das war vor Mitternacht. Wenn nicht vor Greenwich-Mitternacht, dann gewiß auf irgendeinem anderen Planeten, *nie*? Also ist jetzt ein neuer Tag.« Van Rijn nahm seine Tonpfeife vom Tisch und begann sie zu stopfen. »Na, nehmen Sie Platz, Kapitän Torrance, machen Sie es sich bequem, und borgen Sie mir Ihr Feuerzeug. Sie sehen aus wie Pudding, den man in die Luft gesprengt hat, mein Junge. Ihr jungen Leute habt alle keine Ausdauer. Als ich noch als Raumfahrer arbeitete, bei Judas, haben wir unsere Probleme allein lösen müssen. Heutzutage, Tod und Donner, kommt ihr und fragt mich, wie ihr euch die Nasen putzen sollt. Außer mir hat keiner mehr Mumm.« Er schlug sich auf den Faßbauch. »Also, was ist zum fünffachen Donnerwetter jetzt wieder schiefgegangen?«

Torrance befeuchtete die Lippen.

»Ich hätte lieber mit Ihnen alleine gesprochen, Sir.«

Er sah, wie Jeri erbleichte. Sie war kein Feigling. Auf Grenzplaneten, selbst auf den angenehmen wie Freya, gab es die nicht. Sie war mit auf eine, wie sie wußte, gefährliche Reise gegangen, weil eine solche Chance – an den Handelsfürsten der Solar-Gewürz- und Spirituosen-Gesellschaft heranzukommen, die eine der Hauptmächte in der ganzen Polesotechnischen Liga war – für eine Opportunistin einfach zu schön war, um sie zu versäumen. Sie hatte während des Kampfes und der sich anschließenden Flucht die Nerven behalten, obwohl der Tod sehr nah gewesen war. Aber sie waren noch immer weit von ihrem Planeten entfernt, zwischen unbekannten Sternen, gejagt vom Feind.

»Dann geh ins Schlafzimmer!« befahl van Rijn ihr.

»Bitte«, flüsterte sie. »Ich würde mich wohler fühlen, wenn ich die Wahrheit hören könnte.«

Die kleinen schwarzen Augen, eng an van Rijns Hakennase, flammten auf.

»Fäulnis und Fimmel!« brüllte er. »Was ist das frech, das Ding! Wenn ich sage Frosch, fix noch mal, dann springst du!«

Sie sprang empört auf. Ohne sich zu erheben, schlug er sie auf die passende Stelle. Es klang, als sei eine Pistole losgegangen. Ihr Atem stockte, sie unterdrückte ein Kreischen und stapfte in den Schlafraum. Van Rijn läutete dem Steward.

»Mehr Bier verlangt das«, sagte er zu Torrance. »Na, stehen Sie nicht da und glotzen Sie! Meine Zeit ist knapp, auch wenn ihr überbezahlten Faulpelze anders denkt. Ich muß alle Preislisten für Pfeffer und Muskatnuß auf Freya revidieren, bevor wir dort ankommen. Satan und Stinkerei! Mindestens zehn Prozent mehr könnte dieser Idiot von Faktor dort verlangen, ohne den Umsatz zu schmälern. Ich schwör' es. Alle guten Heiligen, hört mich und helft einem armen, alten Mann, der mit Hafermehlhirn-Nachttöpfen als Mitarbeitern geschlagen ist!«

Torrance beherrschte sich mit Mühe.

»Sehr wohl, Sir. Ich habe eben einen Bericht von Yamamura erhalten. Sie wissen, daß wir beim Kampf einen Beinahetreffer eingesteckt haben, der im Maschinenraum ein Loch gerissen hat. Der Konverter schien nicht beschädigt zu sein, aber nachdem das Loch geflickt war, prüfte die Mannschaft alles nach, um sicherzugehen.

Und es stellte sich heraus, daß etwa die Hälfte der Schaltungen im Infraschild-Generator zusammengeschmolzen ist. Wir können nur einen Bruchteil ersetzen. Wenn wir mit voller Quasi-Geschwindigkeit weiterlaufen, brennt der ganze Konverter in weiteren fünfzig Stunden durch.«

»Ah, s-s-so.« Van Rijn wurde ernst. Das Knacken des Feuerzeugs, als er es an die Pfeife führte, war überraschend laut. »Keine Aussicht, ganz anzuhalten, um zu reparieren? Außerhalb des Hyperraums wären wir viel zu klein, als daß die stinkigen Adderkops uns finden könnten, wie?«

»Nein, Sir. Ich sagte schon, wir haben nicht genug Ersatzteile. Das ist eine Jacht, kein Kriegsschiff.«

»Okay, wir müssen mit Hyperantrieb weiterfliegen. Wie langsam müssen wir sein, um Gewißheit zu haben, daß wir in Rufweite von Freya kommen, bevor unser Antrieb durchbrennt?«

»Ein Zehntel der Höchstgeschwindigkeit. Wir würden sechs Monate brauchen.«

»Nein, mein Freund, nicht so lange. Wir erreichen den Walhalla-Stern gar nicht. Vorher finden uns die Adderkops.«

»Vermutlich. Wir haben auch keine Vorräte für sechs Monate an Bord.« Torrance starrte auf das Deck. »Was sich mir anbietet, nun, wir könnten einen der nahen Sterne erreichen. Es könnte vielleicht einen Planeten mit Industriezivilisation geben, dessen Bewohnern man mit der Zeit beibringen könnte, die Schaltungen zu bauen, die wir brauchen. Zumindest einen bewohnbaren Planeten – vielleicht, nun . . .«

*»Nie!«* Van Rijn schüttelte den Kopf, bis die öligen schwarzen Locken um seine Schultern schwangen. »Wir Männer alle und eine Frau, für ein Leben auf einem Müllfelsen, wo es nicht einmal Weintrauben gibt? Ich nehme eine Adderkops-Granate und scheide wie ein Gentleman, verdammt!« Der Steward erschien. »Wo sind Sie gewesen? Im Bett? Bier, und Gottes Fluch auf Sie! Ich muß nachdenken! Wie erwarten Sie, daß ich nachdenke, mit einem Mund wie die Wüste im Hochsommer?«

Torrance wählte seine Worte mit Bedacht. Van Rijn würde daran erinnert werden müssen, daß im Weltraum der Kapitän zuletzt die alleinige Entscheidung hat. Aber der alte Teufel durfte trotzdem nicht zum Feind gemacht werden, denn er genoß den Ruf, daß er sich aus den ärgsten Klemmen herauszuwinden verstand.

»Ich bin für Vorschläge offen, Sir, aber ich kann nicht die Verantwortung übernehmen, einen Angriff herauszufordern.«

Van Rijn stand auf und wankte in der Kabine umher, Schimpfworte und blaue Vulkanwolken ausstoßend. Als er an dem Wandbrett vorbeikam, wo St. Dismas stand, drückte er aufgebracht die Kerzen aus. Das schien in ihm etwas auszulösen. Er drehte sich um und sagte: »Ha! Industriezivilisationen, ja, vielleicht. Nicht nur die von der Pest erzeugten Adderkops streifen in diesem Teil des Weltraums umher. Vielleicht besteht die Möglichkeit, daß wir in Ortungsreichweite eines anderen Raumschiffs kommen. Sie sorgen dafür, daß Yamamura unsere Ortungsempfindlichkeit hochtreibt, bis wir eine Mücke in meinem Büro in Djakarta auf der Erde mit den Flügeln wackeln fühlen. Dann verlassen wir den direkten Kurs und fliegen bei reduzierter Geschwindigkeit ein übliches Suchmuster der Marine.«

»Und wenn wir ein Schiff finden? Es könnte dem Feind gehören.«

»Das Risiko gehen wir ein.«

»Auf jeden Fall verlieren wir Zeit, Sir. Die Verfolger holen auf, während wir eine Suchhelix fliegen. Vor allem dann, wenn wir Tage damit zubringen, eine nichtmenschliche Besatzung, die von der menschlichen Rasse noch nie etwas gehört hat, dazu zu überreden, daß wir sofort nach Walhalla gebracht werden müssen.«

»Die Brücke verbrennen wir, wenn wir sie erreichen. Sie haben vielleicht einen aussichtsreicheren Plan?«

»Hm . . .« Torrance überlegte eine Weile düster.

Der Steward kam mit einem frischen Krug herein. Van Rijn riß ihn an sich.

»Ich glaube, Sie haben recht, Sir«, sagte Torrance. »Ich gehe und –«

»Jungfräulich!« brüllte van Rijn los.

Torrance zuckte zusammen.

»Was?«

»Jungfräulich! Das war das Wort, das ich gesucht habe. Das erste Bier am Tag, Sie Idiot!«

Die Kabinentür gongte. Torrance stöhnte. Er hatte auf etwas Schlaf gehofft. Wenn aber das Schiff durch die Dunkelheit geisterte, auf der Suche nach einem anderen Schiff, das dort draußen sein mochte oder auch nicht, und die Verfolger rückten näher ...

»Herein!«

Jeri Kofoed kam herein. Torrance gaffte, sprang auf und verbeugte sich.

»Freelady! Was – was – was für eine Überraschung! Gibt es irgend etwas, das ich tun kann?«

»Bitte.« Sie legte ihre Hand auf die seine. Ihr Kleid war aus Schimmerit und schamlos ausgeschnitten, weil van Rijn nichts anderes zur Verfügung gestellt hatte, aber der Blick, den sie Torrance zuwarf, hatte damit nichts zu tun. »Ich mußte kommen, Logenmeister. Wenn Sie überhaupt Mitleid aufbringen, dann werden Sie mich anhören.«

Er bot ihr einen Stuhl an, eine Zigarette, und zündete sich selbst eine an. Der Rauch, tief in die Lunge gesogen, beruhigte ihn. Er setzte sich an den Tisch.

»Wenn ich Ihnen helfen kann, Freelady Kofoed, dann bin ich sehr gern dazu bereit, das wissen Sie. Ähm ... Freeman van Rijn ...«

»Er schläft. Nicht, daß er irgendeinen Anspruch auf mich hätte. Ich habe keinen Vertrag oder sonst etwas unterschrieben.« Ihre Gereiztheit machte einem schiefen Lächeln Platz. »Oh, zugegeben, wir sind alle Tieferstehende, tatsächlich ebenso wie im Rang. Ich verstoße nicht gegen seine Wünsche, nicht wirklich. Er will nur meine Fragen nicht beantworten, und wenn ich nicht erfahre, was vorgeht, muß ich anfangen zu schreien.«

Torrance wog eine Reihe von Faktoren ab. Eine private Erklärung, mit mehr Einzelheiten, als sie der Besatzung geliefert worden waren, mochte für sie wahrhaftig am besten sein.

»Wie Sie wünschen, Freelady«, sagte er und berichtete, was mit dem Konverter geschehen war. »Wir können das nicht selbst beheben«, schloß er. »Wenn wir mit hoher Quasi-Geschwindigkeit weiterfliegen, brennt er durch, bevor wir ankommen, und ohne Energie würden wir bald zugrunde gehen. Wenn wir langsam genug weiterfliegen, um ihn nicht ganz zu zerstören, brauchen wir ein halbes Jahr, um Walhalla zu erreichen, aber für eine so lange Zeit reichen unsere Vorräte nicht. Die Adderkops würden uns außerdem in ein, zwei Wochen aufspüren.«

Sie fröstelte.

»Warum? Ich verstehe nicht.« Sie starrte eine Weile auf ihre glimmende Zigarette, bis ein gewisses Maß an Fassung und mit ihm ein

Anflug von Humor zurückgekehrt waren. »Ich mag auf Freya als flottes, modernes Mädchen gelten, Kapitän, aber Sie wissen noch besser als ich, daß Freya ein Provinzplanet am äußersten Rand der menschlichen Zivilisation ist. Wir haben kaum Raumverkehr, abgesehen von den Handelsschiffen der Liga, und die bleiben nie lange im Hafen. Ich verstehe von militärischer oder politischer Technologie wirklich kaum etwas. Niemand hat mir gesagt, daß das etwas Wichtigeres als eine Erkundungsmission sei, weil ich nie auf den Gedanken gekommen bin, mich zu erkundigen. Weshalb sind die Adderkops so begierig darauf, uns zu fassen?«

Torrance überdachte das Gesamtbild, bevor er sich zu einer Antwort entschloß. Als Raummann der Liga mußte er sich anstrengen, um zu begreifen, wie wenig der Feind in Wahrheit für Kolonisten bedeutete, die ihre Heimatwelt selten verließen. Der Name ›Adderkop‹ war freyanisch, ein Ausdruck der Verachtung für Gesetzlose, die ein Jahrhundert vorher von dem Planeten geworfen worden waren. Seither hatten die Freyaner jedoch keine direkte Berührung mit ihnen gehabt. Irgendwo in den unerforschten Tiefen jenseits von Walhalla hatten die Flüchtlinge sich auf einem unbekannten Planeten niedergelassen. Im Laufe der Generationen nahm ihre Zahl zu, ebenso die ihrer Kriegsschiffe. Freya war aber noch immer zu stark für einen erfolgreichen Überfall, und der Planet besaß keine außerplanetarischen Unternehmungen, die gestört werden konnten. Weshalb sollte Freya sich also den Kopf zerbrechen?

Torrance beschloß, bei der Erklärung systematisch vorzugehen, selbst wenn er Bekanntes wiederholen mußte.

»Nun«, sagte er, »die Adderkops sind nicht dumm. Sie halten sich halbwegs auf dem laufenden und wissen, daß die Polesotechnische Liga ihren Wirkungsbereich auf diese Region ausdehnen möchte. Das paßt ihnen nicht. Es würde das Ende ihrer Überfälle auf Planeten bedeuten, die sich nicht wehren können. Nicht, daß die Liga aus Heiligen bestünde; wir dulden dergleichen nicht, aber nur deshalb nicht, weil Freibeuterei die Gewinne unserer Mitgliedsfirmen schmälert. Die Adderkops fingen keinen großen Krieg gegen uns an, sondern begannen unsere Außenposten zu belästigen, damit wir es als aussichtslos aufgeben sollten. Sie besitzen den Vorteil, ihren eigenen Raumsektor genau zu kennen. Und wir standen wirklich schon im Begriff, diese ganze Region abzuschreiben und es anderswo zu versuchen. Freeman van Rijn wollte einen letzten Versuch unternehmen. Der Widerstand dagegen war so stark, daß er hierherkommen und die Expedition selbst leiten mußte.

Ich nehme an, Sie wissen, was er getan hat. Er entwickelte eine skandalöse Geschicklichkeit im Bestechen und Bluffen, quetschte aus den wenigen Gefangenen, die wir machten, heraus, was sie wußten, und fügte entlegene Tatsachen aneinander. Er bekam einen Hinweis auf einen bislang ungeprüften Bereich. Wir flogen hin, entdeckten eine Neutrino-Spur und folgten ihr zu einem von Menschen kolonisierten Planeten. Wie Sie wissen, handelt es sich dabei fast mit Gewißheit um ihre eigene Heimatwelt.

Wenn wir diese Information zurückbringen, wird es mit den Adderkops keine Probleme mehr geben. Nicht, nachdem die Liga ein paar Schlachtschiffe von der Stern-Klasse hinschickt und damit droht, ihren Planeten zu bombardieren. Das ist ihnen auch klar. Wir sind geortet worden, mehrere Kriegsschiffe stellten uns, und wir konnten von Glück sagen, daß wir entkommen sind. Ihre Schiffe sind veraltet, und bis jetzt haben wir ihnen säuberlich die Fersen gezeigt. Aber ich glaube kaum, daß sie aufgehört haben, nach uns zu suchen. Sie werden ihre gesamte Flotte eingesetzt haben. Hyperantrieb-Vibrationen werden augenblicklich übertragen und sind auf eine Entfernung von etwa einem Lichtjahr wahrzunehmen. Wenn irgendein Adderkop also unsere ›Kielspur‹ ortet und uns mit ihr aufspürt – während wir lahm sind –, ist alles aus.«

Jeri zog heftig an ihrer Zigarette, blieb aber sonst ruhig.

»Welche Pläne haben Sie?«

»Einen Gegenzug. Statt zu versuchen, Freya zu erreichen – äh – ich meine, wir fliegen mit mittlerer Geschwindigkeit eine Such-Helix und strengen uns mit unseren Detektoren an. Wenn wir ein anderes Schiff entdecken, benützen wir das letzte Ächzen unserer Antriebe, um es zu erreichen. Wenn es ein Adderkop-Schiff ist, nun, vielleicht können wir es kapern oder sonst etwas; wir haben in unseren Türmen immerhin zwei Lichtgeschütze. Es könnte aber auch ein nichtmenschliches Fahrzeug sein. Unsere Geheimdienstberichte, Verhöre von Gefangenen, die Auswertung der Beobachtungen von Forschungsschiffen usw. weisen darauf hin, daß in dieser Region drei oder vier verschiedene Arten den Hyperantrieb besitzen. Die Adderkops selbst sind sich darüber nicht ganz sicher. Der Weltraum ist so verdammt groß.«

»Wenn es sich als nichtmenschlich herausstellt?«

»Dann werden wir tun, was angezeigt erscheint.«

»Verstehe.« Ihr strahlend blonder Kopf nickte. Sie blieb eine Weile stumm sitzen, bevor sie ihn mit einem strahlenden Lächeln verzauberte. »Danke, Kapitän. Sie ahnen nicht, wie sehr Sie mir geholfen haben.«

Torrance unterdrückte ein albernes Grinsen.

»Es war mir ein Vergnügen, Freelady.«

»Ich fliege mit Ihnen zur Erde. Wußten Sie das? Freeman van Rijn hat mir eine sehr gute Stellung versprochen.«

*Das tut er immer,* dachte Torrance.

Jeri beugte sich vor.

»Ich hoffe, wir haben während der Reise zur Erde Gelegenheit, uns näher kennenzulernen, Kapitän. Oder auch gleich jetzt.«

Die Alarmanlage suchte sich diesen Augenblick aus, um zu schrillen.

Die ›Hebe G.B.‹ war eine Jacht, keine Seeräuber-Fregatte. Wenn Nicholas van Rijn an Bord war, verwischte sich der Unterschied jedoch manchmal ein wenig. So besaß sie mehr Beine als die meisten Raumschiffe, Detektoren von unerhörter Empfindlichkeit und eine Besatzung, die in der Taktik des Überholens erfahren war.

Sie vermochte eine Ortung zu den Hyperemissionen des anderen Raumschiffes zu erlangen, bevor ihre eigenen Vibrationen wahrgenommen werden konnten. Hinter dem unsichtbaren Fahrzeug herfliegend, errechnete sie dessen Kurs und setzte dann alle verfügbaren Antriebsreserven ein, um es abzufangen. Hätte das fremde Schiff Quasi-Beschleunigung beibehalten, wäre der Kontakt in drei oder vier Stunden erfolgt. Statt dessen zeigte seine Kielspur ein Wegscheren an, einen Versuch, zu fliehen. Die ›Hebe G.B.‹ änderte den Kurs ebenfalls und begann gegenüber der Beute aufzuholen.

»Sie haben Angst vor uns«, entschied Torrance. »Und sie flüchten nicht zurück zur Adderkop-Sonne. Beides deutet darauf hin, daß sie keine Adderkops sind, aber Anlaß haben, sich vor Fremden zu fürchten.« Er nickte eher grimmig, denn während der vorbereitenden Überprüfung hatte er ein paar rückständige Planeten besichtigt, die Besuch von der Banditennation erhalten hatten.

Als die Verfolgten feststellten, daß der Verfolger den Abstand immer mehr verringerte, schalteten sie ihren Hyperantrieb ab. Zurückgekehrt zu spezifischer Unterlichtgeschwindigkeit, den Konverter auf Minimalausstoß gedrosselt, wurde ihr Schiff in einem praktisch unendlichen Raum zu einem unendlichen kleinen Pünktchen. Das Manöver ist oft erfolgreich; nachdem der Feind einige Zeit nutzlos herumgesucht hat, gibt er auf und kehrt um. Die ›Hebe G. B.‹ war aber vorbereitet. Der bekannte Überlicht-Vektor vermittelte zusammen mit dem Augenblick des Abschaltens ihren Computern eine grobe Vorstellung davon, wo die Beute sich befand. Die »Hebe G. B.« flog weiter in dieses Raumvolumen und sprang dann in einem klug entworfenen Schuschema hin und her, in Abständen in den Normalzustand zurückkehrend, um den Neutrino-Dunst zu sondieren, den jeder Atomantrieb hinterläßt. Die als Sterne bekannten Atommaschinen erzeugten am meisten, aber durch statistische Analyse sonderten die Computer bald eine nahe, schwach strahlende Quelle aus. Die Jacht flog dorthin . . . und blaß vor dem glitzernden Himmel tauchte das andere Schiff auf ihren Schirmen auf.

Es hatte die mehrfache Größe der Jacht, war ein Zylinder mit stumpf abgerundetem Bug und massiven Antriebskonussen, zahlreichen Gehäusen für Hilfsboote und einem einzigen Geschützturm. Die Prinzipien der Physik schreiben vor, daß die Form aller Schiffe, die einem bestimmten Zweck dienen, in der Regel gleichartig ist, aber jeder Raumfahrer konnte erkennen, daß dieses Fahrzeug nicht von Angehörigen der Technischen Zivilisation erbaut worden war.

Feuer gleißte. Selbst mit der automatischen Reduzierung seiner Sichtschirme war Torrance für Augenblicke geblendet. Instrumente verrieten ihm, daß das fremde Schiff eine Fusionsgranate abgeschossen hatte, die durch seine eigenen Robokanoniere mit einer Rakete abgefangen worden war. Der Angriff war armselig langsam und schwach erfolgt. Hier handelte es sich in keinem Sinn um ein Kriegsfahrzeug; es war der ›Hebe G. B.‹ so wenig gewachsen, wie die Jacht einem der sie verfolgenden Adderkops.

»Okay, jetzt ist diese Albernheit erledigt, und wir können zum Geschäftlichen kommen«, sagte van Rijn. »Rufen Sie sie über Telekom und entwickeln Sie eine gemeinsame Sprache. Schnell! Dann teilen Sie mit, daß wir nichts Böses vorhaben, sondern nur nach Walhalla mitgenommen werden wollen.« Er zögerte, bevor er mit einer Grimasse hinzufügte: »Wir können gut bezahlen.«

»Könnte sich als schwierig erweisen, Sir«, sagte Torrance. »Unser Schiff ist erkennbar von Menschenhand gebaut, aber es spricht manches dafür, daß die einzigen Menschen, denen sie begegnet sind, Adderkops waren.«

»Nun, wenn es notwendig ist, können wir entern und sie zwingen, uns mitzunehmen. Beeilen Sie sich, in Satans Namen! Wenn wir hier wie Dösköppe zu lange warten, werden wir geschnappt.«

Torrance wollte darauf hinweisen, daß sie einigermaßen in Sicherheit seien. Die Adderkops befanden sich weit hinter dem schnelleren terrestrischen Schiff. Sie konnten keine Ahnung davon haben, daß sein Hyperantrieb jetzt abgeschaltet war; und wenn sie Verdacht schöpften, bestand keine meßbare Wahrscheinlichkeit, daß sie es finden würden. Dann fiel ihm ein, daß die Sache nicht ganz so einfach lag. Wenn die Verhandlungen mit den Fremden übermäßig lange dauerten – im besten Fall über ein Woche –, würden Adderkop-Staffeln in diese Region eingedrungen und darüber hinausgeflogen sein. Sie würden vermutlich monatelang Ausschau halten. Dies auch zu tun, war den Menschen mangels ausreichender Nahrung nicht möglich. Sobald ein Hyperantrieb eingeschaltet wurde, mußten die Adderkops das orten und dieses plumpe Handelsschiff mühelos einholen können. Die einzige Hoffnung bestand aber darin, sich sehr bald nach Walhalla mitnehmen zu lassen und den Vorsprung zu nutzen, der schon gewonnen war, um den Nachteil verringerter Geschwindigkeit auszugleichen.

»Wir versuchen es auf allen Frequenzen, Sir«, sagte Torrance. »Bis jetzt keine Antwort.« Er runzelte besorgt die Stirn. »Das verstehe ich nicht. Sie müssen wissen, daß wir sie in der Hand haben, und sie müssen unsere Rufe aufgefangen und begriffen haben, daß wir uns unterhalten wollen. Warum reagieren sie nicht? Würde sie nichts kosten.«

»Vielleicht haben sie das Schiff verlassen«, meinte der Kom-Offizier. »Sie könnten Rettungsboote mit Hyperantrieb haben.«

»Nein.« Torrance schüttelte den Kopf. »Das hätten wir wahrgenommen ... Versuchen Sie es weiter, Freeman Betancourt. Wenn wir in einer Stunde keine Antwort haben, gehen wir längsseits und entern.«

Die Empfangsschirme blieben leer, aber am Ende der Frist, als Torrance gepanzerte Raumanzüge ausgab, meldete Yamamura etwas Neues. Der Neutrino-Ausstoß hatte sich durch eine Quelle in Hecknähe des fremden Schiffes gesteigert. Irgendein Prozeß lief ab, der mäßige Mengen an Energie erforderte.

Torrance klappte seinen Helm herunter.

»Das sehen wir uns an.«

Er teilte eine Notmannschaft ein – van Rijn übernahm unter lautem Protest die Brücke – und führte sein Prisenkommando zur Hauptluftschleuse. Glatt wie ein gleitender Hai (der alte Halunke war also doch ein erstklassiger Raumfahrer, begriff der Kapitän mit einigem Erstaunen) heftete die »Hebe G. B.« einen Traktorstrahl an und zog sich zu dem größeren Schiff.

Dieses verschwand. Der Rückstoß warf die Jacht hin und her.

»Beelzebub und Botulismus!« fauchte van Rijn. »Er ist in den Hyperraum zurückgesprungen, wie? Das werden wir ja sehen!« Der defekte Konverter kreischte, als er ihn zuschaltete, aber die Antriebe erhielten Energie. Mit eineinhalb Lungenflügeln holte das terrestrische Schiff den Fremden erneut ein. Van Rijn vollführte das Einphasen so beiläufig, daß Torrance beinahe vergaß, für wie schwierig selbst Meisterpiloten dieses Manöver hielten. Er wich einem verzweifelten Druckstrahl aus und befestigte seine Jacht mit undurchtrennbaren Kraftbändern an dem größeren Rumpf. Er schaltete den Hyperantrieb wieder ab, denn der Konverter konnte nicht mehr viel ertragen. Da sich die ›Hebe G. B.‹ innerhalb des fremden Kraftfeldes befand, wurde sie mitgeführt, wenngleich der »Widerstand« zusätzlicher Masse die Quasi-Geschwindigkeit stark herabsetzte. Wenn er gehofft hatte, das erfaßte Raumschiff werde aufgeben und in den Normalzustand zurückkehren, sah er sich enttäuscht. Die miteinander verbundenen Rümpfe stürzten weiterhin schneller als das Licht auf eine namenlose Konstellation zu.

Torrance unterdrückte einen Fluch, rief seine Leute zusammen und ging hinaus.

Er hatte vorher noch nie ein feindliches Fahrzeug mit Gewalt geentert, vermutete aber, daß es nicht viel anders sein würde, als sich den Weg in ein Wrack freizuschneiden. Als er sich die Stelle ausgesucht hatte, brachte er ein Ballonzelt an, um Luft zu liefern; es bestand kein Anlaß, die fremde Besatzung zu töten. Die Schweißbrenner seiner Leute spuckten Flammen; blaue aktinische Funken stoben zurück und tanzten durch Null-Schwerkraft. Inzwischen stand der Rest des Trupps mit Strahlern und Handgranaten bereit.

Auf der anderen Seite fielen die Wölbungen der beiden Rümpfe zur Unendlichkeit hinab. Ohne ausgleichende elektronische Sichtschirme war der Himmel durch Brechungsabweichung und Doppler-Effekte auf unheimliche Weise verzerrt, so, als wären die Männer schon tot und stießen durch die andere Existenz vor zum Jüngsten Gericht. Torrance richtete seine Gedanken fest auf praktische Dinge. Sobald er an Bord war und die Nicht-Menschen zu Gefangenen gemacht hatte, wie sollte er sich mit ihnen verständigen? Vor allem dann, wenn er zuerst ein paar von ihnen niederschießen mußte ...

Die Außenhaut wurde aufgerollt. Er betrachtete die Innenstruktur der Rumpfwand fasziniert. So etwas hatte er noch nie zuvor gesehen. Diese Rasse hatte die Raumfahrt ganz gewiß unabhängig von der Menschheit entwickelt. Obwohl ihre Technik sich an dieselben Naturgesetze halten mußte, war sie im Detail radikal andersartig. Was war das für ein zäher, aber korkartiger Stoff, mit dem man den Innenrumpf ausgekleidet hatte? Und hatte man die Schaltungen darin eingelassen? (Er konnte sie sonst nirgends entdecken.)

Die letzte Barriere gab nach. Torrance schluckte krampfhaft und schoß einen Blendstrahl ins Innere. Dunkelheit und Vakuum. Als er den Rumpf betrat, schwebte er schwerelos; die künstliche Schwerkraft war abgeschaltet. Die Besatzung verbarg sich irgendwo, und ...

Und ...

Eine Stunde später kehrte Torrance auf die Jacht zurück. Als er auf die Brücke kam, sah er van Rijn bei Jeri sitzen. Das Mädchen wollte etwas sagen, sah sich das Gesicht des Kapitäns genauer an und preßte die Lippen zusammen.

»Na?« knurrte der Händler gereizt.

Torrance räusperte sich. Seine Stimme klang für ihn fremd und aus weiter Ferne.

»Ich glaube, Sie sollten sich das lieber ansehen, Sir.«

»Sie haben die Besatzung gefunden, wo bei der flackernden Hölle sie sich auch versteckt hat? Wie sieht sie aus? Was für ein Schiff ist es, das wir uns geangelt haben?«

Torrance beantwortete die letzte Frage zuerst.

»Es scheint ein interstellares Tierfänger-Transportschiff zu sein. Der Hauptladeraum ist voller Käfige – ich sollte eher sagen, ausgestattet mit Abteilen, die über kontrollierte Umweltbedingungen verfügen – mit der verflixtesten Ansammlung von Wesen, die ich außerhalb vom Zoo in Luna City je gesehen habe.«

»Was, zum Donner, geht das mich an? Wo ist der Tierfänger selbst mit seinen Knallköpfen von Freunden?«

»Tja, Sir.« Torrance schluckte. »Wir sind inzwischen ziemlich sicher, daß sie sich vor uns verstecken. Zwischen den anderen Tieren.«

Man brachte eine Röhre zwischen der Hauptschleuse der Jacht und der in den Rumpf des großen Schiffes geschnittenen Öffnung an, pumpte Luft hindurch und verlegte Elektrokabel, um die Prise zu beleuchten. Durch raffinierte Manipulationen mit dem Schwerkraftgenerator der ›Hebe G.B.‹ versorgte Yamamura das fremde Schiff mit etwa 1/4 G, allerdings konnte er die Schwerkraft nicht gleichmäßig verteilen, so daß die Decks auf höchst unterschiedliche Weise gekippt zu sein schienen.

Selbst unter solchen Bedingungen bewegte van Rijn sich schwerfällig. Er stand auf der gekaperten Brücke, in der einen Hand eine Salami, in der anderen eine rohe Zwiebel, und schaute sich erbost um. Es konnte sich nur um die Brücke handeln, obwohl sie sich statt in der Mitte im Bugteil befand. Die Sichtschirme waren noch in Betrieb. Eine Steuerkonsole bildete am Vorschott einen Halbkreis. Sie war zu groß, als daß ein einzelner Mensch sie hätte bedienen können. Der Konstrukteur hatte mutmaßlich aber nur einen einzigen Piloten im Auge gehabt, weil sich in der Mitte des Bogens ein Einzelsitz befand. Befunden hatte. Aus dem Deck ragte ein kurzer Metallpfosten empor. An anderen Stellen sah man ähnliche Gebilde, und wo einst Sessel befestigt gewesen waren, sah man Schraublöcher. Aber die Sitze waren entfernt worden.

»Der Pilot saß wohl dort in der Mitte, wenn sie nicht einfach mit Automatik geflogen sind«, meinte Torrance. »Navigator und Kom-Offizier . . . hier und dort? Ich weiß nicht recht. Jedenfalls haben sie wahrscheinlich keinen Ko-Piloten eingesetzt, aber der Sesselpfosten an der Rückseite des Raumes deutet darauf hin, daß ein zusätzlicher Offizier bereitsaß, um einspringen zu können.«

Van Rijn kaute seine Zwiebel und zupfte an seinem Spitzbart.

»Verteufelt groß, die Konsole«, sagte er. »Muß eine Rasse von dreimal verdammten Oktopussies sein, ha? Sehen Sie sich an, wie kompliziert das ist.«

Er wedelte mit der Salami. Die Konsole, die aus irgendeinem Fluorkarbon-Kunststoff bestand, wies sehr wenige Schalter oder Tasten auf, aber Dutzende von flachen Leuchtplatten. Jede derselben maß ungefähr zwanzig Zentimeter im Quadrat. Manche waren niedergedrückt. Offensichtlich handelte es sich hier um die Steuerelemente. Ein vorsichtiger Versuch hatte ergeben, daß starker Druck nötig war, um sie zu bewegen. Der Versuch war auf der Stelle beendet gewesen, denn die Frachtluke des Schiffes hatte sich geöffnet, und es war viel Luft verlorengegangen, bevor Torrance die Platte, die er betätigt hatte, hart genug behämmerte und sich dadurch der Rumpf wieder abdichtete. Man sollte mit dem atomgetriebenen Unbekannten nicht spielen, vor allem nicht im galaktischen Raum.

»Sie müssen stark wie Pferde sein, um mit diesem System zu steuern, ohne Erschöpfung anheimzufallen«, fuhr van Rijn fort. »Die Größe von allem spricht ebenfalls dafür.«

»Nun, nicht direkt, Sir«, sagte Torrance. »Die Sichtschirme scheinen für Zwerge gemacht zu sein. Die Meßgeräte noch mehr.« Er wies auf eine Serie von Instrumenten, die nicht größer als Drucktasten waren und auf denen jeweils eine einzelne Ziffer leuchtete. (Oder ein Buchstabe oder Ideogramm oder was? Sie hatten entfernte Ähnlichkeit mit Alt-Chinesisch.) Ab und zu wechselte ein Symbol den Wert. »Ein Mensch könnte nicht lange damit umgehen, ohne seine Augen arg zu überanstrengen. Daß sie Augen besitzen, die für Feinarbeit geeignet sind, beweist natürlich nicht, daß sie nicht Riesen sein können. Dieser Schalter wäre von hier aus ohne lange Arme gewiß nicht zu erreichen, und er scheint für große Hände gemacht zu sein.« Er stellte sich auf die Zehenspitzen und berührte ihn, ein übergroßes Doppelstock-Ding an der Decke, über dem mutmaßlichen Pilotensitz.

Der Schalter klappte herunter.

Von achtern drang ein Brüllen herein. Torrance taumelte unter einer plötzlichen Krafteinwirkung zurück. Er hielt sich an einem Vorsprung am Hinterschott fest, um sein Gleichgewicht wiederzufinden. Das dünne Metall knickte, als er sich anklammerte.

»Ruß und Rochen!« schrie van Rijn. Er spreizte seine massiven Beine, griff hinauf und klappte den Schalter hoch. Der Lärm hörte auf. Alles wurde wieder normal. Torrance hastete zum Brückeneingang, einem hohen Bogendurchgang, und schrie in den Korridor: »Alles okay! Keine Sorge! Wir haben es unter Kontrolle!«

»Was, in Herkules' Namen, ist passiert?« fragte van Rijn scharf.

Torrance wurde einem leichten Zittern Herr.

»Notschalter, würde ich sagen.« Seine Stimme schwankte. »Schaltet das Schwerefeld auf volle Kraft voraus, ohne Energie auf die

Beschleunigungskompensatoren zu verschwenden. Natürlich befinden wir uns im Hyperraum, so daß die Wirkung nicht sehr groß war. Hat uns einen Schub von weniger als einem echten G gegeben. In normalem Zustand hätten wir mindestens um einige G beschleunigt. Das ist für schnelle Flucht und ... und ...«

»Und Sie, mit einem Hirn wie Gärsirup und Fingern wie Bananen, greifen hin und klappen ihn herunter!«

Torrance spürte, wie ihm das Blut ins Gesicht schoß.

»Woher sollte ich das wissen, Sir? Ich muß weniger Zug ausgeübt haben als ein halbes Kilo. Schließlich haben Notschalter keine Feinauslöser. Wenn man bedenkt, wieviel Kraft es kostet, eine von diesen Steuerplatten zu betätigen, kann kein Mensch annehmen, daß der Schalter auf eine so kleine Anstrengung reagiert.«

Van Rijn schaute sich den Schalter genauer an.

»Ich sehe, daß es einen Haken gibt, wo man ihn festmachen kann«, sagte er. »Vielleicht verwenden sie ihn, wenn das Schiff sich auf einem Planeten mit hoher Schwerkraft befindet.« Er starrte durch ein Loch bei der Mitte der Konsole, das etwa einen Zentimeter im Durchmesser und fünfzehn in der Tiefe maß. Unten ragte ein kleiner Schlüssel heraus. »Das muß noch eine Spezialsteuerung sein, wie? Sicherer als der Schalter da. Man würde eine ganz dünne Pinzette brauchen, um ihn zu drehen.« Er kratzte sich an den pomadisierten Locken. »Aber warum hängt dann keine schmale Zange dabei? Ich sehe nicht einmal einen Haken, eine Klammer oder eine Schublade dafür.«

»Ist mir egal«, sagte Torrance. »Wenn die ganze Innenausstattung entfernt ist ... Im Maschinenraum gibt es nichts als einen Schlakkenhaufen, sage ich Ihnen – geschmolzenes Metall, verschmorter Kunststoff ... Betten, Mobiliar, alles, von dem sie glaubten, es könnte uns einen Hinweis auf ihre Identität liefern, haben sie in einem improvisierten Schmelzkessel verbrannt. Sie haben ihren eigenen Konverter dazu benützt, die erforderliche Hitze zu erzeugen. Das war die Ursache für den Neutrino-Strom, den Yamamura entdeckt hat. Sie müssen gearbeitet haben wie die Wahnsinnigen.«

»Aber sie haben doch gewiß nicht alle notwendigen Werkzeuge und Maschinen zerstört, oder? Dann wäre es einfacher gewesen, das ganze Schiff mit uns zusammen zu sprengen. Ich habe geschwitzt wie ein Eber, aus Angst, sie könnten das tun. Kein so gutes Ende für einen armen, sündigen, alten Mann, dreihundert Lichtjahre von den Weinbergen der Erde entfernt in radioaktiven Gestank zerblasen zu werden.«

»N-n-nein. Soviel wir nach einer oberflächlichen Untersuchung sagen können, haben sie nichts absolut Wichtiges sabotiert. Natürlich haben wir keine Gewißheit. Yamamuras Leute würden Wochen brauchen, eine ungefähre Vorstellung davon zu gewinnen, wie dieses Schiff konstruiert ist, gar nicht zu reden von der Steuerung in der Praxis. Aber ich gebe zu, die Besatzung zielt nicht auf Selbstmord ab. Sie hat uns sogar säuberlicher in der Falle, als sie weiß. Hilflos durch den Raum mitgezerrt – vielleicht unterwegs zu ihrem Heimatstern. Auf jeden Fall fast im rechten Winkel zu dem Kurs, den wir einschlagen wollen.« Torrance verließ als erster die Brücke. »Vielleicht sehen wir uns den Zoo genauer an, Sir«, fuhr er fort. »Yamamura hat davon gesprochen, Geräte aufzustellen . . . mit deren Hilfe wir die Besatzung von den Tieren unterscheiden können.«

Der große Frachtraum nahm fast die Hälfte vom Volumen des großen Schiffes ein. Ein Korridor unten, ein Laufgang oben führten durch eine zweifache Reihe von Doppeldecker-Abteilen. Es waren insgesamt sechsundneunzig, und sie unterschieden sich nicht voneinander. Jedes hatte eine Seitenlänge von etwa fünf Metern, mit regulierbaren Leuchtplatten in der Decke und einem federnden, vermutlich trägen Kunststoff am Boden. An den Seitenwänden verliefen Simse und Parallelstangen, für solche Wesen gedacht, die gerne sprangen oder kletterten. Die Rückwand war an stark abgeschirmte Maschinen angeschlossen; an diesen wagte Yamamura nichts zu verändern, meinte aber, sie regelten offensichtlich Luftzusammensetzung, Temperatur, Schwerkraft, Sanitäres und andere Umweltfaktoren in jedem der ›Käfige‹. Die Vorderwand an Korridor und Laufgang war durchsichtig. Sie enthielt eine massive Luftschleuse, die motorisiert, aber von einfachen Rädern innen und außen gesteuert war. Nur wenige Abteile waren leer.

Die Menschen hatten in diesem Frachtraum keine Leuchtröhren verlegt, weil es nicht notwendig war. Torrance und van Rijn gingen durch Schatten, zwischen Ungeheuern; das simulierte Licht von einem Dutzend verschiedener Sonnen umströmte sie: rot, orange, gelb, grünlich und stahlblau.

Ein Ding wie ein Riesenhai, nur mit Greifarmen um den Kopf,

schwamm in einer wassergefüllten Kammer zwischen blättrigen Seepflanzen. Daneben war ein Käfig voll winziger, fliegender Reptile, deren Schuppen in allen Prismafarben schillerten, während sie durch die Luft zuckten und huschten. Auf der gegenüberliegenden Seite kauerten vier Säugetiere in gelbem Nebel – wunderschöne Wesen von der Größe eines Bären, mit grellen Tigerstreifen, zumeist auf allen vieren gehend, gelegentlich aber aufrecht; dann bemerkte man die einziehbaren Krallen zwischen kurzen Fingerstümpfen und die Fleischfresserkiefer an den massiven Schädeln. Ein Stück weiter kamen die Menschen an einem halben Dutzend glatter, roter Tiere vorbei, die aussahen wie sechsbeinige Ottern und sich in einem Wassertank tummelten. Die Umwelt-Maschinen mußten entschieden haben, daß dies ihre Futterzeit war, denn ein Trichter spie Klumpen von eiweißhaltigem Material in einen Trog, und die Tiere sprangen hin, um es mit ihren Fangzähnen zu zerfetzen.

»Automatische Fütterung«, sagte Torrance. »Ich vermute, daß das Futter an Ort und Stelle synthetisch hergestellt wird, nach den Erfordernissen jeder einzelnen Gattung, bestimmt durch biochemische Methoden. Auch für die Besatzung. Jedenfalls haben wir nichts gefunden, was nach einer Kombüse aussieht.«

Van Rijn schüttelte sich.

»Nichts als synthetische Stoffe? Nicht einmal ein kleines Glas Genever vor dem Abendessen?« Seine Miene hellte sich auf. »Ha, vielleicht finden wir hier einen neuen Markt. Und bis sie sich über die Lage klarwerden, können wir verdreifachte Preise verlangen.«

»Als erstes müssen wir sie finden«, sagte Torrance kurz.

Yamamura stand etwa in der Mitte des Frachtraumes und zielte mit einer Garnitur von Instrumenten auf einen bestimmten Käfig. Jeri stand dabei, reichte ihm, was er verlangte, steckte an einem kleinen Energieerzeuger ein und aus. Van Rijn tauchte vor ihnen auf.

»Was geht hier überhaupt vor?« fragte er.

Der Chefingenieur wandte ihm das geduldige braune Gesicht zu.

»Der Rest der Mannschaft untersucht das Ganze in allen Einzelheiten, Sir«, sagte er. »Ich stoße dazu, sobald ich Freelady Kofoed in diese Aufgabe hier eingewiesen habe. Sie kann das Routinemäßige übernehmen, während wir anderen unsere besonderen Fähigkeiten nutzen, um . . .« Er verstummte und grinste schief. »Um Apparaturen unter die Lupe zu nehmen, die wir mit unseren beschränkten Mitteln frühestens in einem Monat verstehen können.«

»Einen Monat, soviel Zeit haben wir nicht«, sagte van Rijn. »Sie prüfen hier die Bedingungen in jedem einzelnen Käfig?«

»Ja, Sir. Sie werden natürlich registriert, aber wir können die Geräte nicht ablesen, also müssen wir es selbst prüfen. Ich habe dieses Zeug zusammengebastelt, um Annäherungswerte für Schwerkraft, Luftdruck und -zusammensetzung, Temperatur, Lichtspektrum und so weiter zu gewinnen. Das geht langsam, in erster Linie wegen der vielen Arithmetik, die nötig ist, um die Meßziffern in solche Daten zu verwandeln. Zum Glück brauchen wir nicht alle Abteile oder auch nur die meisten zu untersuchen.«

»Nein«, sagte van Rijn. »Selbst für einen Gewerkschaftsfunktionär ist dieses Schiff ganz offenkundig nicht von Fischen oder Vögeln gebaut worden. Irgendeine Art von Händen ist immer erforderlich.«

»Oder Fühler.« Yamamura wies mit dem Kopf auf die Kammer vor ihm. Das Licht darin war von düsterem Rot. Mehrere schwarze Wesen waren erkennbar, die dort ruhelos umherliefen. Sie besaßen kurzbeinige Vierfüßlerkörper, aus denen sich Rümpfe in Zentaurenart zu Köpfen erhoben, die mit einer Art Knochenmaterial gepanzert waren. Unter den gesichtslosen Köpfen befanden sich sechs dicke, sehnige Arme in Reihen zu je drei. Zwei davon endeten in drei knochenlosen, aber vermutlich kräftigen Fingern.

»Ich vermute, das sind unsere scheuen Freunde«, sagte Yamamura. »Wenn es so ist, wird es verdammt schwer werden. Sie atmen Wasserstoff unter hohem Druck und dreifacher Schwerkraft bei einer Temperatur von sechsundfünfzig Grad minus.«

»Sind sie die einzigen, die diese Art von Wetter schätzen?« fragte Torrance.

Yamamura warf ihm einen scharfen Blick zu.

»Ich sehe schon, worauf Sie hinauswollen, Käpt'n. Nein, nicht die einzigen. Während ich die Apparatur zusammenbaute und ausprobierte, fand ich bereits drei andere Kammern, in denen die Bedingungen ähnlich sind. Und die Tiere dort sind offenkundig nur Tiere, Schlangen usw., die dieses Schiff auf keinen Fall gebaut haben können.«

»Aber dann können diese Kraken-Pferde nicht die Besatzung sein, oder?« meinte Jeri schüchtern. »Ich meine, wenn die Besatzung Tiere auf anderen Planeten einfängt, dann nimmt sie doch keine von zu Hause mit, oder?«

»Vielleicht doch«, sagte van Rijn. »Wir haben auch eine Katze und zwei Papageien an Bord der ›Hebe G.B.‹. Oder es gibt auch viele Planeten mit sehr ähnlichen Bedingungen der Wasserstoff-Art, genauso wie Erde und Freya sehr ähnliche Sauerstoff-Planeten sind. Das beweist also gar nichts.« Er wandte sich Yamamura zu und war einem rotierenden Globus sehr ähnlich. »Aber hören Sie, selbst wenn die Besatzung die Luft abgelassen hat, bevor wir an Bord kamen, warum überprüfen Sie die Reservetanks nicht? Wenn wir Luft gespeichert finden von der Art, wie die Kreaturen hier sie atmen . . .«

»Daran habe ich auch gedacht«, sagte Yamamura. »Das war sogar beinahe das erste, wonach zu suchen ich meinen Leuten auftrug. Sie haben nichts gefunden. Ich glaube auch nicht, daß sie irgendeinen Erfolg haben werden. Was sie fanden, war ein wandelbarer Vielfach-Katalysator. Jedenfalls sieht das Ding danach aus, auch wenn wir Tage brauchen würden, um Gewißheit zu erhalten. Ich vermute, daß er verbrauchte Luft erneuert und als Chemosynthesizer wirkt, um Verluste aus einer Ladung einfacher anorganischer Verbindungen zu ersetzen. Die Besatzung hat vermutlich die Luft im Schiff in den Weltraum abgelassen, bevor wir an Bord kamen. Wenn wir wieder fortgehen, falls wir es tun, werden sie die Tür ihres eigenenKäfigs einen Spalt öffnen, damit die Luft darin herausdringen kann. Der Umweltregulator wird den Chemosynthesizer automatisch zwingen, sie zu ersetzen. Schließlich wird das Schiff ausreichend mit Gas von der Art gefüllt sein, wie sie es brauchen, um hinausgehen und das Ganze richtig einregulieren zu können.« Er zuckte die Schultern. »Immer vorausgesetzt, daß sie das überhaupt nötig haben. Vielleicht passen ihnen erdähnliche Bedingungen sehr gut.«

»Äh, ja«, sagte Torrance. »Vielleicht sehen wir uns noch weiter um und gehen die möglicherweise intelligenten Arten durch.«

Van Rijn wälzte sich neben ihm her.

»Was für Intelligenz haben sie, die vermurksten Wesen?« murrte er. »Warum überhaupt diese idiotische Maskerade?«

»Sie ist nicht so idiotisch, daß sie bisher nicht gewirkt hätte«, meinte Torrance trocken. »Wir werden von einem Schiff mitgeschleppt, das wir nicht anhalten können. Sie müssen wohl hoffen, daß wir entweder aufgeben und abziehen, oder daß wir ahnungslos bleiben, bis das Schiff seine Heimatregion erreicht. Zu diesem Zeitpunkt wird vermutlich ein Schiff der Kriegsmarine – oder was sie sonst haben – uns orten, längsseits gehen und feststellen, was geschehen ist.« Er blieb vor einer Kammer stehen. »Ich frage mich . . .« Der Vierbeiner darin hatte die Größe eines Elefanten, war aber schlanker, was auf eine niedrigere Schwerkraft als die der Erde hindeutete. Seine Haut war grün und ein wenig geschuppt, auf dem Rücken verlief eine Haarkrause. Die Augen waren wachsam und rätselhaft. Er besaß einen elefantenartigen Rüssel, der in einen Ring von Pseudofingern auslief; letztere mußten so kräftig und sensitiv sein wie Menschenfinger.

»Wieviel könnte eine einarmige Rasse erreichen?« überlegte Torrance. »Etwa soviel wie wir, stelle ich mir vor, wenn auch nicht auf so leichte Weise. Und pure Kraft würde vieles ausgleichen. Dieser Rüssel könnte eine Eisenstange verbiegen.«

Van Rijn gab einen Knurrlaut von sich und ging an einem Abteil mit gefiederten Huftieren vorbei. Am nächsten blieb er stehen.

»Hier sind Wesen, die passen könnten«, sagte er. »Früher hatten wir etwas in dieser Art auch auf der Erde. Wie nannte man sie? Quintilla? Nein, Gorilla. Oder noch besser, Schimpansen von Gorillagröße.«

Torrance spürte sein Herz pochen. Zwei benachbarte Zellen enthielten je vier Tiere von einer Art, die sehr vielversprechend aussah. Sie waren Zweibeiner, kurzbeinig und langarmig. Zwei Meter hoch, mit einer Armspannweite von drei Metern, konnte einer von ihnen gewiß die Steuerkonsole allein bedienen. Die Handgelenke, dick wie Männerschenkel, endeten in vierfingrigen Händen. Die dreizehigen Füße waren auf Gehen spezialisiert, wie der Fuß des Menschen. Ihre Körper waren mit braunem Vlies bedeckt. Ihre Köpfe waren verhältnismäßig klein, fast spitz zulaufend, mit dicken Schnauzen und Knopfaugen unter vorspringenden Stirnwülsten. Sie wanderten ziellos herum, und Torrance sah, daß sie nach Männchen und Weibchen getrennt waren. An den Halsseiten bemerkte er je zwei Röhren mit Schließmuskeln. Das Licht, in dem sie standen, war vom vertrauten gelblichen Weiß eines Sterns vom Typ Sol.

Er zwang sich zu der Antwort: »Ich bin mir nicht sicher. Diese gewaltigen Kiefer verlangen entsprechende Kiefermuskeln, die an einem Wulst oben auf dem Schädel befestigt sind. Das verringert die Gehirnkapazität.«

»Wenn sie nun Hirne im Bauch haben?« sagte van Rijn.

»Na ja, bei manchen kommt das vor«, murmelte Torrance. Als der Handelsmann nach Luft schnappte, fügte er hastig hinzu: »Nein, Sir, das ist kaum anzunehmen. Die Nervenwege wären zu weit und so weiter. Jedes Tier, von dem ich weiß, trägt, wenn es überhaupt ein Zentralnervensystem besitzt, das Gehirn in der Nähe der wichtigen Sinnesorgane, die gewöhnlich im Kopf liegen. Gewiß, ein relativ kleines Gehirn muß innerhalb gewisser Grenzen nicht bedeuten, daß diese Wesen nicht intelligent sind. Ihre Neuronen könnten ohne weiteres leistungsfähiger sein als die unsrigen.«

»Hmpff und Hasenpfeffer!« sagte van Rijn. »Könnten, könnten, könnten!« Als sie zwischen fremdartigen Kreaturen weitergingen, fuhr er fort: »Wir können auch nicht zu sehr nach Atmosphäre oder Licht gehen. Wenn die Besatzung sich versteckt, könnte sie die Bedingungen von der Norm erheblich abweichen lassen, ohne sich zu schaden. Auch bei der Schwerkraft um zwanzig oder dreißig Prozent.«

»Ich hoffe nur, daß sie Sauerstoff atmen – he!« Torrance blieb stehen. Erst einen Augenblick danach begriff er, was an den Gestalten unter dem organgeroten Licht so unheimlich war. Sie trugen Chitinpanzer, waren nicht viel größer als ein kantiger Militärhelm und hatten etwa auch diese Form. Darunter ragten vier kurze, dicke Beine hervor, von denen sie ungeschickt auf Krallenfüßen umhergetragen wurden, sowie zwei kurze Greifarme, die in ein Büschel Wimpern ausliefen. Es war, an anderen außerirdischen Tieren gemessen, nichts Besonderes an ihnen, außer den zwei Augen, die unter jedem Helm hervorblickten. Sie waren so groß und auf irgendeine Weise menschlich wie – nun –, wie die Augen eines Kraken.

»Schildkröten«, schnaubte van Rijn. »Höchstens Gürteltiere.«

»Es kann nicht schaden, Jer – Freelady Kofoed auch ihre Umweltbedingungen überprüfen zu lassen«, sagte Torrance.

»Es wird Zeit kosten.«

»Ich frage mich, was sie fressen. Ich sehe keine Mäuler.«

»Die Greifarme sehen aus wie Kapillarsauger. Ich wette, sie sind Schmarotzer oder übergroße Egel oder irgend etwas anderes. Kommen Sie.«

»Was tun wir, nachdem wir geklärt haben, welche Arten als Besatzung in Frage kommen könnten?« fragte Torrance. »Versuchen, uns der Reihe nach mit jeder zu verständigen?«

»Das hat nicht viel Sinn. Sie verstecken sich, weil sie keinen Kontakt wollen. Wenn wir ihnen nicht beweisen können, daß wir keine Adderkops sind . . . aber schwer zu sehen, wie.«

»Warten Sie! Warum verstecken sie sich überhaupt, wenn sie mit den Adderkops Berührung hatten? Das wäre doch wirkungslos.«

»Ich glaube, das kann ich Ihnen sagen, verdammt«, erwiderte van Rijn. »Um ihnen einen Namen zu geben, wollen wir diese unbekannte Rasse die Ekser nennen. Also. Die Ekser fliegen schon seit einiger Zeit durch den Weltraum, aber der Raum ist so groß, daß sie noch nie auf Menschen gestoßen sind. Dann taucht die Adderkop-Nation auf, in diesem Sektor, wo vorher nie Menschen gewesen sind. Die Ekser hören von dieser schrecklichen neuen Rasse, die auch in den Weltraum vorgestoßen ist. Sie landen auf primitiven Planeten, wo Adderkops Überfälle durchgeführt haben, reden mit Eingeborenen, stellen vielleicht automatische Kameras dort auf, wo sie bald mit einem Überfall rechnen, spähen vielleicht von fern Adderkop-Lager aus oder kapern ein einzelnes Adderkop-Schiff. Sie wissen also, wie Menschen aussehen, aber nicht viel mehr. Sie wollen nicht, daß Menschen über sie Bescheid wissen, also meiden sie jede Berührung; sie wollen sich keinen Ärger einhandeln. Brutzelnder Höllenrost! Torrance, wir müssen mit dieser Besatzung ins reine kommen, damit sie uns nach Freya bringt und hinterher ihren Führern mitteilt, daß nicht alle Menschen so schlimm sind wie die schleimigen Adderkops. Sonst wachen wir vielleicht eines Tages auf mit Planeten, die von den Eksern angegriffen werden, und bevor der Kampf zu Ende ist, haben wir Milliarden ausgeben müssen.« Er schüttelte seine Fäuste und brüllte wie ein verwundeter Stier. »Es ist unsere Pflicht, das zu verhindern!«

»Unsere erste Pflicht ist es, lebendig heimzukommen, würde ich sagen«, erklärte Torrance knapp. »Ich habe Frau und Kinder.«

»Dann hören Sie auf, Jeri Kofoed Schafsaugen zu machen. Ich habe sie als erster gesehen.«

Die Suche förderte noch eine weitere Möglichkeit zutage. Vier Organismen von der Größe eines Menschen und dem Körperbau dickbeiniger Raupen hielten sich unter grünlichem Licht auf. Ihre Körper waren dunkelblau, silbergepunktet. Ein Rumpf, ähnlich dem der Zentauroiden mit ihren Greifarmen, aber stämmiger, mit zwei echten Armen. Den Händen fehlten die Daumen, aber sechs Finger, im Dreiviertelkreis angeordnet, konnten Vergleichbares leisten. Nicht, daß hinlängliche Hände wirksame Intelligenz beweisen;

auf der Erde können nicht nur Affen, sondern auch eine Reihe von Reptilien und Amphibien damit aufwarten. Die runden Köpfe mit den flachen Gesichtern dieser Wesen jedoch, die großen, lebhaften Augen unter Fühlern ungewisser Funktion, die kleinen Kiefer und zarten Lippen erschienen alle vielversprechend.

*Aber was versprechen sie?* dachte Torrance.

Drei Erdentage später eilte er durch einen Zentralkorridor zum Maschinenraum der Ekser.

Der Gang war ein großer Halbzylinder, ausgekleidet mit demselben gummiartigen grauen Kunststoff wie die Käfige, der Schritte schluckte und Gesprochenes auf unheimliche Weise erstickte. Aber eine tiefere Vibration durchlief ihn, das fast unterschwellige Dröhnen des Hyperantriebs, der das Schiff in die Dunkelheit zu einem unbekannten Stern jagte und jedem Verfolger, der auf ein Lichtjahr an sie herankam, ihr Vorhandensein anzeigte. Die von den Menschen angebrachten Leuchtröhren waren weit voneinander entfernt, so daß man sich durch Abschnitte summender Schatten bewegte. Vom Korridor öffneten sich türlose Räume. Manche waren immer noch voller Vorräte, und so sonderbar die Form von Werkzeugen und Behältern auch sein mochte, so fremd ihr Zweck, sie ließen erkennen, daß man noch lebte, daß man noch nicht ein Gespenst auf dem Fliegenden Holländer war. Andere Kabinen waren jedoch bewohnt gewesen, und ihre Nacktheit jagte Torrance Schauer über den Rücken.

Nirgends war eine persönliche Spur zurückgeblieben. Bücher, sowohl Kodex wie Mikro, gab es, aber in der kleingedruckten Symbolik eines fremden Planeten. Leere Stellen auf den Regalen verrieten, daß alle illustrierten Bände geopfert worden waren. Auf jeden Fall konnte Torrance an den Wänden erkennen, wo Bilder heruntergerissen worden waren. In den großen Privatkabinen, in der noch größeren, die ein Salon gewesen sein mochte, ebenso im Maschinenraum, in der Werkstätte und auf der Brücke waren nur die Pfosten geblieben, an denen Mobiliar verschraubt gewesen war. Lange, niedrige Nischen und kleine Zellen waren in die Kabinenschotts eingelassen, aber wie konnte man, wenn alle Betten in einen weißglühenden Ofen geworfen worden waren, erraten, welche die Kojen darstellten . . . wenn es solche gegeben hatte? Kleidung, Schmuck, Koch- und Eßutensilien, alles war vernichtet worden. Ein Raum mußte ein Waschraum gewesen sein, aber alle Anlagen waren herausgerissen worden. Ein anderer mochte für wissenschaftliche Studien verwendet worden sein, möglicherweise von gefangenen Tieren, war aber so verwüstet, daß kein Mensch daraus klug werden konnte.

*Bei Gott, man muß sie bewundern,* dachte Torrance. Gefangen von Wesen, die für gewissenlose Ungeheuer zu halten sie allen Grund hatten, wählten die fremden Wesen nicht den einfachen Ausweg, die Atomexplosion, die beide Besatzungen vernichtet hätte. Sie hätten es vielleicht getan, wenn es sich hier nicht zufällig um ein Zoo-Schiff gehandelt hätte. Aber in der Hoffnung auf ein Überleben ergriffen sie die Chance mit einem phantasievollen Wagemut, dem wenige Menschen Gleiches entgegenzusetzen gehabt hätten. Nun saßen sie offen da, warteten darauf, daß die Ungeheuer sich entfernten – ohne zum Trotz ihr Schiff zu zerstören – oder eines ihrer Kriegsschiffe auftauchte, um sie zu retten. Sie konnten nicht wissen, daß ihre Gegner keine Adderkops waren, oder daß dieser Raumsektor bald von Adderkop-Geschwadern wimmeln würde; die Banditen wagten sich auch nur selten so nah an Walhalla heran. Innerhalb der Grenzen verfügbarer Information handelten die fremden Wesen mit vollkommener Logik. Aber was das für Nerven verlangte!

*Wenn wir sie nur erkennen und Freundschaft schließen könnten,* dachte Torrance. *Die Ekser wären für die Erde verdammt gute Freunde. Oder für Ramanuja, Freya oder die ganze Polesotechnische Liga.* Er grinste schief. *Ich wette, sie wären nicht annähernd so leicht zu übertölpeln, wie Old Nick das glaubt. Sie könnten leicht ihn hereinlegen. Das möchte ich gern erleben!*

*Aber mein Grund ist viel persönlicher,* dachte er mit neuerlicher Düsterkeit. *Wenn wir dieses Mißverständnis nicht bald aufklären, wird es weder sie noch uns geben. Ich meine, bald. Wenn wir noch drei oder vier Tage Gnadenfrist haben, können wir von Glück reden.*

Der Korridor öffnete sich auf einen Schacht, wo Rampen auf beiden Seiten zu zwei automatischen Türen hinabführten. Eine Tür ging in den Maschinenraum, wie Torrance wußte. Hinter ihr versorgte ein Nuklearkonverter das elektrische System des Schiffes, die Schwerkraftkonusse und den Hyperantrieb; die Grundlagen, nach denen das geschah, waren ihm vertraut, aber die eigentlichen Maschinen waren Motoren, eingeschlossen in Metall und beschriftet mit fremden Symbolen. Er ging durch die andere Tür, die in eine Werkstatt führte. Hier war vieles zu identifizieren, sosehr es für seine Augen auch verzerrt erscheinen mochte: Drehbank, Bohrmaschine, Oszilloskop, Kristallprüfer. Vieles andere blieb rätselhaft. Yamamura saß an einer improvisierten Werkbank und baute ein elektronisches Gerät zusammen. Mehrere andere Apparate, mit Brettschaltungen zusammengebastelt, standen in der Nähe. Sein Gesicht war erschreckend eingefallen, und seine Hände zitterten. Er hatte die ganze Zeit durchgearbeitet und sich mit Stimpillen wachgehalten.

Der Ingenieur unterhielt sich mit Betancourt, dem Kommunikationsexperten, als Torrance herankam. Die gesamte Besatzung der ›Hebe G.B.‹ stand unter Yamamuras Leitung im Zuge einer verzweifelten Anstrengung, den Eksern zuvorzukommen, indem sie durch eigene Bemühungen herausfand, wie das Schiff zu steuern war.

»Ich habe die elektrische Grundanlage erkannt, Sir«, sagte Betancourt gerade. »Sie zapfen den Konverter nicht direkt an, wie wir es tun; offensichtlich haben sie unsere Umspanntechniken noch nicht entwickelt. Statt dessen verwenden sie einen Wärmetauscher, um einen außerordentlich großen Generator zu betreiben – ja, was auch Sie für einen Anker-Dynamo gehalten haben –, und entnehmen dort Wechselstrom für das Schiff. Wo Gleichstrom gebraucht wird, geht der Wechselstrom durch eine Gleichrichter-Anlage. Die Platten müssen aus Kupferoxyd bestehen, wie man sieht. Sie sind nicht verkleidet hinter einer Abschirmung, obwohl so viel Strom hindurchgeht, daß sie zu heiß werden, als daß man sie aus der Nähe ansehen könnte. Mir erscheint das alles recht primitiv.«

»Oder vielleicht auch nur andersartig«, sagte Yamamura seufzend. »Wir verwenden einen Leichtelement-Fusionskonverter, der unter anderem den Vorteil besitzt, daß er Strom direkt erzeugen kann. Sie könnten eine Energieanlage entwickelt haben, die mäßig schwere Elemente mit kleinen positiven Packungsfraktionen nutzen. Ich erinnere mich, daß das vor langer Zeit auf der Erde versucht und als unpraktisch aufgegeben worden ist. Aber vielleicht sind die Ekser bessere Techniker als wir. Ein solches System besäße den Vorteil, weniger geläuterten Brennstoff zu benötigen – was für ein Schiff, das sich zwischen unerforschten Planeten herumtreibt, mehr als günstig wäre. Vielleicht in einem solchen Maße, daß sich der plumpe Wärmetauscher und das Gleichrichtersystem rechtfertigen. Wir wissen es einfach nicht.« Er starrte kopfschüttelnd auf die Drähte, die er zusammenlötete. »Wir wissen überhaupt nichts«, sagte er. Als er Torrance bemerkte, fügte er hinzu: »Na, machen Sie weiter, Freeman Betancourt. Und merken Sie sich, *festina lente.*«

»Aus Angst, das Schiff zu demolieren?« fragte der Kapitän.

Yamamura nickte.

»Die Ekser müssen gewußt haben, daß ein kleines Fahrzeug wie das unsrige kein Hyperkraft-Feld erzeugen kann, das groß genug wäre, um ihr eigenes Schiff mit nach Hause zu schleppen«, erwiderte er. »Sie werden also dafür gesorgt haben, daß kein Prisenkommando es verschleppen kann. Manches mag mit Sprengfallen versehen sein, um sich selbst zu zerstören, wenn man nicht richtig damit umgeht, und wie sollten wir jemals etwas reparieren können? Deshalb gehen wir mit äußerster Vorsicht zu Werk. So vorsichtig, daß wir nicht die geringste Aussicht haben, die Steuerung zu begreifen, bevor die Adderkops uns finden.«

»Aber die Mannschaft ist beschäftigt.«

»Was nützlich ist. Mhm. Tja, Sir, ich habe meinen Grundapparat praktisch fertig. Alles scheint zu funktionieren. Geben Sie mir, bitte, Bescheid, welches Tier Sie als erstes überprüfen wollen.« Als Torrance zögerte, sagte der Ingenieur: »Ich muß die Anlage auf das betreffende Wesen einstellen, wissen Sie. Vor allem dann, wenn es Wasserstoff atmet.«

Torrance schüttelte den Kopf.

»Sauerstoff. Sie leben unter Bedingungen, die den unsrigen so ähnlich sind, daß wir einfach in ihre Kammern hineingehen können. Die Gorilloiden. So haben Jeri und ich sie genannt. Die wolligen, zwei Meter hohen Zweibeiner mit Affengesichtern.«

Yamamura schnitt selbst ein Affengesicht.

»So schwere Bestien? Haben sie Anzeichen von Intelligenz erkennen lassen?«

»Nein. Aber würden Sie das von den Eksern erwarten? Jeri Kofoed und ich sind vor den Käfigen der in Frage kommenden Gattungen auf und ab marschiert, haben Zeichen gemacht, Bilder gezeichnet, alles, was uns einfiel, waren bemüht, klarzumachen, daß wir keine Adderkops sind, sondern, im Gegenteil, von diesen verfolgt werden. Glück hatten wir natürlich keines. Alle Tiere haben uns aber interessiert betrachtet, mit Ausnahme der Gorilloiden . . .

was etwas beweisen mag oder auch nicht.«

»Welche Tiere waren es gleich? Ich habe soviel zu tun gehabt –«

»Nun, wir nennen sie die Tigeraffen, die Greifarm-Zentauren, der Elefantoid, die Helmwesen und die Ferkelraupen. Das ist alles übertrieben, ich gebe es zu. Die Tigeraffen und die Helmtiere kommen kaum in Frage, um es mild auszudrücken, und das Elefantoid ist nicht sehr viel überzeugender. Die Gorilloiden haben die richtige Größe und die am geeignetsten aussehenden Hände, und sie atmen, wie gesagt, Sauerstoff, also können wir sie ruhig als erste drannehmen. Der Wahrscheinlichkeit nach kommen dann wohl die Ferkelraupen und die Greifarm-Zentauren. Aber die Ferkelraupen stammen, obwohl sie Sauerstoff atmen, von einem Planeten mit hoher Schwerkraft; ihr Luftdruck würde uns schnell narkotisieren. Die Greifarm-Zentauren atmen Wasserstoff. In beiden Fällen müßten wir in gepanzerten Raumanzügen arbeiten.«

»Die Gorilloiden werden schon schlimm genug sein, vielen Dank.«

Torrance blickte auf den Arbeitstisch.

»Was haben Sie eigentlich genau vor?« fragte er. »Ich bin mit meiner Arbeit so beschäftigt gewesen, daß ich mich mit der Ihrigen nicht näher befassen konnte.«

»Ich habe ein paar Dinge aus der medizinischen Ausrüstung umgebaut«, sagte Yamamura. »Beispielsweise eine Art Augenspiegel, weil die Instrumente des Schiffes Farbkodes und kleingedruckte Symbole verwenden, so daß die Ekser Augen haben müssen, die mindestens so gut sind wie die unsrigen. Dann hier ein Nervenimpuls-Sucher. Er spürt Synapsenströme auf und liefert ein dreidimensionales Bild in den Kristallkasten da, zeigt uns das ganze Nervensystem in der Funktion als Netz von Leuchtspuren. Durch die Korrelation mit der Grobanatomie können wir die Sympathikus- und Parasympathikussysteme – oder ihre Entsprechung – annähernd ausmachen, hoffe ich. Und das Gehirn. Und, was noch wichtiger ist, den Grad der Gehirntätigkeit, mehr oder weniger unabhängig von den anderen Nervenbahnen. Das heißt, ob das Tier denkt.« Er zuckte die Achseln. »Bei mir funktioniert es ausgezeichnet. Ob es auch bei einem nichtmenschlichen Wesen klappt, vor allem in einer anderen Art von Atmosphäre, weiß ich nicht. Ich bin sicher, daß sich Pannen einstellen werden.«

»Wir können es nur versuchen«, sagte Torrance müde.

»Old Nick sitzt wohl da und denkt nach«, erklärte Yamamura gepreßt. »Ich habe ihn schon geraume Zeit nicht mehr zu Gesicht bekommen.«

»Jeri und mir hilft er auch nicht«, sagte Torrance. »Erklärte, unser Versuch einer Verständigung sei so lange nutzlos, bis wir den Eksern beweisen könnten, daß wir wissen, wer sie sind. Und selbst danach, meinte er, würde die Verständigung zuerst nur aus Gesten mit einer Pistole bestehen.«

»Vermutlich hat er recht.«

»Er hat nicht recht! Von der Logik her, vielleicht, aber nicht psychologisch. Oder moralisch. Er sitzt mit einer Kiste Kognak und einer Kiste Zigarren in seiner Suite. Der Koch, der hier sein und Ihnen helfen könnte, wird auf der Jacht festgehalten, um ihm seine verdammten Gourmetmahlzeiten zuzubereiten. Man möchte meinen, es sei ihm egal, ob wir vom Himmel geblasen werden.«

Torrance erinnerte sich an seinen Treueid, an seine offizielle Position und so weiter und so fort. Diese Gedanken erschienen unsinnig, hier am Rand der Auslöschung. Aber die Gewohnheit war stark. Er schluckte und sagte rauh: »Tut mir leid. Vergessen Sie, bitte, was ich gesagt habe. Wenn Sie soweit sind, Freeman Yamamura, versuchen wir es mit den Gorilloiden.«

Sechs Männer und Jeri standen mit gezückten Strahlerpistolen im Korridor. Torrance hoffte inbrünstig, daß sie nicht würden schießen müssen. Er hoffte noch mehr, daß er, wenn sie doch dazu gezwungen waren, dann noch am Leben sein würde.

Er gab den vier Männern hinter sich ein Zeichen.

»Okay, Jungs.« Er befeuchtete die Lippen. Sein Herz ratterte. Kapitän und Logenmeister zu sein, war sehr angenehm, bis Augenblicke wie diese kamen und man für seine Vorrechte etwas entrichten mußte.

Er drehte das Außenrad an der Tür. Der Schleusenmotor surrte und öffnete die Türen. Er trat hinein in einen Käfig voller Gorilloiden.

Die Druckunterschiede waren nicht groß genug, um Anlaß zur Besorgnis zu geben, aber nach all der Zeit bei ein Viertel G in ein Feld zu treten, das nur ein Zehntel schwächer war als das der Erde, glich einem Schlag. Er taumelte, stürzte beinahe, ächzte in warmer, dicker und von unbeschreiblichem Gestank erfüllter Luft. Er sackte an der Wand ein wenig zusammen und starrte auf die vier Zweibeiner. Ihre braunen Fellkörper ragten unfair hoch hinauf, endlos hinauf zu den groben Gesichtern. Augen, überschattet von Brauenwülsten, funkelten ihn an. Er legte die Hand auf seine Betäubungspistole. Er wollte sie auch nicht abfeuern. Niemand wußte, was Überschall bei einem nichtmenschlichen Nervensystem anrichten mochte, und wenn das wirklich die Besatzung war, gehörte zu den schlimmsten Dingen, die er tun konnte, daß er einen von ihnen schwer verletzte. Aber er war nicht daran gewöhnt, klein und schwächlich zu sein. Der geriffelte Kolben war ein Trost.

Ein Männchen knurrte tief in seinem Brustkorb und trat einen Schritt vor. Die Schließmuskeln an seinem Hals öffneten und schlossen sich wie saugende Münder; seine Kiefer klafften und zeigten das weiße Gebiß.

Torrance wich in eine Ecke zurück.

»Ich will versuchen, den vorderen von den anderen wegzulokken«, rief er halblaut. »Dann los auf ihn.«

»Aye.« Ein Raummatrose, ein stämmiger Nomade mit schrägen Augen von Altai, entrollte ein Lasso. Die drei anderen hinter ihm breiteten ein für diesen Zweck geflochtenes Netz aus.

Der Gorilloid blieb stehen. Ein Weibchen stieß einen Schrei aus. Das Männchen schien daraus Entschlossenheit zu gewinnen. Es winkte den anderen mit einer sonderbar menschlichen Handbewegung, zurückzubleiben, und stakte auf Torrance zu.

Der Kapitän zog die Pistole, zielte mit zitternder Hand, steckte sie wieder ein und streckte beide Hände aus.

»Freundschaft«, krächzte er.

Seine Hoffnung, daß die Maskerade fallengelassen werden würde, erschien plötzlich albern. Er sprang zurück zur Luftschleuse. Das Gorillawesen fauchte und schlug nach ihm. Torrance war nicht schnell genug. Die Hand riß sein Hemd auf und hinterließ auf der Brust eine blutige Spur. Er fiel, durchzuckt von Schmerzen, auf Hände und Knie. Das Lasso des Altaianers wirbelte und schnellte nach vorn. Der Gorilloid, um die Füße gefangen, stürzte hin. Durch den Aufprall erzitterte die ganze Kammer.

*»Packt ihn! Vorsicht vor seinen Armen! Da –«*

Torrance stand schwankend auf. Hinter dem Getümmel, wo vier Männer sich abmühten, ein brüllendes, sich wehrendes Monstrum in ein Netz zu wickeln, sah er die anderen drei Kreaturen. Sie drängten sich in der gegenüberliegenden Ecke zusammen und heulten mit Baßgedröhn. In der Kammer war es wie im Inneren einer Trommel.

»Holt ihn raus«, stieß Torrance erstickt hervor, »bevor die anderen angreifen!«

Er zielte wieder mit der Pistole. Wenn sie intelligent waren, würden sie wissen, daß das eine Waffe war. Sie mochten trotzdem losstürmen ... Der Mann von Altai umwickelte geschickt einen Arm, zog das Lasso um den Riesenrumpf fest und verknotete es. Das Netz wurde darübergezogen. Hilflos gefesselt von Fasern, die stark waren wie Draht, wurde der Gorilloid zum Ausgang geschleppt. Ein anderes Männchen näherte sich Schritt für Schritt. Torrance wich nicht von der Stelle. Das Heulen der Tiere und das Geschrei der Menschen brandete um ihn, in ihm. Seine Wunde pochte. Er sah mit unnatürlicher Klarheit die Schnauze voller Zähne, die ihm den Kopf abbeißen konnte, die kleinen, trüben, vor Wut roten Augen, die schwarzhäutigen, vierfingrigen und riesenhaften Hände.

»Alles klar, Käpt'n!«

Der Gorilloid stürzte vor. Torrance huschte hinaus durch die Schleusentür. Der Riese folgte. Torrance stemmte sich im Durchgang ein und zielte mit der Pistole. Der Gorilloid blieb stehen, schauderte, schaute sich verwirrt um und trat den Rückzug an. Torrance schloß die Luftschleuse.

Dann setzte er sich hin und begann zu zittern.

Jeri beugte sich über ihn.

»Alles okay?« stieß sie hervor. »Oh! Sie sind verletzt!«

»Nicht schlimm«, murmelte er. »Geben Sie mir eine Zigarette.«

Sie nahm eine aus ihrer Gürteltasche und sagte mit einer Knappheit, die er bewunderte: »Ist wohl nur ein Bluterguß und eine tiefe Kratzwunde. Aber wir sehen uns das lieber genau an und machen es steril. Könnte eine Infektion geben.«

Er nickte, blieb aber, wo er war, bis er die Zigarette geraucht hatte. Weiter unten im Korridor fesselten Yamamuras Leute ihren Gefangenen an ein Stahlgerüst. Unverletzt, aber hilflos, schrie das Wesen und versuchte zu beißen, als der Ingenieur sich mit seinen Apparaten näherte. Ihn hinterher in die Kammer zurückzuschaffen, würde vermutlich fast genauso schwer werden, wie ihn herauszuholen.

Torrance stand auf. Durch die durchsichtige Wand sah er ein Weibchen wutentbrannt etwas zerfetzen und begriff, daß er beim

Sturz seinen Turban verloren hatte. Er seufzte.

»Bis Yamamura sein Urteil abgibt, können wir nicht viel tun«, sagte er. »Kommen Sie, wir ruhen uns ein bißchen aus.«

»Zuerst ins Lazarett«, sagte Jeri mit Entschiedenheit. Sie griff nach seinem Arm. Sie gingen zu der aufgeschweißten Öffnung, durch die Röhre in die gleichmäßige Halbschwere von »Hebe G. B.«, die van Rijn vorzog. Es wurde wenig gesprochen, während Jeri Torrance das Hemd auszog, die Wunde mit einem Desinfektionsmittel säuberte, das höllisch brannte, und sie verband. Danach schlug er vor, ein Glas zu trinken.

Sie betraten den Salon. Zu ihrer Überraschung und Torrances Mißvergnügen hielt sich van Rijn dort auf. Er saß am Mahagonitisch, in schnupftabakbestäubten Rüschen und seinen gewohnten Sarong gekleidet, eine Flasche in der rechten Hand, eine Trichinopoly-Zigarre in der linken. Vor ihm lag ein Wust von Papieren.

»Ah, so«, sagte er und hob den Kopf. »Was gibt es?«

»Sie prüfen jetzt einen Gorilloiden.« Torrance warf sich in einen Sessel. Da der Steward beim Prisenkommando Dienst tat, kümmerte Jeri sich um die Getränke. Ihre Stimme tönte trotzig herüber: »Kapitän Torrance wäre dabei beinahe getötet worden. Hättest du nicht wenigstens als Beobachter mitkommen können, Nick?«

»Was soll es nützen, wenn ich zuschaue wie ein Tourist mit Schellfischaugen?« schnob van Rijn. »Ich mache mir nichts vor, ich bin zu alt und zu dick, um große Riesenaffen zu jagen. Ich bin auch technisch nicht so beschlagen, daß ich für Yamamura Knöpfe drehen kann.« Er zog an seiner Zigarre und fügte selbstzufrieden hinzu: »Außerdem ist das nicht meine Aufgabe. Ich bin kein Spezialist, ich habe keine feinen akademischen Grade, ich habe in der Schule des rauhen Lebens gelernt. Aber was ich gelernt habe, ist, wie ich andere für mich arbeiten lasse und dann daraus Gewinn ziehe.«

Torrance atmete aus, lange und langsam. Mit dem Nachlassen der Spannung überfiel ihn ungeheure Müdigkeit.

»Womit befassen Sie sich?« fragte er.

»Mit Berichten von technischen Untersuchungen des Ekser-Schiffes«, sagte van Rijn. »Ich habe verlangt, daß alle ausführlich festhalten, was sie finden. Irgendwo in diesen Notizen ist vielleicht ein Hinweis enthalten, den wir nutzen können. Wenn die Gorillas nicht die Ekser sind, meine ich. Sie sind eine Möglichkeit, und ich sehe keinen Weg, sie anders als durch Yamamuras Methoden zu eliminieren.«

Torrance rieb sich die Augen.

»Ganz plausibel sind sie nicht«, meinte er. »Das meiste, was wir gefunden haben, scheint für große Hände gedacht zu sein, aber manche von den Werkzeugen sind so klein, daß – nun ja, ein nichtmenschliches Wesen wäre vielleicht genauso verwirrt, wenn es eine Sammlung von unseren Werkzeugen sähe. Ergibt es wirklich Sinn, daß dieselbe Rasse Schmiedehämmer und Ätznadeln verwendet?«

Jeri brachte zwei große Gläser mit Scotch und Soda. Sein Blick folgte ihr. In einer engen Bluse und einem Rock bis halb zum Knie war sie ein Geschöpf, bei dem es sich lohnte, daß man ihm nachsah. Sie setzte sich zu ihm, statt zu van Rijn, dessen kohlschwarze Augen sich verengten.

Der ältere Mann sprach aber mit ruhiger Stimme.

»Ich möchte, daß Sie mir, gleich jetzt, die anderen Möglichkeiten aufführen, mit Ihren Gründen für die Berücksichtigung. Ich habe sie natürlich auch gesehen, aber meine eigenen Vorstellungen sind durchaus noch nicht klar, und vielleicht regt mich etwas an, das Sie sagen.«

Torrance nickte. Man mochte ebensogut fachsimpeln, obwohl er das Ganze mit Jeri und Yamamura schon ein dutzendmal durchgegangen war.

»Tja«, sagte er, »die Greifarm-Zentauren bieten sich deutlich an. Sie wissen, welche ich meine. Sie leben unter rotem Licht und etwa halber Erdschwerkraft. Eine trübe Sonne und niedrige Temperaturen müssen es ihrem Planeten ermöglichen, daß er Wasserstoff bereithält, denn den atmen sie, Wasserstoff und Argon. Sie wissen, wie sie aussehen: Rümpfe wie Rhinozerosse, Brustkörbe mit knochenumkleideten Köpfen und Tentakelfinger. Wie die Gorilloiden sind sie groß genug, um dieses Schiff leicht steuern zu können.

Alle anderen sind Sauerstoffverwerter. Diejenigen, die wir Ferkelraupen nennen – die langen, vielbeinigen in Blau und Silber mit den sonderbaren Händen und den besonders intelligent aussehenden Gesichtern –, sie stammen von einer ausgefallenen Welt. Diese muß groß sein. In ihrem Käfig haben sie drei G, was auf so lange Zeit keine Irreführung sein kann. Die Regulierung der Körperflüssigkeiten würde aus dem Gleichgewicht geraten, wenn sie an ein viel niedrigeres Gewicht gewöhnt wären. Trotzdem hat ihr Planet Sauerstoff und Stickstoff anstelle von Wasserstoff, unter einem Dutzend

Erdatmosphären Druck. Die Temperatur ist ziemlich hoch, fünfzig Grad. Ich vermute, daß ihre Welt, wiewohl fast von der Masse des Jupiter, ihrer Sonne so nah ist, daß der Wasserstoff verkochte und ein freies Feld für Entwicklung ähnlich wie auf der Erde schuf.

Das Elefantenwesen kommt von einem Planeten mit nur etwa der Hälfte unserer Schwerkraft. Das ist das einzelne große Exemplar mit einem Rüssel, der in Finger ausläuft. Er kommt in Luft zurecht, die für uns zu dünn ist, was darauf hindeutet, daß die Schwerkraft in seiner Kammer auch nicht gemogelt ist.« Torrance trank einen großen Schluck. »Die anderen leben unter erdähnlichen Bedingungen«, fuhr er fort. »Aus diesem Grund würde ich mir wünschen, daß sie es sind, die wir suchen. Aber bis auf die Gorilloiden scheinen sie kaum in Frage zu kommen. Die Helmtiere –«

»Was ist das?« fragte van Rijn.

»Ach, du weißt schon«, sagte Jeri. »Die acht oder neun Wesen wie bucklige Schildkröten, die im ganzen nicht viel größer sind als dein Kopf. Sie kriechen auf Krallenfüßen herum und wedeln mit kleinen Greifarmen, die in Fäden auslaufen. Sie saugen Nahrung durch diese auf, suppiges Zeug, das die Maschinen in ihre Tröge kippen. Sie haben keine brauchbaren Hände – die Greifarme könnten nur einfache Verrichtungen bewältigen –, aber wir haben uns ein wenig mit ihnen befaßt, weil sie besser entwickelte Augen zu besitzen scheinen, als Schmarotzer sie gewöhnlich haben.«

»Schmarotzer entwickeln keine Intelligenz«, sagte van Rijn. »Sie haben bessere Methoden, sich fortzubewegen, verdammt. Vergewissert euch lieber, daß die Helmtiere wirklich Parasiten sind – in ihrer Heimatumwelt – und keine Hände unter den Panzern versteckt haben, bevor ihr sie ganz abschreibt. Wen habt ihr noch?«

»Die Tigeraffen«, sagte Torrance. »Diese gestreiften Fleischfresser, die Ähnlichkeit mit Bären haben. Sie stehen die meiste Zeit auf vier Beinen, richten sich aber auch manchmal auf und gehen auf den Hinterbeinen, und sie besitzen Hände. Ungeschickte, daumenlose, mit einziehbaren Krallen, aber an allen Gliedmaßen. Taugen vier Hände ohne Daumen soviel wie zwei mit? Ich weiß es nicht. Ich bin zu müde zum Nachdenken.«

»Und das ist alles, wie?« Van Rijn setzte die Flasche an den Mund. Nach anhaltendem Gurgeln stellte er sie zurück auf den Tisch, rülpste und blies Rauch durch seine majestätische Nase. »Wer kommt an die Reihe, wenn die Gorillas durchfallen?«

»Trotz des Luftdrucks am ehesten die Ferkelraupen«, sagte Jeri. »Dann . . . ach . . . die Greifarm-Zentauren, nehme ich an. Dann vielleicht die –«

»Scheiße!« Van Rijn hieb mit der Faust auf den Tisch. Flasche und Gläser hüpften. »Wie lange dauert es, jedes Exemplar einzufangen und zu testen? Stunden! Und dazwischen viele Stunden, um die Apparate zu justieren und den Schluckauf zu vertreiben, den sie dabei bekommen. Außerdem wird Yamamura zusammenbrechen, wenn er nicht bald zum Schlafen kommt, und wen haben wir sonst, der das tun kann? Und die ganze Zeit rücken die verstunkenen Adderkops näher. Wir haben nicht genug Zeit für diese Methode. Wenn die Gorillas es nicht sind, dann kann uns nur die Logik helfen. Wir müssen aus den Tatsachen, die wir besitzen, schließen, wer die Ekser sind.«

»Fangen Sie ruhig an.« Torrance leerte sein Glas. »Ich lege mich eine Weile hin.«

Van Rijn wurde blutrot im Gesicht.

»So ist es richtig!« empörte er sich. »Machen Sie es wie alle anderen. Faulenzt und spielt, tanzt und singt, genießt den lieben, langen Tag. Weil ihr ja immer den armen, alten Nicholas van Rijn habt, dem ihr die Arbeit und die Sorge aufhalsen könnt. Oh, lieber St. Dismas, warum kannst du nicht wenigstens im ganzen Universum noch eine *einzige* Person dazu bringen, daß sie etwas Nützliches tut?«

Torrance wurde von Yamamura geweckt. Die Gorilloiden waren nicht die Ekser. Sie waren farbenblind und nicht in der Lage, mit ihrer Sehschärfe die Bordinstrumente zu erkennen; ihre Gehirne waren klein, die ganze Masse war fast nur auf animalische Funktionen beschränkt. Er stufte ihre Intelligenz auf der Ebene von Hunden ein.

Der Kapitän stand auf der Brücke der Jacht, weil das ein vertrauter Ort war, und versuchte sich damit abzufinden, daß sein Schicksal besiegelt war.

Der Weltraum war ihm noch nie so herrlich erschienen wie jetzt. Er kannte die lokalen Sternbilder nicht sehr gut, aber sein geschulter Blick erkannte Perseus, Auriga, Taurus, nicht stark verzerrt, weil sie in der Richtung der Erde lagen. Auch einige Einzelsterne ließen sich ausmachen: Beteigeuze, rubinrot, Spica, bernsteinfarben, die Pilotsterne, nach denen er sein ganzes Arbeitsleben hindurchgesteuert war. Die Milchstraße umgürtete den Himmel mit kühlem Silber, ein Nebel glühte schwach und grün, eine andere Galaxie wand ihre Spirale am geheimnisvollen Rand der Sichtbarkeit. Torrance dachte weniger an die Planeten, die er betreten, nicht einmal an seinen eigenen, als an diese Fahrten zwischen ihnen, die bald zu Ende gehen würden. Denn enden mußten sie, in einem gewaltigen Ausbruch, zu schnell, als daß er zu spüren sein würde. Lieber auf diese Weise sauber untergehen, wenn die Adderkops kamen, als in ihren Verliesen.

Er drückte seine Zigarette aus. Seine Hand kehrte zurück und streichelte die Steuerung. Er kannte jeden Schalter und Hebel so gut wie seine eigenen Finger. Das Schiff war sein – in gewisser Weise er selbst. Nicht wie dort drüben, wo die unsinnige Steuerkonsole einen Riesen und einen Zwerg erforderte, wo der Notschalter schon unter einer leichten Berührung herabfiel, wenn er nicht eingerastet war, wo –

Leichte Schritte ließen ihn herumfahren. Auf ganz unvernünftige Weise quoll sein Herz in ihm hoch, so angespannt war er. Als er sah, daß es Jeri war, ließ er die Muskeln erschlaffen, aber der Puls hämmerte weiter.

Sie näherte sich langsam. Die Deckenbeleuchtung schimmerte auf ihrem gelben Haar und im Blau ihrer Augen. Aber sie mied seinen Blick, und ihre Lippen zitterten ein wenig.

»Was führt Sie her?« fragte er. Seine Stimme klang noch leiser, als er vorgehabt hatte.

»Ach . . . dasselbe wie Sie.« Sie starrte zum Sichtschirm hinaus. Während der Zeit, seit sie das fremde Schiff gekapert hatten, oder das fremde Schiff sie, war steuerbord ein roter Stern sichtbar größer geworden. Jetzt glühte er düster, als sie vorbeiflogen, ein Lichtjahr entfernt. Sie verzog den Mund und drehte ihm den Rücken zu.

»Yamamura justiert die Testgeräte aus«, sagte sie mit dünner Stimme. »Niemand sonst versteht genug davon, um ihm helfen zu können, aber durch seine Erschöpfung zittert er so stark, daß er die Arbeit kaum bewältigt. Old Nick sitzt in seiner Suite, raucht und trinkt. Er hat die Flasche schon geleert und eine zweite in Angriff genommen. Ich konnte dort nicht mehr atmen; die Rauchschwaden sind unerträglich. Und er spricht kein Wort. Außer mit sich selbst, Malaiisch oder was weiß ich. Ich konnte es nicht ertragen.«

»Wir können nichts tun als warten«, sagte Torrance. »Wir haben alles, was wir tun können, getan, bis wir uns mit einer Ferkelraupe befassen können. Das müssen wir in Raumanzügen tun, in ihrem eigenen Käfig, in der Hoffnung, daß sie nicht über uns herfallen.«

Sie ließ die Schultern hängen.

»Warum machen wir uns noch die Mühe?« sagte sie. »Ich kenne die Lage so gut wie Sie. Selbst wenn die Ferkelraupen die Ekser sind, brauchen wir unter diesen Bedingungen zwei Tage, um es zu beweisen. Ich bezweifle, ob wir noch soviel Zeit haben. Wenn wir in zwei Tagen den Flug nach Walhalla antreten, wette ich, daß wir entdeckt und eingeholt werden, bevor wir dort ankommen. Sollten die Ferkelraupen auch nur Tiere sein, bekommen wir keine Gelegenheit mehr, eine dritte Gattung zu prüfen. Warum die Mühe?«

»Wir haben nichts anderes zu tun«, sagte Torrance.

»Doch. Nicht dieses häßliche, nutzlose Sichwinden von in die Enge getriebenen Ratten. Warum können wir uns nicht damit abfinden, daß wir sterben werden, und die Zeit nutzen, wieder . . . wieder menschlich zu sein?«

Verwundert löste er den Blick vom Himmel und sah sie an.

»Was meinen Sie?«

Sie senkte die Lider.

»Ich nehme an, das hängt davon ab, was jeder von uns bevorzugt. Vielleicht wollen Sie, nun, Ihre Gedanken in Ordnung bringen oder sonst etwas.«

»Und Sie?« fragte er durch seinen Herzschlag hindurch.

»Ich bin keine Denkerin.« Sie lächelte verloren. »Ich fürchte, ich bin nur eine oberflächliche Person. Ich möchte das Leben genießen, solange ich es habe.« Sie wandte sich halb ab. »Aber ich kann niemanden finden, mit dem ich es genießen möchte.«

Er oder seine Hände packten ihre nackten Schultern und drehten sie zu ihm herum. Sie fühlte sich seidig an unter seinen Händen.

»Bist du sicher, daß du es nicht kannst?« fragte er rauh. Sie schloß die Augen und blieb mit zurückgelegtem Kopf stehen, die Lippen halb geöffnet. Er küßte sie. Eine Sekunde später reagierte sie.

Eine Minute später tauchte Nicholas van Rijn unter der Tür auf.

Er stand einen Augenblick da, die Pfeife in der Hand, die Pistole im Gürtel, bevor er die Tonpfeife auf das Deck schleuderte – sie zerbarst.

»So!« brüllte er.

»Oh!« schrie Jeri auf.

Sie machte sich los. In Torrance flutete Wut empor. Er ballte die

Fäuste und ging auf van Rijn los.

»So!« wiederholte der Handelsmann. Die Schotte schienen unter dem Klang seiner Stimme zu erzittern. »Verdammt und verflucht, da stoße ich ja auf etwas Schönes! Satans Schwanz in der Mausefalle! Ich sitze Stunde um Stunde und schwitze mir das Gehirn auf die Knochen ab, um Ihr Leben zu retten, und Sie, Sie uneheliches Produkt einer Schlange mit Haarausfall und einer Käsemade, hier machen Sie sich über meine eigene Sekretärin her, die ich mit meinem eigenen hartverdienten Geld eingestellt habe! Gurgelschnitt und Götterdämmerung! Hin auf die Knie und meine Gnade erfehlt, sonst hacke ich Sie kurz und klein und verkaufe Sie als Hundefutter!«

Torrance blieb stehen, nur Zentimeter von van Rijn entfernt. Er war ein wenig größer als der andere, wenn auch nicht so breit, und mindestens dreißig Jahre jünger. »Hinaus!« sagte er mit erstickter Stimme.

Van Rijn wurde gelb im Gesicht und begann zu stammeln.

»Hinaus!« wiederholte Torrance. »Ich bin noch immer Kapitän dieses Schiffes. Ich mache, was mir paßt, verdammt, ohne mich von einem großmäuligen Schmarotzer beirren zu lassen. Verschwinden Sie von der Brücke, sonst werfe ich Sie mit Ihrem fetten Hintern hinaus!«

Van Rijn erbleichte. Sekundenlang stand er regungslos da.

»Verdammt noch einmal«, flüsterte er schließlich. »Das ist der Gipfel aller Gipfel. Er hat die Frechheit, nachzumaulen.«

Seine linke Faust kam in einem weiten Schwinger daher. Torrance blockte ab, obwohl ihn die Wucht beinahe von den Beinen riß. Seine eigene Linke traf den Magen van Rijns, sank ein kurzes Stück in Fett, erreichte die Muskeln und prallte schmerzhaft von ihnen ab. Dann schlug van Rijns rechte Faust zu. Der Kosmos um Torrance explodierte. Er flog in die Luft, überschlug sich und blieb liegen.

Als er wieder zu sich kam, hatte van Rijn seinen Kopf auf seinen Schoß gelegt und bot ihm Kognak an, den Jeri unter Tränen geholt hatte.

»Hier, mein Junge. Ganz langsam. Ein kleines Schlückchen, ja? Das tut gut. So, Sie haben nur einen Zahn verloren, und das beheben wir auf Freya. Sie können ihn sogar auf Spesen verrechnen. So, da fühlt man sich gleich wohler. So, Mädel, Jarry, Jelly oder wie du heißt, gib mir die Stimpille. Hinunter damit, mein Junge. Und dann hopp auf die Beine. Den Spaß dürfen Sie sich nicht entgehen lassen.«

Van Rijn stemmte Torrance mit einer Hand in die Höhe. Der Kapitän lehnte sich eine Weile an den Händler, bis die Stimpille Schmerzen und Schwindelgefühl unterdrückte. Dann fragte er heiser, durch geschwollene Lippen: »Was ist los? Was meinen Sie?«

»Na, ich weiß, wer die Ekser sind. Ich bin nur gekommen, um Sie zu holen, und wir zerren sie aus ihrem Käfig.« Van Rijn stieß Torrance mit einem großen, breiten Daumen an und flüsterte beinahe so leise wie ein Orkan: »Verraten Sie es keinem, sonst gibt es zu viele Raufereien, aber ich habe was übrig für einen Nerv wie den Ihren. Wenn wir heimkommen, werde ich Sie, glaube ich, von der Jacht nehmen und Ihnen das Kommando über ein Handelsgeschwader übertragen. Wie gefällt Ihnen das, hm? Aber kommen Sie, wir haben noch verdammt viel Arbeit vor uns.«

Torrance folgte ihm betäubt durch das kleine Schiff und die Röhre in das fremde Raumfahrzeug, durch einen Korridor und die Rampe zum zoologischen Frachtraum. Van Rijn winkte den Wachen, die man aufgestellt hatte für den Fall, daß die Ekser einen Ausfall unternehmen würden. Sie schlossen sich ihm an, strafften die müden Schultern, als er vor einer Schleuse stehenblieb.

»Die –«, stotterte Torrance. »Aber – ich dachte –«

»Sie dachten, was sie hofften, das Sie denken würden«, sagte van Rijn majestätisch. »Der Plan war gut. Hätte vielleicht funktioniert, wenn man die Adderkops nicht rechnet. Also. Wir gehen hinein und tragen sie alle hinaus und zeigen unsere Waffen her. Ich hoffe, wir müssen nicht zu grimmig werden. Ich rechne nicht damit, wenn wir durch Zeichnungen erläutern, daß wir ihr Geheimnis begriffen haben. Dann sollen sie uns nach Walhalla bringen, wie wir es ihnen mit Hilfe der hübschen astronautischen Darstellungen zeigen können, die Kapitän Torrance schon vorbereitet hat. Sie werden unter Drohungen mitmachen, zuerst als Gefangene. Aber während der Reise können wir die üblichen Methoden anwenden, um uns mit ihnen alimentär zu verständigen ... nein, Straps und Steuern, ich meine rudimentär ... egal, wir machen ihnen klar, daß nicht alle Menschen Adderkops sind und wir Freunde werden und ihnen alles Mögliche verkaufen wollen. Okay? Los!«

Er marschierte durch die Luftschleuse, packte ein Helmtier und trug es, während es verzweifelt zappelte, aus seinem Käfig.

Torrance hatte unterwegs für nichts als seine Arbeit Zeit. Zuerst mußte das aufgeschweißte Loch im Rumpf der Prise abgedichtet werden, während Vorräte und Ausrüstung von der ›Hebe G. B.‹ herüberbefördert wurden. Dann mußte die Jacht unter ihrem eigenen Hyperantrieb abgestoßen werden; in den wenigen Stunden, bevor ihr Konverter völlig durchbrannte, mochte sie ein Adderkop-Schiff hinter sich herlocken. Schließlich wurde die Reise fortgesetzt, und obwohl die Ekser einen Kurs steuerten, der ihnen vorgeschrieben wurde, mußten sie ständig überwacht werden, damit sie sich zu keiner selbstmörderischen Handlung hinreißen ließen. Jeder freie Augenblick mußte der dringenden Aufgabe gewidmet werden, eine einfache gemeinsame Sprache mit ihnen zu entwickeln. Torrance mußte ferner seine Besatzung beaufsichtigen, ihre Ängste beruhigen und mit den Detektoren Ausschau nach gegnerischen Schiffen halten. Hätte man solche geortet, wäre der Hyperantrieb abgeschaltet worden, in der Hoffnung, unentdeckt zu bleiben. Es tauchten keine auf, aber die nervliche Belastung war groß.

Gelegentlich schlief Torrance.

So fand er keine Gelegenheit, sich mit van Rijn ausführlich zu unterhalten. Er nahm an, daß der Händler einen glücklichen Einfall gehabt hatte, und beließ es dabei.

Bis Walhalla eine winzige gelbe Scheibe war, die alle anderen Sterne überstrahlte; bis ein Schiff der Liga sich ihnen näherte und, nachdem die Erklärungen übermittelt waren, ihnen Begleitschutz gab, als sie mit Unterlichtgeschwindigkeit auf Freya zuflogen.

Der Kapitän des Patrouillenschiffes deutete an, daß er an Bord kommen wolle. Torrance hielt ihn hin.

»Wenn wir in der Umlaufbahn sind, Freeman Agilik, mit größtem Vergnügen. Aber im Augenblick geht es hier sehr durcheinander. Das werden Sie gewiß verstehen können.«

Er schaltete das fremde Telekom-Gerät ab, das zu bedienen er gelernt hatte.

»Ich gehe am besten hinunter und mache mich sauber«, sagte er. »Habe nicht mehr gebadet, seitdem wir die Jacht aufgegeben haben. Weitermachen, Freeman Lafarge.« Er zögerte. »Und – äh – Freeman Jukh-Barklakh.«

Jukh grunzte etwas. Der Gorilloid war zu beschäftigt, um sich unterhalten zu können, kauerte dort, wo ein Pilotensitz hingehörte, und seine großen Hände drückten auf Steuerplatten, als er das Schiff in eine Hyperbelbahn lenkte. Barklakh, das Helmtier auf seinen Schultern, das keine eigenen Stimmbänder besaß, winkte mit einem Greifarm, bevor es in den Schutzschacht griff, um einen empfindlichen Justierungsschlüssel zu drehen. Der andere Greifarm blieb auf seiner Seite des massiven Gorilloidenhalses vergraben, Nahrung aus dem Blutstrom saugend, Sinnesimpulse aufnehmend und die über die motorischen Nerven laufenden Befehle eines erfahrenen Raumpiloten erteilend.

Zu Anfang war Torrance das Ganze vampirhaft vorgekommen. Obwohl die Vorfahren der Helmtiere aber einmal Schmarotzer bei den Vorfahren der Gorilloiden gewesen sein mochten, war das nicht länger der Fall. Sie waren Symbionten. Sie lieferten die wirksamen Augen und den Intellekt, während die großen Tiere Kraft und Hände beisteuerten. Keine der beiden Gattungen taugte für sich allein besonders viel; gemeinsam stellten sie etwas ganz Besonderes dar. Als Torrance sich einmal an den Gedanken gewöhnt hatte, kam ihm der Anblick eines Helmtieres, das mit seinen Krallen an einem Gorilloiden hochkletterte, nicht unerfreulicher vor als der eines Menschen in einem alten Stereofilm, der ein Pferd bestieg. Und sobald die Helmtiere sich an den Gedanken gewöhnt hatten, daß diese Menschen keine Feinde waren, zeigten sie eine ausgesprochene Zuneigung zu ihnen.

*Zweifellos fragen sie sich, was für wunderschöne neue Exemplare wir ihnen für ihren Zoo verkaufen können,* überlegte Torrance. Er schlug Barklakh auf den Panzer, tätschelte Jukhs Fell und verließ die Brücke.

Eine Art Schwammbad und frische Kleidung linderten seine Müdigkeit. Er hielt es für besser, van Rijn zu warnen, und klopfte an der Kabine, die dieser durch einen Vorhang für sich abgeteilt hatte.

»Nur herein!« dröhnte die Baßstimme. Torrance betrat eine Kammer voll blauer Rauchschwaden. Van Rijn saß auf einer leeren Kognakkiste, in der einen Hand eine Zigarre, in der anderen Jeri, die sich auf seinem Schoß an ihn schmiegte.

»Na, setzen, setzen!« schrie er liebenswürdig. »Irgendwo unter den schmutzigen Sachen in der Ecke finden Sie eine Flasche!«

»Ich bin vorbeigekommen, um Ihnen zu sagen, daß wir den Kapitän unseres Begleitschiffes empfangen müssen, Sir, sobald wir in einer Umlaufbahn um Freya sind, was bald der Fall sein wird. Das verlangt die Höflichkeit, wissen Sie. Er möchte natürlich unbedingt die Eks – äh –, die Togru-Kon-Tanakh kennenlernen.«

»Okay, peifen Sie ihn an Bord, mein Junge.« Van Rijn zog die Brauen zusammen. »Aber er soll seine eigene Flasche mitbringen und sich nicht zu lange aufhalten. Ich möchte landen, was mich angeht. Ich habe genug vom Weltraum.«

»Vielleicht möchten Sie sich umziehen?« sagte Torrance taktvoll.

»Oh-oh!« quietschte Jeri und lief zu der Kabine, die sie manchmal bewohnte. Van Rijn lehnte sich an die Wand, zog seinen Sarong hoch und kreuzte die behaarten Beine, während er sagte: »Wenn dieser Kapitän kommt, um die Ekser kennenzulernen, soll er die Ekser kennenlernen. Ich bleibe behaglich, wo ich bin. Und ich werde ihn nicht damit unterhalten, wie ich darauf gekommen bin, wer sie waren. Das behalte ich exklusiv für mich, zum Verkauf an das Nachrichtensyndikat, das am meisten bietet. Verstanden?«

Seine Augen wurden beunruhigend scharf. Torrance schluckte.

»Ja, Sir.«

»Gut. Und jetzt setzen Sie sich hin. Helfen Sie mir, meine Geschichte zu ordnen. Ich habe nicht Ihre feine Ausbildung, ich war von zwölf Jahren an ein einsamer, armer, fleißiger alter Mann, also brauche ich Hilfe, damit meine Worte so elegant werden wie meine Logik.«

»Logik?« wiederholte Torrance verblüfft. Er kippte die Flasche, vor allem deshalb, weil ihm durch den Tabakqualm in der Kabine die Augen tränten. »Ich dachte, Sie hätten erraten –«

»Was? So wenig kennen Sie mich? Nein, nein, verflixt noch mal. Nicholas van Rijn muß niemals raten. Ich *wußte* es.« Er griff nach der Flasche, trank einen gewaltigen Schluck und fügte großzügig hinzu: »Das heißt, nachdem Yamamura feststellte, daß die Gorilloiden allein nicht die Gesuchten sein konnten. Dann setzte ich mich hin, machte Ordnung in meinem Gehirn und dachte nach.

Es war einfach eine Sache des Eliminierens, verstehen Sie. Der Elefantoid schied auf der Stelle aus. Er war allein. In einem Notfall könnte vielleicht einer dieses Schiff durch den Weltraum lenken – aber nicht es landen und wilde Tiere einfangen und für sie sorgen und alles andere. Außerdem ist er hilflos, wenn irgend etwas schiefgeht.«

Torrance nickte.

»Ich habe es durchaus vom Standpunkt des Raumfahrers betrachtet«, sagte er. »Ich neigte mit dieser Begründung dazu, den Elefantoiden auszuscheiden. Aber ich gebe zu, daß ich eines nicht gesehen habe: Die Tierfängerei allein verhinderte schon, daß das eine Expedition eines einzigen Wesens sein konnte.«

»Außerdem war er viel zu groß«, sagte van Rijn. »Was die Tigeraffen angeht, so habe ich sie, wie Sie, nie richtig ernst genommen. Vielleicht waren ihre Vorfahren kleiner und mehr auf zweibeiniges Gehen eingerichtet, aber diese Gattung wird wieder zum Vierbeiner. Tiere spezialisieren sich nicht darauf, alles zu sein. Nicht auf Gehirn und Größe und Fleischfressergebiß und Katzenkrallen, alles auf einmal.

Die Ferkelraupen sahen plausibel aus, bis mir einfiel, daß Sie zufällig den verstunkenen Notbeschleunigungsschalter betätigt haben. Wenn er nicht eingerastet war, was ein solcher Schalter nur in besonderen Fällen sein würde, fiel er ziemlich leicht herunter. So leicht, daß er bei drei Erdschweren durch sein eigenes Gewicht aufgegangen wäre. Jedenfalls hätte ernsthaft diese Gefahr bestanden. Dazu kam der Wandsims, an dem Sie sich festgehalten haben – auf Planeten mit hoher Schwerkraft würde man nicht so leicht bauen.« Er paffte an seiner Zigarre, bis sie weiß aufglühte. »Nun, es hätten die Greifarm-Zentauren sein können«, fuhr er fort, »was aber schlecht gewesen wäre für uns, weil Wasserstoff und Sauerstoff explodieren. Ich habe mir die Berichte über das Schiff ganz gründlich angesehen, in der Hoffnung, etwas zu finden, wodurch sie nicht in Frage kamen. Und beim Henker, ich fand etwas. Dafür bekommt St. Dismas eine Altardecke von mir, nicht zu teuer, der Stoff. Sehen Sie, die Ekser waren so freundlich, Kupferoxyd-Gleichrichter zu verwenden, bei nicht allzu hoher Temperatur, wie sie bei starker Elektrifizierung sich bald entwickelt, so daß Wasser und reines Kupfer entstehen würden. Peng, kein Gleichrichter mehr. Demzufolge ergo war das Ganze nicht für Wasserstoff atmende Wesen eingerichtet.« Er grinste. »Sie haben eine so hohe wissenschaftliche Ausbildung, daß Sie die Chemielektionen aus Ihrer Schulzeit vergessen.«

Torrance schnalzte mit den Fingern und fluchte im stillen über sich selbst.

»Es blieben also die Helmtiere«, sagte van Rijn. »Nur konnten sie keinesfalls die Erbauer sein. Gewiß, sie konnten mit bestimmten Werkzeugen und Steuerelementen umgehen, wie mit dem tiefliegenden Schlüssel, aber nie mit allem. Und sie sind zu langsam und zu klein. Wie konnten sie jemals lange genug am Leben bleiben, um Raumschiffe zu erfinden? Außerdem haben so kleine Tiere nicht genug Platz für richtige Gehirne. Und gepanzerte Tiere oder Parasiten bekommen auch niemals viel davon. Ebensowenig gute Augen. Und trotzdem schienen die Helmwesen sehr gute Augen zu haben, soweit wir das erkennen konnten. Jedenfalls sahen sie aus wie menschliche Augen.

Ich erinnerte mich, daß es in diesen Kabinen große und kleine Nischen gab. Vielleicht Kojen für zwei Arten von Schläfern? Und ich dachte: Ist das menschliche Gehirn eine Schildkröte, nur weil es von Knochen gepanzert ist? Ein Parasit, nur weil es vom Blut aus anderen Stellen lebt? Nun, vielleicht haben manche Leute, die ich nennen könnte, aber nicht will, wie Juan Harleman von der Venus-Tee-und-Kaffee-Pflanzer-Gesellschaft, Parasitenschildkröten als Gehirne. Aber ich nicht. Und da stand ich. Q. E. D.«, sagte van Rijn selbstzufrieden.

Heiser vom Reden griff er nach der Flasche. Torrance blieb noch einige Minuten sitzen, aber da sein Gegenüber nicht geneigt schien, sich zu unterhalten, stand er auf und wollte verschwinden.

Jeri begegnete ihm unter der Tür. Mit geschlitztem, blauem Kleid ohne Oberteil, das saß, als sei es aufgemalt, war sie eine Sonnenexplosion vierter Ordnung. Torrance blieb wie angewurzelt stehen. Ihr Blick glitt langsam an ihm herab, als zögere sie, ihn von ihm zu lösen.

»Mutanten-Seeotter-Mäntel«, murmelte van Rijn verträumt. »Feuerjuwelen vom Mars. Eine Wohnung in den Stellar-Towers.«

Sie huschte zu ihm und fuhr mit den Fingern durch seine Haare.

»Hast du es bequem, Nicky, Liebling?« säuselte sie. »Kann ich nicht irgend etwas für dich tun?«

Van Rijn zwinkerte Torrance zu.

»Ihre Technik, da auf der Brücke – ich habe zugesehen, und sie war miserabel«, sagte er zum Kapitän. »Außerdem sind Sie nicht alt und dick und einsam; Sie haben selbst eine glückliche Familie.«

»Äh – ja«, sagte Torrance. »Gewiß.« Er ließ den Vorhang fallen und kehrte auf die Brücke zurück.

*Vor nicht sehr langer Zeit hatte ich das Vergnügen, mit Harrison Brown, dem berühmten wissenschaftlichen Denker, an einem gemeinsamen Bankettisch zu sitzen und ihm verraten zu können, wie schamlos ich sein Werk geplündert hatte.*

*Etwa zwanzig Jahre zuvor hatte er ein prophetisches Buch mit dem Titel ›The Challenge of Man's Future‹ (›Die Herausforderung der menschlichen Zukunft‹) veröffentlicht. Neben vielem anderen hatte das Buch auf verschiedene Dinge hingewiesen, die uns heute immer stärker treffen – ungehemmtes industrielles Wachstum, behindert durch Mangelerscheinungen ebenso wie durch die Grenzen dessen, was die Biosphäre ertragen kann. Wir hoffen, daß die technologische Zivilisation technologische Lösungen für die Probleme finden wird, die sie selbst erzeugt. Aber nehmen wir an, sie bricht zusammen. Besteht dann physisch eine Möglichkeit, sie wieder aufzubauen?*

*Als ich damals darüber nachdachte, berücksichtigte ich einen mildernden Faktor, der von L. Sprague de Camp und anderen hervorgehoben worden war. Eine weltweite Katastrophe würde vermutlich nicht zu einem weltweiten dauernden Verlust von Wissen führen. Es gibt einfach überall zu viele gedruckte Blätter. (Und es lohnt, darauf hinzuweisen, daß, wenn in der Vergangenheit Gesellschaften untergingen, vieles oder alles von ihrer Kunst und Literatur für immer verschwinden konnte, aber selten ein wesentlicher Teil ihrer Technologie.) Früher oder später würde jemand diese Informationen nutzen, um an den Wiederaufbau heranzugehen obschon, wie Dr. Brown erklärte, das Ergebnis vielleicht eine Zivilisation sein müßte, die auf wenig Energie und dürftigen Hilfsmitteln beruht.*

*Und ihre Menschen würden nicht so denken wie wir heute. Es spricht sogar vieles dafür, daß sich mehrere neue Kulturen entwickeln würden, die einander fremd wären. Könnten sie zu einem gegenseitigen Verständnis gelangen? Mit all unseren Vorteilen haben wir, die wir jetzt auf der Erde leben, uns in dieser Hinsicht nicht sehr gut gehalten.*

# Die Himmelsmenschen

## I

Die Wanderflotte kam dort kurz vor Sonnenaufgang an. Von ihrer Höhe aus, fünfzehnhundert Meter, sah das Land bläulichgrau aus, von Nebel überwallt. Bewässerungskanäle fingen das erste Licht ein, als wären sie voll Quecksilber. Im Westen schimmerte das Meer, dessen ferner Rand sich in Schwärze und einigen Sternen auflöste.

Loklann sunna Holber beugte sich über die Galeriereling seines Flaggschiffes und richtete ein Teleskop auf die Stadt. Sie sprang als Gedränge von Mauern, flachen Dächern und kantigen Wachttürmen heran. Die Turmspitzen der Kathedrale wurden von einer verborgenen Sonne rosig gefärbt. Keine Sperrballone waren aufgelassen. Es mußte zutreffen, was das Gerücht sagte, daß nämlich die Perio ihre Außenprovinzen ihrem Schicksal überlassen hatten. Der transportable Reichtum von Meyco würde also nach S' Antón geströmt sein, zur Aufbewahrung – was bedeutete, daß der Ort einen Überfall durchaus lohnen mochte. Loklann grinste.

Robra sunna Stam, der Maat der ›Buffalo‹, begann zu sprechen.

»Am besten gehen wir hinunter auf etwa sechshundert«, schlug er vor. »Um sicherzustellen, daß die Leute nicht seitwärts geweht werden, auf die falsche Seite der Stadtmauern.«

»Aye.« Der Käpt'n nickte mit dem behelmten Kopf. »Sechshundert, ja.«

Ihre Stimmen klangen hier oben, wo nur der Wind und das Knarren der Takelage die Stille gestört hatten, seltsam laut. Der Himmel rings um die Wanderer war halbdunkle Unendlichkeit, im Osten rotgold gefärbt. Auf dem Galeriedeck lag Tau. Aber als die langen Holzhörner Signale bliesen, war das auf irgendeine Weise keine Störung, so wenig wie das ferne Befehlsgeschrei auf anderen Fahrzeugen oder das Trappen von Schritten, Rattern von Ankerwinden und handbetriebenen Kompressorpumpen. Für einen Himmelsmenschen gehörten diese Geräusche zu den oberen Schichten der Luft.

Fünf große Fahrzeuge flogen in Spiralen herab. Die ersten Sonnenstrahlen blitzten auf vergoldeten Bugfiguren und scharfgeschnittenen Gondelschnäbeln, prangten an den extravaganten Mustern, die auf Gasballons aufgemalt waren. Segel und Steuerruder strahlten in unfaßbarem Weiß vor der letzten Dunkelheit im Westen.

»Holla«, sagte Loklann. Er hatte den Hafen durch sein Fernrohr beobachtet. »Etwas Neues. Was kann das sein?«

Er hielt das Rohr Robra hin, der es an sein übriggebliebenes Auge hob. Im Glaskreis lag ein Steinkai mit jahrhundertealten Lagerhäusern, aus der großen Zeit der Perio. Weniger als ein Viertel wurde noch genutzt. Das übliche Gedränge armseliger kleiner Fischerboote, ein einzelner Küstenschoner . . . und wirklich, bei Oktai, dem Sturmbringer, ein Ungeheuer, größer als ein Wal, sieben Masten, die unglaublich hoch waren!

»Ich weiß es nicht.« Der Maat ließ das Fernrohr sinken. »Ein Ausländer? Aber woher? Nirgends auf diesem Kontinent –«

»Eine solche Bauweise habe ich noch nie gesehen«, sagte Loklann. »Quadratische Segel an den Masten, längsschiffs.« Er strich sich den kurzen Bart, der im Morgenlicht loderte wie gesponnenes Kupfer; er war einer der hellhaarigen, blauäugigen Männer, die selbst unter den Himmelsmenschen selten und anderswo völlig unbekannt waren. »Natürlich sind wir keine Experten für Wasserfahrzeuge«, sagte er. »Wir sehen sie nur im Vorbeifliegen.« Eine nicht unfreundliche Verachtung färbte seine Worte: Matrosen taugten gut als Sklaven, aber das einzig passende Fortbewegungsmittel für einen Kämpfer war unterwegs ein Wanderschiff, zu Hause ein Pferd.

»Vermutlich ein Händler«, entschied er. »Wenn möglich, kapern wir ihn.«

Er richtete seine Aufmerksamkeit auf dringendere Probleme. Er hatte keine Karte von S' Antón, hatte die Stadt noch nie zuvor gesehen. Dies war der bisher weiteste Vorstoß der Himmelsleute nach Süden, und auch andere waren kaum weiter gekommen; in der Vergangenheit waren die Luftfahrzeuge noch zu primitiv und die Perio zu stark gewesen. So mußte Loklann die Stadt durch dahintreibende weiße Nebelschwaden erkunden und an Ort und Stelle seinen Plan festlegen. Dieser durfte auch nicht kompliziert sein, da Loklann nur Signalflaggen und einen Rufer mit mächtigem Brustkorb und Megaphon hatte, um Befehle an die anderen Fahrzeuge zu geben.

»Der große Platz vor dem Tempel«, murmelte er. »Unser Kontingent landet dort. Die Männer von der ›Sturmwolke‹ erstürmen das große Gebäude östlich davon . . . dort . . . es sieht nach dem Haus eines Anführers aus. Drüben an der Nordmauer typische

Kasernen mit Exerzierplatz – die ›Coyote‹ kann sich mit den Soldaten befassen. Die ›Himmelshexe‹ soll ihre Leute auf den Kais absetzen, um die Geschützstellungen an der Küste und das fremdartige Fahrzeug zu erobern, bevor sie sich dem Angriff auf die Garnison anschließen. Die Besatzung der ›Feuerelch‹ landet innen am Osttor der Stadt und schickt einen Trupp zum Südtor, um die Zivilbevölkerung einzuschließen. Sobald ich den Platz besetzt habe, schicke ich Verstärkung dort hin, wo sie gebraucht wird. Alles klar?«

Er zog seine Schutzbrille herunter. Manche der riesenhaften Männer, die ihn umdrängten, trugen Kettenpanzer, aber er bevorzugte einen Harnisch aus gehärtetem Leder im Mong-Stil, der fast genauso undurchdringlich und viel leichter war. Er war bewaffnet mit einer Pistole, vertraute jedoch mehr auf seine Streitaxt. Ein Bogenschütze konnte fast so schnell schießen wie mit einer Feuerwaffe, ebenso treffsicher – und mit dem Rückgang der Quellen, aus denen man Schwefel beziehen konnte, wurden Feuerwaffen in der Benutzung unglaublich teuer.

Er spürte eine Enge, als sei er wieder ein kleiner Junge, der am Mittwinter-Morgen seine Geschenke auspackte. Oktai wußte allein, was für Schätze er an Gold, Stoffen, Werkzeugen, Sklaven finden würde. Vielleicht auch den Tod. Eines Tages würde er sogar sicher im Kampf sterben; er hatte seinen Götzen soviel geopfert, daß sie ihm den Tod im Kampf und eine Chance, als Himmelsmensch wiedergeboren zu werden, nicht verweigern würden.

»Vorwärts!« sagte er.

Er sprang auf ein Galeriegeländer und hinüber. Einen Augenblick lang rotierte die Welt; jetzt war die Stadt oben, dann fegte wieder seine ›Buffalo‹ vorbei. Aber er zog die Reißleine, und seine Gurte rissen ihn gerade. Rings um ihn blühten scharlachrote Fallschirme auf. Er prüfte den Wind und zog an einer Leine, um sich hinunterzulenken.

# II

Don Miwel Carabán, Kalde von S' Antón d' Inio, gab für seine Maurai-Gäste ein üppiges Fest. Es handelte sich nicht nur um eine historische Gelegenheit, die im langen Niedergang sogar einen Wendepunkt bedeuten mochte. (Don Miwel, jene seltene Kombination eines Mannes, der praktisch denken und lesen konnte, wußte, daß der Rückzug von Perio-Truppen vor zwanzig Jahren nach Brasilien keine ›vorübergehende Anpassung‹ war. Sie würden nie zurückkommen. Die Außenprovinzen waren auf sich selbst gestellt.) Aber die Fremden mußten davon überzeugt werden, daß sie eine Nation gefunden hatten, die reich, stark und im Grunde zivilisiert war; daß es sich lohnte, die meykanischen Küsten zu besuchen, um Handel zu treiben und sich zuletzt einem Bündnis gegen die Wilden im Norden anzuschließen.

Das Bankett dauerte fast bis Mitternacht. Obwohl einige der alten Bewässerungskanäle sich verstopft hatten und nie gesäubert worden waren, so daß Kakteen und Klapperschlangen in verlassenen Pueblos hausten, war die Provinz Meyko noch immer fruchtbar. Die schlitzäugigen Mong-Reiter von Tekkas hatten zahllose Peones getötet, als sie vor fünf Jahren hereingebrochen waren; hölzerne Heugabeln und Harken aus Obsidian halfen wenig gegen Säbel und Pfeil. Es würde noch ein Jahrzehnt dauern, bis die Bevölkerungszahl den alten Stand erreichen und die wiederkehrenden Hungersnöte auftreten würden. So bot Don Miwel viele Gänge: Rindfleisch, gewürzten Schinken, Oliven, Früchte, Weine, Nüsse, Kaffee, mit dem die Meeresleute nicht vertraut waren und den sie auch nicht sehr schätzten usw. Es folgten Darbietungen: Musik, Jongleure, eine Fechtvorführung durch einige der jungen Adligen.

An diesem Punkt erbot sich der Wundarzt der ›Delphin‹, der ziemlich betrunken war, einen Inseltanz vorzuführen. Muskulös unter Tätowierungen, unterzog seine braune Gestalt sich einer Reihe von Verrenkungen, bei denen die würdevollen Dons die Unterlippen vorschoben. Miwel selbst äußerte mit mühevoller Höflichkeit: »Das erinnert mich etwas an die Fruchtbarkeitsriten unserer Peonen«, woraus Kapitän Ruori Rangi Lohannaso entnahm, daß Peonen eine völlig andersartige und nicht sehr angenehme Kultur hatten.

Der Wundarzt warf seinen Haarzopf zurück und grinste.

»Und jetzt laßt uns die Wahines vom Schiff an Land bringen, um ihnen einen echten Hula zu zeigen«, sagte er auf Maurai-Ingliss.

»Nein«, gab Ruori zurück. »Ich fürchte, wir haben sie bereits schockiert. Das Sprichwort sagt: ›Wenn auf den Solmon-Inseln, färb' dir die Haut dunkel.‹«

»Ich glaube, sie wissen nicht, wie man sich amüsiert«, beklagte sich der Arzt.

»Wir kennen die Tabus noch nicht«, warnte Ruori. »Wir wollen deshalb so ernsthaft sein wie diese spitzbärtigen Männer und nicht lachen oder lieben, bis wir wieder auf dem Schiff bei unseren Wahines sind.«

»Aber das ist doch dumm! Nan mit den Haifischzähnen soll mich fressen, wenn ich –«

»Deine Ahnen schämen sich«, sagte Ruori. Es war eine so scharfe Rüge, wie man sie einem Mann, mit dem man nicht kämpfen wollte, nur erteilen konnte. Er sprach in mildem Ton, um der Bemerkung den ärgsten Stachel zu nehmen, aber der Arzt mußte schweigen. Er tat das auch, eine Entschuldigung murmelnd und sich mit rotem Gesicht in eine dunkle Ecke unter verblaßten Wandgemälden zurückziehend.

Ruori wandte sich wieder seinem Gastgeber zu.

»Ich bitte um Verzeihung, Señor«, sagte er in der örtlichen Sprache. »Meine Männer beherrschen Spañol noch weniger als ich.«

»Versteht sich.« Don Miwels hagere, schwarzgekleidete Gestalt machte eine steife, kleine Verbeugung. Dabei hob sich sein Degen auf lächerliche Weise, wie ein Schwanz. Ruori hörte unter seinen Offizieren ein halb unterdrücktes, schnaubendes Lachen. Und trotzdem, dachte der Kapitän, sind lange Hosen und Rüschenhemd schlimmer als Sarong, Sandalen und Stammestätowierungen? Andere Bräuche, nicht mehr. Man mußte die Maurai-Föderation absegeln, von Awaii bis zu seinem eigenen N'Seelann und westlich bis Mlaja, bevor man begriff, wie groß dieser Planet war und wieviel davon ein Rätsel.

»Ihr sprecht unsere Sprache ganz ausgezeichnet, Señor«, sagte Doñita Tresa Carabán. Sie lächelte. »Vielleicht besser als wir, da Ihr vor der Einschiffung jahrhundertealte Texte studiert habt und Spañol sich seither in starkem Maß verändert hat.«

Ruori erwiderte das Lächeln. Don Miwels Tochter war es wert. Das reichgeschmückte schwarze Kleid umkoste eine Figur, wie es auf der Welt kaum eine bessere gab, und während die Leute vom Meer weniger auf das Gesicht einer Frau achteten, sah er doch, daß das ihre stolz und wohlgeformt war, die Adlernase ihres Vaters war bei ihr zu einer Wölbung gemildert, leuchtende Haare waren von der Farbe des mitternächtlichen Meeres. Es war zu schade, daß diese Meykaner – jedenfalls die Adligen – der Ansicht waren, ein Mädchen sollte allein für den Gatten bewahrt werden, den man irgendwann einmal für sie aussuchte. Er hätte es gern gesehen, wenn sie Perlen und Silber gegen ein Lei vertauscht hätte und nur sie beide mit einem Kanu des Schiffes hinausgefahren wären, um den Sonnenaufgang zu beobachten und sich zu lieben.

Jedoch –

»In solcher Gesellschaft«, murmelte er, »werde ich angeregt, die moderne Sprache so schnell wie möglich zu lernen.«

Sie verzichtete darauf, mit ihrem Fächer zu kokettieren, was ein lokaler Brauch war, den die Menschen vom Meer abwechselnd komisch und irritierend fanden. Aber ihre Wimpern zuckten. Sie waren sehr lang, und ihre Augen waren, wie er sah, von goldgeflecktem Grün.

»Ihr lernt Caballero-Manieren ebenso schnell, Señor«, sagte sie.

»Nennt unsere Sprache nicht ›modern‹, ich bitte Euch«, unterbrach sie ein gelehrtenhaft aussehender Mann in einem langen Gewand. Ruori erkannte Bispo Don Carlos Ermosillo, einen Hohepriester jenes Esu Carito, der mit dem Lesu Haristi der Maurai verwandt zu sein schien. »Nicht modern, sondern verdorben. Auch ich habe alte Bücher studiert, die gedruckt waren vor dem Krieg des Jüngsten Gerichts. Unsere Vorfahren haben das wahre Spañol gesprochen. Unsere Abart davon ist so verformt wie unsere heutige Gesellschaft.« Er seufzte. »Aber was kann man erwarten, wenn sogar unter den Hochgeborenen nicht einmal jeder zehnte seinen eigenen Namen schreiben kann?«

»In den Hoch-Zeiten der Perio konnten mehr Menschen lesen und schreiben«, sagte Don Miwel. »Ihr hättet uns vor hundert Jahren besuchen sollen, Señor Kapitän, um zu sehen, wozu unsere Rasse fähig war.«

»Aber was waren die Perio selbst anderes als ein Nachfolgestaat?« fragte der Bispo bitter. »Er vereinigte ein großes Gebiet, schuf für eine Weile Gesetz und Ordnung, aber was schuf er, das neu gewesen wäre? Sein Weg war dieselbe traurige Geschichte wie bei tausend

Staaten zuvor, und aus diesem Grund hat ihn dasselbe Schicksal ereilt.«

Doñita Tresa bekreuzigte sich. Selbst Ruori, der nicht nur ein Diplom in Navigation, sondern auch als Ingenieur hatte, war entsetzt.

»Doch nicht Atomik?« stieß er hervor.

»Wie? Oh. Die alten Waffen, welche die alte Welt vernichtet haben. Nein, natürlich nicht.« Don Carlos schüttelte den Kopf. »Aber auf unsere begrenztere Weise sind wir ebenso dumm und sündig gewesen wie die legendären Vorväter, und die Folgen waren vergleichbar. Ihr könnt es menschliche Habgier oder die Strafe von El Dío nennen, wie Ihr wollt; ich glaube, beides bedeutet dasselbe.«

Ruori betrachtete den Priester eingehender.

»Ich möchte gerne ausführlicher mit Euch sprechen, Señor«, sagte er, in der Hoffnung, das sei der richtige Titel. »Männer, welche die Geschichte kennen, statt den Mythos, sind heutzutage selten.«

»Unbedingt«, erklärte Don Carlos. »Es wäre mir eine Ehre.«

Doñita Tresa scharrte mit leichtem, ungeduldigem Fuß.

»Es ist üblich, daß getanzt wird«, sagte sie.

Ihr Vater lachte.

»Ah, ja. Die jungen Damen sind gewiß bereits ganz ungeduldig. Zeit genug, die förmlichen Gespräche morgen fortzusetzen, Señor Kapitän. Die Musik möge beginnen.«

Er gab ein Zeichen. Das Orchester setzte ein. Manche Instrumente waren denen der Maurai ganz ähnlich, andere völlig fremdartig. Die Tonleiter selbst war anders . . . Etwas Ähnliches gab es in Stralien, aber – eine Hand legte sich auf Ruoris Arm. Er blickte auf Tresa hinunter.

»Da Ihr mich nicht zum Tanz auffordert«, sagte sie, »darf ich so aufdringlich sein, Euch zu bitten?«

»Was bedeutet ›aufdringlich‹?« fragte er.

Sie wurde rot und versuchte es zu erklären, jedoch ohne Erfolg. Ruori entschied, daß es sich um einen weiteren hier gebrauchten Begriff handelte, den die Leute vom Meer nicht kannten. Inzwischen waren die meykanischen Mädchen und ihre Kavaliere auf der Tanzfläche. Er betrachtete sie einen Augenblick.

»Die Schritte sind mir unbekannt«, sagte er, »aber ich glaube, ich könnte sie bald lernen.«

Sie glitt in seine Arme. Es war ein angenehmer Kontakt, auch wenn sich daraus nichts ergeben würde.

»Ihr haltet Euch sehr gut«, sagte sie eine Minute später. »Sind alle Eures Volkes so anmutig?«

Erst später begriff er, daß das ein Kompliment gewesen war, für das er ihr hätte danken sollen; als Inselbewohner faßte er es als gewöhnliche Frage auf und erwiderte: »Die meisten von uns verbringen sehr viel Zeit auf dem Wasser. Man muß ein Gefühl für Gleichgewicht und Rhythmus entwickeln, sonst gerät man in Gefahr, ins Meer zu fallen.«

Sie rümpfte die Nase.

»Oh, hört auf«, sagte sie lachend. »Ihr seid so feierlich wie S' Osé in der Kathedrale.«

Ruori grinste sie an. Er war ein hochgewachsener junger Mann, braun wie seine ganze Rasse, aber mit den grauen Augen, die viele als Erinnerung an Ingliss-Vorfahren besaßen. Als N'Seelanner war er nicht so üppig tätowiert wie manche Männer in der Föderation. Andererseits hatte er in seinen Haarzopf Fischbeinfiligran gewoben, sein Sarong war vom feinsten Batik, und dazu hatte er ein Fransenhemd angelegt. Sein Messer, ohne das ein Maurai sich unanständig hilflos vorkam, stand im Gegensatz dazu: alt, schäbig, ein Werkzeug – bis man die Klinge sah.

»Ich muß diesen Gott sehen, S' Osé«, sagte er. »Wollt Ihr ihn mir zeigen? Oder nein, für eine bloße Statue hätte ich keinen Blick.«

»Wie lange werdet Ihr bleiben?« fragte sie.

»So lange wir können. Wir sollen die ganze meykanische Küste erforschen. Bislang war die einzige Maurai-Berührung mit dem merikanischen Kontinent eine einzige Fahrt von Awaii nach Kalforni. Man fand Wüste und einige Wilde. Wir haben von Okkaido-Händlern erfahren, daß es noch weiter nördlich Wälder gibt, in denen gelbe und weiße Menschen gegeneinander kämpfen. Aber was südlich von Kalforni liegt, war uns unbekannt, bis wir diese Expedition ausgeschickt haben. Vielleicht könnt Ihr uns sagen, was uns in Su-Merika erwartet.«

»Jetzt nur noch wenig«, sagte sie seufzend, »selbst in Brasil.«

»Ah, aber in Meyko blühen wunderschöne Rosen.«

Ihr Humor kehrte zurück.

»Und Schmeichelworte in N'Seelann«, sagte sie mit einem leisen Lachen.

»Weit gefehlt. Wir sind notorisch direkt. Außer, natürlich, wenn wir von unseren Reisen erzählen.«

»Was werdet Ihr von dieser berichten?«

»Nicht viel, damit nicht alle jungen Männer der Föderation hierher drängen. Aber ich werde Euch auf mein Schiff bitten, Doñita, und Euch den Kompaß zeigen. Danach wird er stets auf S' Antón d' Inio weisen. Ihr werdet sozusagen meine Windrose sein.«

Zu seiner Überraschung begriff sie und lachte. Sie führte ihn über die Tanzfläche, biegsam in seinen Armen.

Danach tanzten sie zusammen, so oft der Anstand es erlaubte, oder ein wenig mehr, und zwischen ihnen fanden ein paar Torheiten statt, die niemand anderen etwas angingen. Gegen Sonnenaufgang wurde das Orchester fortgeschickt, und die Gäste begannen sich zu verabschieden, ihr Gähnen wohlerzogen hinter Händen verbergend.

»Wie öde, hier zu stehen, und sich zu verabschieden«, flüsterte Tresa. »Mögen sie glauben, ich wäre schon zu Bett gegangen.« Sie ergriff Ruoris Hand, schlüpfte hinter eine Säule und von dort aus auf einen Balkon. Eine alte Dienerin, für Paare, die sich dorthin verirrten, als Duenna stationiert, hatte sich in ihren Mantel gewickelt und war eingeschlafen. Im übrigen waren die beiden allein zwischen Jasmin. Nebel wallte um den Palast und verschleierte die Stadt; in der Ferne erklang das ›Todos buen‹ von Pikenieren, die auf den Außenmauern hin und her marschierten. Im Westen war es noch dunkel, und die letzten Sterne glitzerten. Die sieben hohen Masten der Maurai-›Delphin‹ fingen die ersten Sonnenstrahlen auf und glühten.

Tresa fröstelte und trat nah an Ruori heran. Sie schwiegen eine Weile.

»Denkt an uns«, sagte sie schließlich ganz leise. »Wenn Ihr wieder bei Eurem glücklicheren Volk seid, vergeßt uns hier nicht.«

»Wie könnte ich?« erwiderte er, nicht länger im Scherz.

»Ihr habt so viel mehr als wir«, sagte sie sehnsüchtig. »Ihr habt mir erzählt, wie unglaublich schnell Eure Schiffe segeln können, fast gegen den Wind. Wie Eure Fischer stets ihre Netze füllen, wie Eure Wal-Farmer Herden halten, die das Wasser verdunkeln, wie Ihr sogar das Meer bestellt für Nahrung und Fasern und . . .« Sie berührte den schimmernden Stoff seines Hemdes. »Ihr habt mir gesagt, dies sei aus Fischbein gemacht. Ihr habt mir erzählt, daß jede Familie ihr eigenes geräumiges Haus hat und fast jede Person ihr eigenes

Boot ... daß sogar kleine Kinder auf der einsamsten Insel lesen können und gedruckte Bücher besitzen ... daß ihr keine der Krankheiten kennt, die uns niederwerfen ... daß niemand hungert und alle frei sind – oh, vergeßt uns nicht, Ihr, denen el Dío lächelt!«

Sie verstummte verlegen. Er konnte sehen, wie sie den Kopf hob und die Nasenflügel blähte, als grolle sie ihm. Schließlich kam sie von einer Art, dachte er, die jahrhundertelang Wohltätigkeit erwiesen und nicht empfangen hatte.

Er wählte seine Worte deshalb mit Bedacht.

»Es war weniger unsere Tugend als unser Glück, Doñita. Wir haben im Krieg des Jüngsten Gerichts am wenigsten von allen gelitten, und daß wir in der Hauptsache Inselbewohner sind, verhinderte, daß unsere Bevölkerung die reichen Schätze des Meeres aufzehrte. So sind wir – nein, wir haben keine verlorenen Künste der Vorfahren erhalten. Es gibt keine. Aber wir haben eine alte Einstellung wiedererschaffen, eine Denkweise, die den Unterschied ausgemacht hat – Wissenschaft.«

Sie bekreuzigte sich.

»Das Atom!« stieß sie hervor und wich vor ihm zurück.

»Nein, nein, Doñita«, wandte er ein. »So viele Nationen, die wir in letzter Zeit entdeckt haben, glauben, daß Wissenschaft die Ursache für die Vernichtung der alten Welt gewesen sei. Oder sie meinen, sie sei eine Sammlung von fertigen Formeln für den Bau hoher Häuser oder des Sprechens über weite Entfernungen. Aber beides trifft nicht zu. Die wissenschaftliche Methode ist nur ein Mittel des Lernens, ein ... ein immer wieder Neubeginnen. Und das ist der Grund, warum Ihr hier in Meyko uns ebenso helfen könnt wie wir Euch, warum wir Euch aufgesucht haben und in der Zukunft wieder hoffnungsvoll an Eure Türen klopfen werden.«

Sie zog die Stirne kraus, obwohl in ihr etwas zu leuchten begann.

»Ich verstehe nicht«, sagte sie.

Er suchte nach einem Beispiel. Endlich deutete er auf eine Reihe kleiner Löcher im Balkongeländer.

»Was war früher hier angebracht?« fragte er.

»Aber ... ich weiß es nicht. Es ist immer so gewesen.«

»Ich glaube, ich kann es Euch sagen. Ich habe anderswo ähnliches gesehen. Es war ein schmiedeeisernes Gitter. Aber es ist vor sehr langer Zeit herausgerissen und zu Waffen oder Werkzeugen verarbeitet worden. Nein?«

»Sehr leicht möglich«, gab sie zu. »Eisen und Kupfer sind sehr rar geworden. Wir müssen Wagenkolonnen durch das ganze Land schicken, zu Támico-Ruinen, um unser Metall zu holen. Es gab eine Zeit, da lagen Eisenschienen keinen Kilometer von hier entfernt. Don Carlos hat es mir erzählt.«

Er nickte.

»Seht Ihr. Die Alten haben die Welt ausgeplündert. Sie schürften die Erze, verbrannten das Öl und die Kohle, laugten den Boden aus, bis nichts mehr übriggeblieben war. Ich übertreibe natürlich. Es sind noch Lager vorhanden. Aber nicht genug. Die alte Zivilisation hat sozusagen das Kapital verbraucht. Nun sind genügend Wald und fruchtbarer Boden zurückgekehrt, so daß die Welt versuchen könnte, die Maschinenkultur wieder aufzubauen – nur gibt es nicht genug Minerale und Brennstoffe. Seit Jahrhunderten waren die Menschen gezwungen, die alten Artefakte zu verwenden, wenn sie überhaupt Metall bekommen wollten. Im großen und ganzen ist das Wissen der Alten nicht verlorengegangen, es ist einfach unverwendbar geworden, weil wir um so vieles ärmer sind als sie.« Er beugte sich vor und sprach ernsthaft weiter. »Aber Wissen und Entdeckung hängen nicht vom Reichtum ab«, sagte er. »Vielleicht haben wir uns deshalb anders eingerichtet, weil wir auf den Inseln nicht soviel Metall besaßen, das wir wiederverwenden konnten. Die wissenschaftliche Methode ist auf Wind und Sonne und lebende Materie ebenso anwendbar, wie sie es auf Öl, Eisen oder Uran gewesen ist. Durch das Studium der Genetik lernten wir, Seepflanzen, Plankton, Fische hervorzubringen, die unseren Zwecken dienlich sein konnten. Wissenschaftliche Forstpflege liefert uns ausreichende Mengen an Holz und organisch-synthetische Grundstoffe, zum Teil Brennstoff. Von der Sonne ergießt sich Energie herab, die wir zu konzentrieren und anzuwenden verstehen. Holz, Keramik, sogar Stein kann in den meisten Fällen Metall ersetzen. Der Wind liefert durch Ideen wie den Drehflügel oder das Venturi-Gesetz oder die Hilsch-Röhre Kraft, Wärme, Kühlung; die Gezeiten können gezähmt werden. Selbst in seinem jetzigen Frühstadium trägt die paramathematische Psychologie dazu bei, die Bevölkerung zu kontrollieren, ebenso wie – nein, jetzt rede ich wie ein Ingenieur und verfalle in meine eigene Sprache. Ich bitte um Verzeihung.

Was ich sagen wollte, ist, wenn wir nur die Hilfe anderer haben können, wie die Eure, auf weltweiter Basis, können wir es unseren

Vorfahren gleichtun oder sie überholen . . . nicht auf ihre Weise, die oft kurzsichtig und verschwenderisch war, aber in Leistungen, die allein die unsrigen sind . . .«

Seine Stimme verklang. Sie hörte nicht zu. Sie starrte über seinen Kopf hinweg in die Luft, schreckensbleich.

Dann schrien Trompeten auf den Bastionen, und die Glocken der Kathedrale läuteten Sturm.

»Was, bei den neun Teufeln!« Ruori fuhr auf dem Absatz herum und blickte nach oben. Der Zenit war blau geworden. Über S' Antón schwebten träge fünf Schwertwal-Formen. Die neue Sonne blinkte grell auf gezackten Wappen an ihren Flanken. Er schätzte, von Schwindelgefühl erfaßt, daß jede hundert Meter lang sein mußte.

Blutfarbenes erblühte unter ihnen und trieb auf die Stadt herab.

»Die Himmelsleute!« sagte eine schwache, heisere Stimme hinter ihm. »Sant'sima Marí, bete für uns!«

## III

Loklann prallte auf Steinplatten, überschlug sich und sprang auf die Beine. Neben ihm überragte ein gemeißelter Reiter einen Springbrunnen. Einen Augenblick lang bewunderte er den Stein, der beinahe zu leben schien. So etwas gab es nicht in Canyon, Zona, Corado, in keinem der Bergreiche. Und der Tempel an diesem Platz strebte weiß in den Himmel.

Der Platz war belebt gewesen, Bauern und Handwerker hatten ihre Stände für den Markttag aufgebaut. Die meisten von ihnen stoben in lärmender Panik auseinander, aber ein breitgebauter Mann brüllte auf, packte einen Steinhammer und stürzte sich in seiner zerlumpten Kleidung auf Loklann. Er deckte die Flucht einer jungen Frau, wohl seiner Gattin, die einen Säugling auf den Armen hielt. Durch das formlose Sackkleid sah Loklann, daß ihre Figur nicht schlecht war. Sie würde einen guten Preis bringen, wenn der Mong-Sklavenhändler das nächste Mal Canyon besuchte. Ebenso ihr Mann, aber jetzt blieb keine Zeit, solange der Fallschirm noch behinderte. Loklann riß seine Pistole heraus und feuerte. Der Mann stürzte auf die Knie, glotzte das Blut an, das zwischen den in den Bauch gekrallten Fingern hervorquoll, und brach zusammen. Loklann löste seine Gurte. Seine Stiefel trappten der Frau nach. Sie kreischte, als Finger sich um ihren Arm schlossen, und versuchte sich loszureißen, aber das Kind behinderte sie. Loklann stieß sie zum Tempel. Robra stand schon auf den Stufen.

»Stell eine Wache auf!« schrie der Kapitän. »Wir bringen die Gefangenen am besten hier unter, bis wir zu plündern beginnen.«

Ein alter Mann in Priesterkleidung wankte zur Tür. Er hielt einen der kreuzförmigen meykanischen Götzen hoch, wie um den Weg zu versperren. Robra erschlug ihn mit einem Axthieb, stieß die Leiche die Stufen hinunter und drängte die Frau ins Innere.

Es regnete Bewaffnete. Loklann blies in sein Ochsenhorn und rief sie zusammen. Mit einem Gegenangriff mußte jeden Augenblick gerechnet werden ... Ja, jetzt.

Ein Trupp meykanischer Kavallerie klapperte heran. Sie waren junge, stolz aussehende Männer in weiten Hosen, ledernem Brustharnisch, wehendem Umhang, mit feuergehärteten hölzernen Lanzen und stählernen Säbeln – sehr ähnlich denen der gelben Nomaden von Tekkas, gegen die sie jahrhundertelang gekämpft hatten. Die Himmelsleute aber auch. Loklann hetzte zur Spitze seiner Truppe, wo sein Fahnenträger die Blitzflagge entfaltet hatte. Die Hälfte der Mannschaft von der ›Buffalo‹ steckte Pikenteile mit scharfen Keramikspitzen zusammen, stellte die Stangen auf den Boden und wartete. Die Attacke brach sich an ihnen. Ihre Piken kippten. Manche Pferde spießten sich auf, andere bäumten sich wiehernd empor. Die Pikeniere stießen nach den Reitern. Die zweite Fallschirmspringer-Reihe griff an, mit Axt und Schwert und Sehnenmesser. Einige Minuten lang brodelte Mord. Die Meykaner lösten sich auf. Sie flohen nicht, aber sie zogen sich verwirrt zurück. Und dann begannen die Canyon-Bogen zu sirren.

Bald lagen nur noch Tote und Verwundete auf dem Platz. Loklann hastete zwischen letzteren umher. Diejenigen, die nicht zu schwer verwundet waren, wurden in den Tempel getrieben. Es war besser, zunächst alle möglichen Sklaven zu sammeln und erst später eine Auswahl zu treffen.

In der Ferne hörte er einen dumpfen Knall.

»Geschütze«, sagte Robra, der zu ihm trat. »Bei den Kasernen.«

»Nun, die Artillerie soll ihren Spaß haben, bis unsere Leute dazwischenfahren«, sagte Loklann spöttisch.

»Gewiß, gewiß.« Robra wirkte nervös. »Aber sie sollten etwas von sich hören lassen. Hier nur herumzustehen, ist nicht gut.«

»Es wird nicht lange dauern«, sagte Loklann voraus.

So war es auch. Ein Läufer mit gebrochenem Arm wankte auf ihn zu.

»Sturmwolke«, ächzte er, »das große Gebäude, gegen das du uns geschickt hast ... voller Schwertkämpfer ... sie haben uns am Eingang zurückgeschlagen ...«

»Ha! Ich dachte, es sei nur das Haus des Königs«, sagte Loklann. Er lachte. »Nun, vielleicht hat der König ein Fest gegeben. Dann kommt, ich sehe selbst nach. Robra, übernimm du hier.« Sein Finger winkte dreißig Mann heraus als Begleitung. Sie liefen durch leere und stumme Straßen, stumm und leer bis auf ihr Stiefelgetrappel und Waffengeklirr. Die Bewohner mußten entsetzt hinter den nackten Wänden kauern. Um so leichter, sie später zusammenzutreiben, wenn der Kampf zu Ende war und das Plündern begann.

Gebrüll erhob sich. Loklann stürzte an der Spitze seiner Leute um eine letzte Ecke. Gegenüber sah er den Palast, ein altes Bauwerk mit roten Dachziegeln, pastellenen Mauern und vielen Glasfenstern. Die Männer der ›Sturmwolke‹ kämpften am Haupteingang. Die Toten und Verwundeten von ihrer letzten Attacke lagen zuhauf umher.

Loklann erfaßte die Lage mit einem Blick.

»Den Talgschädeln fällt natürlich nicht ein, einen Trupp durch irgendeinen Nebeneingang hineinzuschicken«, stöhnte er. »Jonak, nimm fünfzehn von unseren Jungs und brich eine Nebentür auf, dann greifst du von hinten an. Die anderen helfen mir inzwischen, die Verteidiger zu beschäftigen.« Er hob seine rotbespritzte Axt. »A Canyon!« schrie er. »A Canyon!«

Seine Leute brüllten hinter ihm, und sie stürzten sich in den Kampf.

Die letzte Angriffswelle war blutüberströmt und atemlos zurückgewankt. Ein halbes Dutzend Meykaner stand im breiten Eingang. Sie waren Adlige, grimmige Männer mit Spitzbärten und eingewachsten Schnurrbärten, in formellem Schwarz. Sie hatten rote Umhänge als Abwehr um die linken Arme gewickelt, hielten lange, spitze Degen in den rechten Händen. Hinter ihnen standen andere bereit, die Plätze der Gefallenen einzunehmen.

»A Canyon!« schrie Loklann, als er vorwärtsstürmte.

*»Quel Dío wela!«* rief ein hochgewachsener, grauhaariger Don. Eine goldene Amtskette hing um seinen Hals. Seine Klinge zuckte vorwärts.

Loklann riß die Axt hoch und parierte. Der Don war schnell und setzte mit einem Nachstoß hinterher, der an der Brust des Gegners endete, aber gehärtetes, dickes Leder fing die Spitze ab. Loklanns Männer drängten auf beiden Seiten heran, ohne die Stöße zu beachten, und hieben drein. Einer traf den feindlichen Degen, der davonflog.

*»Ah, nein, Don Miwel!«* rief eine junge Person neben dem Kalden.

Der ältere Mann fauchte, seine Hände zuckten vor und bekamen Loklanns Axt zu fassen. Er riß sie mit der Kraft eines Trolls an sich. Loklann starrte in Augen, die Tod verhießen. Don Miwel hob die Axt. Loklann zog die Pistole und feuerte aus nächster Nähe.

Als Don Miwel stürzte, fing Loklann ihn auf, zog die goldene Kette von seinem Hals und legte sie sich um. Er richtete sich auf und wurde von einem heftigen Stoß getroffen, der aber von seinem Helm abprallte. Er holte sich seine Axt zurück, spreizte die Beine und hieb drein.

Die Abwehrreihe wankte.

Hinter Loklann erhob sich Getöse. Er drehte den Kopf und sah hinter den Schultern seiner Männer Waffen blinken. Mit einem Fluch begriff er – es waren mehr Leute im Palast gewesen als jene, die den Eingang verteidigten. Die übrigen hatten einen Ausfall gewagt und griffen ihn nun von hinten an.

Eine Degenspitze durchbohrte seinen Oberschenkel. Er spürte nur einen Stich, aber Wut flackerte schwarz vor seinen Augen.

»Seid wiedergeboren als die Schweine, die ihr seid!« brüllte er. Halb von Sinnen kämpfte er sich ins Freie, schuf sich Platz, wankte seitwärts und überblickte den Kampf.

Die Neuankömmlinge waren zumeist Palastwachen, ihren bunt gestreiften Uniformen, Piken und Macheten nach zu urteilen. Aber sie hatten Verbündete, ein Dutzend Männer, wie Loklann sie noch nie gesehen hatte. Sie hatten die braune Haut und die schwarzen Haare von Injuns, aber ihre Gesichter glichen denen der weißen Männer; verschlungene blaue Muster bedeckten ihre Körper, die nur mit Stoff und Blumengirlanden umwickelt waren. Sie gebrauchten Messer und Knüppel mit gefährlicher Geschicklichkeit.

Loklann riß sich das Hosenbein auf, um seine Wunde zu betrachten. Sie war nicht tief. Ernster waren die Verluste, die seine Männer erlitten. Er sah Mork sunna Brenn mit erhobenem Schwert auf einen der dunkelhäutigen Fremden zustürzen, einen großen Mann, der über seinem Rock ein prächtig wirkendes Hemd trug. Mork hatte zu Hause mit Gewißheit vier Männer in legalen Zweikämpfen getötet, wie viele auswärts, wußte niemand. Der dunkelhäutige Mann wartete, ein Messer zwischen den Zähnen, die Hände locker herabhängend. Als die Schwertklinge heruntersauste, war der Dunkelhäutige einfach nicht da. Er grinste um sein Messer herum und hieb mit einer Handkante auf das Gelenk der Schwerthand. Loklann hörte deutlich Knochen splittern. Mork schrie auf. Der Ausländer traf ihn am Adamsapfel. Mork stürzte auf die Knie, spuckte Blut, brach zusammen und rührte sich nicht mehr. Ein anderer Himmelsmann griff mit hoch erhobener Axt an. Der Fremde wich der Waffe wieder aus, fing den anstürmenden Körper mit der Hüfte ab und half ihm auf den Weg. Der Himmelsmann prallte mit dem Kopf auf das Pflaster und regte sich nicht mehr.

Loklann sah jetzt, daß die Neuankömmlinge einen Ring um andere bildeten, die nicht kämpften: Frauen. Bei Oktai und dem menschenfressenden Ulagu, diese Halunken führten alle Frauen aus dem Palast hinaus! Und der Kampf gegen sie war erlahmt; mürrische Angreifer wichen zurück und pflegten ihre Wunden.

Loklann stürzte vor.

»A Canyon! A Canyon!« schrie er.

»Ruori Rangi Lohannaso«, sagte der hochgewachsene Fremdling höflich. Er fauchte Befehle. Sein Gefolge begann sich zu entfernen.

»Packt sie, ihr Abschaum!« kreischte Loklann. Seine Männer rafften sich auf und folgten langsam. Nachhut-Piken wiesen sie ab. Loklann führte einen Sturm auf die Vorderseite des Platzes an.

Der große Mann sah ihn kommen. Graue Augen richteten sich auf die Kette des Kalden und wurden zu tiefstem Winter.

»Du hast also Don Miwel getötet«, sagte Ruori auf Spañol. Loklann verstand ihn, da er die Sprache von Gefangenen und Konkubinen bei vielen Raubzügen weiter nördlich gelernt hatte. »Du dreckiger Sohn einer Raubmöwe.«

Loklann hob die Pistole. Ruoris Hand war ein Wischer. Plötzlich steckte das Messer im rechten Bizeps des Himmelsmannes. Er ließ die Pistole fallen.

»Das will ich wiederhaben!« schrie Ruori. Dann, zu seinen Anhängern: »Kommt, zum Schiff!«

Loklann starrte auf Blut, das seinen Arm herabfloß. Er hörte

Klirren, als die Flüchtlinge durch die erschöpfte Canyon-Reihe brachen. Jonaks Trupp erschien am Haupteingang – der jetzt leer war, da die überlebenden Verteidiger mit Ruori abgezogen waren.

Ein Mann näherte sich Loklann, der noch immer seinen Arm festhielt.

»Sollen wir sie verfolgen, Käpt'n?« fragte er beinahe schüchtern. »Jonak kann uns gegen sie führen.«

»Nein«, sagte Loklann.

»Aber sie müssen an die hundert Frauen wegführen, darunter viele junge.«

Loklann schüttelte sich wie ein Hund, der aus einem tiefen, kalten Fluß kommt.

»Nein. Ich will den Arzt suchen und die Wunde nähen lassen. Dann haben wir andere Arbeit genug. Mit diesen Fremdländern können wir uns später befassen, wenn sich die Gelegenheit ergibt. Mann, wir haben eine Stadt zu brandschatzen!«

# IV

Auf den Kais lagen Tote, manche verbrannt. Sie wirkten unter den Lagerhäusern sonderbar klein, wie Puppen, weggeworfen von einem flennenden Kind. Kanonendampf wallte und ätzte die Nasen.

Atel Hamed Seraio, der Maat, der mit den Matrosen an Bord der ›Delphin‹ geblieben war, führte Ruori einen Trupp entgegen. Sein Gruß geschah auf Inselbewohner-Art, so beiläufig, daß sogar in diesem Augenblick mehrere der Meykaner entsetzt reagierten.

»Wir wollten Euch eben holen, Kapitän.«

Ruori schaute zum Wald der Takelage seiner ›Delphin‹ hinüber.

»Was ist hier geschehen?« fragte er.

»Eine Bande von diesen Teufeln landete in der Nähe der Batterie. Sie erstürmten die Stellungen, während wir uns noch fragten, was das alles zu bedeuten habe. Ein Teil von ihnen eilte zu dem Getümmel im nördlichen Viertel, wo die Soldaten untergebracht sind. Aber der Rest des Haufens griff uns an. Nun, wir mit unserem Schanzdeck zehn Fuß über dem Kai und geübt in der Abwehr von Piraten, machten ihnen buchstäblich die Hölle heiß. Ich habe ihnen eine Portion Flammen verabreicht.«

Ruori zuckte vor den versengten Leichen zusammen. Zweifellos hatten sie es verdient, aber der Gedanke, flammendes Tranöl auf lebendige Menschen zu gießen, behagte ihm nicht.

»Nur schade, daß sie es nicht von See her versucht haben«, fügte Atel seufzend hinzu. »Wir haben ein so schönes Harpunenkatapult. Ich habe eines in der Art vor Jahren bei Hindien eingesetzt, als uns ein Sinesen-Seeräuber zu nah kam. Seine Dschunke hörte sich an wie ein Wal.«

»Menschen sind keine Wale!« fauchte Ruori.

»Schon gut, Kapitän, schon gut, schon gut.« Atel wich vor seiner Heftigkeit verwirrt zurück. »War nicht böse gemeint.«

Ruori faßte sich und faltete die Hände.

»Ich habe in unnötigem Zorn gesprochen«, sagte er förmlich. »Ich lache mich selbst aus.«

»Es ist nichts, Kapitän. Wie ich schon sagte, wir wehrten sie ab, und sie zogen sich schließlich zurück. Ich nehme an, sie werden Verstärkung holen. Was sollen wir tun?«

»Das ist es, was ich nicht weiß«, sagte Ruori düster. Er wandte sich den Meykanern zu, die mit entsetzten, fassungslosen Gesichtern vor ihm standen. »Ich erbitte eure Verzeihung, Dons und Doñitas«, sagte er in Spañol. »Er hat mir nur berichtet, was geschehen ist.«

»Entschuldigt Euch nicht!« Es war Tresa Carabán, die vor den Männern sprach. Manche wirkten ein wenig beleidigt, aber sie waren zu müde und betäubt, um ihr Vorpreschen zu rügen, und für Ruori war es nur natürlich, daß eine Frau sich so frei benahm wie ein Mann. »Ihr habt uns das Leben gerettet, Kapitän. Mehr als das Leben.«

Er fragte sich, was schlimmer sei als der Tod, dann nickte er. Sklaverei natürlich – Fesseln und Peitschen und ein Leben lang erzwungene Arbeit in einem fremden Land. Sein Blick blieb an ihr haften, auf dem langen, zerzausten Haar über glatten Schultern. Ihr Kleid war zerfetzt, Müdigkeit und Tränenspuren zeigten sich auf dem Gesicht. Er fragte sich, ob sie wußte, daß ihr Vater tot war. Sie hielt sich kerzengerade und sah ihn mit sonderbarem Trotz an.

»Wir sind ungewiß, was wir tun sollen«, sagte er verlegen. »Wir sind nur fünfzig Mann. Können wir Eurer Stadt helfen?«

Ein junger Adliger, der sich nur schwankend aufrecht hielt, erwiderte: »Nein. Die Stadt ist verloren. Ihr könnt diese Damen in Sicherheit bringen, das ist alles.«

»Ihr ergebt Euch doch nicht schon, Señor Dónoju!« protestierte

Tresa.

»Nein, Doñita«, sagte der junge Mann gepreßt. »Aber ich hoffe, ich kann die Absolution erhalten, bevor ich in den Kampf zurückkehre, denn ich bin ein toter Mann.«

»Kommt an Bord!« sagte Ruori kurz.

Er führte sie die Laufplanke hinauf. Liliu, eine der fünf Wahines des Schiffes, lief ihm entgegen, schlang die Arme um seinen Hals und rief: »Ich fürchtete schon, du wärst getötet!«

»Noch nicht.« Ruori machte sich so sanft wie möglich los. Er bemerkte, daß Tresa steif danebenstand und sie beide anfunkelte. Verwirrung überfiel ihn – erwarteten diese sonderbaren Meykaner, daß eine Besatzung eine Reise von Monaten unternahm, ohne ein paar Mädchen mitzunehmen? Dann kam ihm der Gedanke, daß die Kleidung der Wahines, die wie die seiner Männer war, gegen die hiesigen Bräuche verstieß. Zu Nan mit ihren albernen Vorurteilen. Aber es schmerzte, daß Tresa sich von ihm zurückzog.

Die anderen Meykaner schauten sich staunend um. Nicht alle hatten das Schiff nach seinem Eintreffen besichtigt. Sie blickten verwirrt auf Leinen und Spieren, über Klafter Deck zu Harpunenkatapult, Winden, Bugspriet und zurück zu den Matrosen. Die Maurai grinsten aufmunternd. Bisher betrachteten die meisten das Ganze als Jux. Männer, die nach Haien tauchten, um sich zu belustigen, oder allein über tausend Seemeilen weit Auslegerkanus steuerten, waren von einem Kampf nicht aus der Ruhe zu bringen.

Aber sie hatten nicht mit dem ernsten Don Miwel, dem lustigen Don Wan und dem sanften Bispo Ermosillo gesprochen und dann diese Menschen tot auf einer Tanzfläche liegen sehen, dachte Ruori bitter.

Die meykanischen Frauen drängten sich zusammen, Damen und Dienerinnen, um miteinander zu weinen. Die Palastwachen bildeten einen Schutzwall um sie. Die Adligen und Tresa folgten Ruori auf das Poopdeck.

»Laßt uns miteinander reden«, sagte er. »Wer sind diese Banditen?«

»Die Himmelsleute«, flüsterte Tresa.

»Das kann ich sehen.« Ruori schickte einen Blick zu den über ihnen dahinschwebenden Fluggeräten hinauf. Sie hatten die unheimliche Schönheit ebenso vieler Barrakudas. Hier und dort griffen Rauchsäulen zu ihnen hinauf. »Aber wer sind sie? Wo kommen sie

her?«
»Sie sind Nor-Merikaner«, erwiderte sie mit trockener, kleiner Stimme, als fürchte sie sich davor, ihr Farbe zu geben. »Von den wilden Hochländern um den Corado River, dem Grand Canyon, den er sich gegraben hat – Bergbewohner. Es gibt eine Geschichte, daß Mong-Invasoren sie von den Ebenen im Osten vor sehr langer Zeit vertrieben haben, aber als sie in den Bergen und Wüsten stark wurden, besiegten sie einige Mong-Stämme und schlossen mit anderen Freundschaft. Hundert Jahre lang haben sie unsere Nordgrenzen beunruhigt. Das ist das erste Mal, daß sie so weit nach Süden kommen. Wir haben nie mit ihnen gerechnet – ihre Spione haben wohl erfahren, daß die meisten unserer Soldaten am Río Gran sind und eine Rebellen-Streitmacht verfolgen. Sie sind nach Südwesten gesegelt, über unserem Land –« Sie schauderte.

Der junge Dónoju spuckte aus.

»Sie sind heidnische Hunde! Sie kennen nichts als Rauben und Sengen und Morden!« Er sackte zusammen. »Was haben wir getan, daß sie auf uns losgelassen werden?«

Ruori rieb sich nachdenklich das Kinn.

»Solche Wilde können sie nicht sein«, murmelte er. »Diese Ballonschiffe sind besser als alles, was meine Föderation herzustellen versucht hat. Der Stoff ... irgendein raffiniertes künstliches Gewebe? Das muß es sein, sonst könnte es auf lange Zeit nicht Wasserstoff halten. Sie verwenden doch gewiß nicht Helium. Aber für Wasserstoffherstellung in diesem Maßstab braucht man Industrie. Zumindest gute empirische Chemie. Sie könnten ihn sogar durch Elektrolyse erzeugen ... guter Lesu!« Er begriff, daß er in seiner Muttersprache mit sich selbst geredet hatte. »Ich bitte um Verzeihung«, sagte er. »Ich habe mir überlegt, was wir tun sollten. Dieses Schiff führt keine fliegenden Fahrzeuge mit.«

Wieder blickte er hinauf. Atel gab ihm sein Fernglas. Er richtete es auf das erste Luftschiff. Der riesige Gasballon und die Gondel darunter – selbst so groß wie manches Maurai-Schiff – bildeten eine aerodynamisch glatte Einheit. Die Gondel schien leicht zu sein, Rohrgeflecht um einen Holzrahmen, aber stark. Drei Viertel des Weges vom Kiel hinauf führte rundherum eine Art Galerie, auf der die Besatzung gehen und arbeiten konnte. In Abständen standen am Geländer muskelbewegte Maschinen. Manche mußten für Lastenbewegung dienen, aber andere ließen an Katapulte denken. Offenkundig kämpften die Luftschiffe verschiedener Häuptlinge in den nördlichen Reichen gelegentlich gegeneinander. Das zu wissen, mochte bedeutsam sein. Die politischen Psychologen der Föderation besaßen Geschicklichkeit im Teile-und-Herrsche. Aber zunächst jetzt . . .

Die Antriebskraft war außerordentlich interessant. Seitlich ragten zwei Spieren etwa fünfzehn Meter heraus, eine über der anderen. Sie trugen auf beiden Seiten zwei drehbare Rahmen, auf die quadratische Segel gespannt waren. Ein gleiches Paar Spieren durchbohrte den Heckrumpf: acht Segel im ganzen. Zwei kleine einziehbare Windräder, drehbar, mit Flügeln, ragten unter der Gondel heraus und dienten offenbar als künstlicher Kiel. Segel und Ruder wurden durch Leinen getrimmt, die durch Flaschenzüge zu Winden auf der Galerie führten. Wenn man ihre Stellung veränderte, sollte man mindestens mehrere Grade luvwärts steuern können. Und ja, in verschiedenen Schichten bewegte die Luft sich in verschiedenen Richtungen. Ein Luftschiff konnte herabsinken, indem es Zellen in seinem Gasballon leerpumpte und den Wasserstoff in Speichertanks komprimierte. Höhersteigen konnte es durch Gaszufuhr oder durch das Abwerfen von Ballast (wenngleich man letzteres für die letzten Strecken vor der Landung zu Hause aufhob, falls Undichtheiten den Gasvorrat verringert hatten). Mit Segeln, Rudern und seiner Fähigkeit, einen verhältnismäßig günstigen Wind zu finden, konnte ein solches Luftschiff mehrere tausend Meilen weit umherstreifen, mit einer Nutzlast von einigen Tonnen. Wahrlich ein herrliches Fahrzeug!

Ruori ließ das Glas sinken.

»Haben die Perio keine Luftfahrzeuge gebaut, um sich zu wehren?« fragte er.

»Nein«, murmelte einer der Meykaner. »Alles, was wir je hatten, waren Ballons. Wir wissen nicht, wie man einen Stoff herstellt, in dem sich das Schwebegas lange genug hält, oder wie man den Flug steuern soll . . .« Seine Stimme erstarb.

»Und da Ihr eine nichtwissenschaftliche Kultur seid, kam Euch nie der Gedanke, systematisch zu forschen, um diese Tricks zu lernen«, sagte Ruori.

Tresa, die auf ihre Stadt gestarrt hatte, fuhr herum.

»Für Euch ist es leicht!« schrie sie. »Ihr habt nicht Jahrhundert um Jahrhundert im Norden die Mong, im Süden die Raukanier abwehren müssen. Ihr habt nicht zwanzig Jahre und zehntausend Menschenleben aufwenden müssen, um Kanäle und Aquädukte zu bauen, damit ein paar Menschen weniger verhungern. Ihr seid nicht belastet mit einer Peonen-Mehrheit, die nur arbeiten, die sich nicht um sich selbst kümmern kann, da man es ihr nie beigebracht hat, weil ihr Dasein für unser Land eine zu große Belastung ist, als daß es sich das leisten könnte. Für Euch ist es leicht, mit Euren hemdlosen Dirnen umherzuschwimmen und über uns zu lachen! Was hättet Ihr getan, Señor Allmächtiger Kapitän?«

»Seid still«, rügte der junge Dónoju. »Er hat uns das Leben gerettet.«

»Bis jetzt!« sagte sie durch die Zähne und Tränen. Ein kleiner Tanzschuh stampfte auf das Deck.

Ruori fragte sich einen nachdenklichen Augenblick lang, was eine ›Dirne‹ sein mochte. Es klang herabsetzend. Konnte sie die Wahines meinen? Aber gab es für eine Frau eine ehrenhaftere Weise, eine gute Mitgift zu verdienen, als Seite an Seite mit den Männern ihres Volkes bei einer Mission der Entdeckung und Zivilisierung ihr Leben aufs Spiel zu setzen? Was wollte Tresa ihren Enkelkindern an regnerischen Abenden eigentlich erzählen?

Dann fragte er sich weiter, warum sie ihn beunruhigte. Es war ihm schon vorher bei manchen der Meykaner eine beinahe erschreckende Intensität zwischen Mann und Frau aufgefallen, so, als sei ein Ehegatte mehr als ein geachteter Freund und Partner. Aber welche andere Beziehung war möglich? Ein Spezialpsychologe mochte es wissen; Ruori war überfordert.

Er schüttelte den zornigen Kopf, um klar denken zu können, und sagte laut: »Das ist nicht die Zeit für Unhöflichkeit.« Er mußte ein Spañiol-Wort gebrauchen, das nicht ganz dieselbe Bedeutung hatte. »Wir müssen entscheiden. Seid Ihr sicher, daß wir keine Aussicht haben, die Piraten zurückzuschlagen?«

»Nicht, wenn nicht S' Antón selbst ein Wunder wirkt«, sagte Dónoju mit toter Stimme. Dann nahm er sich schlagartig zusammen. »Es gibt nur eines, was Ihr für uns tun könnt, Señor: jetzt mit den Frauen davonsegeln – es sind hochgeborene Damen darunter, die nicht in Gefangenschaft und Entehrung verkauft werden dürfen. Bringt sie nach Süden zu Port Wanawato, wo der Kalde sich um ihr Wohl kümmern wird.«

»Ich laufe nicht gerne davon«, sagte Ruori mit einem Blick auf die

Toten am Kai.

»Señor, das sind *Damen*! In el Díos Namen, habt Erbarmen mit ihnen!«

Ruori blickte in die angespannten bärtigen Gesichter. Er schuldete ihrer Gastfreundschaft viel und konnte keine andere Möglichkeit erkennen, sich je auf andere Weise dafür erkenntlich zu zeigen.

»Wenn Ihr wollt«, sagte er langsam. »Was ist mit Euch selbst?«

Der junge Adlige verbeugte sich wie vor einem König.

»Unser Dank und unsere Gebete werden Euch begleiten, edler Kapitän. Wir Männer werden natürlich in den Kampf zurückkehren.« Er stand auf und rief mit Exerzierplatz-Stimme: »Ach-tung! Antre-ten!«

Auf dem Hauptdeck wurden schnell ein paar Küsse getauscht, dann waren die Männer von Meyko über die Planke marschiert und stapften in ihre Stadt zurück.

Ruori hieb mit der Faust auf die Heckreling.

»Wenn wir nur ein Mittel hätten«, murmelte er. »Wenn wir nur etwas tun könnten.« Beinahe hoffnungsvoll fügte er hinzu: »Glaubt Ihr, die Banditen könnten uns angreifen?«

»Nur, wenn ihr hierbleibt«, sagte Tresa. Ihre Augen waren Splitter aus grünem Eis. »Bei Marí, hättet Ihr Euch nur nicht verpflichtet, zu segeln!«

»Wenn sie uns verfolgen, sobald wir auf dem Meer sind –«

»Ich glaube nicht, daß sie das tun werden. Ihr habt hundert Frauen und ein paar Handelsgüter. Die Himmelsleute werden aus zehntausend Frauen, ebenso vielen Männern und den Schätzen unserer Stadt auswählen können. Warum sollten sie sich die Mühe machen, Euch zu verfolgen?«

»Aye . . . aye . . .«

»Fahrt«, sagte sie. »Ihr könnt nicht wagen, zu verweilen.«

Ihre Kälte war wie ein Schlag.

»Was meint Ihr?« fragte er. »Glaubt Ihr, die Maurai seien Feiglinge?«

Sie zögerte, dann sagte sie mit widerwilliger Ehrlichkeit: »Nein.«

»Nun, warum tut Ihr dann so verächtlich?«

»Ach, geht fort!« Sie kniete am Geländer nieder, legte den Kopf auf die Arme und überließ sich ihrer Trauer.

Ruori verließ sie und erteilte seine Befehle. Männer kletterten in die Wanten. Gerollte Segel gingen auf und knallten in frischem

Wind. Hinter dem Kai glitzerte das Meer blau mit kleinen Schaumkronen; Möwen fegten durch den Himmel. Ruori sah nur die einzelnen Bilder von vorher, als er den Rückzug vom Palast angeführt hatte.

*Ein waffenloser Mann, den Schädel gespalten. Ein Mädchen, kaum zwölf Jahre alt, kreischend, als es von zwei Räubern in eine Gasse geschleppt wurde. Ein alter Mann, in Todesangst flüchtend, Haken schlagend, während vier Bogenschützen ein Scheibenschießen auf ihn veranstalteten und vor Lachen brüllten, als er durchbohrt zu Boden stürzte und sich mit den Händen fortzog. Eine Frau, dumpf auf der Straße sitzend, mit zerfetztem Kleid, neben einem Säugling, dessen Kopf auf dem Pflaster zerschmettert worden war. Eine kleine Statue in einer Nische, eine Heiligendarstellung, verblaßte Veilchen zu ihren Füßen, im Vorbeigehen von einem Kriegshammer geköpft. Ein Haus, das lichterloh brannte, Schreie im Inneren.*

Plötzlich waren die Luftschiffe am Himmel nicht mehr schön.

Hinaufzugreifen und sie vom Himmel zu holen!

Ruori blieb wie angewurzelt stehen. Die Besatzung wogte hin und her. Er hörte einen Ankergesang, tiefe Stimmen, kraftvoll, weil sie immer frei gewesen waren und nur gute Nahrung kannten, aber in einem fernen Winkel seines Gehirns hallte das Lied wider.

»Ablegen!« rief der Maat.

»Noch nicht! Noch nicht! Wartet!«

Ruori lief zur Poop, die Leiter hinauf und am Rudergänger vorbei zu Doñita Tresa. Sie hatte sich wieder erhoben und stand mit gesenktem Kopf und herabhängenden Haaren, damit man ihr Gesicht nicht sah.

»Tresa«, keuchte Ruori, »Tresa, ich habe eine Idee. Ich glaube – es könnte eine Chance geben –, vielleicht können wir doch zurückschlagen.«

Sie hob den Blick. Ihre Finger schlossen sich um seinen Arm, bis er spürte, daß die Fingernägel seine Haut durchbohrten.

»Es hängt davon ab ...«, stieß er hervor, »... sie zu uns ... herzulocken. Mindestens zwei von ihren Fahrzeugen ... müssen uns folgen ... aufs Meer hinaus. Dann glaube ich – über die Einzelheiten bin ich mir nicht klar, aber es könnte sein ... daß wir kämpfen können ... sie sogar vertreiben –«

Noch immer starrte sie ihn an. Er spürte ein Zögern in sich.

»Natürlich können wir den Kampf auch verlieren«, sagte er. »Und
wir haben die Frauen an Bord.«
»Wenn Ihr verliert«, sagte sie so leise, daß er ihre Worte kaum
verstehen konnte, »werden wir dann sterben oder gefangengenom-
men?«
»Ich glaube, wir werden alle sterben.«
»Das ist gut.« Sie nickte. »Ja. Dann kämpft!«
»Über eines bin ich mir nicht im klaren. Wie wir sie dazu verleiten,
daß sie uns verfolgen.« Er schwieg kurze Zeit. »Wenn jemand
sich . . . von ihnen gefangennehmen ließe – und ihnen verriete, daß
wir einen großen Schatz entführen – würden sie das glauben?«
»Sehr leicht möglich.« Ihre Stimme klang wieder lebendig, sogar
eifrig. »Sagen wir, der Hort des Kalden. Es hat nie einen gegeben,
aber die Räuber würden glauben, daß die Keller meines Vaters mit
Gold gefüllt sind.«
»Dann muß jemand zu ihnen gehen.« Ruori drehte ihr den Rük-
ken zu, verflocht die Finger ineinander und steuerte auf eine Schluß-
folgerung zu, die er nicht wünschte. »Aber es darf nicht irgend je-
mand sein. Einen Mann würden sie niederschlagen und zu den
anderen Sklaven stecken, nicht wahr? Ich meine, würden sie ihn
überhaupt anhören?«
»Vermutlich nicht. Nur wenige von ihnen verstehen Spañiol. Bis
man einen Mann, der etwas von Schätzen faselt, versteht, könnten
sie schon halb zu Hause sein.« Tresa zog die Brauen zusammen.
»Was sollen wir tun?«
Ruori sah die Lösung, brachte sie aber nicht über die Lippen.
»Es tut mir leid«, murmelte er. »Meine Idee war doch nicht so gut.
Fahren wir.«
Sie zwängte sich zwischen ihn und die Reling, blieb vor ihm ste-
hen, berührte ihn wie beim Tanz. Ihre Stimme klang völlig ruhig.
»Ihr wißt einen Weg.«
»Ich weiß keinen.«
»Ich habe Euch in einer Nacht gut kennengelernt. Ihr seid ein
schlechter Lügner. Sagt ihn mir.«
Er wandte den Blick ab. Auf irgendeine Weise brachte er es her-
aus.
»Eine Frau – nicht irgendeine Frau, sondern eine sehr schöne –
würde man sie nicht schnell zum Anführer bringen?«
Tresa trat zur Seite. Sie wurde bleich.

»Ja«, sagte sie nach langer Zeit. »Das glaube ich.«

»Aber sie könnte auch getötet werden«, erklärte Ruori dumpf. »Sie töten nach Belieben, diese Männer. Ich kann niemanden, der in meine Obhut gegeben worden ist, sein Leben aufs Spiel setzen lassen.«

»Ihr heidnischer Narr«, sagte sie mit zusammengebissenen Zähnen. »Glaubt Ihr, die Gefahr, getötet zu werden, bedeutet mir etwas?«

»Was könnte sonst geschehen?« fragte er erstaunt. Und fügte hinzu: »Ah, ja, versteht sich, die Frau wäre eine Sklavin, wenn wir den Kampf danach verlieren würden. Obschon ich mir vorstelle, daß sie nicht zu schlecht behandelt wird, wenn sie schön ist.«

»Und das ist alles, was Ihr –« Tresa verstummte. Er hatte nie gewußt, daß ein Lächeln tiefste Verwundung verraten konnte. »Gewiß. Ich hätte es begreifen sollen. Ihr und Euresgleichen habt eine andere Denkungsart.«

»Was meint Ihr?« fragte er stockend.

Sie blieb noch einen Augenblick mit geballten Fäusten stehen. Dann sagte sie, halb zu sich selbst: »Sie haben meinen Vater umgebracht, ja, ich habe ihn tot liegen sehen. Sie würden meine Stadt in Ruinen zurücklassen, übersät von Leichen.« Sie hob den Kopf. »Ich werde gehen«, sagte sie.

»Ihr?« Er packte sie an den Schultern. »Nein, sicherlich nicht Ihr! Eine von den anderen –«

»Soll ich eine andere schicken? Ich bin die Tochter des Kalden.« Sie riß sich los und eilte über das Deck, stieg die Leiter hinunter zur Gangway. Ihr Blick war vom Schiff abgewandt. Ein paar Worte wehten zu ihm zurück: »Danach, wenn es ein Danach gibt, bleibt immer noch das Kloster.«

Er begriff nicht. Er stand auf der Poop, starrte ihr nach und verabscheute sich, bis sie dem Blick entschwunden war. Dann sagte er: »Ablegen«, und das Schiff fuhr hinaus aufs Meer.

# V

Die Meykaner kämpften verbissen, Straße um Straße und Haus um Haus, aber nach zwei Stunden waren ihre überlebenden Soldaten in die Nordostecke von S' Antón zurückgetrieben worden. Sie selbst nahmen das kaum wahr, doch ein Anführer der Himmelsleute hatte einen Überblick von oben; ein Wanderschiff war jetzt an der Kathedrale festgemacht worden, mit einer Strickleiter, an der die Männer hinab und hinauf klettern konnten, und das Begleitfahrzeug mit einer Notbesatzung brachte Nachrichten.

»Gut«, sagte Loklann. »Wir halten sie mit einem Viertel unserer Streitmacht eingeschlossen. Ich glaube nicht, daß sie ausbrechen werden. Inzwischen können wir anderen alles organisieren. Laßt diesen Kreaturen nicht zuviel Zeit, sich und ihr Silber zu verstecken. Am Nachmittag, wenn wir ausgeruht sind, können wir Fallschirmspringer hinter den Stadttruppen landen, sie unseren Linien entgegentreiben und aufreiben.«

Er befahl, die ›Buffalo‹ zu landen, damit er die kostbarste Beute sofort verladen konnte. Die Männer waren im großen und ganzen zu rauhe Burschen – brave Männer, aber fähig, ein Gewand oder einen Becher oder ein Kreuz mit Juwelen in ihrer Hast zu beschädigen.

Das Flaggschiff sank so weit wie möglich herab. Es schwebte noch immer in dreihundert Meter Höhe, denn Handpumpen und Tanks aus Aluminiumlegierung erlaubten keine große Kompression des Wasserstoffs. In kälterer, dichterer Luft hätte es noch höher bleiben müssen. Zu einer schnell zusammengetrommelten Bodenmannschaft fielen aber Seile herab. Zu Hause gab es vor jedem Haus Ratschenwinden, so daß sogar nur vier Frauen ein Schiff herunterzuholen vermochten. Man haßte das Notverfahren, Gas abzulassen, weil die Hüter die Nachfrage kaum zu befriedigen vermochten, trotz einer neuen Sonnenenergie-Anlage, um die ihre hydroelektrische Station ergänzt worden war, und entsprechende Preise forderten. (Das behaupteten die Hüter jedenfalls, aber vielleicht nützten sie nur die Tatsache aus, daß sie unverletzlich waren und über jedem König standen, um die Preise hochzutreiben. Manche Anführer, Loklann eingeschlossen, hatten begonnen, mit Wasserstoffherstellung für sich selbst zu experimentieren, aber es kostete viel Zeit, eine Kunst zu erlernen, die selbst die Hüter nur halb begriffen.)

Hier ersetzten starke Männer die Maschinen. Die ›Buffalo‹ war bald vor der Kathedrale festgepflockt und füllte den großen Platz fast aus. Loklann inspizierte jedes Seil persönlich. Sein verwundetes Bein schmerzte, aber es war nicht so schlimm, daß er nicht mehr hätte gehen können. Ärgerlicher war sein rechter Arm, dessen Nähte nun mehr schmerzten als vorher die Wunde. Der Arzt hatte ihn ermahnt, damit vorsichtig zu sein. Das bedeutete, daß er linkshändig kämpfen mußte, denn nie sollte es heißen, daß Loklann sunna Holber dem Kampf ferngeblieben sei. Er würde jedoch nur mit halber Kraft eingreifen können.

Er berührte das Messer, das ihn durchbohrt hatte. Wenigstens hatte er eine erstklassige Stahlklinge bekommen. Und . . . hatte der Eigentümer nicht gesagt, sie würden sich wieder treffen, um zu entscheiden, wer sie behielt? In solchen Worten lag ein Omen. Es würde ein Vergnügen sein, diesem Ruori zur Reinkarnation zu verhelfen.

»Käpt'n, Käpt'n, Sir!«

Loklann schaute sich um. Yuw Rot-Axt und Aalan sunna Rickar, Männer seines Hauses, hatten ihn gerufen. Sie hielten die Arme einer jungen Frau in schwarzem Samt und Silberschmuck fest. Die bewaffnete Menge umdrängte sie und brüllte.

»Was gibt es?« fragte Loklann brüsk. Er hatte viel zu tun.

»Dieses Weib hier, Sir. Sieht gut aus, was? Wir haben sie unten am Hafen gefunden.«

»Gut, steckt sie zu den anderen in den Tempel, bis – oh!« Loklann wippte auf den Absätzen zurück und verengte die Augen, um einem unbeirrten grünen Funkeln zu begegnen. Sie sah wahrhaftig gut aus.

»Sie hat immer wieder gebrüllt: *›Shef, rey, ombro gran!‹* Ich habe mir schließlich überlegt, ob sie nicht ›Chef‹ meint«, sagte Yuw, »und als sie dann ›Khan‹ schrie, war ich ziemlich sicher, daß sie zu Euch will. Deshalb haben wir uns nicht selbst mit ihr abgegeben«, schloß er tugendhaft.

*»Aba tu Spañol?«* sagte das Mädchen.

Loklann grinste.

»Ja«, erwiderte er in derselben Sprache, wenn auch beim Weitersprechen ein starker Akzent unverkennbar war. »Gut genug, um zu wissen, daß du mich mit ›Du‹ ansprichst.« Sein Mund wurde hart. »Was bedeutet, daß du mich als unter dir stehend betrachtest – oder als deinen Gott oder deinen Geliebten.«

Sie warf den Kopf zurück, als ihr das Blut ins Gesicht schoß (Sonnenglanz huschte über Krähenschwingen-Haar), und erwiderte: »Ihr könntet diesen Tölpeln befehlen, mich loszulassen.«

Loklann gab den Befehl auf Angliz. Yuw und Aalan ließen sie los. Die Spuren ihrer Finger waren ihren Armen eingeprägt. Loklann strich sich den Bart.

»Wolltest du mich sprechen?« fragte er.

»Wenn Ihr der Anführer seid, ja«, antwortete sie. »Ich bin die Tochter des Kalden, Doñita Tresa Carabán.« Ihre Stimme schwankte für einen Augenblick. »Was Ihr tragt, ist die Amtskette meines Vaters. Ich bin im Namen seines Volkes zurückgekommen, um mit Euch zu verhandeln.«

»Was?« Loklann blinzelte. Im Gedränge seiner Krieger lachte jemand.

Es ist ihr nicht gegeben, um Gnade zu bitten, dachte er; ihre Stimme blieb spröde.

»Wenn Ihr bis zum Ende weiterkämpft, werdet Ihr große Verluste haben und die Gefahr heraufbeschwören, einen Gegenangriff auf Euer Heimatland herauszufordern. Wollt Ihr nicht das Lösegeld und sicheres Geleit annehmen, Eure Gefangenen freilassen und mit Eurer Zerstörung aufhören?«

»Bei Oktai«, murmelte Loklann, »nur eine Frau kann sich einbilden, daß wir –« Er verstummte. »Hast du gesagt, du bist zurückgekommen?«

Sie nickte.

»Im Namen des Volkes. Ich weiß, daß ich keine rechtliche Vollmacht habe, zu verhandeln, aber in der Praxis –«

»Vergiß das!« fauchte er. »Woher bist du gekommen?«

Sie stockte.

»Das hat nichts zu tun mit –«

Es waren zu viele Augen dabei. Loklann brüllte Befehle, mit dem systematischen Plündern zu beginnen. Er wandte sich dem Mädchen zu.

»Komm in das Luftschiff«, sagte er. »Ich möchte aufführlicher darüber reden.«

Ihre Augen schlossen sich kurz, und ihre Lippen bewegten sich. Dann sah sie ihn an – er dachte an einen Puma, den er einmal gefangen hatte – und sagte mit tonloser Stimme: »Ja. Ich habe noch mehr Argumente.«

»Die hat jede Frau«, antwortete er lachend, »aber du hast eindringlichere als andere.«

»Nicht das!« brauste sie auf. »Ich meine – nein. Marí, bete für mich.«

Als er sich durch seine Männer zwängte, folgte sie ihm.

Sie gingen vorbei an eingerollten Segeln zu einer Leiter, die von der Galerie herabhing. Eine Luke im unteren Rumpfteil stand offen, zeigte Frachtraum und lederne Fußfesseln für Sklaven. Auf dem Galeriedeck standen einige Wachen. Sie stützten sich auf ihre Waffen, schwitzten unter Helmen, witzelten miteinander; als Loklann mit dem Mädchen vorbeikam, brüllten sie in gutmütigem Neid.

Er öffnete eine Tür.

»Hast du schon eines unserer Fahrzeuge gesehen?« fragte er. Die Obergondel enthielt einen langen Raum. Er war leer bis auf Schlafgestelle, in denen Schlafsäcke lagen. Dahinter teilte eine Reihe von Trennwände Kabinen ab, eine Art Kombüse, und schließlich, unmittelbar im Bug, einen Raum für Karten, Tische, Navigationsinstrumente, Sprechtrichter. Die Wände ragten so weit hinaus, daß die glasierten Fenster weiten Ausblick gestatteten, wenn das Schiff in der Luft war. Auf einem Wandbrett unter Waffen in Gestellen hockte ein kleines Idol, vierarmig, mit Stoßzähnen. Am Boden lag ein Strohsack.

»Die Brücke«, sagte Loklann. »Zugleich die Kapitänskabine.« Er deutete auf einen von vier festgezurrten Korbsesseln. »Setzt Euch, Doñita. Möchtet Ihr etwas trinken?«

Sie setzte sich, antwortete aber nicht. Ihre Fäuste lagen geballt auf ihrem Schoß. Loklann goß sich einen Schluck Whiskey ein und leerte den Becher zur Hälfte.

»Ahhh! Später holen wir Euch von Eurem eigenen Wein. Es ist schade, daß Ihr hier die Kunst des Destillierens nicht beherrscht.«

Verzweifelte Augen blickten zu ihm auf, als er vor ihr stehenblieb.

»S'ñor«, sagte sie, »ich flehe Euch an, in Caritos Namen – nun, dann im Namen Eurer Mutter –, verschont mein Volk.«

»Meine Mutter würde sich kranklachen, wenn sie das hören könnte«, sagte er. Er beugte sich vor. »Hört, wir wollen keine Worte verschwenden. Ihr seid entflohen, aber zurückgekommen. Wohin seid Ihr geflüchtet?«

»Ich – kommt es darauf an?«

Gut, dachte er, sie fing schon an, die Nerven zu verlieren. Er setzte nach.

»Gewiß. Ich weiß, daß Ihr heute früh im Palast gewesen seid. Ich weiß, daß Ihr mit den dunkelhäutigen Ausländern geflohen seid. Ich weiß, daß deren Schiff vor einer Stunde abgefahren ist. Ihr müßt auf ihm gewesen sein, seid aber wieder gegangen. Richtig?«

»Ja.« Sie begann zu zittern.

Er schlürfte geschmolzenes Feuer und fuhr sachlich fort: »Also, Doñita, sagt mir, was Ihr anzubieten habt. Ihr könnt nicht erwartet haben, daß wir auf den besten Teil unserer Beute und viele wertvolle Sklaven verzichten für bloßes freies Geleit. Alle Reiche der Himmelsleute würden uns verstoßen. Kommt, Ihr müßt mehr zu bieten haben, wenn Ihr hofft, Euch loszukaufen.«

»Nein . . . nicht wirklich –«

Seine Hand klatschte in ihr Gesicht. Ihr Kopf wurde von dem Schlag zur Seite gerissen. Sie kauerte sich zusammen und preßte die Hand auf die rote Spur, während er knurrte: »Ich habe keine Zeit für Spielereien. Heraus damit! Sagt mir sofort, was für ein Gedanke Euch vom sicheren Unterschlupf herausgetrieben hat, oder Ihr kommt hinunter in den Frachtraum. Ihr würdet einen guten Preis bringen, wenn die Händler Canyon wieder besuchen. Vieles wartet auf Euch: die Hütte eines Waldläufers in Oregon, die Khan-Jurte von Mongs in Tekkas, ein Bordell, so weit fort wie in Chai Ka-Go. Sagt mir ehrlich, was Ihr wißt, und einiges wird Euch erspart bleiben.«

Sie starrte auf den Boden und sagte dumpf: »Das fremde Schiff ist mit dem Gold des Kalden beladen. Mein Vater hatte seine persönlichen Schätze schon lange an einen sicheren Ort schaffen wollen, wagte ihn aber einer Wagenkolonne über Land nicht anzuvertrauen. Es gibt zwischen hier und Fortlez d' S' Ernán noch viele Gesetzlose; soviel Beute würde selbst die militärische Eskorte dazu verlocken, zu Banditen zu werden. Kapitän Lohannaso erklärte sich bereit, das Gold auf dem Seeweg nach Port Wanawao zu bringen, in der Nähe von Fortlez. Ihm konnte man vertrauen, weil seine Regierung auf Handel mit uns erpicht ist; er ist im amtlichen Auftrag hier. Der Schatz war schon verladen. Als Ihr Überfall kam, nahm das Schiff natürlich auch die Frauen aus dem Palast auf. Aber könnt Ihr sie nicht verschonen? Ihr werdet in dem ausländischen Schiff mehr Beute finden, als Eure ganze Flotte befördern kann.«

»Bei Oktai!« stieß Loklann hervor. Er wandte sich ab, ging hin und her, blieb stehen und starrte zum Fenster hinaus. Er konnte beinahe hören, wie die Räder in seinem Kopf sich drehten. Es ergab Sinn. Der Palast war eine Enttäuschung gewesen. O ja, viel Damast und Silberbesteck und was noch alles, aber kein Vergleich mit der Kathedrale. Entweder war der Kalde weniger reich als mächtig, oder er versteckte seine Schätze. Loklann hatte beabsichtigt, ein paar Diener foltern zu lassen, um festzustellen, was zutraf. Jetzt begriff er, daß es eine dritte Möglichkeit gab.

Aber auf jeden Fall würde er einige Gefangene verhören lassen, um sicherzugehen – nein, keine Zeit. Bei günstigem Wind konnte dieses Schiff jedem Luftfahrzeug entkommen, ohne sich anstrengen zu müssen. Es mochte schon zu spät sein, es noch einzuholen. Aber wenn nicht – hm. Ein Angriff würde nicht leichtfallen. Der schmale, stampfende Rumpf war ein kleines Ziel für Fallschirmspringer, und mit der Takelage als Hindernis . . . Warte. Kühne Männer konnten immer einen Weg finden. Wie wäre es, wenn man die Aufbauten mit Greifklauen spickte? Wenn die Takelage dabei abriß, um so besser. Ein beschwertes Seil würde dann eine unbehinderte Rutschbahn auf das Deck darstellen. Wenn die Haken hielten, konnte ein Entertrupp auf jeden Fall in die Masten gelangen. Die Matrosen waren gewiß auch behende, aber hatten sie schon einmal in einem merikanischen Gewitter eine Meile über der Erde ein Luftschiffsegel gerefft?

Im Verlauf des Kampfes konnte er weiter improvisieren. Auf jeden Fall würde es Spaß machen, den Versuch zu unternehmen. Und im allerbesten Fall würde er als Welteroberer wiedergeboren werden, wenn sein Leben eine solche Tat aufzuweisen hatte.

Er lachte vor Freude laut auf.

»Wir tun es!«

Tresa stand auf.

»Verschont Ihr die Stadt?« flüsterte sie heiser.

»So etwas habe ich nie versprochen«, sagte Loklann. »Die Ladung des Schiffes wird natürlich das meiste an Beute und Leuten verdrängen, das wir sonst mitnehmen würden. Es sei denn, hm, es sei denn, wir segeln das Schiff beladen nach Kalforni und empfangen es dort mit weiteren Luftfahrzeugen. Ja, warum nicht?«

»Ihr Eidbrecher«, sagte sie voller Verachtung.

»Ich habe nur versprochen, Euch nicht zu verkaufen«, sagte Loklann. Er sah sie von oben bis unten an. »Und das werde ich halten.« Er trat einen Schritt auf sie zu und zog sie an sich. Sie wehrte sich fauchend; einmal gelang es ihr, Ruoris Messer aus seinem Gürtel zu reißen, aber sein Harnisch hielt die Spitze auf.

Schließlich stand er auf. Sie weinte zu seinen Füßen, ihre Brust war rot von der Kette ihres Vaters. Er sagte leiser: »Nein, ich werde dich nicht verkaufen, Tresa. Ich werde dich behalten.«

## VI

»Luftschiff ho-o-o!«

Der Schrei des Ausgucks hing eine Minute lang einsam zwischen Wind und weitem Wasser. Unter dem Hauptmast wimmelte es von Matrosen, die an ihre Plätze eilten.

Ruori blickte mit zusammengekniffenen Augen nach Osten. Das Land war ein Strich unter Kumuluswolken, hochragend und blau verschattet. Er brauchte einige Zeit, um in all dem Himmel den Feind zu finden. Endlich wurde er von der Sonne erfaßt. Ruori hob das Glas an die Augen. Zwei bemalte Mörderwale schwebten auf ihn zu, aus einer Höhe von einer Meile herabsinkend.

Er seufzte.

»Nur zwei«, sagte er.

»Das könnte für uns mehr als genug sein«, meinte Atel Hamid. Auf seiner Stirn standen Schweißtropfen.

Ruori sah seinen Maat scharf an.

»Du hast doch keine Angst vor ihnen, oder? Ich bin sicher, das ist einer ihrer größten Vorteile: der Aberglaube.«

»O nein, Kapitän. Ich kenne das Prinzip des Auftriebs so gut wie Ihr. Aber diese Männer sind harte Burschen. Und sie versuchen diesmal nicht, uns von einem Kai aus zu erstürmen; sie sind in ihrem Element.«

»Wir auch.« Ruori schlug dem anderen auf die Schulter. »Übernimm. Tanaroa weiß, was geschehen wird, aber wenn ich umkomme, geh nach deinem eigenen Urteil.«

»Ich hätte es lieber, wenn Ihr mich mitgehen ließet«, protestierte Atel. »Ich habe es nicht gern, hier sicher zu sein. Was am Himmel geschehen kann, macht mir Sorgen.«

»So sicher wirst du hier nicht sein.« Ruori zwang sich ein Grinsen ab. »Und irgend jemand muß diesen Eimer nach Hause steuern, um die schönen Berichte für das Geoethnische Forschungsvorhaben einzureichen.«

Er stieg die Leiter zum Hauptdeck hinunter und eilte zu den Großmastsegeln. Seine Mannschaft schrie ringsum durcheinander, Waffen blinkten.

Die Luftschiffe waren noch immer hoch und schwebten vor einer Oberschicht-Brise dahin. Hier unten herrschte fast direkter Südwind. Das Fluggerät, unfähig, ganz nah am Wind zu segeln, würde herabkommen, sobald man luvwärts vor ihm war. Ohne Rücksicht darauf konnte die ›Delphin‹ einem derart plumpen Angriff ausweichen, entschied ein kühler Teil von Ruoris Gemüt.

Aber die ›Delphin‹ würde es nicht tun.

Die Takelage war jetzt gespickt mit bewaffneten Matrosen. Ruori zog sich auf die Quersaling des Großmasts und setzte sich, um mit den Beinen zu baumeln. Das Schiff krängte in einer Bö, und Ruori hing über grünlichblauer, weißgefleckter Weite. Er hielt mühelos das Gleichgewicht und fragte Hiti: »Alles bereit?«

»Aye.« Der mächtige Harpunier, sein Leib war ein Gewirr von Tätowierungen und Muskeln, nickte mit seinem rasierten Schädel. Festgezurrt am Fid, wo er kauerte, war das Katapult des Schiffes, gespannt und geladen mit einem der riesigen Eisen, die einen Pottwal mit einem Schlag töten konnten. Zwei weitere steckten daneben in ihrem Gestell. Hitis zwei Gehilfen und vier Matrosen befanden sich hinter ihm und hielten die kleineren Harpunen in Bereitschaft – nur zwei Meter lange Stangen –, die von einem Boot aus mit der Hand geschleudert wurden. Die Leinen aller Harpunen hingen am Mast hinunter bis zum Bug.

»Aye, laßt sie kommen.« Hiti grinste über das ganze runde Gesicht. »Nan verschlinge die Welt, aber das wird etwas, wofür wir einen Tanz machen, wenn wir zu Hause sind!«

»Falls wir nach Hause kommen«, sagte Ruori. Er berührte die Bootsaxt, die in seinem Lendenschurz steckte. Wie ein Vorhang schien der blendend-grelle Tag ein Bild der Heimat zu verhüllen, wo Sturzwellen sich weiß unter dem Mond brachen, Langfeuer am Strand loderten, Tänzer fröhlich sprangen und Palmen Schatten für Paare spendeten, die sich davonstahlen. Er fragte sich, wie das der Tochter eines meykanischen Kalden gefallen mochte . . . wenn man ihr nicht die Kehle durchgeschnitten hatte.

»Ihr kommt mir traurig vor, Kapitän«, sagte Hiti.

»Männer werden sterben«, sagte Ruori.

»Und was tut das?« Kleine, freundliche Augen betrachteten ihn. »Sie werden bereitwillig sterben, wenn sie müssen, für das Lied, das dann entstehen wird. Ihr habt eine andere Sorge als den Tod.«

»Laßt mich in Frieden!«

Der Harpunier wirkte verletzt, zog sich aber in sein Schweigen zurück. Wind strömte, und das Meer glitzerte.

Die Luftschiffe kamen näher. Sie würden von beiden Seiten heranschweben. Ruori nahm das Megaphon von der Schulter. Atel Hamid hielt die ›Delphin‹ ruhig auf ihrem Kurs.

Nun konnte Ruori einen grinsenden Gott am Bug des Luftschiffes steuerbord sehen. Es würde knapp über den Marsstengen vorbeikommen, ein wenig luvwärts ... Pfeile flogen blindlings von den Rahnocks heraus, ohne Wirkung, aber niemand war so erregt, daß er Gewehrkugeln vergeudet hätte. Hiti drehte sein Katapult.

»Warte«, sagte Ruori. »Wir wollen erst sehen, was sie tun.«

Behelmte Köpfe tauchten über der Galeriereling des Luftschiffes auf. Ein Mann stieg hinauf – ein zweiter, ein dritter, in Abständen; sie ließen Greifhaken mit drei Klauen kreisen und schleuderten sie. Ruori sah einen Haken an den Vormast prallen, einen Klüver treffen ... Die Leine zum Luftschiff sirrte und sang, riß aber nicht; sie war aus Leder ... Der Klüver barst, Leinwand knallte, traf einen Matrosen in den Bauch und riß ihn von seiner Nock ... Der Mann erholte sich und streckte sich rechtzeitig gerade, um glatt ins Wasser zu tauchen. Lesu mochte geben, daß er überlebte ... Der Greifhaken holperte dahin, erfaßte die Gaffel des Stagsegels, Holz ächzte ... Das Schiff erzitterte, als eine Leine nach der anderen sich straffte ...

Es krängte stark, von der Hebelwirkung herübergezogen. Die Segel knallten. Keine Gefahr des Kenterns – noch nicht –, aber ein Mast mochte losgerissen werden. Und nun kamen die Piraten, über die Galeriereling, ein Seil zwischen Händen und Knien. Schreiend wie Kinder, rutschten sie zu den Greifhaken hinab und griffen nach allem, was an Takelage sich anbot.

Einer von ihnen sprang wie ein Affe auf die Großmastgaffel unter der Quersaling. Ein Harpuniermaat fluchte, schleuderte seine Waffe und durchbohrte den Eindringling.

»Hör auf!« schrie Hiti. »Wir brauchen die Eisen noch!«

Ruori überblickte die Lage. Das Luftschiff auf der Leeseite manövrierte noch um das zweite herum, das auf die Backbordseite gezogen worden war. Er hob das Megaphon an den Mund, und ein Verstärker mit Solarbatterie schrie für ihn: »Achtung! Achtung! Verbrennt den zweiten Feind, bevor er die Haken wirft! Zerschmettert die Leinen des ersten und schlagt alle Piraten zurück!«

»Soll ich feuern?« rief Hiti. »Ein besseres Ziel bekomme ich nie!«

»Aye.«

Der Harpunier betätigte sein Katapult. Es spulte sich mit Donnergeräusch ab. Stachliger Stahl traf die Gondel an der Spitze, fetzte hindurch und blieb auf der anderen Seite der Innenbeplankung stekken.

»Hochwinden!« brüllte Hiti. Seine eigenen Gorillahände hatten bereits eine Kurbel gepackt. Auf irgendeine Weise fanden zwei Mann Platz, ihm zu helfen.

Ruori rutschte an den Püttingswanten hinab und sprang auf die Gaffel. Dort war ein zweiter Pirat gelandet, und ein dritter traf gerade ein, während ihm weitere zwei hinterherglitten. Der Mann auf der Spiere hielt sich barfuß im Gleichgewicht, so geschickt wie irgendein Matrose, und zog ein Schwert. Ruori ließ sich fallen, als die Klinge durch die Luft pfiff, packte mit einer Hand einen Großsegel-Taukranz und hing in der Luft, während er mit der Bootsaxt auf die Greifhakenleine einhieb. Der Pirat kauerte sich nieder und stach nach ihm. Ruori dachte an Tresa, hieb sein Beil in das Gesicht des Mannes und schleuderte ihn hinab auf das Deck. Er schlug wieder zu. Das Leder war zäh, aber Ruoris Schneide scharf. Die Leine barst und schnellte davon. Die Gaffel schwang herum, und Ruori verlor beinahe den Halt. Der zweite Himmelsmann stürzte ab, prallte unten auf eine Kabine und wurde zerschmettert. Die Männer an der Leine glitten herab. Einer von ihnen konnte nicht bremsen; das Meer verschlang ihn. Der andere wurde, als er weit ausholend pendelte, an den Masttopp geschleudert und starb.

Ruori zog sich wieder auf die Gaffel hinauf und blieb rittlings eine Weile sitzen, Luft in die brennende Lunge saugend. Der Kampf tobte rings um ihn, an Segeln und auf Spieren und unten auf den Decks. Das zweite Luftschiff näherte sich.

Auf dem Heck hob sich ein Kastendrachen, hochgerissen von der Geschwindigkeit eines in den Wind fahrenden Schiffes. Atel schrie einen Befehl, und der Rudergänger drehte das Ruder herum. Selbst mit dem Hemmnis der nicht durchtrennten Leinen reagierte die

›Delphin‹ sofort; in ihren Bau war eine gründliche Kenntnis der Flüssigkeitsmechanik eingegangen. Der Drachen, in Waltran getränkt, klebte einige Zeit an dem Gasballon. ›Boten‹ aus brennendem Papier wirbelten an dem Tau empor. Der Ballon ging in Flammen auf.

Das Luftschiff drehte ab, der Drachen fiel herunter, seine kleine Schießpulverladung explodierte harmlos. Atel fluchte und erteilte neue Befehle. Die ›Delphin‹ lavierte. Der zweite Drachen, schon in der Luft brennend, traf das Ziel. Er explodierte.

Wasserstoff strömte heraus. Das Luftschiff war plötzlich in lodernde Flammen gehüllt. Rauch begann emporzusteigen, als der Kunststoff zwischen den Gaszellen verschmorte. Das Luftschiff sank wie ein langsamer Meteorit auf das Wasser hinunter.

Seinem Begleitschiff blieb nichts Vernünftigeres übrig, als undurchtrennte Greifhakenleinen zu kappen und die noch immer unterlegene Entermannschaft im Stich zu lassen. Der Kapitän konnte nicht wissen, daß die ›Delphin‹ nur zwei Drachen besessen hatte. Ein paar rachsüchtige Katapultbolzen flogen herüber, dann hatte es sich freigemacht und blieb rasch hinter dem Heck zurück. Das Maurai-Schiff richtete sich ruckartig auf.

Der Feind mochte sich zurückziehen oder einen neuen Angriff planen. Ruori wollte beides verhindern. Er schrie in das Megaphon: »Wenden! Hin zu den Halunken!« und führte seine Leute in wildem Sturm die Takelage hinunter auf das Deck, wo der Kampf noch immer im Gange war.

Denn Hitis Leute hatten drei Großharpunen und ein halbes Dutzend kleinere in die Gondel gejagt.

Ihre Leinen hingen in sich spannenden Ketten vom Luftschiff zur Winde am Bug. Keine Sorge mehr um übermäßige Belastung. Die ›Delphin‹ war, wie jedes Maurai-Schiff, dazu gedacht, daß sie bei den Fahrten vom Meer lebte. Sie hatte große Wale mitgeschleppt; ein bloßes Luftschiff bedeutete daneben nichts. Was zählte, war Geschwindigkeit, bevor die Piraten begriffen, was geschah, und Wege fanden, sich loszumachen.

*»Tohiha, hioha, itoki, itoki!«* Der alte Kanu-Gesang erdröhnte, als die Männer um die Winde stampften. Ruori sprang auf das Deck, sah einen Canyon-Mann gegen einen Matrosen kämpfen, Schwert gegen Knüppel. Er hieb den Kerl von hinten nieder, wie er es mit anderem Ungeziefer getan hätte. (Dann fragte er sich betroffen, was

ihn dazu gebracht hatte, so von einem Menschen zu denken.) Der Kampf ging rasch zu Ende; die Himmelsleute waren hoffnungslos in der Minderzahl. Aber ein halbes Dutzend Männer aus der Föderation hatte schwere Verletzungen davongetragen. Ruori ließ die wenigen überlebenden Piraten in ein Lazarett schleifen, seine eigenen Verwundeten hinunterbringen zu Narkose, Antibiotika und treusorgenden Doñitas. Dann bereitete er seine Mannschaft schnell auf die nächste Phase vor.

Das Luftschiff war fast bis zum Buspriet gezogen worden. Es war so weit gekippt, daß es seine Katapulte nicht einsetzen konnte. Piraten standen aufgereiht auf dem Galeriedeck, heulten und schwangen ihre Waffen. Sie waren der Mannschaft der ›Delphin‹ um das Drei- oder Vierfache an Zahl überlegen. Ruori erkannte einen unter ihnen – den hochgewachsenen, gelbhaarigen Mann, der vor dem Palast gegen ihn gekämpft hatte; es war aus irgendeinem Grund ein unheimliches Gefühl.

»Sollen wir sie verbrennen?« sagte Atel.

Ruori schnitt eine Grimasse.

»Das werden wir wohl müssen«, sagte er. »Versuche, nicht das Fahrzeug selbst in Brand zu stecken. Du weißt, wir wollen es haben.«

Ein Schwingbalken bewegte sich auf und ab, getrieben von stämmigen Maurai. Flammen schossen aus einer Keramikdüse. Der Rauch und der Gestank und das Geschrei danach, und was zu sehen war, als Ruori befahl, das Feuer einzustellen, verursachten sogar dem abgehärtetsten Veteranen der Korsarenwehr ein wenig Übelkeit. Die Maurai waren kein sentimentales Volk, aber sie fügten ungern Schmerzen zu.

»Schlauch«, fauchte Ruori. Die Wasserströme, die folgten, waren wie eine Art Segen, Flechtwerk, das zu brennen begonnen hatte, wurde zischend gelöscht, halb verkohlt.

Die Greifhaken der Maurai wurden geschleudert. Zwei Kabinenjungen stürmten an erwachsenen Männern vorbei, um als erste hinaufzuklettern. Sie begegneten auf der Galerie keinem Widerstand. Die unverletzte Mehrheit der Piraten stand betäubt da, ohne jede Lust weiterzukämpfen. Jakobsleitern folgten den Jungen; die Besatzung der ›Delphin‹ schwärmte an Bord des Luftschiffes und begann die Gefangenen einzusammeln.

Einige Himmelsleute taumelten hinter einer Tür hervor, mit erhobenen Waffen. Ruori sah unter ihnen den großen blonden Mann. Der Mann zog mit der linken Hand Ruoris Messer und stürzte auf ihn zu. Seinen rechten Arm schien er kaum noch gebrauchen zu können.

»A Canyon, a Canyon!« rief er.

Ruori wich aus und stellte ihm ein Bein. Der blonde Mann stürzte zu Boden. Die Rückseite von Ruoris Axt sauste nieder und traf ihn am Nacken. Er prallte hart auf, versuchte sich aufzurichten, zuckte zusammen und blieb zuckend liegen.

»Ich will mein Messer wiederhaben.« Ruori kauerte nieder, öffnete den Ledergürtel des Räubers und begann, ihn zu fesseln.

Betäubte blaue Augen sahen ihn flehend an.

»Tötet Ihr mich nicht?« murmelte der Blonde in Spañol.

»Haristi, nein«, sagte Ruori erstaunt. »Weshalb sollte ich?«

Er sprang auf. Der letzte Widerstand war gebrochen; das Luftschiff gehörte ihm. Er öffnete die Vordertür, weil er vermutete, daß dahinter lag, was einer Schiffsbrücke entsprach.

Dann rührte er sich eine Weile überhaupt nicht und hörte nichts als den Wind und sein Blut.

Es war Tresa, die schließlich auf ihn zukam. Sie hatte die Hände ausgestreckt wie eine Blinde, und ihre Augen starrten durch ihn hindurch.

»Ihr seid hier«, sagte sie tonlos und leer.

»Doñita«, stammelte Ruori. Er griff nach ihren Händen. »Doñita, hätte ich gewußt, daß Ihr an Bord seid, ich hätte nie . . . nie riskiert –«

»Warum habt Ihr uns nicht verbrannt und versenkt wie das andere Fahrzeug?« fragte sie. »Warum muß das in die Stadt zurückkehren?«

Sie riß sich von ihm los und taumelte hinaus auf das Deck. Es war steil gekippt und bäumte sich unter ihr auf. Sie stürzte, raffte sich auf, ging barfuß langsam zur Reling und starrte hinaus auf das Meer. Ihr Haar und ihr zerfetztes Kleid flatterten im Wind.

# VII

Ein Luftschiff zu steuern, erforderte viel Geschick. Ruori konnte spüren, daß die dreißig Mann, die er an Bord geholt hatte, so ungeschickt damit umgingen, wie nur möglich. Ein erfahrener Himmelsmann hätte gewußt, mit welcher Thermik, welchen Abwinden er rechnen mußte, nach einem einzigen Blick auf das Land oder Wasser unter ihm; er hätte die Höhe erkennen können, in der ein günstiger Wind wehte, und glatt aufzusteigen oder zu sinken vermocht; er hätte sogar in den Wind fliegen können, wenngleich das langsam gegangen wäre, mit viel Abdriften.

Trotzdem zeigte eine Stunde Studium die Grundlagen. Ruori kehrte auf die Brücke zurück und erteilte Befehle durch den Sprechrichter. Das Land rückte schließlich näher. Ein Blick nach unten zeigte, daß die ›Delphin‹ mit einer Fracht von Kriegsgefangenen unter halbgerefften Segeln folgte. Er und seine Mit-Aeronauten würden sich allerlei Scherze über ihr Schneckentempo am Himmel anhören müssen. Ruori lächelte bei dem Gedanken nicht und legte sich auch keine Antworten zurecht, wie er es noch gestern getan hätte. Tresa saß so still hinter ihm.

»Kennt Ihr den Namen dieses Fahrzeugs, Doñita?« fragte er, um das Schweigen zu brechen.

»Er nannte es ›Buffalo‹«, sagte sie gleichgültig und wie aus weiter Ferne.

»Was ist das?«

»Irgendein wildes Großtier.«

»Dann hat er also mit Euch gesprochen, während er unterwegs war, um mich zu suchen. Hat er sonst etwas von Interesse gesagt?«

»Er sprach von seinem Volk. Er prahlte mit den Dingen, die sie besitzen und wir nicht . . . Maschinen, Energie, Legierungen . . . als wären sie damit weniger ein Haufen schmutziger Wilder.«

Wenigstens verriet sie wieder etwas Lebendigkeit. Er hatte befürchtet, daß sie ihr Herz mit ihrem Willen zum Stillstand bringen würde, aber er erinnerte sich, daß er von diesem bei den Maurai verbreiteten Brauch hier in Meyko nichts gesehen hatte.

»Hat er Euch schlimm mißbraucht?« fragte er, ohne sie anzusehen.

»Ihr würdet es nicht als Mißbrauch ansehen«, erwiderte sie heftig. »Nun laßt mich in Ruhe, um der Barmherzigkeit willen.« Er hörte, wie sie durch die Tür hinausging, nach hinten.

Nun, dachte er, schließlich ist ihr Vater getötet worden. Das war Anlaß genug zur Trauer, überall auf der Welt, aber bei ihr vielleicht mehr als bei ihm. Ein meykanisches Kind wurde nämlich allein von seinen Eltern aufgezogen; es verbrachte nicht die Hälfte seiner Zeit beim Essen, Schlafen oder Spielen mit irgendeinem entfernten Verwandten, wie die meisten Kinder auf den Inseln. Die nächsten Verwandten würden hier also psychologisch viel bedeutsamer sein. Jedenfalls war das die einzige Erklärung, die Ruori für die plötzliche Düsternis in Tresa finden konnte.

Die Stadt tauchte auf. Er sah die verbliebenen feindlichen Fahrzeuge über ihr schimmern. Drei gegen einen ... ja, der heutige Tag würde bei den Leuten vom Meer zur Legende werden, wenn er Erfolg hatte. Ruori wußte, daß er dieselbe unbekümmerte Freude hätte empfinden sollen wie ein Mann beim Schwimmen in der Brandung, beim Kampf mit einem Hai, beim Segeln in einem Taifun, bei jedem halsbrecherischen Sport, der Erfolg, Ruhm und Mädchen einbrachte. Er konnte seine Männer singen, Kriegstrommel-Rhythmen mit Händen und stampfenden Füßen schlagen hören. Aber sein eigenes Herz war eine Eiswüste.

Das erste feindliche Luftschiff näherte sich Ruori, versuchte ihm zu begegnen, wie es sich gehörte. Er hatte sein Prisenkommando in erbeutete Himmelskleidung gesteckt. Ein oberflächlicher Blick mußte sie für echte Canyon-Bewohner halten, die nach einem schweren Kampf zwar dezimiert, aber mit dem erbeuteten Maurai-Schiff zurückkehrten.

Als die Nordländer gemächlich heransteuerten, griff Ruori nach seinem Sprechtrichter.

»Langsam weiter. Feuern, wenn wir es erreicht haben.«

»Aye, aye«, sagte Hiti.

Eine Minute später hörte Ruori das Harpunenkatapult poltern. Durch ein Bullauge sah er das Geschoß die feindliche Gondel mittschiffs treffen.

»Leine ausgeben«, sagte er. »Wir wollen sie für den Drachen festhalten, aber nicht selbst verbrannt werden.«

»Aye, ich habe schon öfter Schwertfische an der Angel gehabt«, sagte Hiti lachend.

Der Feind drehte verzweifelt ab. Ein paar Bolzen fegten von den Katapulten herüber, ein einziger traf, aber eine einzelne durchbohrte

Gaszelle fiel kaum ins Gewicht.

»Wenden!« schrie Ruori. Es war nicht zweckmäßig, sich einer Breitseite voll auszusetzen. Beide Luftschiffe trieben mit flatternden Segeln vor dem Wind dahin. »Hart leewärts!« Die ›Buffalo‹ wurde zum Schleppanker, der sein Opfer zu Kriechgeschwindigkeit zwang. Und hier kam der auf dem Rückweg gebaute Drachen. Diesmal war er mit Angelhaken ausgestattet. Er erfaßte den Gasballon der Canyoniten und blieb haften. »Los!« brüllte Ruori. Feuer wirbelte an der Drachenleine hoch. Nach wenigen Minuten hatten die Flammen den Gegner eingehüllt. Einige Fallschirme wurden aufs Meer hinausgeweht.

»Noch zwei«, sagte Ruori, ohne mit dem Triumphgeschrei seiner Leute zu fühlen.

Die Feinde waren nicht dumm. Ihre restlichen Luftschiffe drehten ab, flogen zurück zur Stadt, da sie sich nicht den Flammen aussetzen wollten. Eines der Luftfahrzeuge sank herab, warf Trossen hinunter und wurde schnell auf den Platz hinuntergezogen. Durch sein Fernglas sah Ruori bewaffnete Männer einsteigen. Das andere Schiff, wohl nur mit einer Notbesatzung besetzt, steuerte der sich nähernden ›Buffalo‹ entgegen.

»Ich glaube, der will es mit uns aufnehmen«, warnte Hiti. »Inzwischen wird Nummer zwei da unten zweihundert Soldaten aufnehmen, längsseits gehen und entern.«

»Ich weiß«, sagte Ruori. »Kommen wir ihnen entgegen.«

Er steuerte die ›Buffalo‹ so, als wolle er das schwach bemannte Luftschiff einholen. Es wich ihm nicht aus, wie er befürchtet hatte. In der Himmelskultur herrschte eine zwanghafte Tapferkeit. Statt dessen manövrierte es, um Enterhaken zu schleudern. Das würde dem letzten Luftschiff Gelegenheit geben, Soldaten aufzunehmen und hochzusteigen. Es kam ganz nah heran.

Jetzt wollen wir sie erschrecken, dachte Ruori.

»Pfeile feuern«, sagte er. Auf dem Deck wurden Hartholzkolben in kleine Zylinder geschoben, die am Boden Zunder in Brand setzten; auf diese Weise wurden ölgetränkte Schäfte entzündet. Als der Feind in Schußweite kam, begannen von den Bogenschützen der ›Buffalo‹ rote Kometen hinüberzufegen.

Ruori hätte abgedreht, wenn sein Plan nicht aufgegangen wäre. Er wollte nicht noch Leute im Kampf Mann gegen Mann opfern; statt dessen hätte er versucht, das feindliche Luftschiff von fern in Brand zu stecken. Die moralische Wirkung der vorherigen Katastrophe war jedoch deutlich spürbar. Als flammende Pfeile in ihre Gondel prallten, gerieten die Canyoniten in Panik und sprangen über Bord. Als sie mit den Fallschirmen hinabschwebten, bemerkten vielleicht einige, daß keine Pfeile auf ihren Gasballon gezielt gewesen waren.

»Schnell einholen!« schrie Ruori. »Feuer löschen!«

Greifhaken packten zu. Die Luftschiffe kamen nebeneinander zum Stehen. Männer sprangen auf die Nachbargondel, Eimer voll Wasser wurden ausgeschüttet.

»In Bereitschaft«, sagte Ruori. »Die Hälfte von uns hinüber auf die Prise. Rettungsleinen anlegen.«

Er ließ den Sprechtrichter sinken. Hinter ihm knarrte eine Tür. Er drehte sich um, als Tresa wieder die Brücke betrat. Sie war noch immer blaß, hatte sich aber gekämmt und trug den Kopf hoch.

»Noch eines«, sagte sie beinahe freundlich. »Nur noch eines übrig.«

»Aber es wird vollgepackt von Ihren Leuten sein.« Ruori machte ein finsteres Gesicht. »Ich wünschte mir jetzt, daß ich Eure Weigerung, auf die ›Delphin‹ zurückzukehren, nicht akzeptiert hätte. Ich habe nicht klar genug nachgedacht. Das ist zu gefährlich.«

»Glaubt Ihr, das kümmert mich?« erwiderte sie. »Ich bin eine Carabán.«

»Aber mich kümmert es«, sagte er.

Der Hochmut fiel von ihr ab; sie berührte flüchtig seine Hand, und ihr Gesicht nahm Farbe an.

»Verzeiht. Ihr habt soviel für uns getan. Wir können Euch nie genug danken.«

»Doch«, sagte Ruori.

»Sprecht es aus.«

»Laßt Euer Herz nicht stillstehen, nur weil es verwundet worden ist.«

Sie sah ihn mit einer Art Sonnenaufgang in ihren Augen an.

Sein Bootsmaat erschien an der Außentür.

»Alles bereit, Kapitän. Wir halten uns auf dreihundert Meter, an jedem Ventil der beiden Kisten steht ein Mann.«

»Ist jedem eine Fluchtleine zugeteilt worden?«

»Aye.« Der Bootsmaat entfernte sich.

»Ihr braucht auch eine. Kommt.« Ruori nahm Tresa bei der Hand und führte sie auf die Galerie. Sie sahen Himmel rings um sich, Wind berührte ihre Gesichter, und das Deck unter ihnen bewegte sich, als lebte es. Er deutete auf viele dünne Taue aus den Vorräten der ›Delphin‹, die an der Reling befestigt waren. »Wir gehen nicht das Risiko ein, unausgebildete Männer mit Fallschirmen abspringen zu lassen«, sagte er. »Aber Ihr besitzt keine Erfahrung darin, an einem solchen Tau hinabzurutschen. Ich mache Euch Gurte, die Euch sicher festhalten. Laßt Euch Hand über Hand langsam hinunter. Wenn Ihr am Boden seid, schneidet die Leine durch.« Sein Messer zerteilte Taue, und er knotete sie mit der Geschicklichkeit eines Seemannes zusammen. Als er ihr die Gurte umlegte, erstarrte sie unter seiner Berührung.

»Aber ich bin Euer Freund«, murmelte er.

Sie entspannte sich. Sie lächelte sogar unsicher. Er gab ihr sein Messer und betrat die Brücke.

Und nun erhob sich das letzte Piratenluftschiff von der Erde. Es näherte sich; Ruoris beide Fahrzeuge unternahmen keinen Fluchtversuch. Er sah Sonnenlicht auf Metallklingen blitzen. Er wußte, daß die Piraten das Ende ihrer anderen Schiffe miterlebt hatten und sich von derselben Technik nicht abschrecken lassen würden. Vielmehr würden sie angreifen, selbst wenn ihr eigenes Schiff brannte. Wenn nichts anderes, konnten sie ihrerseits ihn in Brand stecken und mit den Fallschirmen sicher abspringen. Er ließ keine Pfeile abfeuern.

Als er nur noch wenige Klafter vom Gegner entfernt war, schrie er: »Ventile auf!«

Gas fauchte aus beiden Ballons. Die miteinander verbundenen Luftschiffe sanken herab.

»Feuer!« brüllte Ruori. Hiti zielte mit seinem Katapult und schoß eine Harpune mit Ankertau durch den Boden des Angreifers. »Verbrennen und aufgeben.«

Männer auf Deck entzündeten Tran, den andere aus Krügen verspritzten. Flammen zuckten hoch.

Mit dem Gewicht von zwei nahezu luftleeren Fahrzeugen, die von unten zerrten, begann das Canyon-Schiff zu fallen. In hundertfünfzig Meter Höhe legten sich die hinabgeworfenen Rettungsleinen über flache Dächer und hingen auf die Straßen hinab. Ruori kletterte über Bord. Beim Hinunterrasen verbrannte er sich die Hände.

Er war nicht um vieles zu schnell. Das harpunierte Luftschiff ließ komprimierten Wasserstoff ab und erhob sich mit seiner Last auf dreihundert Meter, um Raum zu gewinnen. Vermutlich hatte noch niemand gesehen, daß die Last darunter brannte. Auf keinen Fall würde es ihnen leichtfallen, sich von Hitis Harpune loszumachen.

Ruori starrte hinauf. Angefacht vom Wind war der Brand rauchlos, eine kleine, grelle Sonne. Ruori hatte nicht damit gerechnet, daß sein Feuer den Feind völlig überraschen würde. Er hatte angenommen, daß sie mit den Fallschirmen abspringen würden, dorthin, wo die Meykaner angreifen konnten. Am liebsten hätte er sie gewarnt.

Dann erreichte das Feuer den restlichen Wasserstoff in den erschlafften Ballons. Er hörte eine Art Riesenseufzer. Das oberste Fahrzeug wurde zu einem fliegenden Scheiterhaufen. Der Wind trug es hinaus über die Stadtmauern. Ein paar vereinzelte ameisenkleine Gestalten vermochten noch hinauszuspringen. Ein Fallschirm brannte.

»Sant'sima Marí«, flüsterte eine Stimme, und Tresa schob sich in Ruoris Arme und verbarg ihr Gesicht.

## VIII

Nach Einbruch der Dunkelheit wurden im ganzen Palast Kerzen angezündet. Sie konnten die Häßlichkeit nackter Wände und rauchgeschwärzter Decken nicht verhüllen. Die Gardisten, die im Thronsaal aufgereiht standen, waren zerlumpt und erschöpft. Auch S' Antón selbst jubelte noch nicht. Es gab zu viele Tote.

Ruori thronte auf dem Podest des Kalden, Tresa zur Rechten und Páwolo Dónoju zur Linken. Bis neue Amtsträger bestimmt werden konnten, mußten diese drei die Autorität übernehmen. Der Don saß starr aufgerichtet und ließ nicht zu, daß sein verbundener Kopf herabsank, aber ab und zu wurden seine Lider zu schwer, um oben zu bleiben. Tresa blickte mit Riesenaugen unter der Kapuze ihres Mantels hervor. Ruori hatte es sich bequem gemacht und war jetzt, nach dem Ende des Kampfes, etwas glücklicher.

Es war eine grimmige Sache gewesen, selbst nachdem die neuen Mut fassenden Truppen der Stadt einen Ausfall unternommen und die überlebenden Feinde vor sich hergetrieben hatten. Zu viele Himmelsleute kämpften, bis sie getötet wurden. Die vielen Gefangenen, zumeist vom ersten Erfolg der Maurai stammend, würden sich als gefährliche Beute erweisen; niemand wußte so recht, was man mit ihnen anfangen sollte.

»Aber wenigstens ist ihre Flotte zerstört«, sagte Dónoju.

Ruori schüttelte den Kopf.

»Nein, Señor. Es tut mir leid, aber ein Ende ist nicht abzusehen. Im Norden gibt es Tausende solcher Luftschiffe und ein starkes, gieriges Volk. Sie werden wiederkommen.«

»Wir werden sie gebührend empfangen, Kapitän. Das nächste Mal werden wir vorbereitet sein. Eine größere Garnison, Sperrballone, Feuerdrachen, Kanonen, die in die Höhe schießen, vielleicht eine eigene Flugmarine . . . wir können lernen, was zu tun ist.«

Tresa regte sich. Ihre Stimme verriet wieder Leben, wenn auch eines, das haßerfüllt war.

»Am Ende werden wir den Krieg zu ihnen tragen. Im ganzen Hochland von Corado wird niemand übrigbleiben.«

»Nein«, sagte Ruori, »das darf nicht geschehen.«

Ihr Kopf zuckte herum; sie starrte ihn aus dem Schatten ihrer Kapuze an. Schließlich sagte sie: »Es ist wahr, wir sind geheißen, unsere Feinde zu lieben, aber Ihr könnt nicht die Himmelsleute meinen. Sie sind nicht menschlich.«

Ruori sagte zu einem Pagen: »Hol den Hauptgefangenen.«

»Damit er unser Urteil über ihn hört?« sagte Dónoju. »Das sollte förmlich geschehen, vor der Öffentlichkeit.«

»Nur, damit er mit uns redet«, antwortete Ruori.

»Ich begreife Euch nicht«, sagte Tresa. Ihre Worte gerieten ins Stocken, unfähig, die beabsichtigte Verachtung zu tragen. »Nach allem, was Ihr getan habt, ist plötzlich keine Männlichkeit mehr in Euch.«

Er fragte sich, warum es schmerzte, wenn sie das sagte. Wäre sie jemand anderer gewesen, hätte es ihn nicht berührt.

Loklann kam zwischen zwei Wachen herein. Seine Hände waren auf dem Rücken gefesselt, auf seinem Gesicht zeigte sich getrocknetes Blut, aber er ging unter den Piken wie ein Herrscher. Als er das Podium erreichte, blieb er mit gespreizten Beinen stehen und grinste Tresa an.

»Nun«, sagte er, »du findest die anderen also unbefriedigend und willst mich wiederhaben.«

Sie sprang auf und kreischte: »Tötet ihn!«

»Nein!« rief Ruori.

Die Gardisten zögerten. Ruori stand auf und packte die Handgelenke des Mädchens. Sie wehrte sich und fauchte wie eine Katze.

»Dann tötet ihn nicht«, sagte sie schließlich so gepreßt, daß man die Worte kaum verstehen konnte. »Nicht jetzt. Tut es langsam. Erwürgt ihn, verbrennt ihn bei lebendigem Leib, schleudert ihn auf eure Speere –«

Ruori hielt sie fest, bis sie ruhig wurde.

Als er sie losließ, sank sie auf den Sessel und weinte.

Páwolo Dónoju sagte mit stählerner Stimme: »Ich glaube, ich verstehe. Man muß wahrhaftig eine geeignete Strafe erfinden.«

Loklann spuckte auf den Boden.

»Versteht sich«, sagte er. »Wenn man einen Mann gefesselt hat, kann man alle möglichen schmutzigen Spiele mit ihm treiben.«

»Seid still«, sagte Ruori. »Ihr helft Eurer Sache nicht. Und der meinen ebensowenig.«

Er setzte sich, schlug die Beine übereinander, schlang die Hände um ein Knie und starrte in die Dunkelheit am Ende des Saales.

»Ich weiß, Ihr habt durch diesen Mann und seine Taten gelitten«, sagte er bedächtig. »Ihr könnt damit rechnen, daß Ihr von Seinesgleichen in der Zukunft noch mehr leidet. Sie sind eine junge Rasse, unbekümmert wie Kinder, so wie Eure und meine Vorfahren auch einmal jung gewesen sind. Glaubt Ihr, die Perio ist ohne Schmerz und Schaden entstanden? Oder, wenn ich mich recht an Eure Geschichte erinnere, daß die Spañolen von den Inios hier freudig begrüßt worden sind? Daß die Ingliss nicht mit Gemetzel nach N'Seelann gekommen und daß die Maurai früher nicht Kannibalen gewesen sind? In einem Zeitalter von Helden muß der Held einen Gegner haben.

Eure wahre Waffe gegen die Himmelsleute ist nicht ein Heer, das ausgeschickt wird, um sich in unerforschtem Gebirge zu verirren ... Eure Priester, Kaufleute, Künstler, Handwerker, Gebräuche, Moden, die Ausbildung – das sind die Mittel, sie in die Knie vor Euch zu zwingen, wenn ihr sie gebrauchen wollt.«

Loklann zuckte zusammen.

»Du Teufel«, flüsterte er. »Glaubst du wirklich, du kannst uns bekehren zu ... zum Glauben eines Weibes, zum Käfig einer Stadt?« Er warf seine lohfarbene Mähne zurück und schrie, daß die Wände dröhnten: »Nein!«

»Es wird ein, zwei Jahrhunderte dauern«, sagte Ruori.

Don Páwolo lächelte in seinen jungen, dünnen Bart.

»Eine raffinierte Rache, Señor Kapitän«, räumte er ein.

»Zu raffiniert!« Tresa hob das Gesicht von ihren Händen, rang nach Luft, hob zu Krallen gekrümmte Hände und ließ sie niedersausen, als wolle sie Loklann die Augen auskratzen. »Selbst wenn das geschehen könnte«, fauchte sie, »selbst wenn sie Seelen hätten, was wollen wir von ihnen oder ihren Kindern oder Enkelkindern ... von ihnen, die heute unsere Säuglinge ermordet haben? Vor dem allmächtigen Dío – ich bin die letzte Carabán, und ich werde meine Anhänger in Meyko für mich sprechen lassen –, für sie wird es nie etwas anderes geben als Ausrottung. Wir können sie erreichen, ich schwöre es. Viele Tekkaner würden der Beute wegen mittun. Ich werde noch erleben, wie dein Haus brennt, du Dreck, und deine Söhne mit Hunden gehetzt werden.« Sie wandte sich wild an Ruori. »Wie sonst kann unser Land Sicherheit finden? Wir sind von Feinden umringt. Wir haben keine andere Wahl, als sie zu vernichten, sonst vernichten sie uns. Und wir sind die letzte merikanische Zivilisation.«

Sie sank zurück und zitterte. Ruori griff nach ihrer Hand. Sie war eiskalt. Einen Augenblick lang erwiderte sie unbewußt den Druck, dann riß sie sich los.

Er seufzte in seiner Erschöpfung.

»Ich muß widersprechen«, sagte er. »Es tut mir leid. Mir ist klar, was Ihr empfindet.«

»Nein«, sagte sie mit zusammengebissenen Zähnen. »Das könnt Ihr nicht wissen.«

»Aber ich bin nicht allein ein Mann mit menschlichem Begehren«, sagte er und zwang sich, mit trockener Stimme zu sprechen. »Ich vertrete meine Regierung. Ich muß zurückkehren und berichten, was hier ist, und ich kann die Reaktion voraussagen.

Man wird Euch helfen, Angriffe abzuschlagen. Das ist keine Hilfe, die Ihr zurückweisen könnt, nicht wahr? Die Männer, die für Meyko verantwortlich sein werden, können unser Bündnisangebot nicht einfach ablehnen, um eine unsichere Handlungsfreiheit zu behalten, sosehr einige Extremisten sich dafür auch einsetzen. Und unsere Bedingungen werden sehr vernünftig sein. Wir werden von Euch wenig mehr verlangen als eine Politik, die auf Versöhnung und enge Beziehungen mit den Himmelsleuten abzielt, sobald sie es müde geworden sind, sich an unserer gemeinsamen Abwehr die Köpfe einzurennen.«

»Was?« sagte Loklann. Ansonsten war es im Saal totenstill. Aus den Schatten der Helme schimmerten weiß die auf Ruori gerichteten Augen.

»Anfangen werden wir mit Euch«, sagte der Maurai. »Zur gegebenen Zeit werdet Ihr mit Euren Begleitern nach Hause eskortiert werden. Euer Lösegeld wird sein, daß Eure Nation Diplomaten und Kaufleute einreisen läßt.«

»Nein«, sagte Tresa, mit einer Stimme, als schmerze das Sprechen. »Nicht ihn. Schickt die anderen zurück, wenn Ihr müßt, aber nicht ihn – damit er prahlen kann mit dem, was er heute getan hat.«

Loklann grinste wieder und sah sie an.

»Das werde ich«, sagte er.

In Ruori regte sich Zorn, aber er hielt den Mund.

»Ich begreife nicht«, sagte Don Páwolo zögernd. »Warum begünstigt Ihr diese Tiere?«

»Weil sie zivilisierter sind als Ihr«, sagte Ruori.

»Was?« Der Adlige sprang auf und griff nach seinem Degen. Steif setzte er sich wieder. Seine Stimme klang eisig, als er weitersprach. »Erklärt Euch, Señor.«

Ruori konnte Tresas Gesicht in der privaten Nacht ihrer Kapuze nicht sehen, spürte aber, daß sie sich weiter von ihm entfernte als ein Stern.

»Sie haben Flugkörper entwickelt«, sagte er und sank in seinen Sessel zurück, völlig erschöpft und ohne ein Siegesgefühl. *O große Schöpferin Tanaroa, gib mir heute nacht Schlaf!*

»Aber –«

»Das geschah von Grund auf«, erläuterte Ruori, »nicht die bloße Kopie alter Methoden. Als Flüchtlinge beginnend, schufen die Himmelsleute eine Agrikultur, die Krieger zu Tausenden von dort hinausschicken kann, wo einmal Wüste war, ohne daß sie offenkundig Peonenschwärme benötigt. Bei den Verhören habe ich erfahren, daß sie Sonnenenergie und hydroelektrische Energie besitzen, eine Art von synthetischer Chemie, eine weit entwickelte Navigationskunst mit der Mathematik, die dazu gehört, Schießpulver, Metallurgie, Aerodynamik . . . Ja, ich gebe zu, eine einseitige Kultur, eine dünne Schicht des Wissens über einer analphabetischen Masse. Aber selbst die Masse muß Technologie respektieren, sonst hätte sie niemals so weit kommen können.

Kurz gesagt«, fuhr er seufzend fort, während er sich die Frage stellte, ob er es ihr wirklich würde begreiflich machen können, »die

Himmelsleute sind eine wissenschaftliche Rasse – die einzigen außer uns selbst, die wir Maurais bisher entdeckt haben. Und das macht sie zu kostbar, als daß sie zugrunde gehen dürften.

Ihr habt hier bessere Manieren, humanere Gesetze, eine höhere Kunst, breiteren Ausblick, alle traditionellen Tugenden. Aber Ihr seid nicht wissenschaftlich. Ihr gebraucht schematisches Wissen, das von den Alten überkommen ist. Da es kein Fossilöl mehr gibt, stützt Ihr Euch auf Muskelkraft; unausweichlich habt Ihr eine Peonenklasse und werdet sie immer haben. Weil die Eisen- und Kupferminen erschöpft sind, reißt Ihr alte Ruinen ab. In Eurem Land habe ich keine Forschung über Windenergie, Sonnenergie, die Energiereserven der lebenden Zelle gesehen – nicht zu reden von der theoretischen Möglichkeit der Wasserstoff-Fusion ohne Uranzünder. Ihr bewässert die Wüste mit tausendfacher Mühe als der, die es kosten würde, Meeresfarmen anzulegen; trotzdem habt Ihr nie versucht, Eure Fischereimethoden zu verbessern. Ihr habt das Aluminium nicht ausgebeutet, das in gewöhnlichem Ton noch reichlich vorhanden ist, habt auch nicht versucht, es zu haltbaren Legierungen zu verarbeiten. Nein, Eure Bauern verwenden Werkzeuge aus Holz und Vulkanglas.

Oh, Ihr seid weder unwissend noch abergläubisch. Was Euch fehlt, ist lediglich das Mittel, neues Wissen zu erlangen. Ihr seid ein großartiges Volk; die Welt ist schöner, weil es Euch gibt; ich liebe Euch so sehr, wie ich den Teufel hier vor uns hasse. Aber letzten Endes, meine Freunde, werdet Ihr, wenn man Euch euch selbst überläßt, anmutig in die Steinzeit zurücksinken.« Ein Maß an Kraft kehrte zurück. Er hob die Stimme, bis sie den Saal erfüllte. »Der Weg der Himmelsleute ist der harte Weg hinaus zu den Sternen. In dieser Beziehung – und sie ist wichtiger als alle anderen – sind sie mit uns Maurai verwandter, als Ihr es seid. Wir können Unseresgleichen nicht sterben lassen.«

Dann saß er stumm unter Loklanns Grinsen und Dónojus starrem Blick. Ein Gardist bewegte sich mit einem leichten Knarren der Ledergurte.

Tresa fragte schließlich, ganz leise im Schatten: »Das ist Euer letztes Wort, Señor?«

»Ja«, sagte Ruori. Er wandte sich ihr zu. Als sie sich vorbeugte, fiel die Kapuze ein wenig nach hinten, so daß das Kerzenlicht ihr Gesicht traf. Und der Anblick grüner Augen und halb geöffneter

Lippen gab ihm seinen Sieg zurück.

Er lächelte.

»Ich erwarte nicht, daß Ihr sofort begreift. Darf ich es mit Euch noch oft besprechen, wenn Ihr die Inseln gesehen habt? Ich hoffe, daß das geschehen wird.«

»Ihr *Ausländer*!« kreischte sie.

Ihre Hand klatschte in sein Gesicht. Sie sprang auf, lief die Podiumsstufen hinunter und zum Saal hinaus.